Das Buch

»Das Mysterium der fremden Stadt, deren vibrierende Neonlichter mich bis durch die Fenster meines Zimmers verfolgten, wollte sich nicht entwirren. Und was war das für eine Angst, die mich in der Fremde ergriff? Gerade mich, die überzeugt war, daß die große Welt vor allem deshalb existierte, um von mir erobert zu werden?« Rosemarie setzt alles daran, der brandenburgischen Kleinstadt, in der sie aufgewachsen ist, zu entkommen. Aber wie fängt man so etwas an? Sie nimmt Sprachunterricht, wird Reisebegleiterin für französische Besucher und lernt auf diese Weise Jean Marc kennen. Die Ehe mit ihm bringt ihr zunächst die Erfüllung aller Träume und Wünsche: Sie geht mit ihm nach Frankreich, ist endlich befreit. Aber mit der anfänglichen Euphorie ist es bald vorbei. Als ihre Ehe in eine Krise gerät, steht Rosemarie plötzlich vor dem Nichts. Soll sie sich allein durchschlagen in diesem Land, das ihr immer noch fremd ist? Oder zurückkehren und sich ihr Scheitern eingestehen? – Das einfühlsame Porträt einer jungen Frau, die ihr Recht auf Leben einfordert.

Die Autorin

Sabine Kebir wurde 1949 in Halle geboren und wuchs in Leipzig auf. Studium der Romanistik und Slawistik in Berlin, 1976 Promotion. 1977 ging sie nach Algerien und unterrichtete dort an den Universitäten in Oran und Algier. Seit 1988 publizistische und Lehrtätigkeit in Berlin (West). Bekannt wurde sie mit ihrer Brechtstudie ›Ein akzeptabler Mann?‹ (1987).

Sabine Kebir:

Eine Bovary aus Brandenburg

Roman

Deutscher
Taschenbuch
Verlag

Ungekürzte Ausgabe
Mai 1994
Deutscher Taschenbuch Verlag GmbH & Co. KG,
München

ISBN 3-371-00353-1
Umschlagtypographie: Celestino Piatti
Umschlagbild: Gisela Aulfes
Satz: IBV Satz- und Datentechnik GmbH, Berlin
Druck und Bindung: C. H. Beck'sche Buchdruckerei,
Nördlingen
Printed in Germany · ISBN 3-423-11866-0

Inhalt

Im Banne des Kahlbutz

Marseille 1976

Die Träume von der lilienbekränzten Heidemarie, die – meistens hier im alten Hafen – an mich heranschwimmt und den Schlüssel vom Kahlbutz fordert, kommen mir immer öfter. Mir ist manchmal, als hätte ich das auch schon vor langer Zeit geträumt. Bevor ich Jean Marc gekannt habe.

Heute früh habe ich endlich begriffen. Die kleine Seejungfrau! Und Heidemarie ruft mich nach Hause!

Vor mir steht ein Ricard. Oliven. Und der alte Kassettenrecorder von Méribin. Wie ist es möglich, daß mich die Erinnerung so übermannt?

Aber ich kann nicht zurück, bevor ich unser Reinsbach nicht in irgendeiner Weise besiegt habe. Und sei es in Worten.

Nein, nein – niemand dürfte behaupten, daß ich an meinem Städtchen nicht doch gehangen hätte! In der letzten Zeit sicher mehr als früher, als ich dort noch lebte.

Kaum zwanzig Minuten und man ist hindurchgelaufen! Diese sturmumbrausten Häuslein! Rührende Imitation von Potsdamer Klassizismus. Wenn sie nicht zusammenbrechen, werden sie bald unter Denkmalschutz geraten. Dann die Schwedenmauer im Stadtpark! Und unsere Kirche – welch enormer Backsteinbau, zu dem nichts, aber auch gar nichts im Ort passen will!

Immer noch wirkt es ungeschlacht und zerzaust, dies graugrüne Land, das sich nie so recht vom Blutsturz des Dreißigjährigen Krieges erholt hat. Er prägte es mehr als alle Blutstürze, die noch später folgen sollten.

Dort, wo unmerklich Brandenburgisches in Mecklenburgisches übergeht, wuchs ich heran. Viel, zuviel Süße war mir eingegeben, die wohl nicht so ohne weiteres mit dem kargen Landstrich in Verbindung gebracht werden kann. Mir aber machte sie als Kind schon zu schaffen.

Die Attraktion unserer Gegend ist der Kahlbutz. So seltsam es klingen mag, dieser nahezu dreihundert Jahre alte verlederte Leichnam eines Junkers hat sich immer wieder in mein Leben eingemischt, so weit ich auch weggegangen bin. Er verfolgt mich!

Der Kahlbutz liegt aufgebahrt in unserem Nachbardorf Kampehl, in einem kleinen Nebengemach des dortigen Kirchleins, ein winziges Gegenstück zum unverhältnismäßig großen Gotteshaus von Reinsbach. Das leichte, aber um so süffisanter wirkende Lächeln, das noch immer auf der verschrumpelten Haut seines Gesichts liegt, entwaffnet auf der Stelle. Die Touristen, die jedes Jahr zahlreicher kommen, empfinden bei dem Anblick mehr als das Grauen vor einem Toten. Da ruht jemand vor ihnen, der offensichtlich immer gewohnt war, recht zu behalten. Und die Oberhand. Nie sind dem die geringsten Zweifel an sich selbst gekommen. An ihm zerschellte das Leben der anderen. Er sog in sich ein, wonach ihm gerade war: ihren Fleiß, ihre Körper. Und noch jetzt ist ihm anzusehen, wie aufrichtig er der Meinung war, daß ihm das alles auch zustand. So ist es für ihn auch ganz selbstverständlich gewesen, seinen Schäfer zu erschlagen, als der die Tiere nach Hause trieb, über die Gutswiese südlich unserer Fernverkehrsstraße 5. Der Schäfer Pickert hatte die Unverfrorenheit besessen, dem Junker das Recht der ersten Nacht mit seiner Verlobten zu verweigern, die der Kahlbutz im Juli 1690 begehrt hatte. Und nach dem Mord hatte sich die Schäfersbraut Marie nicht gescheut, ihren Herrn und Meister vor Gericht zu zerren und anzuklagen. Diesem fiel es aber nicht schwer, einer Verurteilung zu entgehen. Ein Meineid genügte. Seinem Schwur, den Schäfer nicht umgebracht zu haben, fügte der Junker hinzu, daß sein Leib nicht verwesen solle, wenn er falsch ausgesagt habe. Und als man hundert Jahre später bei einer Kirchenrenovierung die alten Särge der dort bestatteten Ritter von Kahlbutz öffnete, zeigte es sich, daß die Erde den Leichnam des Mörders tatsächlich nicht aufnehmen wollte. Kahlbutz war nicht, wie es sich gehört hätte, zu Staub zerfallen, sondern nur ein wenig eingetrocknet.

Und so verledert und geschrumpft habe auch ich ihn zum erstenmal, zusammen mit meiner Schulklasse gesehen. Wir stellten uns rund um den Holzsarg auf, der mit einem gläsernen Deckel versehen ist, unter dem der Ritter – wie es scheint auf Ewigkeit – der milden Rache des Schäfers und seines beherzten Liebchens ausgesetzt ist. Damals war es noch die alte Frau Meißner, die den Schlüssel zu dem kleinen windschiefen Mausoleum verwaltete und die Geschichten vom Kahlbutz vortrug. Frau Meißner behauptete sogar, daß er so ganz richtig tot womöglich gar nicht sei. Haare und Fingernägel wüchsen immer noch, weshalb sie sie eigenhändig von Zeit zu Zeit etwas stutzen müsse. Ein regelrechtes biologisches Rätsel sei der Kahlbutz, das sich sogar eines gewissen Weltruhms erfreue. Während der Olympiade von 1936 waren Amerikaner und Japaner nach Kampehl gekommen, um ihn zu kaufen. Doch weder die hunderttausend Reichsmark, die die Japaner boten, noch die Viertelmillion Dollar, womit die Amerikaner lockten, hatten die Bürger von Kampehl dazu verführt, sich von ihrem Kahlbutz zu trennen.

So furchtsam wir Schulkinder vor dem Kahlbutz gestanden hatten, so sehr gab er einigen von uns auf dem Heimweg durch die Felder Anlaß zum Spaßen. Frau Meißners Behauptung, daß er neben elf ehelichen noch mindestens dreißig außereheliche Sprößlinge mit seinen Mägden gezeugt habe, machte viele ganz wild. Wochenlang verdächtigten wir einander, zu seinen Nachfahren zu gehören. Verstohlen prüften wir, wer aus der Klasse ihm wohl besonders ähnlich sähe. Der Kahlbutz wurde unser lebendiges Märchen, das den Vorteil einer wahren Begebenheit hatte, in die wir alle vielleicht auf geheimnisvolle

Weise verwickelt waren und die ihren Abschluß noch immer nicht gefunden hatte.

Für mich kam an den Kahlbutz nur noch das Märchen von der kleinen Seejungfrau heran, das ich immer wieder las und meiner Schwester Heidemarie zu erzählen versuchte. Sie fand aber nur wenig Geschmack an dieser Geschichte. Es erschien ihr nicht traurig, sondern blödsinnig, daß die kleine Seejungfrau ihren hübschen silbernen Fischschwanz und ihre dreihundert Jahre Lebenszeit gegen ein Paar einfache Menschenbeine ausgetauscht hatte. Und das auch noch wegen eines windigen Prinzen, der sie gar nicht wirklich liebte und sofort vergaß, als ihm seine Eltern eine Menschenprinzessin zur Frau gaben! Zu meinem Ärger wollte sie nicht mitweinen, als die kleine Seejungfrau am Wasser saß, um ihre wunden Beine zu kühlen und von ihren lilienbekränzten Schwestern heimgerufen wurde. Heidemarie blieb auch dann ungerührt, als sich die Seejungfrau am Ende voll Trauer ins Meer stürzte und in Schaum verwandelte, um zu den Töchtern der Luft aufzusteigen.

Dafür gefiel Heidemarie die Reise nach Berlin, die wir einmal mit dem Vater unternahmen, weitaus besser als mir. Vom Fernsehen her hatte ich mir Großstädte immer viel glänzender vorgestellt. Und voller tatkräftiger Menschen! Statt dessen starrten mich mächtige Fassaden stumm an. Gesichtslose Leute hasteten auf breiten Bürgersteigen dahin. Auch gab es zuviel Schmutz. Und der Benzingeruch! Vater aber war gut gelaunt. Er fühlte sich fast als Berliner, weil er dort einige Jahre die Gewerkschaftsschule besucht hatte. Stundenlang schleppte er uns durch die Gänge eines Ministeriums, und wenn er in einem Raum verschwand, hatten wir im Vorzimmer zu bleiben und Bonbons zu lutschen. Das vornehme Restaurant, in das er uns danach führte, entschädigte mich kaum. Das steife Gehabe der Kellner, das kühle Klingeln der Bestecke um uns herum schüchterte mich eher ein, als daß es in mir ein Hochgefühl weckte. Ich war nicht unzufrieden, als wir wieder im Personenzug saßen und nach Norden ruckelten, in das weite, graugrüne Land hinauf, das unseres war.

Damals kämpfte Vater als Gemeinderatsmitglied für die LPG. Für ihn sah die Sache einfach aus: Die Bauern sollten Maschinen kriegen und zusammen arbeiten, anstatt daß sich jeder auf seiner Klitsche kaputt wirtschaftete. Schrecklich und töricht zugleich war es uns vorgekommen, daß der alte Mitschke seinen Hof angezündet hatte, weil er nicht in die LPG wollte! Verkohlt hatte man ihn und seine Frau im Bett gefunden, von dem aus er wahrscheinlich ein brennendes Streichholz geworfen hatte. Sein vorher mit Benzin beträufeltes Gehöft leuchtete dann die ganze Nacht über viele Kilometer weit. Mitschkes Söhne waren – wie so viele andere – kurz zuvor in den Westen gegangen, weil sie wußten, daß sie den Hof nicht erben konnten. So hatte die LPG am Ende gesiegt. Und auch der Konsum, den die Mutter leitete, war dabei zu siegen. Wenn es sich auch nicht gerade um einen glänzenden, sondern nur recht kleinen Sieg handelte. Der Konsum war freundlicher und hygienischer als der alte Milchladen von Opa Läuter. Und die schlimmen Zeiten, die mit der LPG für den Konsum ausgebrochen waren, als er nur ein Stück Butter pro Kopf in der Woche herausgab, Wurst und Fleisch zuteilte und die Schlagsahne ganz verschwand – diese schlimmen Zeiten würden nicht lange dauern. Das jedenfalls behaupteten unsere Eltern, und sie sollten mehr oder weniger recht behalten. Bis auf die Schlagsahne schaffte der Konsum schon bald wieder all das heran, woran wir gewohnt gewesen waren. Und irgendwie fanden sich die Bauern auch mit der Arbeit auf den großen Feldern ab. Dafür hatten sie den Achtstundentag und vierzehn Tage Ferien.

Ständig wurde in der Schule gesagt – und Vater sagte es auch –, daß unsere Welt immer schöner werden würde. Ich hatte keinen Grund, daran nicht zu glauben, jedenfalls was unsere Gegend betraf. Daß die Welt in Gut und Böse gezweiteilt war, daran waren spätestens nach der Errichtung der Berliner Mauer keine Zweifel mehr erlaubt. Aber natürlich zweifelte man doch. Waren denn andere Völker auch eingemauert? Und wie lange sollte das dauern?

Das wilde Jagen der Wolken quer über den Himmel von Reinsbach oder auch der freie Flug eines Reihers über dem Wäldchen von Buchenau – so etwas weckte Unruhe in mir. Wenn ich im Garten, im Geruch von Gras und Blumen lag und nach oben schaute, überkam mich eine Ungewißheit. Eine Art Wehmut oder Sehnsucht. Ich fühlte, daß sich meine Seele zu entscheiden hatte. Entweder sie ging mit den Wolken mit, oder sie fiele zur Erde zurück, aus der ich gemacht war.

Im Herbst nach dem Mauerbau ging es Vater schlecht und schlechter. Nach zwei Operationen lag er elend zu Hause. Immer dünner und wortkarger wurde er, bis ich schließlich anfing, mich vor ihm zu fürchten. Während Heidemarie bis in seine letzte Stunde neben ihm sitzen konnte, vermochte ich seinen Anblick kaum zu ertragen. Er war dem Kahlbutz zu ähnlich geworden! Besonders als er dann wirklich tot war und Bürgermeister Griesner zu uns nach Hause kam und ihm die Hände über der Brust faltete. Heidemarie weinte zum Gotterbarmen. Mir kamen die Tränen erst später, als wir vor dem geschlossenen Sarg auf dem Friedhof standen und Mutter so fremd aufschrie.

Seit Vaters Tod lag ein Stein auf meinem Herzen. Der nur noch schwerer wurde, wenn ich meine Klassenkameraden Bernd Petzold und Karin Drechsler auf Fahrrädern oder Rollschuhen durch die Siebenergasse fliegen sah. Wobei sie ausgelassen lachten! Ich konnte es nicht verwinden, daß ich es nicht selber war, die da anstelle der Drechsler mit Petzold kicherte. Sogar im Unterricht konnte ich es nicht lassen, ihn zu beobachten. Er gefiel mir einfach zu sehr. Dieser Ärger, wenn Petzold in der Pause mit der Drechsler schäkerte! Dabei wußte ich genau, daß ich niemals so kichern könnte wie sie, wenn Petzold um sie herumscharwenzelte. Mochte er die Drechsler etwa, weil sie so eine dünne Bohnenstange war?

Das ging so viele Monate, vielleicht auch ein Jahr. Dann geschah etwas Unerhörtes. Petzold wandte sich von der Drechsler ab und einem Mädchen zu, das neu in die Klasse gekommen war und gerade meine Freundin wurde: die dunkelhaarige, etwas klein geratene Nora aus dem Erzgebirge. Ich ging mit ihr Arm in Arm durch den Stadtpark spazieren, um ihr die Schwedenmauer zu zeigen und zu erzählen, wie die Schweden dort unsere Vorfahren wahllos gegriffen und aufgehängt hatten, um ihnen die Fußsohlen aufzuschlitzen und mit Salz zu bestreuen, das dann von Ziegen aufgeschleckt wurde, wobei sich die Unglücklichen zu Tode lachten – gerade da mußte Petzold vorbeigeradelt kommen und Nora: »Na, du hübsches Weib!« zurufen. Und sie ließ sich das gefallen, denn sie hatte bereits mitbekommen, daß er der begehrteste Junge der Klasse, wenn nicht der ganzen Schule war. Natürlich wußte sie nichts von meiner Verknalltheit. Ich mußte einsehen, daß ich nichts, aber auch gar nichts unternehmen konnte, um Petzolds Aufmerksamkeit auf mich zu ziehen.

Etwas Trost fand ich im Kino. Mit Nora zusammen sah ich mehrmals den ›Grafen von Montechristo‹. Wenn Jean Marais vom Château d'If zur Insel Tiboulon schwamm, blieb mir der Atem weg. Solche schönen und entschlossenen Männer gab es in Reinsbach nicht! Vor dem Einschlafen träumte ich mich als Filmpartnerin von Marais. Es endete immer damit, daß wir eng umschlungen in einem Bett lagen. Meine Hände wurden zu seinen, und ich entdeckte, daß mein Körper aus fünf Flüssen bestand, von denen drei sich in reißende Ströme verwandeln konnten, um in einem einzigen Feuerknäuel zusammenzustürzen.

Einen guten Teil meiner Freizeit verbrachte ich in der Volksbibliothek. Ich las ›Onkel Toms Hütte‹, dann ›Rot und Schwarz‹ von Stendhal und Balzacs ›Verlorene Illusionen‹. Zola lag mir weniger. Doch es waren nicht allein die Romane, die mich in die Bibliothek lockten. Die hätte ich schließlich auch ausleihen und zu Hause lesen können. Ich mochte die Nähe der Frau Wiesenthal, die zwischen den Regalen umherschwebte und rasch gefunden hatte, was ich suchte. So um die fünfzig muß sie damals gewesen sein. Sie ähnelte dunklem Samt. Erst wenige weiße Fäden durchzogen ihr schwarzes, am Hinterkopf zusammengehaltenes Haar. Und ungewöhnlich dunkel blickten ihre Augen, denen meistens jeglicher Glanz fehlte. »Frau Wiesenthal ist Jüdin«, hatte Mutter mir einmal zugeflüstert, als wir ihr auf der Straße begegnet waren, und die Gelegenheit genutzt, mir zu erklären, daß Hitler Millionen Juden in Gaskammern hatte einschließen und ersticken lassen. Frau Wiesenthals Vater hatte hier in Reinsbach ein Schmuckwarengeschäft besessen. Außer ihr selbst war die ganze Familie umgekommen. Seit ihrer Rückkehr aus der Emigration bewohnte Frau Wiesenthal ganz allein eine Etage ihres alten, lichterfüllten Hauses, das das schönste in unserem Städtchen war.

Ich konnte mir nicht erklären, weshalb mir so wohl wurde, wenn ich von meinem Buch aufsah, mich im Stuhl nach hinten lehnte und Frau Wiesenthal bei der Arbeit zuschaute. Wie bedächtig und doch flink sie in der Kartei herumsuchte! Den Lesern Ratschläge erteilte! Bücher einstellte! Was sie auch immer tat, ihre Bewegungen erschienen mir ungewöhnlich schön. Das angenehme Gefühl, das ich beim Anblick der Bibliothekarin hatte, hielt jedoch nur solange an, wie ich mich darauf konzentrierte. Sobald ich wieder anfing zu lesen, war die Empfindung vorbei.

Natürlich blieb es nicht aus, daß sie auf mich aufmerksam wurde. Frau Wiesenthal belohnte meine Treue zur Bibliothek, indem sie mich bei der Auswahl der Bücher beriet. Sie hatte verstanden, daß mich vor allem die französischen Klassiker fesselten, und empfahl mir ›Madame Bovary‹. »Als warnendes Exempel«, sagte sie, als sie mir das Buch in die Hände gab. »Lieber gar nicht heiraten als den falschen Mann! Und nur ja nicht zu früh!« Dabei lachte sie kurz auf.

Die Tröstungen, die die Bibliothek und die verqueren Träume von Jean Marais lieferten, konnten nicht vollständig sein. Niemals zuvor hatte ich das wilde Treiben der Wolken über unserem Himmel wehmütiger verfolgt als in diesem meinem vierzehnten Frühjahr. Ich hatte das Gefühl, daß meine Bücher und der Kinotraum das eigentliche Leben waren und mein Leben in Reinsbach nur ein Alpdruck: der Gang zu Bäcker Lamprecht am Morgen, das Aufmerksam-in-der-Bank-Sitzen und die Arm-in-Arm-Pausen mit Nora. Die Vorbereitungen auf die Oberschule, die Jugendweihe. Die Menschen um mich herum – sogar Mutter und Heidemarie – erschienen mir wie Wachsfiguren. Ich sah ihnen nicht an, ob sie irgendeine Sehnsucht hatten. Mir schien, als bewegten sie sich vielleicht nur dank eines tief in ihnen verborgenen mechanischen Antriebs. Wenn ich darüber nachdachte, konnte ich sie dafür hassen. Vater hatte mich allein gelassen.

Eines Tages, als ich dabei war, mit der Milchkanne in der Hand aus unserem Gartentor zu treten, hörte ich ein Zischen. Es kam von einem der sowjetischen Soldaten her, die vor der gegenüberliegenden Kaserne Wache hielten. Bewegungslos, das Gewehr über dem Rücken, in olivfarbener Uniform stand er da. Nur seine Augen blickten mich an, und es schien auch, als lächelte er ein wenig. Ich war so überrascht, daß ich zurück ins Haus flüchtete. Das war doch ein richtiger Mann! Neunzehn oder zwanzig Jahre alt! Was fiel dem ein? Hinter der Gardine versteckt, sah ich ihn mir noch einmal an. Sein Gesicht war noch jungenhaft, trotz des gelben Schnurrbärtchens. Der Arme, dachte ich. Steif und still muß er dort stehen und langweilt sich sicher zu Tode! Natürlich darf er kein Mädchen ansprechen. Nie hatte ich davon gehört, daß irgendein Mädchen mit einem sowjetischen Soldaten gegangen wäre. Ob ihn der andere Soldat, der mit ihm Wache hielt, nicht verpetzte? Sicher waren sie Freunde, sonst hätte er es nicht gewagt, mir ein Zeichen zu geben.

Als ich am nächsten Tag aus dem Vorgärtchen trat, hörte ich wieder das leise Zischen. Und als ich aufblickte, sah ich denselben jungen Mann wie am Vortage. Das Blut schoß mir bis in die Ohren, und ich begann zu begreifen, daß er wohl öfter dort zu stehen hatte. Mir fiel nichts Besseres ein, als vorwärts zu eilen, bis ich keuchend in der Bibliothek angekommen war. Aber es gelang mir nicht, die Hitze loszuwerden. Richtig lesen konnte ich heute nicht. Die Wörter blieben ohne Zusammenhang. Ich dachte an nichts anderes, als daß ich von einem männlichen Wesen begehrt wurde.

Aber war es denn möglich, einen Sowjetsoldaten zu lieben? War das erlaubt? Am nächsten Nachmittag wagte ich nicht, aus dem Haus zu gehen. Ich konnte es aber nicht lassen, ihn hinter der Gardine zu betrachten. Er kam mir nun recht hübsch vor. Er hatte etwas, was Petzold nicht hatte und niemals haben würde. Etwas Fremdes. Strahlendes. Geheimnisvolles.

Als Mutter mich dann doch zum Brotholen schickte, blieb das Zischen, auf das ich nun schon wartete, aus. Statt dessen rollte ein weißes Kügelchen vor meine Füße. Eine Botschaft! Wieder schoß mir das Blut in den Kopf. Während ich mich bückte, faßte ich den Mut, meinen Freund einen Moment anzusehen. Dann eilte ich davon, um das Kügelchen in der Siebenergasse mit fliegenden Fingern aufzufalten. In altmodischer Schrift stand dort »Guten Tag! Ich heiße Michael. Wie Sie heißen? Ich liebe Sie!«

Michael! Natürlich hieß er Michail! Und wurde wahrscheinlich Mischa gerufen. Oder Mischenka? Ich war sofort entschlossen zu antworten. Aber wie? Sollte ich auch so ein Papierkügelchen rollen und es ihm zuwerfen? War nicht das Risiko groß, daß Mutter, Heidemarie oder – was sicher ebenso schlimm war – jemand von der Kaserne den Wurf beobachten würde? Und könnte Michail das Kügelchen überhaupt aufheben? Während ich bei Bäcker Lamprecht Schlange stand und an dem Papier in meiner Anoraktasche herumnestelte, entschloß ich mich, ihm im Vorbeigehen meinen Namen zuzuraunen. Es störte mich diesmal nicht, daß ich lange warten mußte, bis ich das heiße Brot unter den Arm schieben konnte. Auch den Heimweg trat ich gemächlich an. Etwas bang war mir schon.

Ich wählte einen Weg, der mich von der anderen Seite nach Hause brachte, um wie selbstverständlich an Mischenka vorbeigehen und ihm etwas zuflüstern zu können. So dicht wie möglich lief ich an ihm vorbei und flüsterte: »Menja sawut Rosemarie – Ich heiße Rosemarie!« Ohne eine Antwort abzuwarten, schwenkte ich quer über die Straße. Als ich mich umdrehte, um die Gartentür zu schließen, trafen sich unsere Blicke aber doch. Er lächelte.

Im Haus angekommen, fiel mir ein, daß niemand etwas dagegen haben könnte, wenn ich ein wenig aus dem Fenster schaute. Ich wollte weiter Blicke mit Mischa austauschen. Daß es eine gute Idee war, sich in die Abendsonne zu »hängen«, meinte aber auch Heidemarie. Sie stellte sich mit einem Röhrchen Seifenblasen neben mich. Für mein Vorhaben nicht gerade günstig! Trotzdem hatte Mischa verstanden. Unsere Blicke trafen sich immer wieder, wenn auch nur kurz. Nie hatte ich die Düfte der Frühjahrsblumen, die im Vorgarten standen, gieriger aufgesogen. Niemals die erste Wärme des jungen Jahres so deutlich unter der Haut gespürt!

Als die Uhr im Wohnzimmer sechs schlug, sah ich, wie Mischenka und sein Kamerad von zwei anderen Wachsoldaten abgelöst wurden. Ich blieb noch einige Minuten am Fenster, um bei Heidemarie keinen Verdacht aufkommen zu lassen. Sie war erst elf Jahre alt, konnte aber – das wußte ich aus eigener Erfahrung – in Liebesdingen bewanderter sein, als es den Anschein hatte.

Am nächsten Tag hatte ich eine FDJ-Veranstaltung, und ich kam erst gegen fünf Uhr nach Hause. Mischa stand wieder mit seinem Kameraden vor dem Kasernentor und schnipste mir noch einmal ein Papierkügelchen entgegen. Ich tat so, als ob ich mir die Schnürsenkel band, um nach dem Kügelchen zu greifen. Es gelang mir auch, Mischa von unten her ein kleines Lächeln zu schenken, dann eilte ich ins Haus.

Ich las: »Guten Tag, Rosemarie! Bitte heute abend um elf Uhr im Park. Dein Michael.« Ich überflog den Zettel wieder und wieder. Mein Herzklopfen schlug in Zittern um. Es war doch unmöglich, um elf Uhr nachts in den Park zu kommen! Was bildete sich Mischa ein? Ich war doch keine achtzehn Jahre alt, um spätabends aus dem Haus gehen zu können, wann es mir paßte? Und er? Wie wollte er es anstellen, abends um elf im Park zu sein?

Das Problem war nicht nur, mich irgendwie aus dem Haus zu stehlen. Schließlich hätte ich aus dem Fenster meines Zimmers klettern können oder noch besser aus dem Badezimmerfenster, das auf der Gartenseite lag. Mir war aber klar, daß da im Park etwas Unbekanntes, Dunkles auf mich zukommen wollte, von dem ich nur eines wußte: Man konnte ein Kind davon kriegen.

Mir war so elend, daß ich abends kaum etwas aß. Auch das Fernsehen, das den Lustspielfilm ›Geliebte weiße Maus‹ brachte, sagte mir nichts. Unter dem Vorwand, todmüde zu sein, zog ich mich früher als gewöhnlich in mein Zimmer zurück. Ich litt unsäglich, nicht in den Park gehen zu können. Während ich wütend ins Kopfkissen weinte, stellte ich mir vor, wie sich Mischa aus der Kaserne stahl. Auf mich dann an der Schwedenmauer wartete. Schließlich spazierte ich mit ihm Hand in Hand durch eines der sonnendurchfluteten Birkenwäldchen, die ich aus sowjetischen Filmen kannte. Wir küßten uns wieder und wieder. Dann sah ich mich in einem kleinen sibirischen Holzhäuschen für ihn und unser Baby wirtschaften.

Als ich morgens aufwachte, fiel mir ein, daß mich Mischa – wie viele andere damals – wohl auch für älter gehalten hatte, als ich war, und mich deshalb zu einem solchen Abenteuer eingeladen hatte.

Ich mußte Mischa klarmachen, daß ich ihn liebte, aber noch keine nächtlichen Einladungen in den Park annehmen konnte. Ich entschloß mich, diesmal doch einen kleinen Brief zu schreiben, zu einem Kügelchen zu rollen und ihm zuzuwerfen. Wenn er es schaffte, nachts um elf in den Park zu kommen, müßte er es auch schaffen, so ein Kügelchen aufzuheben!

Ich schrieb: »Menja tolko tschetyrnadzat let. Ja nje magu idti w parku. Ja lublju tebja! – Ich bin erst vierzehn Jahre alt. Ich kann noch nicht in den Park kommen. Ich liebe Dich.«

Als ich aus dem Haus trat, die Gartentür öffnete und mit einem Lächeln im Gesicht auf Mischa zulief, erwartete mich eine herbe Überraschung. Er lächelte nicht zurück, sondern blickte starr und steif über mich hinweg. Einer Statue gleich stand er da. So, wie sein militärisches Reglement es erforderte!

Das Kügelchen rutschte mir aus der Hand, und während mir die Tränen in die Augen stiegen, senkte ich den Blick und zwang mich weiterzugehen. Als sei nichts geschehen.

Schmach und Schande! Ich lief, lief, ohne die Bibliothek zu erreichen. Irrte im Städtchen umher, im Park und kam schließlich bei der Schwedenmauer zum Stehen. Wie war es möglich, daß der liebe, sanfte Mischa mein Fernbleiben in der Nacht so übelgenommen hatte? Schließlich mußte er sich denken können, daß die Angelegenheit für mich auch allerhand Risiken barg!

So begann ein gespannter, aber ereignisloser Sommer. Dann der müde, zähe Herbst.

Ich grübelte oft darüber nach, ob es nur Zufall war, daß Petzold mich nicht beachtet und Mischa mich so schnell wieder fallengelassen hatte? Weshalb trafen ausgerechnet mich solche Erniedrigungen? Damals dachte ich zum erstenmal daran, mit meinem Leben Schluß zu machen. Wahrscheinlich müßte ich sterben, damit Petzold und Mischa mich liebten? Ich sah mich schon am Pflaumenbaum im Vorgarten hängen, während Mischa gegenüber seine Wache zu halten hatte. Die einzige Genugtuung, die dieser Leidenschaft noch erwachsen konnte!

Meine Stunde schlug an jenem Winterabend, als Bürgermeister Griesner, Vaters alter Freund, bei uns vorbeikam und wie gewöhnlich eingeladen wurde, zum Abendbrot zu bleiben. Nachdem er einige Leberwurstbrote gegessen und eine Flasche Bier hinterher gespült hatte, fing er an, über eine Last zu klagen, die ihn schon eine Weile quälte. Irgendwelche Kommunisten aus dem Ort Soux im fernen Frankreich hatten an höherer Stelle in Berlin darum gebeten, freundschaftliche Beziehungen zu einem kleinen Ort in einem ländlichen Bezirk der Republik aufnehmen zu dürfen. Und die Wahl war auf Reinsbach gefallen.

Griesner sah sich der Aufgabe nicht gewachsen. Die Sache kam ihm riskant vor. Was hatte sein Städtchen mit Frankreich zu schaffen? Was könnte es mit den Leuten von Soux gemein haben, da es doch mit keinem kapitalistischen Land etwas gemein haben durfte! Schließlich war genau aus diesem Grunde die Berliner Mauer gebaut worden. Gut, es handelte sich um Kommunisten, aber was wollte das schon heißen? Er, Griesner, sei nicht so einfältig, um nicht zu wissen, daß das gar nichts zu heißen hätte, daß das die Angelegenheit eher noch komplizieren würde. Denn der notwendige Abstand wäre um so schwerer einzuhalten. Und was sollte er den Franzosen zeigen? Den Milchhof? Die Trockenfutterpresse? Und als lokale Sehenswürdigkeit vielleicht den Kahlbutz? Konnte man den etwa mit dem Eiffelturm vergleichen? Das Allerschlimmste schien ihm, daß er keinen Menschen in der Stadt hatte, der als Dolmetscher fungieren konnte. Die Oberschule hatte nun mal keinen Französischlehrer, und außer Frau Wiesenthal gab es niemanden in der Stadt, der sich französisch ausdrücken konnte. Sie aber hatte auf seine Anfrage hin gleich jedes Engagement abgelehnt. Frau Wiesenthal wollte von den Franzosen nichts sehen und hören. Am betrübtesten war er über die Notwendigkeit, einen Dolmetscher aus der Hauptstadt anfordern zu müssen. Was die ganze Künstlichkeit des Unternehmens so recht herausstrich.

Griesners Klagen konnte nicht das seltsame Interesse beeinträchtigen, das die Nachricht von der Ankunft der Leute aus Frankreich in mir geweckt hatte. Ich sah die Sache weniger von der Seite her, ob wir den Franzosen genug zu bieten hätten, sondern eher umgekehrt. Ich war mir sicher, daß es interessante Leute sein müßten, einfach deshalb, weil sie von weit herkamen. Weil sie anders waren. Und daß sie Leben in die Stadt bringen würden, einen Funken aus der Welt! Die Nachricht machte mich froh, sie riß mich aus meiner Traurigkeit, und ich hörte mich plötzlich sagen: »Also, Herr Griesner, wenn das größte Problem das Französische ist, zerbrechen Sie sich mal nicht mehr den Kopf. Ich verspreche Ihnen, Französisch zu lernen!«

Mutter, Heidemarie, Griesner, alle drei waren sprachlos. Dann fingen sie an zu lachen. Ich war mir meiner so sicher, daß mich das Lachen nicht aus der Fassung brachte. Im Gegenteil. Ich begann ebenfalls zu lächeln und wiederholte: »Ja, Herr Griesner, im Ernst, ich bin bereit, Französisch zu lernen und den Dolmetscher zu machen!« – »Aber wie willst du das denn lernen, mein Kind?« fragte Griesner mit Lachtränen in den Augen. »Wir haben doch nun mal keinen Französischlehrer hier!« – »Ich frage Frau Wiesenthal!« sagte ich entschieden.

Mein Vorschlag war nun überraschend konkret. Die Abendbrotrunde gab ihr Lachen auf. Griesner setzte eine amtliche Miene auf und sagte: »Meine liebe Rosemarie, du kannst ja anfangen mit deinen Französischstunden, aber du bist beim besten Willen bis zum Sommer nicht soweit, um wirklich dolmetschen zu können. Allerdings wäre es nicht schlecht, wenn du auf französisch im Namen der Stadt einen Blumenstrauß überreichen würdest!« Erneute Heiterkeit.

Keiner glaubte an die Verwirklichung meiner Idee. Um so fester beschloß ich sie bei mir selbst. Am nächsten Tag bestürmte ich Mutter, die zwanzig Mark, die sie mir im neuen Jahr monatlich für einen Gitarrenunterricht versprochen hatte, für die Französischstunden bei Frau Wiesenthal benutzen zu dürfen. Sie gab nach.

Am Nachmittag, sobald ich mich mit abgewandtem Blick an Mischa vorbeigestohlen hatte, ging ich zur Volksbibliothek. Als Frau Wiesenthal meinen Roman herauslegen wollte, stieß ich hervor: »Können Sie mir bitte Französisch beibringen?«

Ihre dunklen Augen blickten verständnislos. Warum um Gotteswillen wollte ich denn Französisch lernen? Englisch und Spanisch waren doch viel wichtiger!

Ich erklärte, daß ich Dolmetscherin für die Franzosen werden wollte, die die Stadt besuchen würden. »Ach, du liebe Güte!« meinte Frau Wiesenthal nun. »Ich glaube nicht, daß das zu schaffen ist. Nein, Rosemarie, in einem halben Jahr kannst du auf keinen Fall dolmetschen! Und ich habe noch nie im Leben unterrichtet!«

Ich spürte, daß ich nur weiter auf meinem Wunsch beharren mußte, um Frau Wiesenthal zum Nachgeben zu bewegen. Und als sie eine Weile über die Aussichtslosigkeit gesprochen hatte, bis zum Sommer Französisch zu lernen, lud sie mich doch für einen Nachmittag der kommenden Woche zu sich nach Hause ein. Einen Versuch könne man immerhin wagen.

Griesner, der öfter in unsere Kreisstadt Neuenhagen fuhr, bat ich eindringlich, mir dort ein Französischlehrbuch zu kaufen. Als die Zeit der ersten Unterrichtsstunde herangekommen war, trug ich es stolz zu Frau Wiesenthal. Sie begriff nun, daß es mir mit dem Französischen ernst war.

Sie hatte eine Teetafel hergerichtet. Ich hatte noch nie schwarzen Tee getrunken. Aber gut, ich wollte probieren. Weil er so merkwürdig duftete, sagte ich.

Dann las mir Frau Wiesenthal die erste Seite des Lehrbuchs vor. Wie weich war doch das Französische! Wie elegant floß es Frau Wiesenthal aus dem Mund! Auch ich las dann ein paar Worte, und sie fand meinen ersten Versuch gar nicht schlecht. Aber welche Rachenverrenkungen waren nötig, um so etwas wie einen Nasal herauszubringen! Wir schafften eine ganze Lektion und die dazugehörigen Übungen. Wäre es nach mir gegangen, hätten wir auch die zweite Lektion begonnen. Doch Frau Wiesenthal entschied, daß es für den ersten Tag genug war. Sie goß mir aber wieder Tee nach. Und so wagte ich es, ihr die Frage zu stellen, die mir die wichtigste war: Inwieweit sind die Franzosen anders als wir Deutschen? Das Anderssein interessierte mich maßlos.

Frau Wiesenthal gab ein lächelndes Seufzen von sich und meinte dann, daß die Franzosen vielleicht ein wenig fröhlicher, ein wenig frecher wären. Der Unterschied zu den Deutschen sei jedoch keineswegs erheblich und schmelze dahin, wenn man nur eine Weile bei ihnen lebe. Bessere Menschen seien es auf gar keinen Fall. Damit verdüsterte sich ihr Gesicht. Ich begriff, daß Frau Wiesenthal nicht nur Gutes in Frankreich erlebt hatte, und erkundigte mich, wie lange sie eigentlich dort gewesen war?

»Acht ganze Jahre!« antwortete sie seufzend und fügte hinzu: »Und nur die ersten Jahre waren gute Jahre. Da glaubte ich wirklich, gerettet zu sein. Aber dann, im Krieg, kam ich in genauso ein Lager, in das ich hier auch gekommen wäre. Und verraten hat mich mein eigener Mann. Ein Franzose.«

Das Anisplätzchen, das ich gerade in der Hand hielt, konnte ich vor Staunen nicht zum Mund führen. »Aber ich wußte gar nicht«, stotterte ich leise, »daß es in Frankreich auch Lager gegeben hat?« Und eigentlich wollte ich noch hinzufügen, daß ich auch von einer Ehe Frau Wiesenthals nichts gewußt hatte. Zum Glück schlug sie vor, das Thema zu wechseln, und trat an ihr Bücherregal heran, um einen Bildband über Paris herauszuziehen. »Den leihe ich dir bis zum nächsten Mal!« sagte sie freundlich.

Ich spürte, daß meine Zeit für heute vorüber war, und stand auf. Diskret, damit es Frau Wiesenthal nicht auffiel, legte ich einen Briefumschlag mit fünf Mark unter die

Tasse, aus der ich zum erstenmal schwarzen Tee getrunken hatte.

Kaum zu Hause, schlug ich den Bildband auf. Die Titelseite präsentierte in dicken Lettern ›Bonjour Paris‹ und eine handgeschriebene Widmung für Frau Wiesenthal, die ich noch nicht entziffern konnte. Aber ich verstand, daß es das Geschenk einer gewissen Nicole war.

Das erste Foto zeigte den Eiffelturm in leichtem Nebel. Ich kannte das Motiv schon, hatte es aber noch nie mit so viel Interesse betrachtet. Griesner hatte recht: Der Eiffelturm war schon etwas! Damit kam die Schwedenmauer oder gar der gräßliche Kahlbutz nicht mit. Dann folgte ein Foto von einem charmanten Trottoircafé – genauso hatte ich mir das berühmte französische Fluidum vorgestellt. Frau Wiesenthal mochte den richtigen Blick dafür verloren haben: Die Unterschiede zu Deutschland waren doch offensichtlich. Hier kam eben niemand auf die Idee, seinen Kaffee oder gar sein Bier draußen auf dem Bürgersteig zu trinken.

Mit wachsendem Staunen betrachtete ich die anderen Bilder der Stadt aller Städte: die mächtigen weißen Kuppeln von Sacré-Cœur, die Windmühlen von Pigalle, die Hallen, den Louvre, den Parc de Luxembourg – wo Balzac und Hugo so häufig die Treffen der Liebenden arrangiert hatten! Es gab auch Bilder, die Menschen zeigten. Die Pariser! Ein wenig dunkler, ein wenig markanter kamen mir ihre Gesichtszüge schon vor im Vergleich zu den rundlichen brandenburgischen Köpfen, zwischen denen ich aufgewachsen war. Na, und die Kleidung! Obwohl die Leute hier auf den Fotos nicht mehr nach der letzten Mode angezogen waren, sah man doch deutlich, daß sie Chic trugen. Das war eine Stadt! Eine richtige Stadt jedenfalls, wie ich sie mir immer vorgestellt hatte. Zwischen den Sehenswürdigkeiten verschiedenster Art lagen die breiten, lichterfüllten Avenuen, auf denen Tag und Nacht dichte Autoschlangen dahinglitten und dynamische Menschen promenierten. Schade, dachte ich, daß man dorthin nicht fahren konnte. Würde ich jemals Paris sehen? Eine Dolmetscherin käme sicher das eine oder andere Mal hin!

Die ganze Woche, jeden Tag betrachtete ich den Bildband und bedauerte schon, noch kein Wörterbuch zu besitzen. So ungeduldig war ich, die kleinen Texte, die unter den Fotos standen, zu entziffern. Die erste Lektion kannte ich auswendig und brannte darauf, die zweite zu beginnen.

Als der Nachmittag endlich herangekommen war, stahl ich mich mit dem Bildband unterm Arm an Mischa vorbei, durchquerte die Siebenergasse, dann den Park, und schließlich stand ich erwartungsvoll vor dem imposanten Eckhaus, das einst dem Goldschmied Wiesenthal gehört hatte. Aus den kärglichen Mieteinnahmen zweier Etagenwohnungen bestritt seine Tochter kaum die laufenden Reparaturkosten. Sie selbst bewohnte die erste, die Belétage. Sie bat mich in die mit alten holländischen Kacheln geschmückte Küche, wo sie gerade über einem großen Wasserkessel den Teesud vorbereitete. Auf meine fragenden Blicke sagte sie lächelnd, daß dies die russische Art sei, den Tee zu kochen.

Mischas Art, durchfuhr es mich. In dem luftigen Erker hatte sie wie vorige Woche einen Tisch gedeckt, an den sie mich auf französisch einlud. Gleich darauf verfiel sie jedoch wieder ins Deutsche, um wegen des Briefumschlags zu protestieren. Sie betonte, daß sie für ihren Unterricht auf keinen Fall Geld annehmen wollte. Er werde allein aus Sympathie erteilt. Außerdem könne sie keine Erfolgsgarantien abgeben. Nachdem ich versprochen hatte, niemals mehr Briefumschläge mit Geld liegen zu lassen, bat ich Frau Wiesenthal, mir die Untertexte im Bildband zu übersetzen. Als hätte sie erraten, daß ich in Wirklichkeit wieder über die Unterschiede zwischen Deutschen und Franzosen diskutieren wollte, sagte sie: »Weißt du, Rosemarie, im Grunde ist man doch nirgends besser aufgehoben als in seinem eigenen Land!« Ich wagte zu widersprechen: »Wie können Sie so etwas behaupten, Frau Wiesenthal, als einzige Überlebende einer jüdischen Familie?« Sie seufzte, daß ich wohl zu jung und zu unerfahren sei. Deutschland hätte zwar ihre Angehörigen umgebracht, aber sie selbst wiederum sei von einer deutschen Familie gerettet worden. »Zwei Jahre haben die mich in einem Hinterstübchen versteckt und mich mit dem Paß ihrer Tochter dann nach Frankreich expediert!« erzählte sie lächelnd. »Dort aber mußte ich selber sehen, wie ich weiterkam. Mein Schmuck war schnell dahin. Und Paris ohne einen Pfennig Geld, liebe Rosemarie, muß man nicht unbedingt erlebt haben. Obwohl ich ein halbes Studium hinter mir hatte, blieb mir nichts weiter übrig, als zu putzen. Da mußte ich mich noch glücklich schätzen, daß ich einen Mann fand, der mehr von mir wollte. Was ihn dann freilich nicht abgehalten hat, mich später anzuzeigen. Dabei war das kein schlechter Mensch, eher ein Feigling. Aber lassen wir diese alten Geschichten.«

Es zeigte sich, daß mir die zweite Lektion ebenso leichtfiel wie die erste. Die fremde Sprache flog mir zu, als hätte sie schon immer in mir geschlafen.

Bevor ich ging, mußte ich die Toilette benutzen. So ein vornehmes Badezimmer hatte ich noch nie gesehen! Leuchtend blau war es gekachelt, und solide alte Armaturen blitzten über der Wanne. Am meisten beeindruckte mich eine durch Schlichtheit auffallende, rechteckige Parfümflasche. Chanel No. 5. Nie hätte ich es gewagt, den Flacon zu berühren. Nur über das Waschbecken beugte ich mich, um eventuell einen Hauch des Duftes zu erhaschen. Umsonst. Die Flasche gab kein Atom ihres kostbaren Inhalts preis. So kühl Frau Wiesenthal auch über Frankreich reden mochte – was wohl auf ihren unguten Erfahrungen beruhte –, es hinderte sie nicht daran, Anhängerin seiner schönen Produkte zu sein.

Obwohl ich durch den Französischunterricht jetzt eine fesselnde Beschäftigung hatte, wurden doch die Qualen, die ich Mischas wegen empfand, nicht geringer. Ich wußte genau, daß es keine Möglichkeit gab, ihm näherzukommen. Aber ich hörte nicht auf, mir unsere Umarmungen im Birkenwäldchen vorzustellen. Oder ich malte mir die Nacht an der Schwedenmauer aus, die nicht hatte stattfinden dürfen. Und so litt ich weiter, wenn ich nachmittags das Haus verlassen mußte oder von irgendwoher heimkehrte. War es doch immer möglich, daß Mischa Wache schob. Obwohl er nie mehr Zeichen von sich gab, fühlte ich doch seinen Blick.

Als der Sommer herangekommen war, hatte ich schon beinahe das zweite Lehrbuch zu Ende gebracht. Griesner war nicht auf die Idee gekommen, mich nach meinen Fortschritten im Französischen zu fragen. Ich beschloß, ihn einmal vorm Gemeinderat abzupassen. Als er mit seiner alten speckigen Aktentasche endlich heraustrat und mich mit einem freundlichen: »Na, was hast du denn auf dem Herzen, mein Mädel?« begrüßt hatte, erinnerte ich ihn an sein Versprechen, mich bei dem Empfang der Franzosen einzusetzen. Sein Gesicht verdunkelte sich sofort. Er kratzte verlegen auf seiner Halbglatze herum und sagte: »Diese Franzosen bringen mich noch um, Rosemarie! Du stellst dir das alles viel zu einfach vor. Wir brauchen einen richtigen Fachdolmetscher aus Berlin. Aber den Blumenstrauß, den kannst du gerne übergeben. Wenn du willst, auf französisch. Ich denke auf alle Fälle an dich!«

Im Juni war es dann endlich soweit. Den Satz, den ich bei der Übergabe des Blumenstraußes aufsagen sollte, hatte Griesner mir aufgeschrieben. Ich übersetzte ihn mit Frau Wiesenthals Hilfe und lernte ihn auswendig. Tagelang feilte ich an meiner Aussprache herum, obwohl mir Frau Wiesenthal immer wieder versicherte, daß sie ganz makellos sei.

Am Ankunftstag der Franzosen sollte ich gegen drei Uhr nachmittags in FDJ-Bluse im Rathaus erscheinen. Ein Strauß rosa Nelken stand in einem Wassereimer bereit. Griesner und ein paar Mitarbeiter – alle mit weißen Hemden und Krawatten – liefen aufgeregt hin und her. Nur die aus Berlin angereiste Dolmetscherin, die als Monika Sander vorgestellt wurde, war ruhig. Sie saß in der Ecke und schmöckerte ein livre de poche, ein französisches Taschenbuch. Dabei paffte sie eine Zigarette nach der anderen. Und ab und zu streifte sie die Anwesenden mit einem Blick, der mir verächtlich vorkam.

Die Franzosen sollten gegen vier Uhr ankommen, aber auch um fünf waren sie noch nicht da. Griesner wurde so nervös, daß er den Pförtner, bevor er Feierabend machen durfte, noch in den Stadtkrug schickte, um ein paar Flaschen Bier zu holen. Irgendwie mußte man die Zeit schließlich totschlagen. Auch die Dolmetscherin nahm ein Bier an, nuckelte aber nur unlustig daran herum. Sie war wohl besseres Bier gewohnt. Ich saß, ohne mich viel zu rühren, aufrecht auf meinem Stuhl. Endlich sollte mich ein Hauch aus einer anderen Welt treffen!

Gegen sieben Uhr abends glitt ein großer, zartlila Bus um die Ecke der Siebenergasse und kam auf dem Markt zum Halten. Kein Zweifel, das waren sie! Während wir die Treppe hinunter stürzten, fluchte Griesner noch, daß man sich eigentlich früher schon vorm Rathaus hätte aufstellen müssen. Die Bustür öffnete sich vollkommen geräuschlos, und ein kleiner, kugeliger Mann mit Schirmmütze stieg heraus. Ich trat mutig auf ihn zu und sagte: »Je vu salü o nom de ma vil e o nom de la pä! – Ich begrüße Sie im Namen meiner Stadt und im Namen des Friedens!« Worauf der Franzose mir kräftig die Hand drückte und freudestrahlend hinzufügte: »Et moi – je vous salue au nom du communisme!« Das hatten alle verstanden, und Griesner lächelte vorsichtig. Die Dolmetscherin begann in Aktion zu treten. Etwa zwanzig Franzosen, Männer und Frauen meist mittleren Alters, stiegen aus dem Bus, müde und neugierig zugleich. Angelockt von dem eleganten lila Fahrzeug, hatten sich auch Schaulustige angesammelt, wodurch der Empfang nun plötzlich eine natürlichere Atmosphäre bekam. Der Ansprache Griesners, die von der Berlinerin mit ruppig-heiserer Stimme übersetzt wurde, hörte aber vielleicht nur ich wirklich zu. Von der Übersetzung verstand ich kaum etwas. Die Dolmetscherin sprach so schnell, daß mich schon Empörung überkam über die unverantwortliche Art und Weise, in der sie ihre Arbeit ausführte. Ich hatte mich indes noch mehr zu wundern, als der französische Reiseleiter seine Rede begann. Er sprach noch rascher und so unverständlich, daß mir seine Worte kaum noch als Französisch erschienen. Aber Fräulein Sander hatte keine Probleme, die Ansprache ins Deutsche zu bringen. Die Franzosen berichteten, daß sie alle Kommunisten waren. Sie wünschten, die Praxis eines vom Standpunkt des wissenschaftlichen Kommunismus regierten Landes kennenzulernen – über das die kapitalistische Presse zweifellos mehr Lügen als Wahrheiten verbreite. Sie selbst kämen aus einer ebenso kleinen Stadt, die wie diese hier inmitten eines landwirtschaftlichen Gebietes lag. Aber die Bauern der Umgebung – von denen einige übrigens mitgekommen waren – befanden sich in großen wirtschaftlichen Schwierigkeiten, obwohl sie sich zum Teil zu Kooperativen zusammengeschlossen hatten. Sie hatten gehört, daß hier vor einigen Jahren eine erfolgreiche, von Staat und Partei geleitete Kollektivierung stattgefunden habe, deren Ergebnisse sie nun studieren wollten.

Ich staunte immer mehr. Einerseits wurde mir schlagartig bewußt, wie stümperhaft mein eigenes Französisch noch war, zum anderen wurden mir die Franzosen immer sympathischer. In der Tat hatte das Westfernsehen für die Kollektivierung nur Verachtung übrig. Und selbst hier in Reinsbach war man sich nicht immer ganz sicher gewesen, ob sie einen Sinn hatte oder nicht. Konnte denn ein Sinn darin liegen, jahrelang ohne Schlagsahne, mit rationierter Wurst und Butter zu leben, wenn die Einzelbauern das alles in genügender Menge hatten herstellen können? Und nun kamen diese Leute aus dem fernen Frankreich wie zu einer Pilgerfahrt daher, um unser Experiment als eine Art Wunder zu besichtigen!

Als die Begrüßungszeremonie zu Ende war, geleitete Griesner die Besucher zum Stadthotel. Um die Franzosen einigermaßen ordentlich empfangen zu können, hatte er für die Renovierung kräftig investieren müssen. Meine Aufgabe war nun beendet. Bevor ich mich auf den Heimweg machte, sah ich den Franzosen nach. Mir fiel auf, daß die Frauen erstaunlich kurze Röcke trugen. Auch die älteren und obwohl sie nicht alle die hübschesten Beine hatten! Ein solcher Makel wurde jedoch teilweise durch die aparten Strümpfe wettgemacht, die einen dunklen, geheimnisvollen Ton hatten. Das war also die neue Mode, dachte ich und lief nachdenklich nach Hause.

Am nächsten Abend kam Griesner bei uns vorbei und erzählte begeistert von dem Landwein, den die Franzosen in Kunststoffkanistern mitgebracht und dem sie nach dem Abendessen im Hotel noch kräftig zugesprochen hatten. Es seien viel unkompliziertere Leute, als er befürchtet hatte, und die kleine Dolmetscherin aus Berlin mache ihre Sache auch besser als erwartet. Dennoch war es kein leichter Tag gewesen. Die erste Komplikation war entstanden, weil die Franzosen nicht, wie verabredet, pünktlich um neun Uhr vor der Stadtherberge gestanden hatten. Schlimmer noch, daß sie nicht als geschlossene Gruppe zur MTS wandern wollten. Die meisten Damen hatten behauptet, sich für Maschinelles nicht zu interessieren, und gaben vor, lieber die Kirche zu besichtigen, die wegen ihrer unverhältnismäßigen Größe Neugierde weckte. Solche Interessen hatte er den Leuten aus Soux, die sich ja für Marxisten ausgaben, nicht zugetraut. Außerdem war die Kirche doch immer abgeschlossen! Wohl oder übel hatte er eine Sekretärin zu Pfarrer Renzel schicken müssen, die ihn bat, den Gästen die Kirche zu zeigen. Es war aber ein sehr stümperhaftes Unterfangen gewesen, meinte er, denn weder Renzel noch die Sekretärin sprachen auch nur ein einziges Wort französisch. Und der Besuch der Maschinen-Traktoren-Station war ebenfalls nicht so ein Erfolg gewesen, wie Griesner gehofft hatte. Die Franzosen fanden den Maschinenpark wenig beeindruckend und drängten rasch zum Aufbruch. Schlimmer noch war das Mittagessen im

Stadtkrug. Dabei hatte man es mit so viel Sorgfalt vorbereitet. Schließlich war doch bekannt, daß die Franzosen in puncto Essen verwöhnt waren! Aber die Gäste sprachen dem Aufgetischten nur mäßig zu, obwohl die Koteletts sogar mit Champignons dekoriert waren! Glücklicherweise wußte der Leiter der Gruppe die Situation doch immer wieder zu retten, indem er nach jeder Veranstaltung – auch nach dem Essen – stets eine Dankesrede hielt. In einer dieser Reden hatte er den im Programm nicht vorgesehenen Wunsch geäußert, über die technischen Einrichtungen der sozialistischen Landwirtschaft hinaus auch menschliche Erfahrungen sammeln zu wollen, kurz, die Franzosen wollten die Bürger von Reinsbach und ihre Lebensverhältnisse kennenlernen. Griesner, der den ganzen Tag aus dem Schnaufen und Stöhnen nicht herausgekommen war, sah sich gezwungen, das vorgesehene Programm abzuändern. Es war klar, daß man dem Wunsch nach Kontakten nur in sehr bescheidenem Rahmen entsprechen konnte. Er, Griesner, würde fünf bis sechs Franzosen zu sich nach Hause einladen. Aber könnte er die Ausländer zu anderen Mitarbeitern schicken? Wer weiß, was die dann nach einer Flasche Wein so alles erzählen würden? Aber er hatte schon über Alternativen nachgedacht. Er würde den Franzosen eben doch das bißchen Folklore vorführen, das wir zu bieten hatten. Den Kahlbutz. Und den Schieritzsee, wo – falls das Wetter es gestatte – ein Badevergnügen stattfinden könnte.

Am Ende seines Berichts bat er mich, nun doch an der Betreuung der Franzosen teilzunehmen. Er selbst wollte morgen früh in der Schule anrufen und mich freistellen lassen.

Vor lauter Freude konnte ich nicht einschlafen. Zum erstenmal seit langer Zeit brauchte ich nicht mehr vom Birkenwäldchen zu träumen! Endlich kam ich aus dem Alltagstrott heraus! Bevor ich am nächsten Morgen zum Stadthotel ging, sah ich bei Frau Wiesenthal vorbei und berichtete ihr von meinem Glück. Sie freute sich herzlich für mich und winkte mir noch aus dem Erkerfenster nach, als ich mich in Richtung Markt in Bewegung setzte.

Bislang stand nur Griesner eifrig rauchend vor dem Hotel. Um halb zehn traf die Dolmetscherin ein, die einen unausgeschlafenen Eindruck machte. Ich sah, daß sie ein mindestens ebenso kurzes Röckchen trug wie die Französinnen und darunter diese dunkel schimmernden Strümpfe, die auch einem mittelmäßig gebauten Bein Grazie verleihen konnten. Woher hatte sie bloß diese Strümpfe? Aus Berlin? Als Fräulein Monika nun auch noch ein hellblaues, ganz eindeutig französisches Päckchen Zigaretten aus ihrer Handtasche zog, kam mir die Idee, daß sie die Strümpfe vielleicht abgekauft oder gar abgebettelt haben könnte? Der Gedanke empörte mich. Sosehr ich diese Berlinerin auch wegen ihres flinken Französisch beneidete, sosehr wußte ich von mir selbst, daß ich mich niemals bis zu diesem Punkt erniedrigen würde. Und überhaupt, wie provokant diese Person dort auf der Straße stand und paffte! Die Hauptstädterin spielte sie! Hier, in unserem Städtchen, das sie ganz offensichtlich lächerlich fand.

Nach und nach trudelten die Franzosen ein. Griesner, der sich wegen der Verspätung schon wieder erregt hatte, mimte den Leutseligen. Kam es doch diesmal nicht auf Pünktlichkeit an, weil man nicht vorhatte, eine Produktionsstätte zu besichtigen. Heute war Entspannung angesagt. Es stand weiter nichts auf dem Programm als der Kahlbutz. Griesner wollte, daß die Gruppe in dem schnittigen lila Bus nach Kampehl fuhr, um rechtzeitig zum Mittagessen im Stadtkrug zu sein. Geplant waren, wie er beiläufig übersetzen ließ, Rinderrouladen, Salzkartoffeln, Gurkensalat. Die Franzosen äußerten nun aber den Wunsch, zu Fuß zu gehen. Das Mittagessen, meinten sie, könne ruhig einmal auf den Abend verschoben werden. Warum nahm man für unterwegs nicht ein paar Sandwiches mit? Die Dolmetscherin hatte Mühe, Griesner zu erklären, was die Franzosen überhaupt meinten. Und ganz verstand er den Ernst der Lage erst, als sie ihm kurz und bündig sagte, daß Franzosen nun einmal das Abendbrot mittags und das Mittagsbrot abends wollten.

Die Sache setzte ihn in Verlegenheit, weil das Stadthotel das Abendbrot natürlich noch gar nicht parat hatte. Mir kam die Idee, beim Bäcker Lamprecht Kuchen zu besorgen, der doch auch als Wegverpflegung dienen konnte. Griesner nickte mir dankbar zu. In seiner Not schickte er wieder eine im Rathaus beschäftigte Sekretärin los, um bei Lamprecht ein paar Bleche Kuchen zu requirieren. Der Bäcker vertraute ohne Zögern der schriftlichen Bitte seines Bürgermeisters und rückte den Kuchen heraus. Er bedauerte nur, nicht rechtzeitig vorbereitet gewesen zu sein, denn sein Laden wirkte nun wie ausgeräubert, und seine Stammkunden würden heute leer ausgehen.

Über der Chaussee nach Kampehl lagen schon die Mittagsschatten der Eichen, als wir endlich loszogen. »C'est joli chez vous! – Es ist schön bei euch!« wandte sich eine Frau an mich. Sie stellte sich als Marie-Louise vor. Ich war stolz, sie verstanden zu haben, wenn ich auch nur mit einem mehrfachen »Oui, oui, oui« antworten konnte. Zum erstenmal sah ich unsere kleine Welt mit fremden Augen: Das üppige, kleedurchwucherte Junigras, den beinahe zugewachsenen glucksenden Bach und den unermeßlichen Himmel darüber, in dem sich wieder einmal eine gigantische Kumuluswolkenpyramide türmte. Sie blieb auf der Stelle, weil sich nicht der kleinste Windhauch regen wollte!

Am Rande des Wäldchens von Buchenau hielten wir an und packten den Kuchen aus. Die Franzosen waren vom Bienenstich so begeistert, daß sie ohne weiteres die doppelte Menge verschlungen hätten. Die Frauen verlangten, bei Bäcker Lamprecht die Rezepte und den genauen Backvorgang in Erfahrung zu bringen. Was Griesner nicht wenig verwunderte. Das wollten Kommunisten sein! Interessierten sich mehr für Kirchen und Produktionsmethoden eines Privatbäckers als für die MTS! Der Gastgeber in ihm siegte jedoch wieder, und er versprach, für die Damen einen Besuch in der Backstube zu organisieren. Dabei müßten sie sich aber doch einmal auf ein früheres Aufstehen gefaßt machen, meinte er mit warnend erhobenem Zeigefinger. Die Frauen lachten und erklärten, daß sie frühes, ja sogar sehr frühes Aufstehen gewöhnt waren. Nur in den Ferien würden sie gern richtig ausschlafen. Für die Rezepte allerdings wollten sie schon einmal in aller Herrgottsfrühe aufstehen.

Gegen eins langten wir in Kampehl an. Griesner schickte mich zu Herrn Meißner, der seit dem Tode seiner Frau den Schlüssel zum Kabuff des Kahlbutz verwaltete und auch die notwendigen Erklärungen abzugeben wußte. Als er die knarrende Tür aufgezogen hatte, stellte sich heraus, daß wir nur schwerlich alle in den Raum paßten. Wie in einer Sardinenbüchse mußten wir uns um den Holzsarg drängen. Die eben noch so fröhlichen Franzosen verfielen beim Anblick des Kahlbutz in fast kindlichen Ernst. Viele bekreuzigten sich.

Mir war der Kahlbutz noch nie so jämmerlich erschienen wie heute, und ich begriff plötzlich, weshalb Griesner ihn zunächst nicht hatte vorführen wollen. Die im Hintergrund aufgestellte Rüstung, die Fahnenstange – das war so ärmliches Zeug! Der neben ihm im Sarg liegende Schuh – alles andere als eines Junkers würdig! Zum erstenmal verstand ich, woher Schäfer Pickert den Mut genommen hatte, dem Kahlbutz das Recht der ersten Nacht mit seiner Braut zu verweigern. Er muß das Empfinden gehabt haben, daß der Junker nicht wirklich etwas Besseres darstellte als er selbst. Und dieses Empfinden muß auch die Marie gehabt haben, als sie den Mord anzeigte.

Gebannt lauschten die Gäste den Erzählungen Herrn Meißners, die Fräulein Sander übersetzte. Ich vermerkte nicht ohne Genugtuung, daß sie sich hin und wieder verhaspelte. Sie konnte den französischen Ausdruck für den verlederten Zustand des Kahlbutz nicht finden und auch nicht für das Sezierungsunternehmen des bekannten Arztes Virchow, das im Jahre 1895 zu keiner Aufklärung des biologischen Rätsels geführt hatte. Irgendwie zog sich Monika aber jedesmal aus der Affäre. Das Interesse der französischen Gäste wurde durch diese kleinen Pannen nicht beeinträchtigt. Es schlug sogar in Heiterkeit um, als Herr Meißner berichtete, daß der Kahlbutz von den napoleonischen Truppen, die sich 1806 in Kampehl eingenistet hatten, aus seinem Sarg gerissen, mit weißen Hosen sowie einem roten Militärwams bekleidet und in einem Schilderhaus aufgestellt worden war. Es hatte einer entschlossenen Nacht- und Nebelaktion der Patrioten von Kampehl bedurft, um den alten Junker zurückzuerobern und während der Zeit der französischen Einquartierungen notdürftig zu verstecken. Damals verdienten die Bürger von Kampehl zwar noch nichts am Kahlbutz, aber hergeben wollten sie ihn trotz seiner bösen Taten auch nicht. Sie hatten Sorge, daß der Kahlbutz nach Frankreich entführt werden sollte, um dem Pariser Volk ein recht unehrenhaftes Pläsir zu verschaffen. Bei den Verhältnissen, die damals dort herrschten, waren die Franzosen fähig, den Kahlbutz in dem zur Volksbesichtigung freigegebenen Louvre aufzustellen. Wo er dann als ostelbischer Junker öffentlich verhöhnt worden wäre!

Als Herr Meißner bei der Geschichte angekommen war, wie der Kahlbutz kurz nach seiner Entführung durch die französischen Rothosen erneut aus seinem Sarg gerissen und der reichen, aber stockhäßlichen Bauerntochter Liesbeth ins Hochzeitsbett gelegt worden war, während sich der Bräutigam samt Mitgift auf und davon machte, fingen die Französinnen an zu kichern, wie ich es bei Frauen in fortgeschrittenerem Alter nicht für möglich gehalten hätte. Und weil Liesbeth anstatt des knackigen Burschen den vertrockneten Kahlbutz im Bett fand, verlor sie für immer den Verstand und schlug allen späteren Freiern das Heiraten ab. Als Herr Meißner noch erwähnte, daß Liesbeth von nun an alle Männer für den Kahlbutz hielt, da wurde aus dem Kichern der Frauen ein herzliches Lachen.

Sie hörten nicht auf zu lachen, so daß ich am Ende mitlachen mußte und auch Meißner ein kleines Lächeln zeigte.

Die Franzosen verließen das winzige Gemach und fragten Herrn Meißner noch dies und jenes. Sie boten ihm aus ihren hellblau leuchtenden Gauloisesschachteln Zigaretten an. Ahnungslos griff er zu und kam sofort ins Husten. Ob man hier in Kampehl nicht ein kleines Eis essen könne, fragten die Frauen. Oder ein Bier trinken, fügten die Männer hinzu. Warum man neben dem Kirchlein nicht ein Café unterhalte – was die Besucherzahlen doch steigern könne? Da schüttelte Meißner wieder verlegen den Kopf. Griesner aber ließ durch Monika mitteilen, daß sie eben doch den Bus hätten nehmen müssen. Dann wäre man zur Kreisstadt gefahren, um im »Goldenen Löwen« ein schönes Eis zu essen!

Die Franzosen nahmen die Sache mit dem Eis und dem Bier nicht krumm. In bester Laune wurde der Heimweg angetreten. Es schien, daß sie mit ihrem Gesang vom »Chevalier de la table ronde« die Raupen, Schnecken und Schmetterlinge der halben Mark Brandenburg aufscheuchen wollten. Nie waren mir die Wiesen und Felder hier so belebt, so lichtdurchflutet vorgekommen! Obwohl ich kaum etwas von dem Liedchen verstand, begeisterte mich sein fröhlicher Klang doch so, daß ich Marie-Louise bat, mir den Text aufzuschreiben. Wie stolz war ich, als mein Anliegen verstanden wurde! Mit meinem Französisch war es noch nicht so weit her, wie ich gehofft hatte. Lektionen aus einem Lehrbuch nachzusprechen war eben etwas anderes, als in lebendigen Situationen reden zu müssen. Ich wußte nun, daß ich noch einen weiten Weg vor mir hatte, um irgendwann einmal Dolmetscherin zu werden. Denn so scheußlich mir Fräulein Sander damals als Person auch vorkam, ihr Beruf war wohl die einzige Chance, jemals in die Welt draußen vorzudringen.

Bäcker Lamprechts Laden wurde in den nächsten Tagen zur Attraktion für die Franzosen. Er steigerte seinen Umsatz an Kuchen um das Mehrfache. Und das nicht allein, weil Griesner für die Gäste erhebliche Mengen in Auftrag gab, sondern weil diese darüber hinaus auch noch individuell das Geschäft aufsuchten, um das ganze Repertoire durchzuprobieren. Und Lamprecht ließ es sich eine Ehre sein, die interessierten Damen einmal frühmorgens beim Backen zuschauen zu lassen. Dabei mußten sie allerdings wegen der Hygienevorschriften weiße Kittel und Kopfhäubchen tragen.

Ein Reinfall wurde der Besuch des Milchhofs, den sich Griesner doch als einen Höhepunkt gedacht hatte. Er wollte es sich nicht nehmen lassen, das Lieblingsobjekt seiner Amtszeit den Franzosen persönlich vorzustellen. War es doch bestimmt, den Bedarf des so nachdrücklich von der Bevölkerung geforderten »Löcherkäses« zu befriedigen, und zwar nicht etwa nur in unserem Bezirk, sondern zum Teil auch in der Hauptstadt. Der Ärger fing aber schon damit an, daß Monika bei dem Wort »Löcherkäse« gleich in einen Lachkrampf verfiel, der es ihr unmöglich machte, es zu übersetzen. Ihr Lachen konnte sie peinlicherweise auch bei der detaillierten Beschreibung des Maschinenparks nicht unterdrücken. Zudem dieser die Franzosen, die zum Teil Mitglieder einer Käsereikooperative waren, nur wenig beeindruckte. Dafür drängten sie um so mehr darauf, den Käse zu probieren. Der Direktor ließ das eigens dafür vorbereitete Tablett hereintragen und bot den Gästen die Käsehappen selbst an. Sie griffen zu, kauten und schwiegen betreten. Einige fingen sogar an, über »caoutchouc« zu witzeln, was nicht nur Griesner, sondern auch die bedauernswerten Kollegen des Milchhofs durchaus verstanden. Monika, die sich allmählich von ihren Lachkrämpfen erholte, erklärte Griesner nun, daß Frankreich das bedeutendste Käseland der Welt sei und deswegen kein Kompliment für diesen mit so viel Schwierigkeiten und unter Sparmaßnahmen hergestellten Käse zu erwarten war. Man dürfe den Gästen aber nicht böse sein. Sie hätte schon eine Idee, ihnen den Erfolg, der trotz allem in der Produktion von Löcherkäse bestand, klarzumachen.

Zur allgemeinen Überraschung sagte sie in deutsch und französisch, daß sie selbst den Löcherkäse sehr gerne äße, und bat den Direktor um ein in Plastefolie eingeschweißtes Käsestück, das sie mit nach Berlin nehmen wollte, weil dort der Löcherkäse nicht immer im Angebot war. Der unglückliche Direktor begriff den propagandistischen Wert eines solchen Geschenks und reichte dem Fräulein mehrere Päckchen herüber.

Mehr Freude bereitete den Franzosen das Baden im Schieritzsee und wohl auch die Fahrt nach Berlin, bei der ich sie begleiten durfte. Hier tat sich einiges, man hatte angefangen zu bauen. Rings um den Alexanderplatz entstanden Neubauten, unter denen der Stumpf eines zukünftigen Fernsehturms das spektakulärste Unternehmen ankündigte. Fertig war allein das Haus des Lehrers mit der bunten, aus wohl mehreren hunderttausend Mosaiksteinchen zusammengesetzten Bauchbinde. Ein modernes Gemälde, das zeigte, was aus dem Land einmal werden sollte. Als wir im Fahrstuhl in das Restaurant fuhren, kam ich mir königlich vor. Und dann das Essen – da waren Pommes frites dabei! In Reinsbach hatten wir nicht gewußt, daß es so etwas überhaupt gab. Mir war, als ob das Leben, das ich mir gewünscht hatte, jetzt endlich begann. Ja, das war ein Zipfel der Welt, in die ich hinein wollte!

Beeindruckt hatte mich auch der Besuch des Pergamonmuseums. Die Echtheit der vielen antiken Skulpturen und monumentalen Tempelbauten erschien mir kaum glaubhaft. Unvorstellbar, daß sich andere Völker das hatten wegnehmen lassen! Wo doch meine Vorfahren so entschieden für den vergleichsweise ärmlichen Kahlbutz gestritten hatten!

Obwohl mir Berlin immer noch etwas kühl, sogar roh vorkam, fühlte ich mich diesmal besser hier. Vielleicht, weil mir klargeworden war, daß ich meinen Traumberuf der Dolmetscherin nur hier verwirklichen könnte.

Die zehn Tage mit den Franzosen waren mir sehr lang erschienen. Schließlich rückte der Tag der Abreise aber doch heran. Für den letzten Abend war im großen Saal des Stadthotels eine Abschlußfeier vorbereitet worden. Griesner brachte nicht nur seine Frau mit, sondern er lud auch Mutter und Heidemarie ein. Deren Neugierde auf die Franzosen war anfangs gering gewesen, mit jedem Tag aber gewachsen. Heidemarie, die nun kurz vor ihrem zwölften Geburtstag stand, sah mit neidischem Erstaunen, wie ich mit einem Franzosen einen Twist aufs Parkett legte. Ich selbst mußte im Laufe des Abends freilich zur Kenntnis nehmen, daß der Twist schon veraltet war und die Franzosen ein noch freieres Tanzen vorzogen. Im Rhythmus der Musik mußte das Schwergewicht des Körpers von einem auf das andere Bein verlegt werden, und die Schultern pendelten im Gegenzuge in die jeweils andere Richtung.

Marie-Louise überreichte mir den Text vom »Chevalier de la table ronde« und ein kaum angebrochenes Fläschchen Parfüm, auf dem ich »Eau de toilette de Carven« entzifferte. Mein erstes Parfüm war ein französisches! Ich fiel Marie-Louise um den Hals. Sie trug in der Hand noch mehr Geschenke, diskret in einer Plastetüte verpackt. Als ich hineinlugte, sah ich ein paar bunte Zeitschriften und ein »livre de poche« von der gleichen Art, wie sie Fräulein Sander zu schmökern pflegte!

Der Abend ging fröhlich weiter mit Darbietungen von Künstlern unserer Gegend. Als Höhepunkt erschien das Gesangstalent Carola mit dem Erfolgsschlager: »Treu sein, treu sein, treu sein muß ein Mann, dem ich mich fürs Le-e-ben anvertrauen kann«.

Zur Überraschung der Franzosen spielte die Kapelle dann auch zu altmodischer Musik auf, zu Foxtrott und Walzer. Das gefiel den Gästen, die ja fast alle älteren Semestern angehörten. Unter den kritischen Blicken von Frau Griesner schwenkte der Bürgermeister meine Mutter mehrmals durch den Saal. Ihr durch die Bewegung verjüngtes Gesicht war kaum wiederzuerkennen.

Der Abend ging in bester Stimmung zu Ende. Griesner

war erleichtert, daß die schwierigen Tage einigermaßen glimpflich über die Runden gebracht waren. Als die Zeit für die Abschlußreden gekommen war, entschuldigte sich der kleine kugelige Reiseleiter der Franzosen für das nicht immer korrekte Verhalten seiner Gruppe und betonte, daß die Städtefreundschaft aber auf alle Fälle weitergeführt werden solle. Hoffentlich auch mal in umgekehrter Richtung, vergaß er nicht zu betonen. Sie, einfache Leute aus dem Auxois, hätten niemals so deutlich wie hier begriffen, daß der Kommunismus eben nicht über Nacht eingeführt werden könne, sondern mühselig aufgebaut, wenn nicht gar erkämpft werden müsse. Und für diesen Aufbau und Kampf wünschte er dem Städtchen recht viel Mut und Entschlossenheit. Der Fortschritt täte nun einmal keinen einzigen Schritt von allein. Griesner lauschte Fräulein Monikas Übersetzung mit Andacht, nickte teils staunend, teils zustimmend. Da er außerstande war, eine bessere Ansprache zu halten, beschränkte er sich auf ein paar Bemerkungen, die die Worte des Franzosen bestätigten, bekräftigten und schließlich bejubelten. Er ging am Ende so weit, den Gästen die baldige Machtübernahme ihrer Partei zu wünschen, was bei den enormen Wahlerfolgen, die sie aufzuweisen habe, ja durchaus im Bereich des Möglichen liege. Da brauste die Freude ringsum nochmals auf, und man stieß zum letzten Toast an. Denn Hotelleiter Zimmermann hatte Griesner diskret zu verstehen gegeben, daß das Bedienungspersonal jetzt ein Recht auf Nachtruhe hatte.

Ich mußte mich nun schon von den Franzosen verabschieden, weil ich am morgigen Abreisetag nicht mehr schulfrei bekommen sollte. Ich hatte mir aber vorgenommen, die Straße durchs Klassenfenster zu beobachten, um den zartlila Bus ein letztes Mal vorbeifahren zu sehen. Ich dachte schon, den Augenblick verpaßt zu haben. Aber es wäre ja ein Wunder gewesen, wenn die Franzosen einmal rechtzeitig aus den Betten gefunden hätten! Das schneidige Fahrzeug schwebte erst gegen Mittag vorbei, um dann unaufhaltsam der Chaussee entgegenzustreben.

Wie ist es möglich, dachte ich, daß diese Leute über die Grenze gelassen werden und wir nicht?

Als ich aus der Schule kam, traf ich Monika mit einem Köfferchen in der Hand. Sie wirkte müde, drückte mir aber überraschend freundlich ihre Anerkennung für meine Bemühungen im Französischen aus. »Hast das Nest hier satt, was?« fügte sie lächelnd hinzu und schrieb mir sogar ein Zettelchen mit ihrer Adresse in Berlin. Falls es mich wieder mal dorthin verschlüge, sollte ich ruhig vorbeischauen! Dann setzte sie langsam schlendernd ihren Weg zur Bushaltestelle fort. Sie hatte mich durchschaut! Ihre Freundlichkeit überraschte mich. Ich sah ihr mit einem Anflug von Neid nach, bemerkte aber mit Genugtuung, daß ihre chicen Strümpfe bereits eine Laufmasche hatten.

Griesner kam abends zu uns nach Hause und erzählte, was ihm der Bericht, den er über den Aufenthalt der Franzosen schreiben sollte, für Kopfzerbrechen bereitete. Beim Abendbrot, zu dem er ein Päckchen Löcherkäse beigesteuert hatte, überlegte er zum Beispiel, ob er melden müsse, daß Fräulein Sander eine Hure sei? Hotelleiter Zimmermann hatte mitgeteilt, sie hätte mindestens drei Herren ausprobiert. Griesner wollte die Sache am liebsten unter den Tisch kehren. Derlei Informationen waren nicht ausdrücklich gefragt, und alles in allem hätte man ohne Fräulein Sander doch recht dumm dagestanden. Zu meiner Freude sagte Griesner, daß er mit mir sehr zufrieden gewesen sei und mich bei eventuellen späteren Besuchen aus Soux unbedingt wieder dabei haben wollte.

Frau Wiesenthal forderte mich auf, über meine Erlebnisse auf französisch zu berichten. Während ich mich in der Zubereitung von russischem Tee übte, redete ich zum Erstaunen meiner Lehrerin flüssiger denn je. Dabei blickte ich wie elektrisiert auf ihre hübschen schlanken Beine, denn sie trug dieselben dunklen Strümpfe wie die Französinnen. Schließlich lächelte Frau Wiesenthal und erklärte mir, daß die Strümpfe ein Geschenk ihrer Freundin Nicole wären.

Wir beschlossen, die Lehrbücher ein für allemal beiseite zu legen und den Unterricht nur noch mit freier Konversation und Lektüre weiterzutreiben. Frau Wiesenthal lehnte es allerdings ab, die Zeitschriften, die Marie-Louise dagelassen hatte, mit mir zusammen zu lesen. Diese Art von Modejournalen, meinte sie, gingen ihr auf die Nerven. So mußte ich mich allein mit Hilfe des Wörterbuches hindurchkämpfen: Robes, pulls, bonnets/ Beauté, santé/ Belle et bronzée/ Machine à tricoter/ Voyagez au Caraïbes!

Aus einem langweiligen Ferienlager in Thüringen zurückgekehrt, fand ich zu meiner Freude ein paar Postkarten aus Soux vor, die einen sonnenüberfluteten Ort zeigten. Die Häuser waren – wie das Kirchlein unseres Kahlbutz – aus grauen Feldsteinen zusammengefügt, wirkten aber dennoch nicht ärmlich. Das mochte an den modernen Fenstern liegen, die in die alten Mauern eingelassen waren und auch an der glatten Asphaltstraße, die den Ort zu durchziehen schien. Mehr und üppiger als bei uns rankten sich Blumen an vielen Hauswänden empor. Wieso, warum konnten wir unserer Partnerstadt keinen Gegenbesuch machen?

Nach einigen Nachmittagen vergeblichen Spähens hinter der Tüllgardine begriff ich, daß Mischa nicht mehr zur Wache antrat. Vielleicht hatte er sogar seinen Militärdienst beendet und war in sein unermeßliches Rußland zurückgekehrt? Obwohl so gut wie keine Hoffnung bestanden hatte, daß aus dieser Liebe etwas werden könnte, war sein plötzliches Verschwinden doch ein Schlag für mich. Nicht geliebt zu werden war ein Zustand, an den ich gewöhnt war. Aber niemanden mehr lieben zu können erschien mir noch schrecklicher. Und so war die Leere in mir noch nie so groß gewesen wie die in diesem Herbst mit seinen besonders blassen Nebeln.

Dazu kam, daß ich mir nun Sorgen zu machen begann, ob man mich zum Studium zulassen würde. Es wurden nur wenig Sprachstudenten gebraucht. Und hätte ich als Außenseiterin, als Autodidaktin ohne Französischabitur überhaupt eine Chance?

Ich war mir darüber im klaren, daß ich meine Anstrengungen bei Frau Wiesenthal nicht vermindern durfte. Und ich versuchte, auch im Leistungswettbewerb der Schule vorn zu liegen. Niemand wußte im voraus, wie vielen Schülern meines Jahrgangs der Übergang zur Universität erlaubt würde und wie gut die Durchschnittsnote zu sein hatte! Meine Vorstellung, über den Dolmetscherberuf einmal nach Paris zu kommen, hatte mich zum Streber gemacht. Ich träumte von Frankreich und lernte nur noch dafür. Nora mußte mich eine ganze Weile überreden, bis ich einmal einverstanden war, zum Tanzen mitzugehen.

An einem winterlichen Samstag fuhren wir mit dem Bus nach Düwitz. Im Gasthof sollte der Tanzabend sein. Jugendliche aus der ganzen Gegend drängelten, um Eintrittskarten zu ergattern. Viele waren mit Motorrädern gekommen. »Keine Sorge«, beruhigte mich Nora, »wir kommen rein. Ich kenne die Band!« Sie nahm mich bei der Hand und zog mich quer durch die Wartenden. Niemand protestierte.

Als wir in den noch leeren Saal traten, begrüßten die Musiker sie dann wirklich wie eine Freundin. Wir bekamen sofort Bier vorgesetzt. Ich konnte mir im Vorraum der Toilette noch einmal den Dutt aufstecken.

Kaum daß der Raum voll war und die Band zu spielen begann, forderte mich der dicke Jürgen aus der Gärtnerei Lollein auf. Beim Blues kam er auf seine Arbeit im Treibhaus zu sprechen – das ich mir doch einmal ansehen sollte. Zum Glück wurde dann ein Twist gespielt. Ich konnte mich endlich bewegen, wie es mir paßte, und tanzte, wie ich es bei den Franzosen gelernt hatte. Jürgen schaute sich um, was wohl die anderen zu meinem Tanzen meinten? Die meisten waren zu sehr mit sich und ihren Partnern beschäftigt, als daß sie mir mehr als einen verwunderten Blick zugeworfen hätten. Aber von der Band her nickte mir der Schlagzeuger aufmunternd zu.

Eine Weile schon bemerkte ich, daß ich vom Tisch nebenan, den junge Männer aus Losen besetzten, fixiert wurde. Zuerst glaubte ich, mich zu täuschen. Aber immer wieder traf mich ein Blick. Er hatte etwas Starkes, Zwingendes. Noch ehe ich mir einen Reim darauf gemacht hatte und ehe Jürgen mich wieder zum Tanzen holen konnte, stand der Mann hinter mir und lud mich mit einer fast unmerklichen Schulterbewegung zum Tanzen ein.

Er hielt den Arm hinter meinem Rücken, ohne ihn zu berühren. Mir wurde heiß. Und obwohl er mich auch beim Tanzen nicht an sich zog, sondern einen kleinen Abstand bestehen ließ, hatte ich noch nie so einen Magnetismus zu einem anderen Körper gespürt. Und dieses Gefühl war ganz unerwartet über mich gekommen! Die anderen Tanzenden nahm ich gar nicht mehr wahr. Als wüßte er, daß mich schon seine bloße Nähe bezauberte, störte er mich durch keinerlei Reden auf. Erst gegen Ende des Tanzes sagte er mit seltsamem Ernst: »Ich heiße Rolf.« Worauf ich ihm mit demselben Ernst antwortete. Dann brachte er mich zurück.

Aber als die Musik erneut anhob, stand Rolf schon wieder hinter mir. Es war mir Jürgen gegenüber peinlich, aber hier wirkten nun einmal Kräfte, gegen die mit Höflichkeit nicht anzukommen war. Rolf zog mich diesmal enger an sich heran, wenn auch nicht ganz eng. Aber ich spürte schon sein Blut schlagen. »Tanzt du heute nur noch mit mir?« fragte er mich nach einer Weile, worauf ich mit trokkener Kehle ein »Ja« hauchte. »Aber ich muß um elf Uhr gehen!« setzte ich noch hinzu.

In der nächsten Pause führte er mich zur Bar. Er erlaubte nicht, daß ich nur einen Sanddornsaft trank. Mindestens Kirsch-Whisky sollte es sein. Er trank Korn.

»Was machst du – gehst du noch zur Schule?« fragte er, und als ich geantwortet und dieselbe Frage zurückgestellt hatte, sagte er: »Ich bin Traktorist. Und in meiner Freizeit lese ich das ›Kapital‹.« Ich war so verblüfft, daß ich mich am Kirsch-Whisky verschluckte und Rolf mir eine Weile auf den Rücken klopfen mußte. Nachdem ich mich gefaßt hatte, fragte ich: »Aber ist das nicht sehr schwierig?« – »Was – das Traktorfahren?« – »Nein, das ›Kapital‹?« Da wiegte er den Kopf und sagte: »Natürlich liest sich das schwer. Sogar sehr schwer. Ich will aber wissen, ob es was taugt. Wenn ich rauskriege, daß es nichts taugt, geh ich in den Westen.« Erneut war ich perplex.

Rolf trug einen korrekten braunen Anzug. Darunter ein schneeweißes Hemd, das sein wettergedunkeltes Gesicht zum Leuchten brachte. »Mir sind Jeans beim Tanzen nichts!« sagte er und wies mit dem Kopf auf die anderen Jungen um ihn herum. »Das sind für mich Arbeitshosen! Wenn ich ausgeh, will ich mich gut anziehen.« Ich nickte ihm zu. Obwohl es mir egal war, Jeans oder Anzug.

Als wir wieder tanzten, fragte er: »Weißt du eigentlich schon, was du nach der Schule machen willst?« Als ich ihm meine Pläne vom Dolmetscherstudium in Berlin auseinandersetzte, verdunkelte sich sein Blick. »Ich habe irgendwie gleich gewußt,« sagte er, »daß ein Mädchen wie du nicht in so einer Gegend bleiben will!« – »Aber du wirst doch vielleicht auch nicht bleiben?« wagte ich schüchtern hinzuzufügen. Worauf er nicht antwortete.

Rolf tanzte den ganzen Abend nur mit mir. In den Pausen ließ er mich allein, um mit Freunden zu reden. Das Publikum hatte sich in aggressive oder weinerliche Wesen verwandelt. Kaum einer, dem der Weltschmerz nicht aus dem Kragen schaute. Ich begann zum erstenmal zu begreifen, daß die Sorgen, die ich allein zu haben glaubte, vielleicht alle hatten? Warum aber tun die Menschen im allgemeinen, als wären sie gefühllose Wachspuppen? Als fänden sie sich mühelos mit der Rolle ab, die sie zu spielen haben? Als ich sagte, daß ich nach Hause müsse, nickte Rolf.

»Ich fahre dich«, sagte er. Ohne Mantel trat er neben mir in die feuchte Kälte und wies auf sein Motorrad. Wir rasten die Landstraße hinab. Nieselregen schlug uns ins Gesicht. Ich wagte nicht, mich richtig an ihm festzuhalten.

In Kampehl, vorm Kirchlein des Kahlbutz, hielt er an und zog mich zum Türchen. Dann griff er in die Dachrinne und holte zu meiner Überraschung einen Schlüssel heraus, der auch ins Schloß paßte. Sacht öffnete er die Tür und schob mich hinein. Durch den offenbleibenden Spalt fiel weißes Mondlicht auf den Kahlbutz. »Macht er dir keine Angst?« fragte Rolf, als er merkte, daß mein Gesicht ruhig geblieben war. »Nein!« antwortete ich. »Wir sehen uns öfter, Herr Kahlbutz und ich!« – »Du hast dich also an ihn gewöhnt«, sagte Rolf erstaunt, »meistens haben die Weiber Angst vor ihm!« – »Ich nicht«, fügte ich stolz hinzu, »das ist doch nur ein Haufen Knochen und ein bißchen Leder darüber!« – »Willst du auch so verledern, wenn du tot bist, oder willst du zu Erde werden?« drängte Rolf weiter in mich, legte mir aber schon den Arm um die Schulter und verschloß mir, statt auf die Antwort zu warten, die Lippen mit einem Kuß. Ich gab nach, und unsäglich gespannt schaute ich zu, wie er meinen Mantel und dann meine Bluse aufknöpfte, bis das Mondlicht meine Brust beschien. Kaum glaubhaft, daß es meine eigene Brust war! Welchen Taumel gab mir die warme Hand, die sich nun ruhig über mein Herz legte! Ich spürte keine Kälte und keinen Widerstand mehr, auch als mir die Hand unter den Rock, über die Beine, bis zum Geschlecht hin fuhr.

Ganz plötzlich hörte Rolf mit seinen Liebkosungen auf. »Du bist zu gefährlich für mich!« keuchte er im Flüsterton. »Wenn ich mich mit dir einlasse, tauche ich nie mehr auf!« Seine Zärtlichkeiten wurden nun verhaltener. Aber auch das war mir recht, weil ich sie nun, so gut ich es verstand, erwidern konnte. Der volle Sinn seiner Worte war mir aber dunkel geblieben. Rolf war es schließlich, der zum Aufbruch drängte. Er knöpfte mir die Bluse zu und versuchte sogar, mein Haar in Ordnung zu bringen. »Es fliegt auf dem Motorrad doch wieder durcheinander!« sagte ich lächelnd. Dann ergriff er energisch meine Hand, schloß das Türchen und legte den Schlüssel in die Dachrinne zurück. »Das habe ich nicht gewußt«, meinte ich, »daß es da oben einen Schlüssel gibt!« – »Das weiß niemand!« sagte Rolf stolz. »Es ist mein eigener Schlüssel, weil ich zum Kahlbutz gehen will, wann es mir paßt!«

Wir stiegen wieder auf das Motorrad. Ich genoß es, ihm meine Arme und meinen Kopf auf die Schultern zu legen. Mich hätte es jetzt nicht gestört, mit Rolf in eine der Eichen zu stürzen, die die Chaussee säumten. Jetzt sterben! So könnte der Moment zur Ewigkeit werden! Aber wir langten wohlbehalten in Reinsbach an.

In der Siebenergasse verabschiedeten wir uns. Feuchte, kurzlebige Flocken fielen nun vom Himmel, und zusammen mit den wenigen noch aus den Häusern blinkenden Lichtern gaben sie dem Städtchen einen ungewohnten, fast übernatürlichen Ausdruck. Rolf sagte, daß er mich einmal von der Schule mit dem Motorrad abholen würde. Oder sogar mit dem Traktor, falls mir das recht sei. Wenn er einen freien Tag hätte.

Natürlich wollten Mutter und Heidemarie am nächsten Morgen wissen, wie es gewesen war. Ich mochte ihnen aber nicht viel erzählen. Ich wollte mein Erlebnis mit Rolf allein interpretieren.

Einige Tage verbrachte ich im Taumel. Wenn das keine Liebe war! Ich zweifelte nicht, daß Rolf wiederkommen würde, und begann zum ersten Mal zu wünschen, mich ganz hinzugeben. Froh war ich, es bisher noch nicht getan zu haben. Jetzt, erst jetzt wollte ich es selbst! Ich bebte. Warum nur, fragte ich mich, hatte Rolf das enge Kabuff des Kahlbutz für den ersten Kuß gewählt? War das etwa der einzige Ort, wo man ungestört sein konnte? Warum waren wir nicht in das Wäldchen von Buchenau gefahren?

Rolf zog mich mehr und vor allem anders an als Mischa oder gar Petzold. Aber er machte mir zugleich angst. Was sollte ich mit einem Traktoristen? Auch er wollte weg hier. Vielleicht aber doch bleiben? Da war dieses seltsame Marxstudium, das den Eindruck eines außerordentlichen Charakters gab. Rolf erschien mir imponierend und doch auch wieder etwas borniert.

Aber er kam weder mit seinem Motorrad noch mit seinem Traktor vor die Schule. Rolfs Fernbleiben erklärte ich mir zuerst damit, daß er im März sicher keinen freien Tag bekommen konnte, weil die Felder von Losen für die Frühjahrssaat gepflügt werden mußten. Irgendwann würde er kommen. Daß er nicht kam, ertrug ich nur mit dem Rest Angst, die mir meine gänzliche Hingabe doch bereitete.

Immerhin hatte ich wieder etwas gelernt. Die Welt steckte voller Überraschungen. Sogar unsere kleine Welt hier. Meine eigene Entflammbarkeit beeindruckte mich. Sollte die alte Mär von der großen Liebe am Ende Unsinn sein und der Mensch in Wirklichkeit dazu bestimmt, immer wieder neu zu lieben?

Ich versuchte, mich durch die Träume von Rolf nicht vom Lernen ablenken zu lassen. Was nicht immer gelang. Aber das Dolmetscherstudium in Berlin mußte ich unbedingt schaffen! Eine andere Zukunft konnte und wollte ich mir nicht vorstellen: Flugzeuge, große Hotels sollten die Kulissen meines Lebens sein. Menschen, Städte, ganze Länder würde ich erobern!

Griesner hatte mir bereits im Frühjahr die Ankunft einer Franzosengruppe im nächsten Sommer angekündigt, zu deren Betreuung ich hinzugezogen werden sollte. Eine Anstellung als Dolmetscherin war wieder nicht möglich, weil ich noch nicht achtzehn war. Griesner deutete aber an, daß sein Budget für eine Prämie doch gut herhalten könne. Diesmal hatte sich eine Gruppe Jugendlicher angekündigt, die zwei Wochen in Reinsbach und zwei Wochen in Berlin verbringen wollten. In Reinsbach sollte gearbeitet werden, und zwar auf unseren Meliorationsfeldern. Der dort verdiente Lohn würde den jungen Franzosen dann als Taschengeld für Berlin ausgezahlt.

Schuljahresende, Zeugnisvergabe, Ferien. Ein paar Tage Hausputz. Nachmittags Schwimmen im neueröffneten Freibad. Dann endlich der Ankunftstag der Franzosen!

Aus Berlin war diesmal ein Student angereist, der Bodo hieß und einen solideren Eindruck machte als Fräulein Sander. Statt sich rauchend und lesend in eine Ecke zu verziehen, suchte er, während man im Rathaus auf den Bus wartete, das Gespräch. Er wollte sich genau über seine Aufgaben informieren und zeichnete sich sogar einen Stadtplan. Auch wollte er wissen, wie die Meliorationsarbeit auf den Feldern vor sich gehen sollte, um noch ein paar Fachausdrücke im Wörterbuch nachzuschlagen.

Nachmittags gegen halb vier Uhr schwenkte ein beigeroter Bus auf den Marktplatz, auf dem in großen Lettern der Name jener kleinen Stadt aus dem Auxois stand. Wieder überreichte ich einen Blumenstrauß und begrüßte den Reiseleiter. Diesmal war es ein junger Mann von vielleicht zwanzig Jahren, der sich als Guy vorstellte. Nach ihm kletterten die übrigen jungen Leute aus dem Bus. Bekleidet waren sie größtenteils mit bunten Silastikpullovern und Jeans, aus deren hinteren Taschen zuweilen eine leuchtend blaue Gauloisesschachtel herauslugte. Anstatt auf die Begrüßungsansprache Griesners mit einer Dankesrede zu antworten, stimmte die Gruppe einen Gesang an: die Internationale. Ich konnte mich nicht erinnern, daß ein Arbeiterlied jemals mit so viel Nachdruck über unseren kleinen Marktplatz geschmettert worden war. Noch nicht einmal zum 1. Mai. Mir stiegen Tränen in die Augen, so beeindruckte mich das Singen der Franzosen. Man merkte, daß es für sie ein Kampflied war! Einige Passanten zeigten sich beeindruckt, Kinder blieben verwundert stehen. Als die zweite Strophe begann, fielen Griesner, Bodo und sogar einige Umstehende in den Gesang ein. Es stellte sich heraus, daß die Zweisprachigkeit der Internationale keinen Abbruch tat.

Während Bodo die Franzosen ins Stadthotel begleitete, rief der Fahrer Griesner und mich in den Bus. Es war derselbe wie im letzten Jahr. Er bat mich, dem Bürgermeister zu erklären, daß er ein Geschenk des Reiseleiters der vorigen Gruppe zu übergeben habe. Es lag im Kühlschrank des Busses und sollte sofort nach Hause getragen und wieder in den Kühlschrank gelegt werden – Käse aus dem Auxois! Griesner rümpfte die Nase, blickte dann aber doch mit interessiertem Erstaunen auf den kleinen Kühlschrank, der neben den Armaturen eingelassen war. Der Fahrer reichte eine durchsichtige Plastetüte heraus, die mit sieben, acht buntbedruckten Päckchen gefüllt war. Griesner roch skeptisch in die Tüte, konnte aber wohl nur sanfte Düfte feststellen, und so hellte sich sein Gesicht auf. Obwohl er seine Betretenheit wegen des Geschenks nicht ganz verbergen konnte, schüttelte er dem Fahrer doch kräftig die Hand.

Kaum hatte am anderen Morgen der Stadtbummel begonnen, wurde bei den Franzosen der Ruf nach dem »boulanger«, dem Bäcker, laut. Offensichtlich hatte die vorige Gruppe den Ruhm Lamprechts im Auxois verbreitet, so daß die jungen Leute sofort darauf drangen, den Kuchen zu probieren. Lamprecht hatte sich seinerseits schon auf ihre Ankunft vorbereitet und größere Mengen parat. Die Jugendlichen kauften noch mehr Kuchen als ihre Vorgänger. Beinahe jeder verließ den Laden mit einer ganzen Kuchentüte. Lamprecht konnte sich auf noch glänzendere Geschäfte gefaßt machen, als er gehofft hatte.

Süßes kauend zogen die jungen Franzosen nun durch das Städtchen. Vor der Schwedenmauer mußte ich Bodo zum erstenmal bei der Übersetzung helfen. Zum Glück hatte ich eine solche Situation vorausgesehen und mir diesen wichtigen Teil der Stadtgeschichte in korrektem Französisch schon vorher zurechtgelegt. Die schwierigste Passage war das Aufschlitzen der Fußsohlen durch die Schweden, die ja noch die Infamie besessen hatten, den Opfern Salz in die Wunden zu streuen, das wiederum von eigens herbeigeführten Ziegen aufgeschleckt wurde, damit sich die Verdammten zu Tode lachen mußten. Die ihre Kuchenstücke in der Hand balancierenden Franzosen waren nicht darauf vorbereitet, in diesem friedlichen Städtchen auf so entsetzliche Geschichten zu stoßen, und vielleicht hatte ich mich auch ein wenig seltsam ausgedrückt – jedenfalls brach lautes Gelächter aus. Worauf sich einige am Kuchen verschluckten und auf fatale Weise den armen Schwedenopfern zu ähneln begannen. »Tiens, les Suédois, qui aurait cru ça de leur part! – Sieh mal einer an, die Schweden, wer hätte denen so etwas zugetraut!« sagte Guy, der am ehesten zu sich kam und sofort im Namen der Gruppe eine Entschuldigung aussprach. Er legte mir den Arm über die Schulter und betonte, daß ihm die Lacherei wirklich sehr leid tat. Ich, die »chère Rosemarie«, sollte keinesfalls glauben, daß sie, fortschrittliche Menschen, die sie alle waren, die Leiden unserer Vorfahren im Dreißigjährigen Krieg – um den handele es sich ja wohl? – in Wirklichkeit unterschätzten oder gar lächerlich machen wollten. Sie seien nur nicht darauf gefaßt gewesen, in diesem gepflegten Park auf solche Greuel zu stoßen. Und er fragte, ob man nicht vielleicht einen kleinen Vortrag über diesen Dreißigjährigen Krieg organisieren könne, eventuell mit einem Geschichtslehrer?

Mich hatte der Vorfall schockiert, sei es, weil ich immer noch an meinem Französisch zweifeln mußte, sei es, weil ich die armen Schwedenopfer doch wie ferne Verwandte betrachtete. Da sich die Franzosen nun aber entschuldigt hatten, was ihren ernsten, teilweise betretenen Gesichtern zufolge ehrlich gemeint war, fuhr ich in meiner Erzählung fort. Ich erklärte, daß in der Schandtat der Schweden noch eine weitere Provokation gelegen hatte: im reichlichen Gebrauch von Salz. Die Stadt hatte nämlich einst, im tiefen Mittelalter, ein wertvolles Salzmonopol besessen, das ihr zu einigem Wohlstand verholfen hatte. Die heute übermächtig wirkende Kirche war das einzige Zeugnis aus dieser glücklichen Zeit. Etwa ein Jahrhundert vor dem Dreißigjährigen Krieg war das Salzmonopol jedoch verlorengegangen, und die kostbare Würze wurde so rar, daß sie sich nur noch die Wohlhabenden leisten konnten. Aber auch die wurden – insbesondere mit dem Dreißigjährigen Krieg – immer ärmer, und nach und nach verkam der blühende Ort zu dem, was er heute ist.

Nach dem Mittagessen fuhr ein Lastwagen vor, um die Franzosen aufs Feld zu bringen. Im Innern des Fahrzeuges lag ein Haufen Ganzbeinstiefel, die sie lachend überstülpten. Auch ich zog ein Paar an. Ich wollte nicht die Vornehme am Rande des Meliorationsgrabens spielen, während sich die Gäste abrackerten.

Auf den Feldern erwartete uns schon der Meliorationsarbeiter Karl Michel, der uns in die Aufgaben einweisen sollte. Er stand mit der Schippe bis an die Knie im Wasser oder im Schlamm, genau sah man das nicht. Griesner erklärte mit Bodos Hilfe, daß es sich um die Trockenlegung der Felder östlich von Reinsbach handele. Ein Unternehmen, das schon vor mehreren Jahrzehnten – genau genommen vor mehreren Jahrhunderten begonnen worden war. Und das, so sei vorherzusehen, noch etliche Zeit in Anspruch nehmen würde. Obwohl es sich hier um eine gutbezahlte Arbeit handelte, blieb es doch schwer, dafür Arbeitskräfte zu finden. Deshalb sei man über die Bereitschaft der jungen Franzosen, sich an diesem Neulandunternehmen zu beteiligen, außerordentlich froh. Am Ende bat Griesner Herrn Michel noch, die Arbeit vorzuführen. Die um die Felder verlaufenden Wassergräben sollten vertieft und ihre Ränder befestigt werden. Hinter eine Reihe Holzpflöcke waren Reisigbündel zu legen. Und auf diese Reisigbündel mußte noch Schlamm geworfen werden, der wiederum aus dem Grabengrunde hochzuschaufeln war und der, langsam trocknend, die endgültige Befestigung des Grabens bewirkte. Mit leichter Hand führte Karl Michel die Arbeit aus. Genauso hatten sich die Franzosen den kommunistischen Aufbau vorgestellt. Über dem Julihimmel lagen schneeweiße Schäfchen reglos nebeneinander.

Am späten Abend kam Griesner bei uns vorbei, um uns vom Käsegeschenk probieren zu lassen. Ganz außer sich war er, weil der Käse alle seine Vorstellungen übertroffen hatte. Die Besichtigung der Käserei müsse für die nächsten Jahre aus dem Programm der Franzosen gestrichen werden! Nun hätte er begriffen, was guter Käse sei! So etwas Pikantes, Sahniges hatten auch wir noch nie gegessen. Da waren nicht nur die aparten Geschmacksnoten, sondern auch der enorme Fettgehalt, der – das hatte Griesner auf den bunten Etiketten entziffern können – bis zu siebzig Prozent ansteigen konnte! Die Aufkleber ließ er sich von mir genau übersetzen. Dann klassifizierte er alles in Schafs-, Ziegen- und Kuhmilchkäse. Schließlich rechnete er noch vor, wie hoch die Milchproduktion hier im Kreis ansteigen müsse, bis auch wir uns erlauben könnten, solche fetten Käse herzustellen. Irgendwann werde man sich dann auch wieder zur Schafs- und Ziegenzucht entschließen müssen. Die Raffinesse freilich, die sicher das eigentliche und womöglich streng gehütete Geheimnis des französischen Käses sei, wäre ein weiteres, nicht weniger delikates Problem. »Ich muß auch dem Milchhof eine Kostprobe bringen!« meinte Griesner und packte seinen Beutel wieder zusammen.

Am nächsten Morgen wartete ich mit Bodo gegen sieben Uhr dreißig vorm Hotel auf die Franzosen. Die bis sieben Uhr fünfundvierzig tatsächlich alle eingetrudelt waren, so daß der Lastwagen etwa pünktlich gegen acht auf dem Feld sein konnte. Karl Michel stand schon im Graben und warf Schlamm auf Reisigbündel. Mutig sprangen die Franzosen in den Graben. Die Mädchen kreischten, als das Wasser spritzte, und die Jungen begannen zu fluchen, weil es sich sofort als verdammt schwer herausstellte, auf dem versumpften Grund überhaupt vorwärts zu kommen. Auch ich wunderte mich, wieviel Kraft dazu gehörte, nur den Fuß aus dem Moorboden zu ziehen. Noch schwerer war es, mit der Schaufel etwas Schlamm vom Grund aufzuheben, der klebte wie Kleister. Rätselhaft, wie Michel das mit

Leichtigkeit zu schaffen schien! Auch das Einschlagen der Pfähle erwies sich als schwer, obwohl dafür außerordentlich massive Hämmer zur Verfügung standen. Es war leicht zu begreifen, daß es für solche Schinderei keine Arbeitskräfte gab.

Nach kaum einer Stunde waren die Mädchen alle aus dem Graben gestiegen. Sie schlugen vor, sich auf das Heranschleppen der Reisigbündel und Holzpflöcke zu spezialisieren, was sie jedoch bei weitem nicht auslastete. Die wenigen Reisigbündel, die gebraucht wurden, waren im Handumdrehen bereitgestellt. Es blieb den Mädchen nichts anderes übrig, als Kaugummi kauend oder Gauloises rauchend im Juligras zu liegen. Da war es nur logisch, daß nach und nach auch ein paar Jungen aus dem Graben stiegen und mit ihren Freundinnen die Kornfelder zu erkunden begannen. Karl Michel störte das alles nicht. Man hatte ihn nicht als Aufseher engagiert, sondern als Fachmann. Mit einem Kern arbeitswilliger Jungen um sich herum kämpfte er sich Meter um Meter im Graben voran.

Das war die Situation, als das Mittagessen angefahren wurde, eine Nudelbrühe, die den Franzosen nicht sehr zusagte. Sie forderten denn auch, ihnen mittags in Zukunft nur noch Kuchen zu bringen und das Mittagessen abends zu servieren.

Nach wenigen Tagen wurde klar, daß auch die Franzosen das Meliorationsprojekt nicht entscheidend voranbringen konnten. Menschen vom ausdauernden Gleichmut eines Karl Michel sind selten. Oft stand er nun wieder ganz allein im Graben, woran er im übrigen gewohnt war und woraus er auch kein Gewese machte. Ich bemühte mich, täglich wenigstens eine oder zwei Stunden im Graben zu verbringen. Während eine Handvoll Franzosen, die sich auch noch mühten, einige Meter voranzukommen, schrecklich schwitzten und an Sonnenbränden herumlaborierten, arbeitete Michel mit flink spielenden Muskeln und erfreute sich bereits einer kupfernen Rückenfarbe. Schon sechs Jahre, erzählte er mir, arbeitete er hier in der

Melioration. Meistens allein. Es machte ihm nichts mehr aus. Man könne eben auf tausend Mark und mehr im Monat kommen, wenn man sich ranhalte. Und ranhalten mußte er sich als Vater von vier, im September dann fünf Kindern. Schließlich könne er denen nicht jeden Tag nur Salzkartoffeln vorsetzen.

Nachdem die Franzosen an zwei Abenden hintereinander einige Scheiben Löcherkäse quer durch den Speisesaal des Stadthotels geworfen hatten, stellte sich die Küche endlich auf Warmverpflegung am Abend ein, und Griesner sorgte dafür, daß mittags ausreichend Kuchen aufs Feld gefahren wurde. Daß das Meliorationsprojekt nicht groß vorankam, nahm er nicht besonders krumm. Schließlich arbeitete man seit Friedrich dem Großen an der Entsumpfung unserer Gegend, und was heute nicht geschafft wurde, kam eben morgen oder übermorgen an die Reihe. Er mußte nur noch einen buchhalterischen Trick finden, mit dem er den Gästen zu ihrem Berliner Taschengeld verhelfen konnte. Zwei Hunderter müßten die doch wenigstens in der Tasche haben!

Am Sonntag war Kahlbutztag. Bodo durfte sich ausruhen und den Tag verschlafen. Weil die jungen Leute nach den Strapazen der Woche keine Lust zeigten, den Weg durch die Sommerlandschaft – so schön sie auch war – zu Fuß zu machen, stiegen sie in den Bus. Griesner gab mir Geld mit, damit wir nach dem Besuch beim Kahlbutz noch in die Kreisstadt fahren und im »Goldenen Löwen« einen Eisbecher essen konnten.

So schwebten wir denn mit dem beige-roten Fahrzeug nach Kampehl. Über das Busmikrophon begann ich, die Geschichte unserer Gegend zu erzählen, wie die Gäste es nach dem Zwischenfall vor der Schwedenmauer gewünscht hatten. Ich begann mit dem Dreißigjährigen Krieg, der gerade hier in der Region schlimm gewütet hatte. Die Bevölkerung war um mehr als sechzig Prozent dezimiert worden. Ich erwähnte die Schlachten bei Kyritz und Ferbellin. In letztere war auch der Kahlbutz gezogen, der alte Ritter, dessen verlederten Leichnam wir besichtigen wollten. Das Einschußloch, das im Knochen seines rechten Beines zu sehen sei, hatte er sich dort zugezogen. Auch die Kanonenkugel, die neben ihm im Sarge lag, stammte aus diesem denkwürdigen Aufeinanderprall der brandenburgischen und der schwedischen Truppen, bei dem letztere übrigens eine empfindliche Niederlage erlitten hatten. Reinsbach war von den mehrmals hindurchziehenden Truppen gebrandschatzt und geplündert worden. Es war übrigens nicht ganz sicher, ob die an der sogenannten Schwedenmauer verübten Schandtaten wirklich von den Schweden begangen worden waren. Vielleicht waren es auch kaiserliche Marodeure gewesen, die den Schweden in puncto Grausamkeit in nichts nachstanden. Mehrere Kriege waren noch über die Gegend hinweggerollt. Ich erwähnte das nicht weit entfernte Konzentrationslager Sachsenhausen. Der von den Faschisten in letzter Minute befohlene Todesmarsch der Häftlinge an die Küste, wo sie eingeschifft und versenkt werden sollten, war durch diese Region gezogen. Und gerade hier, in den dichten Wäldern, war einer beträchtlichen Anzahl von Unglücklichen die Flucht gelungen. Die Wochen bis zur Ankunft der Roten Armee verbrachten sie in unserer Gegend. Noch heute zeugen die von ihnen abgenagten Baumrinden davon, wie sie sich ernährt hatten. Der Wald von Buchenau, sagte ich, trage freilich nicht nur entsetzliche Spuren der jüngeren Geschichte, sondern sei auch Zeuge einer feudalen Greueltat gewesen. Ich wies auf die Stelle am Waldrand, wo der Kahlbutz den Schäfer Pickert erschlagen hatte. Wenig später langten wir neben dem windschiefen Kirchlein an.

Wie immer verblüffte der erste Anblick des vertrockneten Patrons von Kampehl die Gäste. Auch ich mußte schlucken, als ich in die Ecke blickte, in der ich mit Rolf gestanden hatte. Es gelang mir aber dann doch, in meine Rolle als Reiseführerin zu schlüpfen, und merkwürdigerweise sah ich den Kahlbutz heute zum erstenmal mit fremden Augen. Ich schämte mich nicht mehr für ihn, weil ich begriffen hatte, daß er – trotz seiner äußeren Jämmerlichkeit – doch wohl recht wertvoll war. Die Wände des winzigen Raumes waren nur flüchtig gekalkt, und die erbärmliche Rüstung war samt den lumpigen Kleidungsstücken mehr schlecht als recht aufgehängt. Wie roh war der Holzkasten, der ihm als Sarg diente! Wie vergilbt das Laken, das über seinem unheilumwitterten Geschlecht lag, weil man sich nun einmal nicht entschließen konnte, das biologische Rätsel ganz nackt auszustellen! Das Anrührende der Vorführung bestand aber wohl gerade in dieser noch gar nicht touristischen Präsentierung des Ritters, auf die bislang noch keine Behörde Einfluß genommen hatte. Damals gehörte er noch ganz und gar den Bürgern von Kampehl, die gewissermaßen als Ausgleich dafür, daß er ihre Urahnen ausgepreßt hatte, nun kleine, aber regelmäßige Einnahmen für seine Schaustellung verbuchen konnten.

Zusammen mit Meißner setzte ich den Gästen auseinander, wie der Kahlbutz den Schäfer erschlagen hatte, um bequemer an dessen Liebchen heranzukommen, wie er vor Gericht zitiert wurde und falsch schwor. Als ich die Geschichte seiner Entführung durch die napoleonischen Soldaten übersetzte, wuchs die Aufmerksamkeit noch einmal an. Und einige lächelten sogar über den Streich, der ihren Vorfahren hier in Kampehl gelungen war.

Damit die französischen Gäste gar nicht erst auf die Idee kommen konnten, nach einem Kaffee oder anderen Erfrischungen in Kampehl zu fragen, kündigte ich ihnen noch im Kabuff des Kahlbutz an, daß nun ein Eis in der Kreisstadt vorgesehen war. Während die Gruppe zum Bus zurückging, machte mir Guy ein Kompliment für mein Französisch. Als ich ihm erklärte, daß ich es nicht in der Schule, sondern ganz privat gelernt hatte, umarmte er mich und sagte: »Das nenne ich Internationalismus!«

Als das Eis im »Goldenen Löwen« gegessen war und die Gruppe die Heimfahrt nach Reinsbach angetreten hatte, glaubte ich zu hören, daß zwei hinter mir sitzende Jungen die erneute Entführung des Kahlbutz planten und zwar nach dem Vorbild der napoleonischen Soldaten! Vor Empörung wußte ich im ersten Moment gar nicht, wie man auf so eine Herausforderung reagieren sollte. Zwar war es unwahrscheinlich daß sie ihn bis nach Paris, bis zum Louvre schleppen könnten, aber immerhin erschien es mir durchaus möglich, daß sie ihn aus seiner Holzkiste zerren und in die Felder tragen würden. Dabei könnte ihm leicht etwas abbrechen und wenn es nur ein kleiner Finger wäre!

Noch ehe der Bus in Reinsbach ankam, hatte ich einen Entschluß gefaßt. Nachdem ich die Franzosen Bodo überlassen hatte, schwang ich mich aufs Fahrrad und fuhr den Weg durch die Eichenallee nach Kampehl zurück. Atemlos langte ich bei Meißner an, erzählte von meinem Verdacht und beschwor ihn, etwas zum Schutze des Kahlbutz zu unternehmen. Meißner kam zunächst aus dem Staunen nicht heraus. Dann meinte er, daß die Gefahr einer erneuten Entführung des Kahlbutz so groß nicht sein konnte. Schließlich sei kein politisches Motiv mehr gegeben, wie bei den napoleonischen Soldaten. Immerhin aber müsse man wohl Vorkehrungen treffen, um einem Dummjungenstreich zuvorzukommen. Dafür sei die Polizei zuständig.

Zusammen gingen wir zum Abschnittsbevollmächtigten, dem ich so behutsam als möglich von meinem Verdacht erzählte. Auf keinen Fall dürfe schon Alarm geschlagen werden, ehe überhaupt etwas geschehen sei, meinte ich. Wir kamen überein, das Kirchlein des Kahlbutz während des Aufenthalts der Franzosen nachts von einem Polizisten bewachen zu lassen.

Es folgte noch eine recht schwierige zweite Woche im Meliorationsprojekt. Da immer mehr Franzosen mit ihren Liebsten in den Feldern verschwanden, kam man so gut wie gar nicht mehr voran. Meine Befürchtungen hinsichtlich einer Kahlbutzentführung sollten sich aber nicht erfüllen.

Nun rückte die Fahrt nach Berlin heran. Auch ich sollte mitfahren. Als sich der beige-rote Bus in Richtung Hauptstadt in Bewegung setzte, kam das ausgebrannte Gehöft von Bauer Mitschke in Sicht. Ich überlegte einen Moment, ob ich nicht das Busmikrophon ergreifen und den Gästen diese Geschichte erzählen sollte. Warum sollten die Franzosen nicht erfahren, daß die Kollektivierung ihre Opfer gekostet hatte?

Als wir an der tief in den Feldern liegenden Ruine vorüberglitten und ich noch immer zweifelte, ob ich den Gästen darüber berichten sollte oder nicht, war mir plötzlich, als säßen Griesner und Geschichtslehrer Gerber neben mir. »Laß sein, Rosemarie«, raunten sie, »warum willst du den Fremden, die dich noch nicht einmal danach gefragt haben, solche Auskünfte erteilen? Warum willst du aus freien Stücken unser Nest beschmutzen?«

Da war der Bus auch schon vorübergefahren. Die Gruppe hatte das Lied über die Königin Marie-Antoinette angestimmt, die mit anderen Aristokraten an die Laterne gehängt werden sollte. Lange hallte der Bus wider vom »ça ira, ça ira, ça ira«. Es war der 14. Juli.

Berlin kam mir immer noch wie ein Labyrinth vor. Würde ich mich je mit den vielen Verkehrsmitteln zurechtfinden? Wissen, wo ich aus- und umzusteigen hätte, wenn ich später als Studentin hier leben und immer wieder neue Orte finden müßte? Als ich mit den Franzosen beim Bummel über die Linden an dem altehrwürdigen Gebäude der Universität vorbeikam, überkam mich Sorge, ob es denn überhaupt möglich sei, daß ich den Sprung von Reinsbach hierher schaffen würde. Die große Stadt erschien mir nun erträglicher, weil ich allein hier der Verwirklichung meiner Träume näher kommen konnte. Und wie unausrottbar diese Träume in mir saßen, das wurde besonders offensichtlich jetzt, wo die jungen Franzosen da waren. Frau Wiesenthal konnte sagen, was sie wollte, dieses Volk war anders als wir Deutschen! Daran zweifelte ich nicht mehr. Sie wußten immer, was sie wollten, und auch, was sie nicht wollten. Wer von uns hätte im Ausland gewagt, einen Tierparkbesuch abzulehnen oder mit desinteressierter Miene den Rundgang im Kabelwerk Oberspree zu absolvieren? Weil es heiß war, wollten die Gäste immer nur an den Stränden in Grünau oder am Müggelsee herumliegen.

Abends tanzten wir in der Jugendherberge nach Tonbändern, die die Franzosen mitgebracht hatten: Johnny Hallyday, Sylvie Vartan, Gilbert Bécaud und Adamo. Oder aber Claude, ein stämmiger Glasbläser, griff zur Gitarre und sang französische Schlager. Sie erschienen mir raffinierter und tiefsinniger als die deutschen. Von Claude hörte ich zum erstenmal die Geschichte der kleinen russischen Dolmetscherin Natalie, die einem französischen Gast den Roten Platz zeigt und schließlich noch im Puschkin-Café mit ihm eine heiße Schokolade trinkt. Claude machte bei seinem Vortrag keinen Hehl daraus, daß er ganz besonders für mich sang. Am Abschiedsabend stimmte die ganze Gruppe plötzlich in den Refrain ein und ersetzte den Namen Natalie durch Rosemarie!

Wenn ich mich in keinen Franzosen verliebt hatte, dann wohl nur deshalb, weil ich meine ganze Aufmerksamkeit noch auf ihre Sprache richtete. Und weil ich auf gar keinen Fall in die Fußstapfen von Monika Sander treten wollte. Die hatte ich aber dennoch angerufen und gefragt, ob sie an ihrer vorjährigen Einladung festhielt. So zweifelhaft mir diese Person einerseits erschien, wollte ich doch gerne sehen, wie eine Dolmetscherin lebt, in solcher Steinwüste.

Während die Franzosen bereits wieder in ihrem Bus der Autobahn Magdeburg – Marienborn zuschwebten, machte ich mich auf den Weg. Ich mußte zweimal die Straßenbahn wechseln, mich durch ein Gewirr von Mietskasernenstraßen hindurchkämpfen und irrte schließlich noch in zwei Hinterhöfen mit verschiedenen Nebeneingängen umher, bis ich Monikas Wohnung endlich gefunden hatte. Zu meiner Überraschung war sie schwanger. Hochschwanger sogar! Bisher hatte ich geglaubt, daß Frauen wie sie keine Kinder bekommen. Weil sie keine gebrauchen können und vielleicht nicht einmal wollen. War ihr Beruf doch mit Unstetigkeit in jeder Hinsicht verbunden.

Monika empfing mich freundlich, aber doch in dem rüden Ton, der der Umgangston der Hauptstädter war. Er irritierte mich schon weniger als im vergangenen Jahr. »Trinkste 'n Tee?« fragte sie gleich und ging in den langen Flur voraus, der am Ende zu drei Räumen führte: Zimmer, Küche, Klo. Während sie den Teekessel unter den Wasserhahn hielt, sagte sie: »Da staunste, was – mich mit so 'nem Ballon wiederzusehen! Paß nur auf, daß dir das nicht auch passiert. Ich bin reingefallen!«

Es war das erstemal, daß ich eine Frau in diesem Tone von ihrer Schwangerschaft reden hörte. »Sind Sie etwa vergewaltigt worden?« wagte ich schüchtern zu fragen. »Ach wo – reingefallen bin ich! Mit 'nem Kerl!« winkte Monika ab und führte mich in ihr erstaunlich hübsch ausgestattetes Zimmer. »Ich wollte raus hier und hatte so 'n Italiener, verstehst du? Der war auch ganz wild nach mir, 'n ganz netter Typ, und da habe ich mir gedacht, es könnte klappen, der will mich heiraten. S' war 'n Messeonkel, verstehste? Der kam zweimal im Jahr mit seiner Firma nach Leipzig, und ich habe immer für die gedolmetscht. Er tat so, als wäre er ganz verrückt nach einem Bambino von mir. Aber nun will er nichts mehr davon wissen. Behauptet sogar, schon verheiratet zu sein! Stell dir mal vor, der Signore antwortet nicht mal mehr auf meine Briefe! Und als ich das alles kapiert hatte, war es für Polen zu spät!«

»Wie bitte?« fragte ich, »was hat denn Polen damit zu tun?« – »Du hast wirklich von Tuten und Blasen keine Ahnung!« Monika lächelte. »Die Polen treiben doch ab! Aber nur bis zur zwölften Woche, und blechen mußt du natürlich auch, wenn du keine Polin bist!«

Je weiter Monikas Erzählung fortschritt, um so fassungsloser wurde ich. Durfte es das alles überhaupt geben? War das nicht eine Art Prostitution? Wieso brauchte Monika ein »Bambino, um rauszukommen«? Das Rauskommen interessierte mich ja auch. Aber ich hatte immer gedacht, daß es ganz natürlich mit dem Beruf eines Dolmetschers verbunden war.

Inzwischen pfiff der Wasserkessel, und ich folgte Monika wieder in die Küche. Was den Tee betraf, war sie zu beneiden. Sie besaß noch mehr englische Teebüchsen als Frau Wiesenthal. »Wenn man raus will«, fragte ich leise, »gibt es da keine andere Möglichkeit, als zu heiraten?« – »Mein Gott, bist du naiv!« wunderte sich Monika wieder. »Natürlich nicht. Außer, wenn du eine Kanone bist. In jeder Hinsicht, meine ich. Dazu gehört dann auch Partei und ein einwandfreies Privatleben. Für unsereins ist da nichts drin. Der einzige Vorteil des Berufs ist der, daß du an die Heiratskandidaten direkt herankommst. Aber Glück muß man außerdem noch haben, verdammtes Glück sogar!«

»Na, und was machen Sie nun?« fragte ich weiter, als wir wieder auf der Bouclécouch Platz genommen hatten und die Teetassen vor uns dampften. »Du kannst mich ruhig endlich duzen!« sagte sie lächelnd und wechselte dann von ihrer saloppen Tonart in Ernst, beinahe Verzweiflung über. »Natürlich kannst du dir denken, daß ich mit so 'nem Ballon nicht mehr in der Gegend herumlaufen kann! Zu Intertext haben die mich verfrachtet. Dort drücke ich nun von früh bis spät einen Schreibtischstuhl und darf Geburtsurkunden übersetzen. Rate mal, für wen! Geburtsurkunden für Ausländer, die hier ihre Miezen heiraten wollen! Die Standesämter verlangen das. Na, und wenn das Kind dann da ist, wird's noch schlimmer. Dann heißt es erst recht: geregelter, krippengerechter Achtstundentag. Meine Mutter kann das Gör nicht nehmen, die arbeitet selber. Willste noch Tee?«

Ich fühlte mich von Monikas Bericht wie erschlagen. Nie war mir die Gefährlichkeit der weiblichen Existenz so klar ins Bewußtsein gekommen. »Kannst du dich denn gar nicht ein bißchen auf das Baby freuen?« fragte ich leise. Und siehe da, Monikas Gesicht hellte sich doch ein wenig auf. »Na klar«, sagte sie und verfiel wieder in den gewohnten forschen Tonfall. »Aus dem Heulen bin ich heraus! Das ist ein Trick der Natur, am Ende freut man sich doch! Willste das Babyzeug sehen?« Damit winkte sie mich an ihren Schrank heran, öffnete eine Schublade und zeigte mir all die winzigen Hemdchen und Strampelhosen, die so ein Neugeborenes braucht. Als wir uns die kleinen Gliedmaßen des Babys ausgiebig vorgestellt hatten, wurden wir fröhlicher. Wir fingen sogar an zu lachen, als Monika sich an den Löcherkäse erinnerte, auf den Griesner im vorigen Jahr so stolz gewesen war. Ich erzählte ihr nun, wie sehr ihn das Käsepaket aus Frankreich beeindruckt hatte. Das konnte sich Monika gut vorstellen, weil sie französischen Käse natürlich kannte. »Ein italienischer Gorgonzola ist mir persönlich aber noch lieber«, klärte sie mich auf.

Dann verabschiedete ich mich und bat Monika, mir zu schreiben, wenn das Baby da sei. Ob es ein Junge oder ein Mädchen würde, interessierte mich schon. »Und komm ruhig vorbei, wenn du wieder einmal in Berlin bist!« rief sie mir ins Treppenhaus hinterher. »Dann bin ich zu zweit hier in der Bude!«

Als ich im Personenzug saß, der mich nach Neuenhagen bringen sollte, verkroch ich mich in die Journale, die mir die Franzosen dagelassen hatten. »Die besten Frites kommen aus Lille und werden mit Mayonnaise gegessen!« – »Werden die Röcke wirklich wieder lang?« – »Ein Staubsauger, der auch Münzen wegsaugt, wenn Sie ihn nicht daran hindern!« – »Wochenende im Senegal. Schwarze Magie garantiert!« – »Lippenstifte sollten kußecht sein. Die von Dior sind es!«

Ich mußte aber immer wieder an den Besuch bei Monika denken, die mir in ihrer schwierigen Lage sympathischer geworden war. Sie war so freundlich zu mir! So unvoreingenommen. Und sie wußte Bescheid! Noch nicht einmal als Dolmetscher durfte man reisen? Und wenn man dann ein Kind bekam, war man kein Dolmetscher mehr, jedenfalls nicht in dem Sinne, der mir interessant erschien. Man konnte dann zu den Geburtsurkunden abgeschoben werden! Nur ein Gedanke tröstete mich etwas: Ein paar Dolmetscher, die allerbesten, würden für den Auslandsdienst eingesetzt. Ich mußte also eine Kanone werden. Irgendwie und irgendwann mußte ich Paris sehen!

Für den Augenblick hieß es freilich nur, noch besser, noch mehr für die Schule zu lernen. Meine Leistungen mußten erstrangig sein. Bestechend. Wohl oder übel würde ich mich bis zum Abitur eben auch in Mathematik und Physik anstrengen, die Fächer, die mir am wenigsten lagen. Denn mit dem Halbjahreszeugnis dieser – der elften – Klasse mußte ich mich zum Studium bewerben.

Als im September die Schule wieder begann, hing ich mehr denn je über den Büchern. Und weiterhin verbrachte ich einen Nachmittag in der Woche bei Frau Wiesenthal, um französisch zu plaudern. Wir setzten auch die Klassikerlektüre fort. Flauberts ›Salammbo‹ begeisterte mich. ›Madame Bovary‹, mit der ich viel Mitgefühl hatte, las ich nun in Französisch. Ich glaube, ich hatte Frau Wiesenthal damals lieber als meine eigene Mutter, die nichts weiter als Reinsbach und ihren Konsum kannte.

Als wolle er für den regnerischen August entschädigen, zog ein sonniger Herbst ein, der sogar noch Anfang Oktober warme Tage bescherte. Als ich einmal von der Schule nach Hause schlenderte, bemerkte ich plötzlich ein Motorrad neben mir: Rolf. Er fuhr im Schrittempo und raunte mir »Guten Tag, Rosemarie!« zu. Das Blut stockte mir in den Adern, aber ich war entschlossen, nicht zu antworten. Was war das für eine Art: Erst ewig nichts von sich hören lassen und dann plötzlich auftauchen, als wäre nichts gewesen! Stolz erhobenen Kopfes lief ich weiter. Aber Rolf schien fürs erste auch keine Antwort erwartet zu haben. Nach einer Zeit des Schweigens, in der er versuchte, im Tempo meiner Schritte zu bleiben, sagte er leise: »Bist mir wohl böse, Rosemarie? Du hast ja recht, ich hätte mich eher melden müssen. Aber weißt du, im Grunde habe ich Angst vor dir!«

Ich glaubte zuerst, mich verhört zu haben. Angst? Vor mir? Wer war ich denn, daß ich einem ausgewachsenen jungen Mann wie Rolf Angst einflößen konnte?

»Du bist ein Traum für mich«, fuhr er fort. »Eine Frau, wie man sie selten findet. Und wenn ich mich mit dir einlasse, dann ist es für immer. Weiß ich aber, ob ich das wirklich will und kann, Rosemarie?«

Die Zuneigung zu ihm, die ich in den vergangenen Monaten nur mühsam kleingehalten hatte, kam mit Wucht wieder über mich. Ich hatte den Eindruck, daß er die Wahrheit gesagt hatte und daß das alles als Liebeserklärung zu gelten hatte. Und wenn die Dinge so lagen, wie er sagte, hatte er mit seinem Zögern recht gehabt. Irgend etwas mußte ich jetzt sagen, sonst würde Rolf womöglich noch davonknattern.

Mir kam die Idee, erst einmal das Thema zu wechseln. »Liest du immer noch das ›Kapital‹?« – »Was denkst denn du?« sagte er, »das liest man nicht in ein paar Tagen oder Wochen! Ich bin immer noch dabei, und es kann lange dauern. Wenn ich was nicht verstehe, les ich's auch doppelt. Wenn's sein muß, auch dreimal. Danach entscheide ich mich, ob ich ganz rot werde, noch röter als die hier alle – oder ich geh eben hops!« Gegen Ende des Satzes hatte er mit dem Finger geschnipst und die Unterlippe hervorgeschoben. Wieder beeindruckte mich seine Entschiedenheit. Mittlerweile waren wir in der Siebenergasse angelangt, und ich wollte wegen der Leute nicht so lange mit Rolf herumstehen. »Ich bin zu Hause«, gab ich zu verstehen.

»Wo genau?« wollte Rolf wissen. »Wenn ich abends mal vorbeikomme, schau ich zu deinem Fenster hoch. Und wenn ich Licht sehe, melde ich mich!« Ich gab zu bedenken, daß weder meine Mutter noch meine Schwester etwas bemerken dürften, sagte dann aber doch, daß mein Haus noch eine Straße weiter lag. Wir setzten uns wieder in Bewegung. Es war das erstemal, daß ich mich bis nach Hause begleiten ließ. Heidemarie war sicher schon daheim und stand womöglich hinter der Gardine.

Als ich ihm vorsichtig das Fenster meines Zimmers gezeigt hatte, fragte er, ob wir nicht einmal wieder zum Tanz nach Düwitz fahren könnten. Das sei eine Gelegenheit, sich besser kennenzulernen. Ich sagte leise »Ja«. Rolf nickte, wendete sein Motorrad und schoß davon.

Als ich ins Haus trat und Heidemarie in der Badewanne fand, atmete ich auf. Es war nicht einfach, meine Gedanken zu ordnen. Was für ein Überschwang von Gefühlen! Ich war nun beinahe siebzehn Jahre alt, und trotz meines Willens, meine Zeit ganz dem Lernen zu widmen, war doch auch mein Wunsch geliebt zu werden übermächtig. So verrückt Rolf sein mochte, ich erkannte in ihm einen mir ebenbürtigen Menschen.

Ich rechnete fest damit, daß er am Wochenende wieder auftauchen würde. Aber er meldete sich auch in der darauffolgenden Woche nicht. Mir war zum Ersticken.

Wenn nachts ein Motorrad am Haus vorbeiraste, schreckte ich im Bett empor und sprang zum Fenster. Mal verfiel ich in rasende Wut, warf meine Bücher vom Regal, um sie dann mit verweintem Gesicht wieder zurückzustellen. Mal lag ich leise schluchzend auf meinem Bett. Und immer sprang ich nachts auf, wenn ich ein Motorrad hörte.

Nach über einem Monat kam Rolf eines Nachts doch, aber nicht mit dem Motorrad, sondern mit dem Traktor. Um mich zu wecken, hatte er das Fahrzeug schräg auf die Straße gestellt und die Scheinwerfer auf mein Zimmer gerichtet. Aus unruhigem Schlaf erwacht, wußte ich sofort, wer draußen auf mich wartete, und stürzte auf die Straße. Aber als ich sein Gesicht sah, war mir klar, daß alles verloren war. Er nahm mich nicht in die Arme, sondern begrüßte mich mit einem steifen: »Guten Abend, Rosemarie!«, worauf ich »Guten Abend, Rolf!« erwiderte und vor Kälte zu zittern begann.

»Es hat in mir gearbeitet und gearbeitet«, begann er, »und nun habe ich entschieden, daß es nichts wird zwischen uns. Du gefällst mir sehr, Rosemarie. Sogar zu sehr. Und ich sage es dir einmal und für immer: Die Frau, die ich heiraten werde, gefällt mir nicht halb so gut wie du.« Als ich anfing zu schluchzen, fügte er hinzu: »Du weißt selbst, daß du nicht hierbleiben willst. Du bist für was Anderes bestimmt. Du willst nach Berlin!« – »Aber das ist doch Wahnsinn – deshalb«, hauchte ich, worauf Rolf mit der Schulter zuckte. »Nicht traurig sein, Rosemarie, darüber kommst du hinweg. Ich mußte auch darüber hinwegkommen!«

Einen Augenblick lang glaubte ich zu träumen, und ich hoffte noch zu erwachen. Aber der schräg über der Straße stehende Traktor, die auf mein Zimmer gerichteten Scheinwerfer waren keine Träume. Rolf stieg in sein Fahrzeug, winkte mir zu und bog dann zur Chaussee hin ab. Nur die Kälte der Nacht saß noch auf der Straße und kroch mir unter die Kleider.

Ich schlich in mein Bett zurück. Mußte den Kopf ins Kopfkissen pressen, damit Heidemarie und Mutter mein Schluchzen nicht hörten. Etwas an mir machte den Jungen Angst. Kam ich ihnen zu klug vor? Wäre es günstiger, ein Dummchen zu sein? Und mußte denn unbedingt jetzt schon geheiratet werden?

Am nächsten Morgen war der erste Schnee gefallen. Die ungewohnte Sauberkeit der Welt half mir ein wenig, die Fassung wiederzugewinnen. Als wäre nichts geschehen, mußte ich meinen Pflichten wie gewohnt nachgehen: tagaus, tagein die Schule, dann Hausaufgaben. War das erledigt, mußte ich der Mutter im Haushalt helfen. Die einzige Abwechslung war die Konversationsstunde bei Frau Wiesenthal. Die einzige Erholung: Lesen. Mutter und Heidemarie wunderten sich, warum ich immer seltener mit ihnen vor dem Fernseher saß.

In diesen betrüblichen Tagen kam ein Brief von Monika, aus dem mir gleich ein Foto des Jungen entgegenfiel, den sie geboren und nach seinem Vater Mauro genannt hatte. Sie schrieb, daß dieser doch noch etwas Vernunft angenommen habe. Er hatte mitgeteilt, daß er die Frühjahrsmesse nutzen wolle, um seinen Sohn kennenzulernen. Leben, dachte ich, nie wird man wohl schlau aus dir! Und Monikas kleine Hoffnung gab auch mir ein wenig Mut. Irgendwann würde mein Glück schon beginnen.

Zum Studium konnte sich überraschenderweise beinahe jeder aus der Klasse bewerben. Damals wurden Fachkräfte gebraucht! Die Klassenlehrerin gab zunächst eine Liste der Fächer aus, die man im nächsten Jahr in der Republik studieren konnte, sowie Computerlochkarten. Darauf waren die Studienwünsche und einige Lebensdaten einzutragen. Ich überflog die Liste, stellte fest, daß man in Berlin Französisch und Russisch studieren konnte, und kreuzte meine schon lange feststehende Entscheidung auf der Lochkarte an.

Wenig später schon kam die Antwort aus Berlin. Anfang kommenden Septembers sollte ich mich am Romanischen Institut zur Aufnahmeprüfung einfinden. Da es auch auf das Russische ankam, steigerte ich nun auch dort meine Anstrengungen und paukte mir die grammatischen Tabellen vorwärts und rückwärts ein. Außerdem versuchte ich mit Frau Wiesenthals Hilfe, mir zusätzliches Wissen in französischer Geschichte anzueignen. Vielleicht war auch so etwas bei der Aufnahmeprüfung gefragt. Ich durfte nicht scheitern. Ich hätte mich umgebracht.

Die Strümpfe, die Frau Wiesenthal nun von Nicole geschickt bekommen hatte, waren ganz hell, fast weiß. Sie gaben ihrem Bein einen rührend kindlichen, fast feenhaften Ausdruck, der so recht im Gegensatz stand zu den dunklen, ja kaffeebraunen Strümpfen, die wir mittlerweile in Reinsbach zu kaufen bekamen. Der alljährlich erneuerte Flacon Chanel No. 5 war jedoch den vorangehenden völlig gleich. Ich begriff, daß – anders als bei den Strümpfen – ein Großteil des eigentlichen Werts mancher Waren in ihrer beständigen, unveränderlichen Qualität lag. Aber ich spürte doch keinen eigentlichen Neid. Die Kraft, die andere bei der Jagd nach einem zusätzlichen Stück Butter oder einem Paar modischer Strümpfe vergeudeten, mußte ich darauf konzentrieren, die Wünsche und Hoffnungen zu bändigen, die das aus den Feldern strömende Frühjahr in mir weckte und der Marsch der weißen Wolkenschwadronen, die über Reinsbach hinwegzogen. Wie erlösend wäre es gewesen, wenn ich mich wie ein Flüßchen in die Felder hätte legen und in viele kleine Bäche zergehen können! Statt dessen drängte ich, als ich von Rolfs Hochzeit hörte, die Tränen zurück.

Vielleicht besser so, redete ich mir ein. Voran! Vorwärts nach Berlin! Dort beginnt dann mein Leben.

Aus Andeutungen Griesners entnahm ich, daß auch im nächsten Sommer Franzosen aus Soux zu uns nach Reinsbach kommen würden. Diesmal war darum gebeten worden, für eine Gruppe von Oberschülern und Studenten einen Ferienkurs in deutscher Sprache zu organisieren, der teils in Reinsbach, teils in einer internationalen Jugendherberge im Ostseebad Binz stattfinden sollte. Griesner überlegte diesmal ernsthaft, ob er noch einmal einen Dolmetscher aus Berlin anfordern sollte. Schenkte er mir doch mittlerweile mindestens ebensoviel Vertrauen wie den Hergereisten. Zwar hatte die Erfahrung gezeigt, daß sie ein sehr unterschiedliches Benehmen an den Tag legten – Bodo vom vergangenen Jahr war in keinem einzigen Falle dabei gesehen worden, den französischen Mädels nachzusteigen. Ganz im Gegensatz zu Fräulein Sander war Bodo nicht als Liebhaber, sondern lediglich als ausdauernder Zecher aufgefallen, und das meist in reiner Herrengesellschaft. Und morgens hatte man ihm nie etwas angemerkt. Trotzdem, Griesner hätte niemanden lieber als mich für das Amt des Dolmetschers und Betreuers eingesetzt. Aber leider war ich immer noch nicht achtzehn Jahre alt und konnte deshalb wieder nur freiwillige Helferin sein. Die Prämie von hundertfünfzig Mark wollte Griesner verdoppeln.

So wartete ich wieder einmal im Rathaus auf den Bus aus Frankreich. Neben mir saß eine nervöse, blasse Dolmetscherstudentin namens Sigrid. Aus dem Süden, aus Halle war sie angereist, wo man offensichtlich auch Französisch studieren konnte. Sie rauchte nicht, sie las nicht. Ihre Art, sich die Zeit zu vertreiben, war unablässiges Kaugummikauen.

Die Franzosen rollten diesmal mit einem türkisfarbenen Bus auf den Marktplatz. Als sich die Tür lautlos öffnete, trat zu meiner freudigen Überraschung Guy heraus, der Reiseleiter vom vorigen Jahr! Er schien sich ebenso zu freuen, mich wiederzusehen, und drückte mich, nachdem er Griesner die Hände geschüttelt hatte, so fest an sich, daß der große Blumenstrauß, den ich ihm überreichen sollte, etwas Schaden nahm. Die Gäste stimmten sofort die Internationale an. Auf dieses Ereignis war Griesner diesmal besser vorbereitet. Hinter ihm hatte ein Schulchor Aufstellung genommen, der sofort in den Gesang der Franzosen einfiel, so daß das Lied nun gleich stark in beiden Sprachen über den Markt schallte. Mir entging jedoch nicht, daß einige Franzosen nicht mitsangen. Ein Zeichen vielleicht, daß die Zusammensetzung der Gruppe diesmal nicht allein vom Interesse am kommunistischen Aufbau abgehangen hatte, sondern eher vom Deutschkurs?

Während Fräulein Sigrid die Franzosen ins Stadthotel einwies, kletterte Griesner in den Bus, der diesmal mit einem anderen Fahrer gekommen war. Neugierig inspizierte er das Fahrzeug. Nein, einen Kühlschrank, in dem womöglich noch einmal ein Käsegeschenk hätte lagern können, gab es in diesem Bus nicht. Dafür aber ein stoßsicheres Fernsehgerät, das ihn interessierte.

Guy war einen Moment zurückgeblieben und hatte mir zugeflüstert, daß er ein Geschenk für mich habe. Er griff in seine Reisetasche und holte eine Schallplatte hervor: Adamo! Eine unerwartete Überraschung! Leider besaß ich keinen Plattenspieler, worüber sich Guy sehr wunderte. Aber ich dankte ihm. Irgendwo würde ich schon Gelegenheit finden, sie abzuspielen.

Schon halb im Gehen drehte sich Guy noch einmal um und rief mir zu: »Tu viens çe soir, Rosemarie? – Kommst du heute abend, Rosemarie?« – worauf ich ihm freudig zunickte. Griesner hatte ein Begrüßungsfest im Hotel organisiert, zu dem vorbildliche FDJler aus dem Kreis eingeladen worden waren. Und natürlich sollte auch ich dabeisein.

Als ich, meine Schallplatte unterm Arm, nach Hause ging, um mich für den Abend umzuziehen, hatte ich zum erstenmal das Gefühl, daß Rolf vielleicht recht gehabt hatte. Wenn wir ein Paar geworden wären, hätte ich vielleicht zum heutigen Fest gar nicht gehen können? Ein Gefühl der Freiheit, der Erwartung kam über mich. Ich fühlte, daß Guy Interesse für mich hatte!

Gern hätte ich auch Bluejeans angezogen, wie sie die meisten Franzosen trugen. Aber ich hatte keine. Ich mußte wieder meinen schwarzen Rock und die weiße Dederonbluse anziehen. Heidemarie, die mitkommen durfte, lieh sich mein blaues Sonntagskleid.

Griesner saß bereits mitten unter den Franzosen und versuchte mit Sigrids Hilfe zu erforschen, wie das Abendbrot geschmeckt hatte. Man war in diesem Jahr nämlich von vornherein dazu übergegangen, den französischen Gästen abends auch Warmes zu servieren. Hatte man hier in Reinsbach doch nun endlich verstanden, wie wenig sie Graubrote mit Leberwurst oder Löcherkäse zu schätzen wußten. Als Griesner mich sah, rief er mich sofort an seine Seite und schickte Sigrid an ihren Tisch zurück. Er flüsterte mir zu, daß die Dolmetscherin eine Null sei. Er merke ganz deutlich, wie ihr Französisch daherholpere, wie sie sich anstrenge, um die Gäste überhaupt zu verstehen! Mit mir jedoch sei das anders.

Ohne Schwierigkeiten übersetzte ich dann auch das Gespräch mit Guy über das Programm der nächsten Tage. Griesner nickte freundlich, als Guy mich zum Tanzen zog.

Zu meiner Erleichterung bemerkte ich, daß es beim Tanzen keine neuen Moden gab. Die Franzosen bewegten sich noch immer in dem Stil, den ich schon in den vergangenen Jahren kennengelernt hatte.

Guy lächelte mich an und sagte, daß er das ganze Jahr über an mich gedacht habe, an das Mädchen, das mit so außergewöhnlicher »courage« ganz im Alleingang Französisch gelernt hatte. Worin ich es bereits weiter gebracht hätte als die Dolmetscherin. Er hätte mir gerne geschrieben, mir seine Sympathie offen mitgeteilt. Aber er hatte gehört, daß solche Kontakte in diesem Lande Nachteile bringen konnten. Besonders für jemanden, der noch in der Ausbildung war.

Ich wollte nun wissen, was Guy eigentlich von Beruf war. »Schlosser in einem Heizwerk«, sagte er. »Mein wahrer Beruf«, setzte er hinzu, »ist aber die Gewerkschaft. Und die Partei natürlich!« Er fragte, ob ich mir die Kämpfe vorstellen könnte, die die Arbeiter in Frankreich durchzustehen hatten? Die Zukunft sei noch auszufechten! Der Kleinkrieg, mit dem man sich bislang in den Betrieben begnüge, müsse zur großen, zur letzten Schlacht auswachsen, wie es so schön in der Internationale heiße!

Wie lange wir bis zu dieser letzten Schlacht wohl noch zu warten hätten, fragte ich. In ein sozialistisches Frankreich könne man vielleicht eher reisen? Mit der Antwort war Guy vorsichtig. Es konnte morgen sein oder auch erst in fünf, sechs Jahren. Leider hing das nicht von ihm ab.

Guy wollte nicht, daß ich mich in der Tanzpause wieder an Griesners Tisch setzte, der sich erneut Sigrid herbeirufen mußte, aber sehnsüchtig nach mir schielte. Guy brachte mich an seinem Tisch unter, wo ich zwischen den leuchtenden Pullis der französischen Mädchen Platz nehmen mußte. Das einzig Bemerkenswerte an mir muß mein Dutt gewesen sein.

Als wir noch einmal tanzten – diesmal das langsame Stück ›Ganz Paris träumt von der Liebe‹ –, spürte ich wieder Magnetismen und Ströme, wenn auch etwas schwächer als bei Rolf. Ich hatte so wenig an eine solche Möglichkeit gedacht, daß ich mir zugleich ein wenig überrumpelt vorkam. Auch wollte ich weder bei Heidemarie noch bei Griesner einen Verdacht in dieser Richtung aufkommen lassen.

Schließlich war ich keine Monika Sander! Als Guy, der einen halben Kopf größer war als ich, anfing, mir warmen Atem in den Nacken zu blasen, faßte ich den Entschluß, das klarzustellen. Ich bat ihn, meine Schwester zum nächsten Tanz aufzufordern. Sie saß weit hinten in einer Ecke und hatte noch keine Aufmerksamkeit auf sich gezogen. Guy nickte. Für den Rest des Abends konnte ich es einrichten, daß man mich nicht immer nur mit Guy sah. Aber wirklich entmutigen wollte ich ihn nicht.

Am nächsten Tag, einem Sonnabend, war die Stadtbesichtigung vorgesehen. Sei es, daß Guy die Gruppe vorinformiert hatte, sei es, daß meine Darstellung sprachlich gewonnen hatte – in diesem Jahr verlief alles ohne peinliche Zwischenfälle. Dabei hatten auch diese Franzosen gleich morgens reichlich bei Bäcker Lamprecht eingekauft und standen, Kuchen mampfend, vor der Schwedenmauer. Guy wich nicht von meiner Seite.

Nachmittags fuhren wir mit den Gästen zum Schieritzsee. Guy und ich schwammen ein Stück ins windbewegte Wasser hinaus. Und dort, in den Wellen, fragte er dann, ob wir am Abend – es war doch nichts Offizielles vorgesehen? – einen Spaziergang unternehmen könnten?

So fand ich mich dann gegen halb neun Uhr abends mit Guy auf den Feldwegen wieder, die zum Wäldchen von Buchenau führen. Wir liefen Arm in Arm, und Guy erzählte mir noch einmal, wie unablässig er das ganze Jahr an mich gedacht hatte, wenngleich – das betonte er – keinerlei Hoffnung bestand, daß wir ein richtiges »couple« werden könnten. Eine Heirat sei nicht nur von Staats wegen beinahe unmöglich, sondern da wären auch noch mein Studium und sein Militärdienst zu absolvieren.

Die Situation war für mich ein wenig überraschend. Aber ja, auch ich spürte Sympathie. Hatte sie im Grunde auch schon im vorigen Jahr gespürt, aber nicht gewagt, dieses Gefühl heranwachsen zu lassen. Weil ich das alles treuherzig vorbrachte, erkannte Guy, daß ich noch nicht viel mit Männern zu tun gehabt hatte. Vielleicht hätte er nur wenig Überzeugungskraft gebraucht, um mich in die Felder zu legen. Aber er beließ es bei ein paar Küssen. Als wir zurückwanderten, verabredeten wir uns für den nächsten Abend an demselben Ort.

Sonntag, Kahlbutztag. Eis in Neuenhagen. Nachmittag am See. Küsse am Abend. An den folgenden Vormittagen, während ein Fräulein Helga, Lehrerin aus Neuenhagen, den Franzosen Deutschunterricht zu erteilen versuchte, hatten Guy und ich weitere Gelegenheiten, uns kennenzulernen. Wir saßen im Stadtkrug, wo wir als Betreuer der Franzosen ein Bier zusammen trinken konnten, ohne gleich als Pärchen verschrien zu werden. Da hier niemand Französisch verstand, brauchten wir noch nicht einmal zu flüstern. Ich hatte ihm mittlerweile anvertraut, daß ich keinen Freund hatte.

Und er, wollte ich nun wissen, wie stand es mit ihm? – »Les filles chez nous«, begann er mit einer abfälligen Handbewegung, »sont difficiles!«, was so viel bedeuten sollte wie »Die Mädchen bei uns sind schwer zu knacken!« Er habe schon einige Abenteuer hinter sich, aber alles in allem seien die Mädchen in Frankreich noch viel zu katholisch. Die wenigsten beschafften sich die »pillule«. Statt dessen steuerten die meisten gleich auf die Ehe zu. Die Ehe müsse aber, das war Guys Überzeugung, das Ergebnis einer sorgfältigen Wahl sein. Sie dürfe nicht wie früher auf Grund von materiellen Spekulationen oder eines hübschen Näschens zustande kommen.

Wie gerne gab ich ihm recht! Ich erzählte ihm, daß auch bei uns in der Gegend viel zu früh geheiratet wurde. Doch Guy hatte da noch einen Ausdruck gebraucht, der mir fremd war: »la pillule«! Was war das für ein Ding?

Guy wunderte sich, daß ich es nicht zu kennen schien, denn in einem kommunistischen Land sei diese Segnung der Wissenschaft doch als selbstverständlich vorauszusetzen! Er erklärte mir, daß es sich um ein Medikament handele, das bei regelmäßiger Einnahme durch die Frau unerwünschte Nachkommenschaft verhinderte.

Ich war sofort hellwach. Seit wann gab es denn das? Und warum wußten wir hier in Reinsbach nichts davon? Ob die »pillule« teuer sei? Guy wußte es nicht genau, denn schließlich war er es nicht, der sie schlucken mußte. Er meinte aber, daß der Nutzen in jedem Fall erheblicher sei als der Preis.

Das Gespräch über die Pille, das wir ganz ungeniert im Stadtkrug führen konnten, begeisterte mich. Aber wo sollte ich so ein Medikament herbekommen? Er erklärte mir, daß es schließlich noch andere, wenn auch weniger komfortable Wege gäbe, das wilde Erzeugen von Babys zu verhindern. Guy merkte, daß mir an solchen Informationen viel gelegen war. Denn weder meine Mutter noch der Biologielehrer hatten davon etwas verlauten lassen. Oder wußten sie es selbst nicht?

Das Ergebnis der Belehrungen, die Guy mir gab, war der Beschluß, daß wir in der kommenden Woche, an der Ostsee, zusammen schlafen wollten. Das erschien nicht nur in Hinblick auf meinen Zyklus günstig, sondern auch wegen der Möglichkeit, das Stadthotel zu vermeiden, dessen Nachrichtensystem mir nur zu gut bekannt war.

So hatte ich noch ein wenig Zeit, die in meinem Körper immer wieder gewaltsam zur Ruhe gebrachten Erwartungen zu wecken und stark werden zu lassen. Und als wir dann in B. waren und Guy mich in seinem Einzelzimmer – das er als Reiseleiter beanspruchen konnte – in die Arme schloß, gab ich allem wie im Traume nach. Ich ließ es zu, daß er mich Stück um Stück auszog, sanft aufs Bett drückte, meine Schenkel öffnete und sein – sein Etwas – in mich hineindrängte. Aber wie staunte ich, als sich Guy – der liebe Guy – in eine Maschinerie verwandelte, die sich schnaufend über mir in Gang setzte und ganz plötzlich zum Stillstand kam. Das, was ich mir oftmals als schönes Verschmelzen vorgestellt hatte, entpuppte sich als banales, befremdliches Geschehen.

»Davon wird man schwanger?« flüsterte ich, als wir uns getrennt hatten. Guy lachte ein wenig auf und sagte: »Ganz schnell sogar!« Er nahm meine Hand und führte sie zwischen meine Schenkel, damit ich den Samen zu fühlen bekam, der dazu bestimmt war, in mir ein neues Wesen zu entzünden. Wenn das Schicksal es wollte, schon ehe mein eigenes Leben begonnen hätte! Mit einem Schlage begriff ich die Unvollkommenheit der Natur, deren Mechanismen gerade nur ausreichen, um die ewigen Kreisläufe des Lebens herzustellen.

Guy zog sich eine Zigarette aus der blauen Schachtel, und ich beschloß, es auch einmal mit dem Rauchen zu versuchen. Doch mein erster Zug war eine Katastrophe. Ich mußte so laut prusten, daß ich Angst hatte, die ganze Jugendherberge zu wecken. Ich verkroch mich zu Guys Belustigung mit meinem Husten unter die Decke. Als ich mich beruhigt hatte, zeigte mir Guy, wie man richtig raucht und sich an den Qualm gewöhnt. Später nahm er mich noch einmal und noch einmal. Schließlich wurde er müde und schlief ein. Ich aber blieb wach und betrachtete den Körper des Mannes, der mich hatte zur Frau machen wollen. Daß es nur halb gelungen war, erfüllte mich mit Enttäuschung, aber nicht mit Groll. Trotzdem hatte sich ein neues Universum aufgetan, dessen Eroberung schwieriger war, als ich es mir vorgestellt hatte. Mitten in der Nacht schlich ich mich in mein Zimmer zurück.

Das Ausbleiben des wirklichen Taumels hörte nicht auf, mich in den nächsten Tagen zu beschäftigen. Ich dachte daran, wenn ich am Strand döste, wenn ich ins Meer hinausschwamm, wenn ich die Franzosen zum Kurkonzert führte, während der Wanderungen, die wir an den kühlen Tagen unternahmen. Aber dieses Grübeln – in dem ich auch manchmal mir die Schuld zuschrieb – tat meiner Verliebtheit keinen Abbruch. Die Nächte mit Guy wurden immer inniger, und der Abschied kam viel zu rasch heran. Standhaft sah ich ihm in die Augen, der als letzter in den türkis leuchtenden Bus einstieg.

Ich selbst fuhr wieder im Zug nach Hause, eine Plastetüte voller französischer Taschenbücher und Zeitschriften im Arm. Während ich mich in einen Krimi verlor, spürte ich plötzlich das leise Ziehen im Unterleib, das mir meine Regel ankündigte. Erleichtert griff ich nach einer Zigarette aus der blauen Schachtel, die Guy mir zurückgelassen hatte. Mein erstes Abenteuer war nicht vollkommen gewesen, aber es blieb wenigstens ohne Folgen! Ich konnte mich die ganzen Sommerferien über den Erinnerungen an seine guten Seiten hingeben!

Der Beginn des neuen, des letzten Schuljahres stand mehr denn je im Zeichen des Leistungswettbewerbs. Wir Schüler sollten uns nicht einbilden, drohte die Klassenleiterin, daß wir nach den Aufnahmeprüfungen Ende September unsere Studienplätze sicher in der Tasche hätten. Ein mißlungenes oder auch nur schwaches Abitur könne die Zulassung zur Universität auch wieder in Frage stellen!

Dann war es soweit, ich mußte zur Aufnahmeprüfung nach Berlin. Das Institut, an dem ich hoffte studieren zu dürfen, lag nicht in dem großartigen Hauptgebäude, das mir bislang als Universität gegolten hatte, sondern ein wenig abseits, gegenüber der Museumsinsel. Es war ein seit dem Krieg alleinstehendes, dem Wind preisgegebenes Eckhaus, dessen Fassade noch zahlreiche Einschußlöcher aufwies.

Als ich das große Eingangstor passiert hatte, schlug mir ein Geruch von alten Büchern und abgelagertem Bürostaub entgegen. Kein Zweifel, hier wurde studiert! Ein Schild wies in ein Büro, wo eine Sekretärin meinen Namen aus einer Liste heraussuchte und mir zwei Prüfungstexte gab: einen in Russisch, einen in Französisch. Für die Bearbeitung ließ man mir eine Stunde Zeit.

Ich setzte mich an einen der Tische neben andere Prüflinge, die bereits über ihren Texten brüteten. Der französische Teil erschien mir kinderleicht. Der russische machte mehr Mühe.

Endlich wurde ich aufgerufen. Ein quirliger Professor mittleren Alters stellte sich als Prüfer für Französisch vor. Eine rundliche Dozentin war für das Russische zuständig. Zuerst wollten sie von mir wissen, weshalb ich mich zum Studium des Französischen entschlossen hatte, obwohl ich doch gar keinen Unterricht in diesem Fach gehabt hatte. So berichtete ich in Französisch von unserer Städtepartnerschaft mit Soux im Auxois, von einer Dame, die die Freundlichkeit gehabt hatte, mir privat Unterricht zu geben, und von meinem schon lange währenden Interesse für den Dolmetscherberuf. Professor Claus ließ mich ein paar unregelmäßige Verben durchkonjugieren und stellte mir dann einige grammatische Fangfragen. Am Ende wollte er noch, daß ich über die Revolution von 1789 sprach. Gerade darauf war ich gut vorbereitet, und ich sprudelte so eifrig los, daß der Professor nach wenigen Minuten Einhalt gebot. Meine Kenntnisse fand er erstaunlich, und ich könne, was das Französische anbelangte, sicher mit einem positiven Bescheid rechnen.

Das Russischexamen verlief weniger glänzend, aber doch passabel genug, daß ich auch dort einigermaßen wohlwollend entlassen wurde. Eine Illusion nahmen mir die beiden aber doch. Das Studium, für das ich mich hier bewarb, stellte noch keine Dolmetscherlaufbahn in Aussicht. Es war eine Lehrerausbildung. Übersetzer würden ja nur wenige gebraucht, aber an Fremdsprachenlehrern mangele es überall. Was ich schließlich selber wissen müsse, meinte der Professor, denn es gebe ja auch in unserer Stadt keinen Französischlehrer. Das werde sich in Zukunft ändern. Fremdsprachenkenntnisse sollten im ganzen Land entwickelt werden.

So war meine Vorfreude doch ein wenig gedämpft, als ich im Herbstwind wieder auf der Straße stand. Ich hatte keine Lust, Lehrerin zu werden und erst recht nicht in meiner Heimatstadt! Man studierte doch nicht Französisch, um dann, ohne überhaupt »la douce France« gesehen zu haben, wieder dort zu landen, wo man hergekommen war? Schließlich sagte ich mir, daß auch diese Frage wahrscheinlich mit einem Wettbewerb der Leistungen verbunden war. Ich müßte eben auch hier wieder zu den Besten gehören, um das zu erreichen, was ich mir vorgenommen hatte!

Hin und her gerissen zwischen Freude und Skepsis, nahm ich die U-Bahn bis zum Senefelder Platz, durchquerte ein paar düstere Straßen und langte schließlich vor Monikas Wohnungstür an. Auf mein Klingeln öffnete erstaunlicherweise ein bräunlicher Mann mit krausen Haaren. Den fast einjährigen Mauro trug er auf dem Arm. Monika käme ein wenig später, sagte er mit einem fremden Akzent. Sie machte gerade eine Stadtrundfahrt. Ich könne ja hereinkommen und auf sie warten. War das Mauros Vater?

Ich folgte dem Mann durch den Korridor, in dem ausgeprägter Windelgeruch lag. Das ehemals so hübsche Zimmerchen war nun viel zu vollgestopft. Mauros Kinderbett und sein Laufstall besetzten die letzten freien Quadratmeter. Der Mann stellte sich als Ali aus Syrien vor, und nachdem er mir ein Glas Cinzano angeboten hatte, setzte er sich wieder vor die flimmernde Fernsehröhre, zu der sich auch Mauro von seinem Ställchen aus hinwandte. So hatte ich Gelegenheit, den Kleinen ausgiebig zu beobachten, bis es im Schlüsselloch knackte und Monika eintrat. Die freute sich sichtlich über meinen Besuch. Ob ihr Mauro nicht süß sei, wollte sie wissen. »Das ist eben die Natur«, meinte sie wieder. Auch wenn man ein Baby absolut nicht brauchen könne, habe man es dann doch sofort so lieb, daß man es nicht mehr missen wolle. Ja, und Mauro der Ältere hatte sich nun ein für allemal als die Flasche herausgestellt, die sie seit ihrer Schwangerschaft in ihm vermuten mußte. Er war zwar tatsächlich zur Frühjahrsmesse angereist, hatte einen Sprung nach Berlin gemacht und seinen Sprößling besichtigt, dann aber weiter nichts als eine Geldsumme angeboten. Monika deutete auf den Cinzano. »Ich kann jetzt allen möglichen Quark im Intershop kaufen!« erklärte sie.

»Anerkennen will er den Kleinen aber nicht und heiraten erst recht nicht. Wahrscheinlich ist er auch schon verheiratet«, fügte sie mit großen Augen hinzu. »Bei den Italienern weiß man nie. Da gibt's doch keine Scheidung! Mit dem wilden Leipzig, habe ich ihm gesagt, soll es dann aber auch vorbei sein. Und nun habe ich den Ali hier!« Damit drückte sie ihrem neuen Freund einen Kuß auf die Wange, der sich jedoch beim Fernsehen nicht stören ließ.

Ich fragte Monika, wo sie jetzt arbeite. »Intertext! Immer noch Intertext! Und da werde ich noch drei Jahre hokken, bis meine Mutter ihre Rente kriegt und den Mauro nimmt. Ich kann nur ab und zu eine Stadtrundfahrt zusätzlich machen, wenn's mit der Zeit hinhaut. Denn mit den paar Piepen, die ich von Intertext kriege, halte ich mich doch nicht über Wasser!«

Während sie ein zweites Glas Cinzano einschenkte, fragte Monika, wie meine Aufnahmeprüfung verlaufen war. Sie kannte Professor Claus vom Studium her und nannte ihn eine »fabelhafte Type«, was man nicht von allen Dozenten sagen könne. Wegen der Immatrikulation als Lehrerstudentin sollte ich mir keine Sorgen machen. Mit meinem glänzenden Französisch würden sich mit der Zeit schon andere Möglichkeiten eröffnen. »Wenn du erst einmal in Berlin gelandet bist, bringe ich dich zu den Stadtrundfahrten!« sagte sie und steckte sich eine Zigarette an.

Mit dem Versprechen, mich auch in Zukunft wieder zu melden, verabschiedete ich mich. Ziemlich zufrieden machte ich mich auf den Weg zum Bahnhof Lichtenberg, wo ich in den Zug nach Neuenhagen einsteigen wollte. Auf dem Bahnsteig traf ich – Petzold! Seit ich auf die Oberschule gekommen war, hatte ich ihn nicht mehr gesprochen. Wenn wir uns auf der Straße begegneten, war es bei einem freundlichen Blick geblieben. Nun aber konnten wir nicht umhin, gemeinsam auf den Zug zu warten und auch zusammen einzusteigen. Gleich am Anfang der Unterhaltung überkam mich ein seltsames Gefühl. Es war mir unvorstellbar, daß ich in ihn einmal verknallt gewesen war! Die Sprache, in der Petzold von seiner Lehre als technischer Zeichner in Neuenhagen redete, erschien mir so simpel holpernd, auf so überraschende Weise standardisiert, daß ich mir eines enormen Abstandes bewußt wurde, der früher nicht existiert haben konnte. Wie war es zu dieser Kluft gekommen? War das die Oberschule?

Petzold war sehr nett zu mir, hörte mit Interesse den Erzählungen von der Aufnahmeprüfung und meinen Studienplänen zu. »Daß du hoch hinaus wolltest, hat man immer schon gemerkt!« war sein Kommentar, worüber ich mich wunderte. Denn in den Zeiten, von denen Petzold nur reden konnte, hatte ich keineswegs schon hoch hinaus gewollt. Die weitere Fahrt fragten wir uns über unsere ehemaligen Klassenkameraden gegenseitig aus. Karin Drechsler verkaufte Stoffe in Neuenhagen. Nora war mit unbekannten Berufsplänen wieder ins Erzgebirge entschwunden. Aber Petzold schien sich nicht mehr übermäßig für seine alten Freundschaften zu interessieren. Als wir uns an der Bushaltestelle in Reinsbach trennten, rief er mir hinterher: »Grüß mal deine Schwester schön von mir!«

Da hatte ich nun Stoff zum Grübeln, als ich durch die nächtlichen Straßen nach Hause lief! Für einen Moment vergaß ich sogar die Aufnahmeprüfung. Petzold und Heidemarie? Nicht im Traum hätte ich jemals daran gedacht! Heidemarie war nun fünfzehn, bald sechzehn. Die Jungen mußten sich schon eine ganze Weile für sie interessieren, während sie für mich immer noch der kleine Pummel war. Aber wovon träumte Heidemarie eigentlich? Mir wurde wieder einmal bewußt, wie wenig ich meine Schwester kannte. Nur ein paar Jahre waren vergangen, seit ich selbst hinter Petzold hergewesen war. Krank vor Eifersucht auf Karin Drechsler, die nun zwischen Stoffballen hinter einem Ladentisch stand. Die Leidenschaften, die mich einst gequält hatten, waren wie Rauch vergangen! Nur Rolf hatte Spuren hinterlassen. Eine Narbe. Zuviel durfte ich nicht an ihn denken. Energisch schlug ich meinen Mantelkragen hoch, überquerte die Siebenergasse und war rasch zu Haus. Den Gruß von Petzold übermittelte ich Heidemarie erst, als wir einen Moment lang allein in der Küche standen. Sie wurde puterrot und rannte in den Flur hinaus. Ein letztes Jahr noch in Reinsbach! Vielleicht das ereignisloseste Jahr meiner ganzen Jugend. Denn ich hatte nichts weiter zu tun, als dem Wunsch des Schuldirektors nachzukommen, das Abitur mit Auszeichnung zu machen. Schließlich wollte er mit der Abiturstatistik im Kreis ordentlich dastehen.

Frau Wiesenthal behauptete, mir nichts mehr beibringen zu können. Trotzdem trafen wir uns fast jede Woche zum Plaudertee. Von den dreihundert Mark, die mir Griesner für meinen Einsatz mit den Franzosen gezahlt hatte, kaufte ich mir einen Plattenspieler. Nun konnte ich Adamo so oft für mich singen lassen, wie ich wollte. Und das war sehr, sehr oft. Seine schönsten Lieder konnte ich bald nachsingen, und ich lernte auch, mich selbst auf der Gitarre zu begleiten.

Eine Wand meines Zimmers tapezierte ich mit Postkarten aus Soux im Auxois. Ab und zu traf auch ein Brief von Guy ein, der klugerweise jede Anspielung auf unser Verhältnis unterließ. Zu Weihnachten schickte er sogar ein kleines Paket, in dem ein wunderschöner, beigefarbener Anorak steckte. Seine Kapuze war mit einem flauschigen Fell abgesetzt. Solchen Chic hatte man in Reinsbach noch nicht gesehen! Zuerst traute ich mich damit gar nicht auf die Straße. Nach Neujahr erreichte mich ein Eilbrief, in dem Guy schrieb, daß er zum Militärdienst einberufen worden sei und für etliche Zeit keine Briefe mehr in kommunistische Länder senden dürfe.

Ich merkte nun deutlich, wie der Abstand zwischen mir und unserem Städtchen in diesem meinem letzten Jahr größer wurde. Kein Junge aus Reinsbach oder unserer Umgebung wagte sich mehr an mich heran. Jeder wußte, daß ich bald nach Berlin, zum Studium verschwinden würde und als Heiratskandidatin nicht in Frage kam.

So verging meine letzte Zeit unter den weißen Wolkengeschwadern Brandenburgs eintöniger denn je. Aber ich war auch ruhiger geworden. Die sichere Aussicht, der Ferne näher zu kommen, versöhnte mich ein wenig mit der Erde, aus der ich gemacht war.

Reglos heißer Sommer. Diesmal alleinige Verantwortung als Dolmetscherin und Betreuerin für die Gäste aus Soux. Und Ende August endlich Vorbereitungen für die Übersiedlung ins Berliner Studentenheim!

An einem der Sommerabende vor meiner Abreise kam ich mit meinem Fahrrad durch Kampehl. Ich beschloß, mich von Herrn Meißner zu verabschieden. Er war schließlich ein alter Mann, der jederzeit sterben konnte. Wie freute er sich, als er mich an seiner Tür sah! Er lud mich zu einem Kaffee ein. Als wir in seiner Veranda saßen, fing er an, mir sein Leid zu klagen. Volkskundler aus Greifswald waren angereist und hatten – zunächst ohne sich zu erkennen zu geben – den Kahlbutz besichtigt. Dann aber stellte sich heraus, daß sie beauftragt waren, eine heimatkundliche Broschüre über unsere Gegend zu verfassen. Sie waren dabei, sich eine ganz neue Interpretation des Kahlbutz zusammenzubrauen, die sie ihm, Meißner, der ihn doch am besten kannte, auch noch aufschwatzen wollten! Die Marie, die den Kahlbutz vor Gericht gezerrt hatte, sollte er in Zukunft als Klassenkämpferin sehen. Das war ja vielleicht nicht völlig danebengegriffen, aber alles in allem doch verwegen, denn eine mutige Frau war doch noch keine Klasse – oder? Die Volkskundler hatten auch versucht, die Einmaligkeit des Kahlbutz in Frage zu stellen. Eingetrocknete, beziehungsweise verlederte Leichname fänden sich an vielen Orten, zum Beispiel schon im nicht allzu fernen Buch, ohne daß die dortige Bevölkerung gleich von »biologischen Rätseln« schwärme, geschweige denn von der Erfüllung gotteslästerlicher Selbstverfluchungen! Er, Meißner, habe die Damen und Herren aus Greifswald daraufhin gefragt, wie sie denn bitte sehr den eingetrockneten, beziehungsweise verlederten Zustand des Toten erklären wollten? Letztlich stünde dieser doch in unleugbarem Gegensatz zum normalen Verfall der ursprünglich ebenfalls im Kirchlein von Kampehl beigesetzten Leichen der anderen Mitglieder des Kahlbutz-Clans. Nun, erklären konnten die Herrschaften aus Greifswald auch nichts. Aber sie drangen doch energisch darauf, daß das exakte Denken endlich auch in Kampehl seinen Einzug halten müsse. Den Schulkindern, denen der Kahlbutz ja auch vorgeführt werde, versuche man doch Wissenschaft anzuerziehen, weshalb es eben ein Widersinn sei, den Kahlbutz als »biologisches Rätsel« oder gar als Wunder zu präsentieren. Vielmehr müsse das Vertrauen entwickelt werden, daß die Wissenschaft früher oder später die wahren Zusammenhänge um die Mumifizierung des Ritters schon ermitteln werde. Schließlich blieben die Forschungsmethoden ja nicht ewig dieselben, die einst dem alten Virchow zur Verfügung gestanden hatten!

Den Kaffee hatten wir schon längst ausgetrunken, aber Herr Meißner ereiferte sich noch immer. Zwar hatten die Bemerkungen der Volkskundler nichts direkt Autoritäres an sich gehabt – er werde schon in Zukunft seinen Kahlbutz noch präsentieren können, wie er es gewohnt war. Aber das Erscheinen einer Broschüre, die nicht nur allerhand Dummheiten, sondern teilweise sogar das Gegenteil von dem behaupten werde, was die Leute von Kampehl nun einmal über ihren Kahlbutz wußten, müßte er wohl in Kauf nehmen.

Ich versuchte, den alten Mann, so gut es ging, zu trösten. Versprach ihm auch, ab und zu bei ihm vorbeizuschauen. Nachdem er mir viel Glück für die Zukunft gewünscht hatte, schwang ich mich wieder aufs Rad, schaltete die Lampe an und fuhr in Richtung Reinsbach. Aber als ich beim Kirchlein des Kahlbutz vorbeiradelte, kam mir die Idee, auch bei ihm einen Abschiedsbesuch zu machen. Ich schaute mich um, ob die abenddämmrige Dorfstraße tatsächlich ganz leer wäre, schloß das Rad an und fingerte in der Dachrinne nach Rolfs Schlüssel. Er war noch da!

Flink drehte ich ihn im Schloß herum und trat ein. Diesmal fiel kein Mondlicht auf den Kahlbutz, und ich mußte ein paar Streichhölzer abbrennen lassen, um ihn richtig anschauen zu können.

Diese Volkskundler! Hielten uns hier wohl für Dummköpfe? Als wenn wir noch an Geister und Gespenster glaubten? Nur blanker Neid konnte es sein, der sie dazu trieb, das letzte Stückchen Märchen, das uns geblieben war, kaputtzumachen. Was kümmerte es uns, daß es auch woanders noch verlederte Leichen gab und was dort die Leute darüber dachten?

Ich hatte mir eine Zigarette angezündet. Meine Augen hatten sich an die Dunkelheit gewöhnt, und ich sah den Kahlbutz jetzt in einer Art Dämmer vor mir liegen. Welch freche Unschuld stand ihm im Gesicht! Aber vielleicht, so ging es mir durch den Kopf, war es gerade dieser scheinheilige Ausdruck, der ihn so wertvoll machte. »Du tust so«, sagte ich ihm, »als wärst du wirklich unschuldig! Als wärst du der Marie nicht mit solcher Ausdauer hinterhergestiegen, daß du am Ende noch ihren Liebsten erschlagen mußtest. Dabei hättest du dich nur an die anderen Mägde zu halten brauchen, die dir bestimmt freiwillig die Röcke hoben! Deine unverblümte Frechheit ist es, die uns so erstaunt! Mehr erstaunt, als sie deine Zeitgenossen erstaunt hat, und mehr auch, als jedes Geschichtsbuch staunen macht, Kahlbutz, alter Recke!«

Während ich den Rauch meiner Zigarette einsog, war mir nun, als antworte mir der Kahlbutz auf seine Weise. Ich, Rosemarie, sei seit langer Zeit die erste seiner Untertanen, die er wirklich und wahrhaftig nicht mehr voll beherrschen könne, eine echte Nachfahrin der Marie sei ich! Deutlich werde das vor allem daran, daß ich ihn freiwillig und ohne Angst besuchen käme, aber auch deshalb, weil ich nach Berlin zum Studium ging. Und wer weiß, vielleicht verschlüge es mich sogar bis nach Frankreich? Bis Paris? Wo er selbst beinahe einmal gelandet war, wenn auch nur als Ausstellungsstück. »So entlasse ich dich, Rosemarie«, raunte er mir zu, »denn zurückhalten kann dich keine Macht der Welt. Aber besiegt hast du mich nicht. Weiß ich doch, daß ich in dir sitzen werde bis zu deiner letzten Stunde, wohin auch immer du gehst.«

Durch den Dunst der Städte

Paris 1976

Ich sitze in einem hellen, aber spartanisch eingerichteten Zimmer.

Tisch, Stuhl, ein bezogenes Bett. Darüber: die Sonnenblumen von van Gogh.

Bin ich in einer Zelle?

Wahrscheinlich dürfte ich rausgehen. Aber noch nicht einmal dazu habe ich Lust. Ich liege auf dem Bett und halte den Recorder im Arm.

Die Tapete ist die gleiche, wie wir sie im Studentenheim hatten.

Etwas Unfreundlicheres als dieses Studentenheim hätte ich mir nicht vorstellen können. Und würde ich mich je an die beiden grellen Biologiestudentinnen gewöhnen, mit denen ich das Zimmer teilen mußte? Zum Glück herrschte schönstes Septemberwetter, das mir half, einen Teil meiner Verzagtheit zu vergessen.

Aber täglich mit der S-Bahn ins Institut zu fahren, das war schon was! Auch wenn man sich in den Stoßzeiten wie in einer Sardinenbüchse vorkam. Aber so war eben das Großstadtleben, das gehörte dazu. Eng war es auch im Institut. Vierzig neu immatrikulierte Studenten sollten vier Jahre lang Seminaren und Vorlesungen in einem Raum folgen, der kleiner war als mein ehemaliges Klassenzimmer in Reinsbach.

An den ersten Tagen stellten die Lehrer ihre Programme vor. Wir wurden ins neue audiovisuelle Zentrum der alten »Kommode« neben der Staatsoper geführt, wo wir Sprachübungen auf Tonbändern machen sollten. Man zeigte uns die Staatsbibliothek und ihr enormes Katalogsystem, hinter dem eine unvorstellbare Menge von Büchern existieren mußte! Obwohl ich ja eine ausgesprochene Leseratte war, schien mir, daß die obligatorische Lektüreliste mit französischer, russischer und sprachwissenschaftlicher Literatur nicht zu bewältigen war.

Meine Kommilitonen kamen aus allen Ecken der Republik. Die meisten waren aber seltsamerweise Mädchen aus dem Norden wie ich. Wie mochte denen wohl die Idee gekommen sein, Französisch zu studieren? Waren das alles Konkurrenten im Wettlauf für einen Dolmetscheraufenthalt in Frankreich? Oder hatte sie der Professor daraufhin ausgesucht, ob sie Bereitschaft zeigten, später in ihre Städtchen zurückzukehren, um dort das Französische zu verbreiten?

Nur drei Studenten stammten aus Berlin, und das waren besondere Typen. Im ersten Moment, ehe sie den Mund auftaten, hatte ich sie für Franzosen gehalten. Dieselbe Art Kleidung, dasselbe lässige Benehmen, das gleiche Selbstbewußtsein – wo hatten die das bloß her? Es waren ein junger Mann und zwei Mädchen, die sich auch noch zu kennen schienen. Als wäre Berlin ein Dorf! Jedenfalls klebten sie von Anfang an zusammen und bildeten ihren eigenen Club. Während wir anderen noch schön atomisiert nebeneinandersaßen. Für mich nannte ich die drei gleich die Schickeria.

Noch ehe der eigentliche Studienbetrieb losging, sollten wir zum Kartoffellesen eingesetzt werden. Die Bauern mochten diese Arbeit nicht. Bislang hatten sie dafür keine Maschinen bekommen. Den Lehrerstudenten sollte der zukünftige Kampf, den sie gegen die Langeweile ganzer Schulklassen zu führen hätten, als Privileg ins Bewußtsein kommen!

Der Erntesonderzug, der gen Norden geschickt wurde, fuhr auch durch Neuenhagen, hielt aber erst Stunden später, fast schon an der Küste. Mit Bussen wurden die einzelnen Studiengruppen in ihre Dörfer gebracht. Ich landete in Feelow, wo es noch keine gepflasterten Wege gab, geschweige denn Potsdamer Klassizismus wie in Reinsbach.

Die Straßen waren so verschlammt, daß man sich nur in Gummistiefeln vorwärts bewegen konnte.

Gearbeitet wurde vier Stunden am Morgen und vier Stunden am Nachmittag. Nur zwei freie Tage waren für die ganzen drei Wochen vorgesehen. Das Umherrutschen in den Ackerfurchen fiel den Berlinern am schwersten, da sie darin nun einmal keine Erfahrungen mitbrachten. Sie hatten aber genug vom Zeitgeist mitbekommen – was schließlich die Grundbedingung zur Erringung eines Studienplatzes gewesen war –, um die Zähne zusammenzubeißen und sich nicht öffentlich zu mokieren. Für mich war diese Arbeit nichts Neues. Schließlich war ich mitten in den Kartoffeläckern aufgewachsen und hatte mir dort jeden Herbst ein paar Mark verdient.

Bei der Arbeit, aber auch beim abendlichen Kulturprogramm sollten wir uns kennenlernen. FDJ-Versammlungen wurden organisiert, Treffen mit anderen Studentengruppen, die in benachbarten Dörfern rackerten oder mit Soldaten der Volksarmee. Es gab auch gemeinschaftliche Abende mit den Bauern von Feelow, die die Idee hatten, aufkommende Querelen wegen des Mittagessens – einmal hatte es Flecke gegeben – oder auch wegen zu geringer Bezahlung in reichlich Bier zu ertränken.

Als die drei Erntewochen vorüber waren, litten wir an rheumaähnlichen Schmerzen in den Knien, die bis Weihnachten anhalten sollten. Immerhin hatte ich aber zweihundert Mark verdient, von denen ich mir ein Paar anständige Winterstiefel kaufte.

Spätherbst und Winter machten Berlin noch trister. Die Wirkungen eines grau verhangenen Himmels über dem offenen Land, an das ich gewöhnt war, sind lange nicht so zerstörerisch für den Mut wie über einer Großstadt, wo sich die Schatten, die in die Straßenzüge einstürzen, sofort vervielfachen.

Da war es ein Glück, daß mich das Studieren ganz in Anspruch nahm. Der französische Sprachunterricht kam mir allerdings läppisch vor. Hier konnte ich mein Französisch nicht mehr verbessern. Ich war den anderen meilenweit voraus. Aufmerksam folgen mußte ich aber in den Literaturseminaren und erst recht in der Sprachwissenschaft. Enorme Anstrengungen wurden uns für das Russische abverlangt. Die zwanzig Vokabeln, die wir uns tagtäglich einprägen sollten, vergaß man ebenso rasch, wie man sie gelernt hatte.

Ich versuchte, den Anforderungen nachzukommen. Und so verbrachte ich auch die meisten Sonnabende im großen Lesesaal der Staatsbibliothek. Dort konnte ich ungestörter arbeiten als im Zimmer mit Helga und Barbara, die einander biologische Tabellen abfragten. Falls sie nicht gerade über ihre Liebhaber schwatzten, die sie hatten oder haben wollten. Ich mochte da nicht mitreden. Mir war, als wären meine weiblichen Wünsche eingetrocknet, um Platz für meinen anderen Wunsch zu lassen – die Welt, die große Welt zu erobern! Man sah es mir wohl auch an, daß ich der Liebe nicht hinterherlief. Denn monatelang führte mich niemand in dieser riesigen Stadt in Versuchung. War es die Unsicherheit der Provinzlerin, die man mir sicher um so mehr anmerkte, je mehr ich sie überspielen wollte? Mein Leben hier war zunächst nur ein Pendeln zwischen Institut und Studentenheim. Selten erlaubte ich mir Abwechslungen – etwa einen Besuch im Studentenclub, wozu Helga und Barbara mich einmal überredeten. Aber der Club war eine Enttäuschung. Die Atmosphäre in dem riesigen Saal unterschied sich zu wenig von der Bierseligkeit der Tanzböden in unserer Gegend.

Im Institut traf ich einen alten Bekannten wieder – Bodo, der vor zwei Jahren bei uns für die Franzosen aus dem Auxois gedolmetscht hatte! Er saß nun über seiner Doktorarbeit und gab auch selbst schon Unterricht. Er schien sich zu freuen, als er mich erkannte. Bodo wirkte gesetzter als früher, beinahe vornehm. Unsere Schickeria verkehrte mit ihm.

Ich besuchte Monika und Ali. Monika arbeitete noch immer bei Intertext und fieberte der Berentung ihrer Mutter entgegen. Klein Mauro spielte den Hund, kroch unter den Tisch und biß mir in die Waden. Die Strümpfe waren hinüber, wurden von Monika jedoch prompt mit Intershopware ersetzt. Zu den Stadtrundfahrten wollte sie mich erst im Frühjahr bringen. Dann wurden wieder Hilfskräfte gebraucht. Aber würde ich die Stadt jemals so gut kennen, wie ich mein Reinsbach kannte?

Wenn ich an manchen Wochenenden dorthin fuhr und den Meinen das Berliner Leben schilderte, dachten sie wohl, daß ich mich schon gut zurechtfände. Die Vorteile des hauptstädtischen Lebens waren nicht von der Hand zu weisen. Die Berliner hatten zum Beispiel schon wieder ihre Schlagsahne. Und auch die den Gauloises nachempfundene Zigarettenmarke »Karo«, die in Reinsbach nicht regelmäßig zu haben war, gehörte dort zum Standardsortiment.

Nein, nein, Heidemarie und Mutter konnten sich nicht vorstellen, was es bedeutete, ständig im Benzingeruch leben zu müssen, zwischen den Silhouetten hoher und übertrieben gradlinig gebauter Häuser – seien es die klassizistischen Quader des Universitätsviertels, seien es die Gründerzeitfassaden der alten Wohngegenden oder gar die weißgekachelten Neubauten, zwischen denen ich mir wie in einer hygienebewußten Großküche vorkam! Und dann das unentwirrbar scheinende Netz von Bus- und S-Bahnlinien! Ganz zu schweigen vom tiefen, nach trockenem Staub riechenden Schlund der U-Bahn, in dem es mir schon übel wurde, ehe ich in einen der gelben Wagen eingestiegen war, die alsbald als rechteckige Lichtkäfige ins Dunkle ratterten! Die Menschen, die mit ihren Aktentaschen und Einkaufsnetzen umherhasteten, kamen mir wie Phantome vor. Keiner kannte keinen, und doch schien jeder ein ernstes Ziel vor Augen zu haben, das vielleicht in einer guten Wurst oder einem Kilo Früchten bestand. Wirklich verlockend waren allein die wenigen neuen Restaurants, die mir weltstädtisch erschienen. Aber von denen konnte ich nur träumen.

Das Merkwürdigste an Berlin war die Selbstverständlichkeit, in der man mit der Mauer lebte. Hinter der doch immerhin zwei Drittel der Stadt verborgen lagen, verrammelt und verriegelt! Wenn ich in der Nähe der Grenze war und Bewegung auf der anderen Seite ausmachte – einen schaukelnden Doppelstockbus etwa –, fand ich es kaum glaubhaft, daß man von diesem quasi greifbar nahen Ort vollkommen problemlos nach Frankreich fahren konnte. Es erschien mir so unwirklich, daß es mir weniger weh tat, als wenn ich abends vorm Einschlafen an meine Reisesehnsucht dachte. Und diese Fühllosigkeit angesichts der Grenze mußten sich die meisten Berliner auch angewöhnt haben. Es waren ja nur wenige, die durchdrehten und versuchten, durch den Todesstreifen zu rennen.

Die Schwierigkeiten der Eingewöhnung waren keine eigentliche Überraschung. Ich hatte sie vorhergesehen, und ganz unerträglich erschienen sie nicht. In Wirklichkeit waren sie zwiespältig: Die Lichter, die sich abends auf den oft feuchten, schmierigen Straßen spiegelten, hatten auch etwas Großartiges. Sie waren durchaus eine Verheißung auf die größere und unbekannte Welt, die erobert werden wollte.

Monatelang lebte ich im Schatten. Der erste Mensch, dem ich begegnete, war kein Berliner, sondern jemand, der sich hier noch fremder fühlen mußte als ich: Méribin. Ein junger Franzose, der nach den Semesterferien im Februar angereist war und im Institut Konversationsstunden gab. Die studentischen Sprachkenntnisse überschätzte er sehr, und daher war sein Unterricht ziemlich unverständlich. Mal wollte er über die Aufklärungsphilosophie des 18. Jahrhunderts, mal über die Ruinen plaudern, die die alten Römer in Südfrankreich hinterlassen hatten. Schließlich versuchte er nur noch, die Schlagertexte von Georges Brassens zu interpretieren. So weit er auch seine Anforderungen verminderte, niemand außer mir verstand ihn. Aber letztlich war es nicht seine Schuld, daß die Französischstudenten ihren Sommerurlaub nicht in Frankreich verbrachten. Einmal lud er mich nach dem Unterricht zu einem Kaffee ein.

Während wir zum »Espresso« schlenderten, dem neuen kleinen Café im blau verglasten Eckhaus Friedrichstraße/Unter den Linden, sprach er über seine eigenartige Lage. Es war ihm nicht entgangen, daß sein Unterricht nicht ankam, und peinlich war ihm das auch. Ein Programm hatte ihm das Institut nicht vorgeschrieben, was ihm anfangs sympathisch gewesen war. Nun aber wünschte er sich nichts mehr als ein solches auf das tatsächliche Niveau der Studenten abgestimmtes Programm. Ob ich nicht ein paar Ideen hätte, fragte er, wie er uns doch noch etwas beibringen könnte?

Wir saßen vor dem lauwarmen Kaffee. Als die Kellnerin einen Studenten am Nebentisch anfuhr, daß er hier keine Hausarbeiten machen dürfe, zwinkerte mir Méribin zu. Das Preußentum sei diesem Landstrich wohl um nichts in der Welt auszutreiben? Dann zog er eine Schachtel »Karo« hervor, die er aus demselben Grunde rauchte wie ich – sie ersetzte ihm die Gauloises. Die Art, wie er die Zigarette in den Mundwinkel schob, wie er den Rauch ausblies, der bald eine graue Aureole um seinen Kopf bildete, ließ plötzlich die beinahe totgeglaubte Saite in mir klingen. Ich fühlte, wie ich diesem luchsartigen Mann immer wohlgesonnener wurde. Nein, Vorschläge für den Unterricht konnte auch ich nicht machen. Er sollte aber versuchen, etwas langsamer, deutlicher zu sprechen. Und hin und wieder auch einmal dies und jenes wiederholen. Méribin mußte lachen und fragte, wo ich denn eigentlich mein exzellentes Französisch gelernt hatte?

So berichtete ich wieder einmal vom Unterricht bei Frau Wiesenthal, von der Städtefreundschaft zwischen Reinsbach in Brandenburg und Soux im Auxois. Méribin lächelte anerkennend. »J'ai senti – ich habe gespürt«, fing er an, »daß du eine außergewöhnliche Frau bist!« Und mir schien, daß er ganz besonderes Schwergewicht auf das

Wort »femme« gelegt hatte. Ehe ich noch darüber nachdenken konnte, fragte er mich, ob ich Lust hätte, mit ihm essen zu gehen.

Annehmen? Ablehnen? Für das letztere sah ich keinen Grund, und so ließ ich mich durch den abendlichen Schneeregen ins Grillrestaurant des Operncafés führen. An der Garderobe wurde mir zum erstenmal bewußt, daß mein schöner beigefarbener Anorak nicht mehr der letzte Chic war. Jedenfalls nicht hier in Berlin. Die Damen, die in solchen Restaurants aßen, trugen Maximäntel, die, wie mir schien, ihre Weiblichkeit ins Groteske steigerten. Ob Méribin mein bescheidenerer Aufzug störte? Aber schließlich war er es gewesen, der mich in dieses Lokal gebracht hatte. Die Kombination von altmodischer Gemütlichkeit und gediegener Modernität war beeindruckend. Genau so hatte ich mir den hauptstädtischen Lebensstil vorgestellt.

Und Méribin gefiel mir mittlerweile auch schon weitaus besser als die anderen Männer, die hier herumsaßen. So gering der Unterschied zwischen Deutschen und Franzosen sein mochte, irgendwie fand ich die Franzosen anmutiger. Das machte sich gerade dann bemerkbar, wenn sie nicht ausnehmend schön waren wie Méribin. Sein schmaler Mund, das magere Gesicht, eingerahmt von dunklen Koteletten und dem schon licht werdenden Haar – das alles konnte zur Qualität werden, wenn sich ein Mensch mit jener Bestimmtheit und Eleganz bewegte, die Méribin nun einmal besaß.

Er schien sich hier öfter aufzuhalten. Leicht zerstreut schob er mich an einen noch freien Tisch. Ein befrackter Kellner brachte zwei Speisekarten, und während ich Mühe hatte, zwischen den verlockenden Angeboten das Richtige herauszusuchen, bemerkte er, daß ihm die Wahl im umgekehrten Sinne schwerfiel. Das Fleisch in diesem Lande, stöhnte er, sei einfach furchtbar. Heute wollte er es noch einmal mit einem Entrecôte versuchen. Was, das gab's nur für zwei Personen? Weil es das einzige Fleisch war, das er überhaupt essen konnte, flehte er mich an, es mit ihm zu teilen. Diese Art französischer Sorgen war mir nicht neu, und ich begann, Méribin von meinen einschlägigen Erfahrungen zu erzählen. Als ich auf die Geschichte vom Löcherkäse zu sprechen kam, lachte er nicht etwa, sondern nickte mit komisch ernstem Gesichtsausdruck und bestätigte, daß unsere Käse unzumutbar waren. Weshalb man sie im Restaurant gleich gar nicht serviere. Allein der in Goldpapier eingewickelte Camembert, den man hier »Kambert« nenne, sei manchmal eßbar. Vorausgesetzt, man befreie ihn von seiner harten und viel zu dicken Schale.

Nun fragte ich, was um alles in der Welt ihn bewogen hätte, in diesem Land des geschmacklosen Fleischs und der faden Käse Konversationsstunden zu geben, die am Ende auch noch unverständlich blieben? – »Tout simple! – Ganz einfach!« hob er an und setzte eine Miene auf, als wenn ich es bereits wissen müßte: »Le chômage! – Arbeitslosigkeit!« Méribin hatte vor zwei Jahren sein Englischstudium beendet und verlangte nicht mehr als einen bescheidenen Lehrerposten in der Bretagne zu besetzen. Von dorther stammte er. Des Wartens überdrüssig, habe er schließlich die Möglichkeit genutzt, durch die Partei hierher ans Institut geschickt zu werden. Er hoffte, ein nicht ganz nutzloses Jahr zu verbringen. In dieser Hinsicht waren ihm nun Zweifel gekommen. Immerhin hinge er aber für eine Weile nicht mehr bei den Eltern herum.

Ich wunderte mich, daß Méribin für natürlich und erstrebenswert hielt, was ich selbst und der Großteil meiner Kommilitonen ablehnten: dort Lehrer zu werden, wo er herstammte. Aber wer weiß, vielleicht war die Bretagne mit Brandenburg nicht zu vergleichen? Vielleicht konnte man es da eher ein Leben lang aushalten?

Mittlerweile traf das Entrecôte ein, das mir wie ein wahres Küchenwunder vorkam. Nicht nur schönstes Fleisch, sondern auch feinste Gemüse wurden auf einer silbern blinkenden Platte präsentiert. Méribin fand das Essen aber gerade nur mittelmäßig. Besonders bemängelte er, daß das Gemüse wohl aus Büchsen stammte. Wo man im Winter denn bitte sehr Frisches herkriegen sollte, konterte ich. Darauf meinte er trocken: »Si on veut, on peut! – Wenn man nur will, dann geht's auch!«

Als wir gegen neun Uhr das Restaurant verließen, fragte er mich, ob ich noch zu ihm kommen und die Lieder von Georges Brassens hören wollte? Er wohne gar nicht weit, in einem Hinterhof der Chausseestraße. Obwohl ich schon damit gerechnet hatte, daß er mir einen solchen Vorschlag machen würde, war ich doch besorgt, wie ich dann spätabends noch in mein Studentenheim kommen sollte. »Wenn es nur das ist«, meinte Méribin und schubste mich schon in die Richtung, in die wir loslaufen mußten, »keine Sorge! Du kannst auch bei mir schlafen.«

Einen Moment lang war mir, als zöge er mir den Boden unter den Füßen weg. Die Lichter, der Benzingeruch und die feuchte Straße schienen miteinander zu verschmelzen und die Konturen der Gebäude zum Zerfließen zu bringen. Ich schluckte tief. Méribin erklärte mir, daß ich mich unbemerkt am Wohnzimmer der Frau Schimang, seiner Wirtin, vorbeischleichen müsse. Später, in der Nacht, stellte die Alte dann keine Gefahr mehr dar, sie habe einen tiefen Schlaf. Und auch morgens erhebe sie sich nicht vor neun Uhr.

Trotz dieser zweifelhaften Aussichten wollte ich Méribin folgen. Wie der böse Wolf sah er nicht gerade aus. Aber eben doch wie ein Luchs! Auch hatte er vorerst nur von Brassens gesprochen. Vielleicht blieb es fürs erste dabei? Um überhaupt einmal wieder etwas zu sagen, sagte ich, daß ich von den französischen Sängern Adamo am meisten mochte. Da verzog er das Gesicht und meinte, daß es höchste Zeit wäre, endlich die wirklichen Größen des französischen Chansons kennenzulernen.

Über den schäbigen Hinterhof, in dem der französische Gast logierte, konnte ich mich nicht genug wundern. Méribin, der beim Fleisch und beim Käse keine Nachsicht kannte, fand seine Unterkunft nicht so schlimm, sogar romantisch. Das Treppenhaus erwies sich in der Tat als recht sauber. Die Wohnungstür der Frau Schimang schien aus Eichenholz gearbeitet. Aber als wir eintraten – der Katzengeruch! Und die Fernsehgeräusche, die aus dem Zimmer drangen, an dem ich mich nun wie eine Diebin vorbeischleichen mußte!

Für so ein konspiratives Verhalten war ich nicht gemacht. Es fiel mir schwer, das Husten zu unterdrücken, das mich gleich im Korridor überkam und das ich dann in irgendwelchen Kissen zu ersticken suchte. Welche Überraschung dann, daß Méribin, der sich teilnahmsvoll neben mich gesetzt hatte, die Situation gleich ausnützte und – kaum daß ich aufrecht saß – mich küßte!

Widerstand wäre lächerlich gewesen. Nicht allein wegen des Alarms, den er bei Frau Schimang ausgelöst hätte, sondern weil ich fühlte, daß ich die Situation doch wohl selbst verschuldet hatte. Und letztlich, ganz allerletztlich, hatte ich auch mit einem Kuß gerechnet. Und mit mehr sogar. Mit einem Mann auf sein Zimmer zu gehen, kann nur so enden. Méribin, der mir am Mittag noch ganz egal gewesen war, bedeutete mir schon etwas.

Und so fand ich mich kurze Zeit später mit ihm im Bett wieder. Die Laken waren so eiskalt, daß mir nichts anderes übrig blieb, als mich gleich eng an ihn anzuschmiegen. Er verblüffte mich erneut, indem er sich brüsk aufsetzte, aus dem Bett sprang und das Wort »Brassens!« ausrief. Den Sänger hatte er ganz vergessen! Er holte ein kleines Radio hervor, das sich als Minitonbandgerät entpuppte. Von dort ertönte alsbald sympathischer Gesang. Jedoch konnte ich der Geschichte von Margot, die ihrer Katze die Brust gibt und glaubt, daß die Dorfjungen zuschauen, weil sie die Katze niedlich finden, nicht folgen, weil Méribin zu mir ins Bett zurückkam und mich stürmisch überwältigte. Was geschah, erinnerte mich präzis an mein Erlebnis mit Guy: dieselben Bewegungen, dieselbe Taubheit. Wie war das möglich, daß es immer dasselbe war? Daß ich auch diesmal nichts spürte? Méribin flüsterte mir ins Ohr, daß er schon lange auf diesen Augenblick gewartet habe. Er behauptete, daß ich ihn schon beim ersten Treffen fasziniert hätte. Und wieder sprang er aus dem Bett, öffnete seinen Schrank und zog eine Flasche heraus. Ob ich Calvados kannte? Nein? Dann würde ich ihn jetzt kennenlernen, denn unsere Verbindung verdiene eine kleine Feierlichkeit!

Als wir uns mit den Gläsern in der Hand in die Augen sahen, fiel mir ein, daß ich noch nicht einmal Méribins Vornamen wußte! Auf meine Frage antwortete er lachend, daß ihn seine Eltern Alain genannt hatten. »Nach Alain Barbe-Torte, der im Jahr 939 die Normannen geschlagen und die Einheit der Bretagne gerettet hat! Damit auch ich mich für die Bretagne schlage«, setzte er halb ironisch, halb ernst hinzu. Von nun an hätte ich in ihm nicht schlechthin einen Franzosen, sondern einen Bretonen zu sehen. Und um mir die Stichhaltigkeit einer solchen Unterscheidung klarzumachen, sprach er ein paar Sätze in seiner Muttersprache, von denen ich kein Wort verstand.

Mit seinem Bretonischen, seinen Umarmungen und nicht zuletzt mit dem Calvados machte er mich schließlich müde. Ich schlief ein, ohne noch weiter über die Situation nachzudenken. Und als Méribin mich morgens um acht mit einem Frühstückstablett weckte, auf dem auch weichgekochte Eier standen, kam ein Glücksgefühl über mich. Méribin war doch liebenswert, und ich würde gern zurückkommen, mich wieder an Witwe Schimangs Wohnungstür vorbeistehlen und unter den Klängen des Liedes von Margot und dem Kätzchen weitere Nächte mit ihm verbringen. Vielleicht kam das Wunder der in meinem Schoß zusammenstürzenden Ströme mit der Zeit doch noch zustande?

Für heute gelang es mir, von der alten Frau unbemerkt aus der Wohnung zu entkommen. Ziemlich stolz schlenderte ich die Friedrichstraße hinunter, bis hin zur Universität. Sicher lag es nicht allein am klaren Winterlicht, daß mir die Konturen der Häuser nun ganz scharf erschienen.

Das aufreibende, aber langweilige Pendeln zwischen Institut und Studentenheim war zu Ende. Mein Leben würde interessanter werden. Aufregender. Ein richtiges Studentenleben. Sofort rückte mir die Stadt näher. Und das war möglich geworden durch die bloße Nähe eines Menschen. Durch die Berührung einer Haut!

Mit Méribin eröffneten sich Möglichkeiten zu Unternehmungen, für die mir allein die Initiative gefehlt hatte. Ich spielte den Stadtführer. Méribin wollte die Museen sehen, von denen er am Ende aber nur das Pergamonmuseum gelten ließ. An den Galerien mäkelte er herum wie am Fleisch und am Käse. Sogar das Schloß Sanssouci belächelte er. Überhaupt war er ein großer Mäkler. Ich konnte froh sein, daß er wenigstens an mir nichts auszusetzen hatte.

Frau Schimang blieben meine nächtlichen Besuche bei ihrem Untermieter nicht lange verborgen. Sie verzichtete auf eine offene Konfrontation und stellte Méribin unter vier Augen zur Rede. Er erzählte mir stolz, daß er ihr die Duldung meiner Besuche vorgeschlagen hatte. Er versprach, die kleine Unannehmlichkeit wettzumachen, indem er ihren Kaffeebedarf in Zukunft im Intershop deckte. Nun konnte ich mich der alten Dame vorstellen. Sie erlaubte mir, unter Beachtung kleiner Regeln die Küche zu benutzen. Méribin selbst war ein glänzender Koch. Ich sah ihm zu, wie er hartes Fleisch in regelrechte Spezialitäten verwandelte, was mit der Einwirkung von Gewürzen begann, die er aus Frankreich mitgebracht hatte, und im Römertopf oder im »pot au feu« endete.

In der Euphorie, die mich in den ersten Wochen mit Méribin erfüllte, hatte ich nicht bemerkt, daß meine Regel ausgeblieben war! Ich wußte noch nicht einmal genau, um wie viele Tage sie überfällig war. Es konnten zehn, elf Tage sein. Oder mehr.

Panik ergriff mich. Gleichzeitig aber auch Düsternis. Ich wollte einfach nicht glauben, daß ich schon ein Kind in die Welt setzen könnte. Ein Bambino! Das durfte nicht sein, und das würde nicht sein! Aber was tun? Es gab ja buchstäblich niemanden, absolut niemanden, den ich hier in Berlin um Rat fragen konnte. Denn handeln mußte ich sofort. Das war mir klar, als ich am späten Nachmittag aus der S-Bahn stieg und zum Studentenheim trottete. Am Himmel fand ein glutroter Sonnenuntergang statt, wie er bei uns in Reinsbach undenkbar ist. Wir haben einfach nicht genug Staub in der Luft, in dem sich die Sonnenstrahlen brechen und solchen Purpur erzeugen können! Der indes meiner Seele damals gar nicht guttat. Angesichts dieser verschwenderischen Schönheit wurde ich mir meiner jämmerlichen Lage nur um so bewußter. Mir fiel nichts anderes ein, als mich erst einmal mit Helga und Barbara zu beraten. Das waren schließlich Biologiestudentinnen im dritten Semester. Die wußten vielleicht Rat. Also war ich heute mal besonders freundlich zu ihnen.

Als wir dann später in den Betten lagen und das Licht ausgeknipst war, fragte ich die Mädchen, was zu tun sei, wenn die Regel ausbleibt. Barbara kicherte. »Das kommt davon, wenn man nicht zu Hause schläft!« scherzte Helga. Fragte dann aber, um wie viele Tage es sich handele.

Eine kleine dumme Kuh wurde ich genannt, als die Mädchen erfuhren, daß ich noch nicht einmal das genau wußte. »Pulva pilla!« hob Helga daraufhin an, »und Chinin 3! Versuch erst mal Pulva Pilla gemischt mit Chinin 3 und Herz-Kreislauf-Tropfen! Das wirkt in der ersten Zeit besser als Seife. Zur Seife greifen kannst du immer noch, wenn dir nichts anderes übrigbleibt!«

Zur Seife greifen! Mir wurde schon jetzt übel, und auch die Namen der Medikamente, die Helga halb kichernd, halb im Ernst empfahl, jagten mir Grauen ein. Ich sollte sie in jeweils verschiedenen Apotheken einkaufen. »Nur ja nicht alle drei zusammen verlangen!« Weil das den Apotheker schon auf die Spur des Verbrechens führen könnte, das ich begehen wollte.

Pulva pilla und die Herztropfen konnte ich am nächsten

Tage schnell bekommen. Chinin 3 erstand ich erst nach einer langen Irrfahrt durch immer wieder neue Apotheken. Kreuz und quer durch die ganze Stadt war ich gefahren.

Abends im Studentenheim traf ich auf unerhofften Beistand. Helga und Barbara erwarteten mich schon. »Ihr habt das wohl schon mal gemacht?« fragte ich ängstlich, als mir Helga die volle Menge aller drei Fläschchen in eine Tasse schüttete und mit einem Teelöffel umrührte. Das sollte ich austrinken, dann eine halbe Stunde unter die Dusche gehen und so extreme Wechselbäder nehmen wie ich konnte. Die beiden boten sich an, mich in die Dusche zu begleiten. Denn Pulva pilla und Chinin 3 würden nicht nur scheußliche Bauchschmerzen erzeugen, sondern auch schwer auf dem Kreislauf lasten. Ein Ohnmachtsanfall war nicht ausgeschlossen.

Schon auf dem Weg zur Dusche begann mein Magen gegen das unverschämte Getränk zu rebellieren und sich schmerzvoll zu verkrampfen. Kaum schaffte ich es noch allein, mich auszuziehen. Meine Dusche hatten die Mädchen ganz heiß eingestellt. Sie selbst begaben sich unter die benachbarten Brausen, um dem ganzen Unternehmen den harmlosen Anstrich eines gemeinsamen Waschvergnügens zu geben. Welche Anstrengung kostete es mich, aufrecht unter dem heißen Wasser zu stehen und nicht zu sehr das Gesicht zu verzerren! Denn es waren natürlich noch andere Mädchen im Waschraum, die keine Ahnung davon hatten, welchen Angriff ich gerade auf meinen Körper unternahm. Auf einen Wink Helgas stellte ich die Dusche eine Zeitlang auf eiskalt, später wieder auf heiß. Dann hatte ich plötzlich das Gefühl, daß der wäßrige Boden unter mir ins Schwanken geriet und ich selbst in vielerlei Fetzen explodierte. Es war mir egal, Hauptsache, mein Blut begann zu sprudeln! Aus welcher Quelle auch immer! Und da war es wohl schon. Überreichlich strömte es mir über den ganzen Körper!

Ein Schwall kalten Wassers weckte mich aus der Ohnmacht, in die ich gefallen war. Über meinem Bauch sah ich eine kleine Dampfwolke aufsteigen. Neben mir standen Helga und Barbara, aber auch ein paar andere Mädchen. Sie schlugen mir auf die Wangen und fragten immer wieder nach meinem Befinden. Mir wurde klar, daß ich aufstehen und behaupten mußte, es ginge schon – sonst würden sie womöglich noch einen Arzt holen! Ich erhob mich mit letzter Kraft, und als ich dabei auf meinen Schoß sah, konnte ich Blut nicht entdecken! Kein Wunder. Kaum eine Viertelstunde hatte ich unter der Dusche ausgehalten!

Zitternd und mit Helgas und Barbaras Hilfe zog ich mich notdürftig an, um dann, von beiden gestützt, in unser Zimmer zurückzuwanken. Sie legten mich aufs Bett und beruhigten mich. Mir sei nichts Ungewöhnliches passiert. Die Schmerzen würden mindestens bis zum Morgen andauern. Weitere Ohnmachtsanfälle könnten folgen. Mit einem positiven Ergebnis sei aber jederzeit zu rechnen. »Habt ihr das schon öfter gemacht?« fragte ich, und Helga bejahte. Barbara aber kramte ein Päckchen dunkelgrüner Tabletten hervor, schwenkte es und sagte triumphierend: »Ich nehme die Pille!« – »Gibt's denn die bei uns auch?« fragte ich verwundert, und Barbara winkte ab. »Noch in der Entwicklung! Ich bin Versuchskarnickel! Mein Bruder ist Arzt, und er beschafft sie mir!«

Die Neuigkeit, daß die Pille auch bei uns bald zu haben wäre, versetzte mich in Wut über die Sinnlosigkeit meines Zustands. Ich verbrachte die bisher schlimmsten Stunden meines Lebens. Aber kein Blut wollte hervorbrechen. Dabei hatte ich die höllischsten Schmerzen, und mein Herz schlug, als müßte es den Brustkorb sprengen. Ich begann auszurechnen, wann man wohl das Anschwellen meines Bauchs bemerken würde, falls das Kind denn doch zur Welt gebracht werden müßte. Würde auch meine Natur sich schließlich damit abfinden und ihm am Ende mit Freude entgegensehen? Und was würde Mutter sagen? Meine Schwester? Ich wollte mich nicht abfinden. Auf gar keinen Fall!

Was Méribin dazu sagen würde, daran dachte ich merkwürdigerweise erst später. Würde er die Sache nicht als Erpressung sehen? War das nicht die klassische Art, einen Mann zur Heirat zu bewegen? Davon war zwischen uns überhaupt noch nicht die Rede gewesen, und ich befürchtete, daß er mich fallenlassen könnte, wenn ich ihm von der Schwangerschaft erzählte. Wie ich die Frage auch drehte und wendete, das Kind wäre eine Katastrophe. Ich hätte noch nicht einmal ein abgeschlossenes Studium!

Nach einer Reihe unruhiger Träume erwachte ich gegen Mittag und lag endlich in meinem Blut. Ich war so froh, daß ich gleich aufsprang. Wenigstens den Russischunterricht brauchte ich nicht zu versäumen! Es war überstanden! Ich nahm mir vor, daß mir so etwas nicht mehr passieren durfte. Ich würde jetzt auf meine gefährlichen Tage achten!

Als ich Méribin von meiner schlimmen Nacht berichtete, zeigte er sich wenig beeindruckt. Er konnte sich gar nicht vorstellen, wie ich gelitten hatte und erst recht nicht, daß die Lage so ernst gewesen war. Eine um ein paar Tage verspätete Regel bedeutete doch noch keine Schwangerschaft, meinte er.

Im Grunde war er ein kühler Mensch. War er deshalb schlecht? War das nicht einfach seine Art? Denn da war andererseits doch auch das ständige und große Verlangen, das er nach mir hatte. Eigentlich wünschte er, daß ich ganz zu ihm zog. Aber davon wollte ich nichts hören, ich hatte Sorge, daß er meine gefährlichen Tage nicht respektieren würde. Es kam mir am klügsten vor, Unabhängigkeit im Wohnen zu bewahren. Mit Barbara und Helga war ich ja nun befreundet.

War das Liebe, was mich mit Méribin verband? Meine Idee von Liebe war anders gewesen: größer, leidenschaftlicher, stärker. Aber ich begann zu zweifeln, ob sie so, wie ich sie ersehnt hatte, überhaupt existierte. Jenes Zerfließen in Glück und Honig gab die Wirklichkeit womöglich gar nicht her? Und die Wärme des anderen Körpers wäre schon alles, was man verlangen konnte? Dazu dann noch die in der Tat schöne Gemeinsamkeit beim Essen? Das Händehalten bei den Montagskonzerten, die wir besuchten? Die Frühlingsausflüge nach Grünau und in die Müggelberge, wo sich Berlin mit seinen enormen, zuweilen sogar einsamen Wäldern und breiten Wasserstraßen überraschend freundlich zeigte?

Im Mai, ganz plötzlich, wurde Méribin unruhig. Wenn ich in sein Zimmer trat, hing er mit einem Ohr an seinem Kofferradio, um nur ja alle Neuigkeiten von France-Inter zu erwischen. Außerdem rang er Frau Schimang die Erlaubnis ab, bei ihr die Zwanziguhrnachrichten im Fernsehen verfolgen zu dürfen. Auch ich sollte in dieses nach Katzen und Schokolade duftende Wohnzimmer kommen, um ihm zu übersetzen, was er nicht verstand. Das fiel mir nicht leicht, denn im politischen Vokabular war ich nicht sonderlich bewandert. Aber was ich im Radio mitbekam und im Fernsehen sah, weckte auch mein Interesse: In Frankreich war Revolution! Wie 1871 und 1789 waren die Straßen von Paris in den Besitz des Volkes gelangt!

Méribin saß mit geballten Fäusten im Sessel und ließ sich zu immer unflätigeren Ausrufen gegen seine eigene Partei hinreißen, die die doch so offensichtlich auf der Straße liegende Macht nicht aufzuheben verstand, vielleicht nicht einmal aufheben wollte! Beeindruckend war in der Tat das Tempo, mit dem bald eine andere Partei, die »Partei der Angst« genannt wurde, die Oberhand gewann, und wie die Französische Republik rasch wieder das wurde, was sie gewesen war. Méribin war fassungslos, sprach von der Niederlage des Jahrhunderts. Sogar vom Desaster der Partei, das nun beginnen und unaufhaltsam fortschreiten würde.

Ich war sprachlos. Die Hoffnung, die einige Tage aufgekommen war, schwand schneller, als daß sie wirklich hätte Gestalt annehmen können. Ich merkte nun, wie wenig ich in Wirklichkeit von Frankreich wußte. Aber auch Méribin zeigte sich von einem Tag zum anderen überraschter. Mal tobte er, mal behauptete er in melancholischem Tone, sich kastriert zu fühlen. Was indes eine reine Metapher war. Er umarmte mich in diesen Tagen häufiger und heftiger, als es ohnehin schon seine Art war.

Auch im Institut wurde eine Diskussion über die Ereignisse organisiert, zu der allerdings weder Méribin noch andere Franzosen eingeladen wurden. Unsere Lehrer zerbrachen sich vor den Studenten den Kopf darüber, was da wohl in Frankreich passiert sein mochte. Ich hatte den Eindruck, daß sie die Ereignisse eher kleiner sahen, als sie mir erschienen waren. Statt von einer Niederlage zu sprechen, meinten sie gleich, daß von vornherein gar keine Möglichkeit zur Revolution bestanden hatte. Eine seltsam altklug klingende Behauptung. Die Straßenschlachten in Frankreich sollten also hingenommen werden wie Massaker in Indonesien oder im Kongo?

Und weil sich auch Méribin darein schicken mußte, nahmen wir unsere Ausflüge wieder auf. Wir lagen Seite an Seite im Strandbad Rahnsdorf auf weißem Sand, der beinahe mit dem von der Ostsee konkurrieren konnte. Oder wir durchstreiften die Wälder. Ab und zu nahm ich an Monikas Stadtrundfahrten teil. Im Reisebüro für Jugendtourismus war man froh, in den Sommerferien mit mir rechnen zu können. Im Juli hatte ich allerdings Griesner versprechen müssen, die Franzosen aus Soux zu betreuen.

Vorerst aber hatte ich für allerhand Prüfungen zu büffeln. Meine Spitzenleistungen in Französisch waren unangefochten. In den Literaturwissenschaften behauptete die Schickeria einen Vorsprung. In der Sprachwissenschaft teilten wir die ersten Plätze. Alles in allem konnte ich zufrieden sein. Noch vor Semesterende machte ich meine ersten Stadtrundfahrten, was ich als Einstieg in mein zukünftiges Berufsleben betrachtete. Wie gut, daß ich Méribin nun zu einem Essen ins Restaurant »Moskwa« einladen konnte! Es war ein vorläufiger Abschiedsabend, denn er wollte die Sommermonate in Frankreich verbringen. In seiner Bretagne nach Arbeit suchen. Zwar würde er im

Herbst noch einmal für ein weiteres halbes Jahr nach Berlin zurückkommen, aber den Arbeitsplatz wollte er möglichst schon vor seiner endgültigen Rückkehr nach Frankreich in der Tasche haben. Fehlen würde ich ihm, sagte er, als ich ihn zu dem Glaspalast in der Friedrichstraße begleitete, in dem er die Grenzformalitäten zu erledigen hatte. Er vertraute mir rasch noch an, daß er dort in Frankreich keine Freundin hätte, die ihn über meine Abwesenheit hinwegtrösten würde. Warum nur konnte ich jetzt nicht mit ihm gehen und neben ihm im Zug ins Abendblau fahren, das, vermischt mit Gold und Rosa, am westlichen Himmel heraufzuziehen begann?

Die Betreuer- und Dolmetschertätigkeit in Reinsbach absolvierte ich nun gewissermaßen professionell. Außerdem konnte ich eine Zeit bei Mutter und Heidemarie verbringen. Meine Schwester ging nun offen mit Petzold und fieberte ihrem achtzehnten Geburtstag entgegen, um heiraten zu können. Seinetwegen hatte sie auch eine Lehre als technische Zeichnerin begonnen. Sie wurde mir immer fremder. Wie meine ganze ehemalige Welt in Reinsbach! So weit und offen das Land hier war, die Verhältnisse erschienen mir enger denn je. Zum erstenmal fragte ich mich, ob meine Mutter eine halbwegs glückliche Frau war? Ob sie es wenigstens gewesen war, als Vater noch lebte? Soweit ich mich erinnerte, hatte er vor allem für sein Amt existiert, und auch Mutter hatte immer nur an ihrem Konsum und dem Auf und Ab seiner Bilanzen gehangen. Das Einzige, was sie wirklich gerne machte, war ausschlafen, fernsehen und gut essen. Hatte sie etwas mit Griesner? Sicher war nur, daß ein gelungener Kuchen am Wochenende immer genügt hatte, eine zufriedene Stimmung aufkommen zu lassen.

Und meine Wolken? Wenn sie nicht als ruhige Schäfchen im Himmel lagen, jagten sie als weiße Regimenter über Reinsbach hinweg. Aber es berührte mich nun weniger. Das Sehnen von früher war vorbei. Ich war hier nicht mehr angebunden, ich hatte meinen Weg beschritten! Und ich konnte nicht umhin, den Grund meiner inneren Zufriedenheit auch auf Méribin zurückzuführen. Mutter und Heidemarie von ihm zu erzählen, wagte ich nicht. Ich fürchtete, daß sie gleich die Frage nach der Heirat stellen würden. Nur Frau Wiesenthal machte ich eine Andeutung, daß ich in Berlin mit einem Franzosen befreundet sei. Sie nickte verständnisvoll und meinte sogar, daß sie sich so etwas Ähnliches schon gedacht habe. Mit dem Heiraten sollte ich aber vorsichtig sein. Vor einer übereilten Abreise nach Frankreich konnte sie mich nicht genug warnen. Vom Heiraten hatte Méribin freilich auch nichts verlauten lassen.

Nicht nach Frankreich, sondern nach Leipzig und Dresden würde ich zunächst fahren: mit einer sowjetischen Reisegruppe aus Tscheljabinsk. Die Jugendtouristleute waren froh gewesen, daß ich im Zweitfach Russisch studierte, weil ihr eigentlicher Bedarf an Dolmetschern hier lag. Kein Land schickte zu jedweder Jahreszeit so viele Touristen zu uns wie Mischas Heimat. Nach anfänglichem Zögern erklärte ich mich bereit. Schließlich war mein Russisch bei weitem nicht so entwickelt wie mein Französisch. Eine Dolmetschertätigkeit würde aber auch hier Fortschritt bringen.

Von einem Zug aus Moskau konnte man nicht erwarten, daß er pünktlicher war als ein Bus aus Frankreich. Aber das stundenlange einsame Herumlungern auf dem Ostbahnhof war unangenehmer als der Aufenthalt im Rathaus von Reinsbach, wenn wir dort auf die Franzosen warteten. Schließlich und endlich stand die Gruppe doch auf dem Bahnsteig. Die dicht zusammengedrängten Leute schauten mich schüchtern und erwartungsvoll an. Ganz anders als die kecken Franzosen! Ich stellte mich vor, machte verständlich, daß wir zunächst zum Bus hinuntersteigen müßten, der uns zum Hotel bringen würde. Ich war perplex, daß die Russen – obwohl es sich um eine Jugendtouristreise handelte – fast alle über dreißig, manche sogar über vierzig waren. Der Leiter, ein etwa fünfunddreißigjähriger Blondkopf im dunkelbraunen Nadelstreifenanzug namens Pawel, wich nicht von meiner Seite. Er verlangte Informationen über das vorgesehene Programm. Zum Glück zeigte er sich nicht befremdet, daß mein Russisch holperte.

Es stellte sich bald heraus, daß die Betreuung von Russen einfacher war als von Franzosen. Sie meckerten nicht, und sie hielten auch ganz von selbst Disziplin. Acht Uhr bedeutete bei ihnen nicht halb zehn, sondern fünf vor acht. Und sogar ihre Exzesse organisierten sie mit Ordnungssinn. So zum Beispiel die allabendlichen Trinkgelage. Jeder schien einen Extrakoffer mit Wodka und Sekt geschleppt zu haben. Mit den Resten vom Abendbrot, die sie als »Sakuski« bezeichneten, veranstalteten sie stets noch ein kleines Beisammensein, das gewöhnlich in Gesang überging.

Es sah so aus, als ob diese nächtlichen Feste nur mich schwächten. Die Russen waren jeden Morgen wieder fit. Weder ihre Disziplin noch ihre Aufmerksamkeit für jedes Detail ließ nach. In welches Museum sie auch geführt wurden, die meisten schrieben in ihre Notizbücher all das ein, was ich ihnen übersetzte. Erfragten oft noch zusätzliche Informationen. Ich brauchte keine Sorge zu haben, daß sie vor einem historischen Denkmal Kuchen kauen oder in Lachen ausbrechen würden!

Sie aßen auch alles, was man ihnen vorsetzte. Das einzige Problem war, daß sie nicht bereit waren, ein Menü ohne Brot hinzunehmen. Man konnte ihnen noch so viel Kartoffeln servieren, sie wollten mittags auch noch Brot haben! Allein in diesem Punkt waren sie fordernd, geradezu unerbittlich – im Vergleich zu den Franzosen, bei denen ja auch schon mal der Ruf nach Brot laut werden konnte, die sich jedoch in seine häufige Unerfüllbarkeit leichter schickten. Nun halfen keine Erklärungen, keine Beschwörungen, ich mußte rennen und kämpfen! Denn die Gaststätten, in denen das Essen vorbestellt war, zeigten sich selten auf so ungewöhnlichen Brotbedarf vorbereitet.

Ich konnte darin nichts anderes als mehr oder weniger bewußte Sabotage sehen. Schließlich mußten sie sowjetische Touristengruppen mit ihren Brotforderungen am laufenden Band abspeisen! Die wenigen Brotlaibe, die man vorrätig hielt, waren aber angeblich für den »Strammen Max« bestimmt oder als Beilage zum Eiersalat, den man, wie mir die Gaststättenleiter oft händeringend klarzumachen suchten, schließlich nicht ohne eine Graubrotschnitte servieren könne. Ich wußte aber nun, was ich in meinen Bericht für Jugendtourist über die besonderen Vorkommnisse und Probleme zu schreiben hatte!

Ärger begann sich auch mit einem Kollegen anzubahnen, der eine parallel reisende Gruppe betreute. Er nützte jede Gelegenheit, mir die frechsten Anzüglichkeiten zu sagen, mich sogar vor den Russen zu kompromittieren, indem er mir unversehens schmatzende Küsse auf die Wange drückte. Auch schärfster Protest half nicht. Herr Marvin ließ in seinem Stürmen nicht nach.

Nach Berlin standen Leipzig und Dresden auf dem Programm der Reisegruppe, Städte, die ich selbst noch nicht kannte. Die italienische Renaissance in Dresdens Gemäldegalerie trieb mir die Tränen in die Augen. Welch Blau! Welch Rosa! Zum erstenmal im Leben hatte ich das Gefühl, jener Schönheit wirklich zu begegnen, nach der ich so hungerte. Sie existierte also doch in den Menschen, und zwar nicht nur in denen, die diese Bilder gemalt hatten, sondern auch beim Publikum, denn der Saal war brechend voll! Warum nur, fragte ich mich, gelingt es nicht, solche Schönheit ins tägliche Leben zu bringen? Wenn sie doch so viele Leute ersehnen? Ich nahm mir vor, mit Méribin hierher zurückzukehren. War ich doch überzeugt, daß er hier einmal nicht mäkeln würde.

Die Erzählungen des Dresdner Stadtführers über jene schon legendäre Bombennacht, in der der Himmel gelodert hatte und brennende Menschen in den Fluß gesprungen waren, konnte ich nur schlecht und recht ins Russische bringen. Die Russen verstanden aber trotzdem. Hatte doch derselbe Krieg auch bei ihnen getobt.

Das Dresdener Inferno lag mir wie ein Stein auf der Brust, als ich abends im exklusiven Interhotel, das man im ehemals zerbombten Zentrum erbaut hatte, einschlafen wollte. Eigentlich hatte ich den Komfort genießen wollen. Statt dessen fand ich den sterilen Betonbau beklemmend. Diese neuen Gebäude schienen den alten Fluch nur notdürftig zu überdecken, und ich hatte das Gefühl, daß die Geschichte allgegenwärtig geblieben war. Vielleicht gerade, weil nichts an sie erinnerte.

Während ich noch immer auf Schlaf hoffte, klopfte es an der Tür. Das erschien mir zunächst nicht verdächtig, trug ich doch Verantwortung für fünfundzwanzig Menschenseelen. Als ich aufgesprungen war und vorsichtig öffnete, schob sich jedoch Herr Marvin ins Zimmer. Blitzschnell.

Was nun geschah, hätte ich höchstens in meinen Angstphantasien für möglich gehalten. Welch unsägliche Frechheit von dem Mann, sich grinsend auf den einzigen Sessel zu lümmeln und in schmierigen Worten die magnetische Anziehungskraft zu beschwören, die angeblich von mir ausging. Während ich ihn immer wieder aufforderte, das Zimmer zu verlassen!

Nein, ich hätte das Zimmer verlassen und einen Skandal vom Zaune brechen müssen!

Aber Marvin hatte wohl damit gerechnet, daß ich das nicht wagen würde. Und so mußte ich es eben hinnehmen, daß er gar nicht mehr lange diskutierte, sondern mich einfach aufs Bett warf, mein Nachthemd hochschob, einen Moment meine Brust ergriff, mir die Beine auseinanderdrückte, um nach ein paar keuchenden Stößen seinen Schleim in mich zu ergießen. Er hatte mich mit derselben Entschlossenheit besiegt, mit der einst diese Stadt besiegt worden war! Nach vollzogener Tat war er bereit, sich zurückzuziehen.

Ich konnte unter der Dusche weinen. Als ich mich gewaschen und mehrmals überrechnet hatte, daß diese Scheußlichkeit wohl keine Folgen haben würde, sank ich zitternd auf den Sessel. Ich nahm mir vor, nie mehr die Tür eines Hotelzimmers zu öffnen. Lauerten hier doch offensichtlich genau jene Gefahren, die man Hotels zuschrieb. Ins Bett mochte ich nicht zurückkehren, es trug Marvins widerliche Spuren. Unruhig rauchend verbrachte ich die Nacht im Sessel.

Am Morgen vor dem Frühstück fand ich meine Russen nicht optimistisch wie gewöhnlich, sondern mit so betretenen Gesichtern, als wäre ihnen dasselbe wie mir widerfahren. Einige Männer, darunter Pawel im braunen Nadelstreifenanzug, standen über eine Zeitung gebeugt, riefen mich heran und verlangten, daß ich ihnen sofort etwas übersetzte.

Einen Moment wurde mir schwindelig. Ich glaubte, nun wirklich zusammenbrechen zu müssen, riß die Zeitung zu mir heran und sank auf einen Stuhl. »Krieg?« bestürmten mich die Männer, aber ich winkte ab. Nein, Krieg war es nicht. Oder doch? Jedenfalls war die Tschechoslowakei besetzt worden. »Naschi? – unsere?« drängten die Russen weiter, und ich flüsterte: »Waschi i naschi – eure und unsere!«

Es war der letzte Tag der Russen, und nach einer Art Lagebesprechung beschlossen sie, doch noch das Programm durchzuführen, das vorgesehen war: nämlich einzukaufen. Sie hatten nur wenig Geld, von dem sich die meisten die ganze Zeit über nicht das kleinste Eis, nicht den kleinsten Kuchen geleistet hatten. Man bat mich, bei den Einkäufen zu helfen. Ich mußte nicht nur Schuhe, Regenschirme und Kunstledertaschen für meine Touristen aussuchen, sondern auch für deren Freunde und Freundesfreunde im fernen Ural. Man erwartete von mir nicht nur das Übersetzen detaillierter Wünsche, sondern auch fachgerechte Beratung. Würde so ein Mischgewebe in der Wäsche einlaufen? Könnte so ein blauer Kissenbezug auf ein dunkelrotes Sofa passen? Und würde die elektrische Spielzeuglokomotive auch auf russischen Miniaturgleisen fahren? All diese Probleme versuchte ich, so gut ich konnte, zu lösen. So bedankten sich die Russen beim Abschied in Berlin mit Geschenken. Ich wurde mit diversen Abzeichen dekoriert, bekam einen Sputnik aus Aluminium, ein Buch über Tscheljabinsk, eine kupferne Leninbüste, ein Pferdeporträt in Holzintarsien und zwei Schallplatten mit wuchtigen Männerchören. Bevor sich der Zug in Bewegung setzte, tauschte ich mit einigen die Adressen aus. In Zukunft würde ich auch mit dem Ural Korrespondenz haben.

Den Rest der Ferien verbrachte ich mit weiteren Stadtführungen in Berlin. Die Jugendtouristleute ließen mich bis in den Herbst hinein arbeiten, lange nachdem das dritte Semester begonnen hatte. Denn nichts hinderte mich, beispielsweise in der Mittagspause eine Stadtrundfahrt durchzuführen. Oder – während ich in einer Vorlesung saß – meine Touristen ins Pergamonmuseum zu verfrachten, das dem Institut gegenüberliegt. War der Unterricht zu Ende, zog ich mit ihnen weiter durch die Stadt.

Meinen lukrativen Dolmetschaktivitäten setzte nur Méribin Grenzen, der zurückgekehrt war und mich zunächst mit nicht enden wollenden politischen Reden vollpumpte. Wenn der Mai dieses verhängnisvollen Jahres schon ein starkes Stück gewesen war, so war der August der Gipfel! Er für seinen Teil habe überlegt, ob er seine Parteimitgliedskarte nicht zerreißen, in ein Briefkuvert stecken, dem Vorsitzenden persönlich zuschicken oder das Ganze gleich nach Moskau expedieren sollte? Was ich indes für mich behalten müsse, denn sein Aufenthalt in Berlin war ja nun einmal durch die Vermittlung der Partei zustande gekommen. Vielleicht, drohte er, würde er zu den Trotzkisten gehen, sobald er nach Frankreich zurückgekehrt sei. Die wüßten wenigstens, was sie wollten und was sie nicht wollten.

Méribin hatte Calvados und echten Roquefort mitgebracht, womit wir uns ein paar schöne Abende machten.

Das wichtigste Mitbringsel waren jedoch sechs Packungen Antibabypillen. »Damit die Zeit, die wir noch zusammen verbringen, noch schöner wird!« hauchte er mir warm ins Ohr und fügte wieder hinzu: »Am liebsten hätte ich, daß du ganz hierher ziehst, damit wir jeden Tag ›amour‹ machen können!« Und weil er mich so energisch in die Arme nahm, beschloß ich, ihm nichts von dem Dresdner Ereignis zu berichten. »Du könntest«, fuhr Méribin fort, »deinen Platz im Studentenheim aufgeben.« Er würde Frau Schimang überreden, das Zimmer nach seiner endgültigen Abreise an mich zu vermieten. Daß sich sein Besitzanspruch auf mich und die Programmierung unserer Trennung auf so merkwürdige Weise mengten, gefiel mir nicht. Lieber wäre es mir umgekehrt gewesen. Méribin hätte ruhig etwas weniger Appetit haben, dafür aber mehr Beständigkeit zeigen können. Ganz wollte es mir nämlich nicht in den Kopf, daß wir nirgendwo und auf keinen Fall eine gemeinsame Zukunft hätten!

Das Gefühl der Lauheit wurde ich nicht los. Dank der Pillen erreichte es Méribin aber, daß ich nun öfter zu ihm kam. Auch kannte ich jetzt einen Fleischer, von dem ich ab und zu ein schönes Filet bekam, das Méribin allein als Fleisch gelten ließ. Ich wußte auch, wo ich mich nach Käse umzusehen hatte, um eventuell Camembert in Goldpapier aufzutreiben. Ich schleppte Méribin zu einem gemeinsamen Wochenendausflug nach Dresden in den Renaissancesaal, den er dann tatsächlich mit anerkennendem Kopfnicken würdigte. Wortreicher lobte er allerdings die Schoko-Vanille-Torte im Museumscafé, die zwar wirklich ausgezeichnet schmeckte, nach meinem Empfinden jedoch kein größeres Lob als die Sixtinische Madonna verdient hatte. Als ich eine solche Bemerkung fallenließ, fühlte Méribin wohl, daß er seinen Zynismus zu weit getrieben hatte. Er wollte mich beschwichtigen, indem er behauptete, daß ich der Madonna ziemlich ähnlich sei, und zwar nicht nur äußerlich, sondern auch in der Seele. So entwaffnete er mich in einem fort, ständig unter- oder übertreibend! Gleichbleibend war nur das Begehren, das er quasi ununterbrochen nach mir hatte.

Obwohl ich ihm für seinen Unterricht, so gut ich konnte, Ratschläge erteilte, wurde er nur wenig besser. Meistens arteten seine Konversationsstunden in einen Monolog aus, dem niemand zuhörte. Lebendig wurde der Unterricht eigentlich nur einmal, als sich Méribin nach den Berufswünschen der Studenten erkundigte. Er geriet außer sich, als er erfuhr, daß kaum jemand Lehrer werden wollte. Froh sollten wir sein, daß man uns überhaupt Arbeitsplätze anbot! Und wie, ereiferte er sich, war es möglich, daß gebildeten Menschen das kulturelle Vorwärtskommen ihres Landes so gleichgültig war? Durch wen anders als uns, qualifizierte, sprachkundige Lehrer, konnte es vorangetrieben werden? Die Einstellung der Studenten fand er empörend ambitiös, und er ließ sich lange darüber aus, daß wir apolitische Idioten wären. Schließlich könne doch nicht jeder Künstler, Dolmetscher oder Journalist werden! Froh sollten wir sein, daß es überhaupt so viele neu zu besetzende Lehrerposten gab! Merkwürdig, wir alle wußten, daß Méribin im Prinzip recht hatte, daß schließlich irgendwer anfangen mußte, Kultur in den ländlichen Norden zu tragen. Aber er überzeugte niemanden.

Als »apolitisierte Idioten« mußten wir auch im Institut eine Versammlung anläßlich des Einmarschs in die Tschechoslowakei über uns ergehen lassen. Wie es Radio und Fernsehen verkündet hatten, wurde er als notwendige Maßnahme zum Erhalt des Friedens und unserer Gesellschaftsordnung dargestellt. Es kam zu noch weniger Diskussion als bei den französischen Maiereignissen. Auch ich hatte keine Lust, etwa von der bestürzten Reaktion meiner Russen zu erzählen oder gar Méribins Ansichten als meine eigene Meinung vorzutragen. Schließlich war bekannt, daß Leute verhaftet wurden, die öffentlich gegen den Einmarsch protestiert hatten. Es lohnte sich einfach nicht. Ändern konnte niemand mehr etwas.

Das meinte auch Harry, mein Kommilitone aus der

Schickeria, mit dem ich nach der Versammlung zur Straßenbahn schlenderte. Er erzählte mir, daß er zusammen mit ein paar Freunden Flugblätter gegen den Einmarsch geklebt hätte, aber in solcherart Versammlungen lieber den Mund hielt. Irgendwo würde das notiert und schmore dann ewig in der Kaderakte. Und die durfte er sich nicht verderben, weil er hoffte, später noch ein Studium in Babelsberg aufzunehmen. Filmregisseur wollte er eigentlich werden! Obwohl er zu den Besten zählte, fühlte er sich im Französischstudium unglücklich. Zumal man damit noch nicht einmal nach Frankreich kam.

Wäre Méribin nicht gewesen, hätte ich mich vielleicht auch in Harry verliebt – wie fast alle Mädchen unseres Studienjahrs. Obwohl doch vom ersten Tage an klar gewesen war, daß er nur mit seinen beiden Berliner Gefährtinnen näher zu tun haben wollte. Dabei wußte man noch nicht einmal, mit welcher von beiden er denn nun lebte? Für viele stand fest, daß er es mit beiden trieb, was aber die beneidenswerte Eintracht der drei nicht im mindesten zu stören schien. Am Ende bekam man heraus, daß Harrys eigentliche Freundin eine Journalistikstudentin war. In solche verworrenen Verhältnisse zusätzliche Turbulenzen zu bringen, wäre meine Art nicht gewesen. Obwohl auch ich Harry sehr anziehend fand. Möglich, daß er gar nicht ahnte, welche Chancen er in der hier versammelten nördlichen Mädchenwelt hatte.

Daß sie von Frankreich so bald nichts zu sehen bekämen, war meinen Kommilitonen jetzt klarer als zu Studienbeginn. Nicht einmal alle am Institut beschäftigten Lehrer waren dort gewesen. Die einzige, die während unserer ganzen Studienzeit nach Frankreich kam, war Fräulein Weber, die Seminare zur französischen Landeskunde abhielt. Der Bericht über ihren zwölftägigen Parisaufenthalt war ihr eine ganze Lehrveranstaltung wert. Sie erzählte vor allem über die westliche Sexrevolution, die mittlerweile sogar öffentlich, auf dem Theater vorgeführt wurde. Als sie die nackten, hin und wieder Beischlafszenen imitierenden Schauspieler auf der Bühne gesehen hatte, war ihr Urteil unwiderruflich: Das war nichts zum Nachahmen, das war eine neue Variante der guten alten Dekadenz!

Was um alles in der Welt, fragte ich mich, hatte sie dazu getrieben, ihre kostbaren Reisespesen ausgerechnet für Theaterkarten eines Nudistenstücks auszugeben? Für mich stand fest, daß mich meine erste Parisreise zunächst in den Louvre führen würde. Und nach Versailles.

Sicher hätte uns Méribin mehr von Frankreich beibringen können. Dafür hatte man ihn schließlich hergeholt. Aber das schaffte er nicht. Weil ich merkte, wie meine Kommilitonen ihn verachteten, war ich darauf bedacht, daß niemand etwas von den besonderen Beziehungen erfuhr, die wir hatten. Méribin selbst tat aber alles, um den Stand der Dinge publik zu machen, indem er mich im Französischunterricht duzte, mir in den Pausen Zigaretten abverlangte. Ahnten die anderen, daß ich seiner endgültigen Abreise nicht wie sie mit Erleichterung, sondern mit Traurigkeit entgegensah?

Liebe oder nicht, ich hatte mich an Méribin gebunden. An seine »pots au feu«, seine Camembertwissenschaft und seine Gier nach mir. An die Tonbänder von Georges Brassens, die oft den akustischen Hintergrund unserer Umarmungen abgaben, damit Frau Schimang über deren genauen Zeitpunkt im unklaren blieb. Wenige Wochen vor seiner endgültigen Abreise erfuhr Méribin aus einem Brief seiner Mutter, daß ihm eine Stelle in einem bretonischen Dorf als Englischlehrer genehmigt worden war. Das mochte angesichts der Nähe und leichten Zugänglichkeit der britischen Inseln auch Sinn haben.

Wieder begleitete ich ihn in den Menschenpulk vor dem Glaspalast für Westreisende. Eine alte Dame verbat sich, daß wir uns küßten, weil es den auf ihrem Arm sitzenden Dackel nervös machte. So konnten wir uns nur noch die Hände drücken und einander Dank sagen für die schöne Zeit, die wir miteinander gehabt hatten.

Kein besseres Mittel gegen Liebeskummer als enges Schuhwerk oder kalte Füße! Obwohl meine Füße in gefütterten und bequemen Stiefeln steckten, hatten sie sich beim Warten vor dem Glaspalast in zwei prickelnde Eisklumpen verwandelt. Eigentlich hätte ich nun zu Frau Schimang gehen und meine dort verbliebenen Sachen abholen müssen. Darunter war auch der kleine Kassettenrecorder mit den Tonbändern von Georges Brassens – das Abschiedsgeschenk von Méribin. Aber gleich zu dem Ort gehen, wo ich alles in allem doch recht glücklich gewesen war, behagte mir nicht. Als ich auf die in Neonlicht getauchte Friedrichstraße trat, kam mir die Idee, in einem Restaurant zu essen. Ein Lokal müßte es sein, in das Méribin nicht gegangen wäre.

Ich atmete durch. Ehe sein Zug aus der Stadt herausgefahren war, fühlte ich schon, daß ich auch ohne Méribin weiterexistieren konnte. Ich schlenderte zu den Linden und steuerte mit immer festerem Schritt die Schinkelstube an, die er wegen ihrer ausgesprochen deutschen Speisekarte und den dazugehörigen Gerüchen von Speck und Kartoffelpuffern nicht mochte. Als ich die Tür geöffnet, die gastliche Wärme eingeatmet und auf einem Barhocker Platz genommen hatte, kam Stolz über mich. Méribin war nur eine Etappe meines Weges gewesen, auf dem ich unzweifelhaft vorankam. Hauptstädtisch leben konnte ich auch ohne ihn.

Wie sehr ich mich nun eingewöhnt hatte, wurde vor allem dann deutlich, wenn mich meine Schwester besuchte. Heidemarie schwankte zwischen unverhohlener Begeisterung und strikter Ablehnung für Berlin. Sie wollte nicht nur einkaufen, sondern auch tanzen. Was mir unverständlich war, denn auf ihren Petzold ließ sie nichts kommen. Der Heiratstermin war auf das nächste Weihnachtsfest festgelegt. Aber das hinderte Heidemarie nicht, jedesmal einen Besuch im Studentenclub zu fordern, den sie im Gegensatz zu mir einfach toll fand. Wie ein ausgehungertes Wiesel stürzte sie sich auf die Herren Studenten und leider auch auf den Alkohol. Am Ende hatte ich Mühe, sie ins Wohnheim zu schleppen, wo sie als Verwandte ersten Grades Schlafrecht hatte. Schlafrecht genoß auch der frischgebackene Eheknabe Barbaras, der nun stets anrückte, wenn er Ausgang von der Armee hatte. Das eheliche Leben spielte sich hinter einem Vorhang ab, den Barbara anläßlich ihrer Verheiratung vor der unteren Etage des Doppelstockbettes angebracht hatte, das eigentlich nur ihr und Helga zugeteilt worden war. Ob das Baby da dann auch noch mitwohnen sollte, hatte Helga eines Abends gefragt. Aber Barbara beruhigte sie kichernd, daß sie weiterhin die Pille nehme.

Im Frühling und im Sommer arbeitete ich noch eifriger als im vergangenen Jahr als Touristenbegleiterin. Mein Russisch war nun ebenfalls respektabel geworden, und man vertraute mir nicht nur Sowjetbürger an. Auch Polen, Tschechen, Bulgaren, denen das Reisebüro den Komfort eines Dolmetschers in ihrer Sprache nicht bieten konnte, mußten sich, ob es ihnen paßte oder nicht, an mein Russisch gewöhnen. Ich wiederum lernte mit den Touristen mein eigenes Land kennen. Und ich lernte auch, wie man sich als Frau im Hotelleben zu benehmen hat. Denn ich war entschlossen, auf keinen Fall den Weg Monikas einzuschlagen. Ich wollte meinen Körper weder der Begierde noch dem Kalkül preisgeben: Liebe sollte dabeisein, und ein hastiger touristischer Aufenthalt war meiner Meinung nach nicht geeignet, zwischen einem Mann und einer Frau wirkliche Liebe aufkommen zu lassen. Es fiel mir nicht schwer, für das häufige Klopfen und Kratzen an meiner Tür taube Ohren zu wahren. Nur einmal – wirklich nur ein einziges Mal und erst nachdem ich gerechnet hatte – öffnete ich mein Zimmer und meinen Leib. Für Mischa! Ich konnte es mir nicht versagen, das Erlebnis nachzuholen, das einst an der Schwedenmauer hatte stattfinden sollen.

Er sah ihm täuschend ähnlich, hieß aber Grischa und hatte keinen Militärdienst in deutschen Breiten abgeleistet, sondern tief in der Taiga. Obwohl sich Grischa als der sanfteste junge Mann entpuppte, den man sich hätte vorstellen können, blieb auch diesmal das süße Verströmen aus, das ich immer noch erhoffte. Der Mann war nur ein rotierender Körper, und das Tropfen des Wasserhahns im Waschbecken blieb beklemmend gegenwärtig. Fehlte das nach feuchter Erde riechende Laub in unserem Park? Oder die über den Himmel jagenden Wolken? Damit ich schließlich und endlich doch einmal in jenen Strudel fallen könnte, aus dem man als erneuertes Fleisch aufsteht?

Eigentlich, dachte ich, verdiente ich nun genug, um mir eine Auslandsreise zu leisten.

Auslandsreisen waren in meiner Familie unbekannter Luxus, und so beschloß ich, mit dem Nächstliegendsten zu beginnen, einer einwöchigen Reise nach Prag. Ich konnte Helga überreden, daß sie mitfuhr. Jugendtourist reservierte uns Plätze in einem Studentenheim. Und so saßen wir dann im Zug, der ab Dresden eine für mich noch ganz unbekannte Strecke fuhr: die Sächsische Schweiz. Mir Tiefländerin erschienen die bizarren Formen des Gebirges exotisch, fast unwirklich. Ich hatte hier schon Lust auszusteigen.

Dann die Grenze. Unendliches Warten. Diverse Kontrollen von seltsamer Intensität erhöhten meine ohnehin schon große Spannung. Jeder, der zu viele Kronen oder Mark bei sich hatte, mußte in Begleitung eines Uniformierten den Zug verlassen. Wohin wurden die Leute gebracht? Für wie lange? Wir beide waren heilfroh, nur so viel Geld wie erlaubt bei uns zu haben. Wir blieben ungeschoren. Als wir endlich die ersten tschechischen Aufschriften sahen, öffnete ich das Fenster. Gleich wollte ich die Luft des anderen, des fremden Landes einsaugen! Enttäuscht zog ich meinen Kopf zurück. Es war dieselbe frische Bergluft wie auf der anderen Seite. Auch dieselben Bäume und Gräser! Immerhin wirkte der Putz der Häuser von Děčin fremd. Man hatte hier einen Deut mehr Farbe als bei uns gewagt. Ich versuchte, etwas von dem Leben auf den Straßen zu erhaschen. War es fröhlicher? Freier als das Leben in unseren Städten?

Die Fahrt war noch lang. Als wir endlich im fremden Sprachgewühl auf dem Bahnhof Praha Stred standen, waren wir ratlos. Auch für Helga war es die erste Auslandsreise, und sie schien auf mich als Reiseführerin zu bauen. Zwar hatten wir einen Stadtplan mit, auf dem das Studentenheim angekreuzt war, wie aber kam man dahin? Wir traten in ein Informationsbüro, in dem ein Fräulein mit langen und grell gelackten Fingernägeln saß und uns in barschem Ton zum Warten aufforderte. Sie führte ein Telefongespräch, zählte einen Packen Geld und schminkte sich den Mund nach, ehe sie uns sagte, daß wir mit der Straßenbahnlinie siebzehn bis zur Slavikova-Straße fahren müßten.

An der Haltestelle vorm Bahnhof wurde uns klar, daß die Siebzehn natürlich in zwei Richtungen verkehrte. In welche mußten wir? Ich hatte gehört, daß in der Tschechoslowakei noch viele Menschen Deutsch verstehen, und so versuchte ich, die anderen Wartenden anzusprechen. Keiner antwortete.

Als eine Siebzehn kam, versuchten wir den Fahrer zu fragen, ob wir mit seiner Bahn zur Slavikova kämen. Uns schien, daß er nickte, und so kletterten wir mit unseren Reisetaschen hinauf. Der Fahrer rief die Stationen aus, und wir spitzten die Ohren, um die unsere nicht zu verpassen. Hinter den Scheiben der mit rasantem Tempo voranstürzenden Bahn glitt eine Stadt an uns vorbei, die wohl schon etwas beschwingter war als Berlin. Vor allem war es eine richtige Stadt: Prunkvolle Boulevards und organisch gewachsene Straßenzüge. Beinahe jeder Bau ein Kunstwerk! Wenn auch manche Fassade recht verfallen wirkte.

Mit der Zeit blickten wir wieder verstohlen auf unseren Stadtplan. Wir begannen zu fürchten, doch in die falsche Richtung gefahren zu sein. Ein alter Mann, der neben uns stand, fragte schließlich in bestem Deutsch, ob er uns helfen könne. Es stellte sich heraus, daß wir verkehrt gefahren waren. Überschwenglich bedankten wir uns und verließen die Bahn bei der nächsten Haltestelle, um verzagt auf die Gegenbahn zu warten. Das sollten die freundlichen Tschechen sein? Auch knurrte uns der Magen. Mit dem Gepäck war nicht daran zu denken, irgendwo einzukehren. Nach endloser Fahrt kamen wir zur Slavikova-Station. In der Rezeption des Studentenheims wurde nun aber behauptet, daß unsere Reservierung hinfällig sei, weil wir statt um vierzehn nun erst um fünfzehn Uhr eingetroffen waren. Nach einigem Hin und Her konnten wir bleiben. Das Zimmer war noch schäbiger als das unsere in Berlin. Aber egal. Wir warfen uns auf die Betten und knabberten an ein paar Keksen herum, die Helga aus ihrem Rucksack zog. »Hast du auch das Gefühl«, hob sie zögernd an, »daß sie uns wegen des Einmarschs so behandeln?« – »Hm«, murmelte ich kauend, und dann schwiegen wir vor Scham.

»Fahren wir zum Zentrum?« fragte ich nach einer Weile. »Klar«, antwortete Helga, rieb sich die Augen und sprang auf. »Wir werden uns doch den Wenzel by night nicht entgehen lassen! Und essen müssen wir auch!«

Wir wechselten rasch die Kleider, möbelten unsere Frisuren auf, um dann wieder zur Straßenbahn zu trotten. Nicht, ohne uns genau das Gewirr von Haupt- und Nebenstraßen einzuprägen, in dem wir das Studentenheim wiederfinden mußten.

Der Wenzel! In mancher Hinsicht hielt er schon, was wir uns von ihm versprochen hatten. So viel internationales Leben, Chic und Neonlicht hatte Berlin nicht zu bieten. Als wir freilich die ausgehängten Speisekarten der Restaurants musterten, wurde uns rasch klar, daß diese nicht für uns bestimmt waren. Die Vorsuppe allein hätte unser halbes Tagesbudget verschlungen. Erst ganz am anderen Ende des Wenzel fanden wir ein riesiges Bistro mit annehmbaren Preisen und überraschend vielfältigem Angebot. Wir durchstreiften es mehrmals, um nur ja die besten der appetitlichen Sandwiches und der vielversprechenden Mehlspeisen ausfindig zu machen. Beim Essen stellte sich dann endlich das Gefühl ein, daß sich die Reise doch lohnen würde. Zumindest einen Stehplatz konnten wir hier im internationalen Gedränge der Tramps und Hippies finden und die Köstlichkeiten einer Küche genießen, die von der unseren weiter entfernt war, als es der geographische Abstand hätte vermuten lassen. Kein Vergleich mit den Berliner Imbißbuden! Und damit uns keine Geschmacksnuance entging, tauschten wir alles gegenseitig aus.

Zufriedener setzten wir unseren Bummel fort. »Wenn man so etwas wie einen Studentenclub finden könnte«, meinte Helga, »wüßte man, wo man abends hingeht!« Nach einigem Suchen stießen wir auf einen Jazzkeller am Narodni-Boulevard. Man verkaufte uns Karten für den nächsten Abend.

Ins Studentenheim zurückgekehrt, in unseren Betten liegend, fanden wir keinen Schlaf. Nachdem wir die Pläne für den nächsten Tag geschmiedet hatten – Altstadt und Spaziergang an der Moldau –, ergriff uns wieder Beklommenheit. Wir schwiegen, stöhnten, wälzten uns von einer Seite auf die andere. Ich war sicher, daß Helga dasselbe fühlte wie ich: Prag erwies sich trotz der vielen Sehenswürdigkeiten als Nebelgebilde, das sich schlecht greifen ließ.

Woran lag das? Hatten wir zuwenig Geld? Wem gehörte Prag eigentlich? Von den Tschechen war dort, wo wir umhergestrichen waren, nicht viel zu sehen. Wohl, weil sie sich tagsüber in ihren Betrieben und abends in ihren Wohnungen aufhielten? Gehörte die Stadt etwa jenen zerknitterten Amerikanerinnen, die man in den Antiquitätenläden herumkramen sah? Oder den vielen Österreichern, denen Prag immer noch häufige Kurzreisen wert war? Auf die Geldbörsen und Umtauschkurse dieser Leute waren die Preise zugeschnitten, sei es am Wenzel, sei es hier in der Altstadt. Um nicht nur in deren Winkeln und Verästelungen umherzuirren, sondern sie wirklich in Besitz zu nehmen, hätte man sich wenigstens mal in ein kleines Café setzen oder irgendeine Stiege hinaufgehen und einem Menschen begegnen müssen! Natürlich war der Jüdische Friedhof interessant, der Weg über die Karlsbrücke romantisch, der Blick über die Moldau zum Hradschin imposant. Aber echtes Reiseglück wollte sich nicht einstellen.

Am Abend waren wir aber noch einmal voller Erwartung, als wir die schummrig dunklen Räume des Jazzkellers betraten. »Klasse!« flüsterte Helga mir gleich zu. In den dunklen Gängen, die wir bis zum eigentlichen Konzertsaal durchstreifen mußten, knutschten sich Liebespaare. Und dort hingen auch abstrakte Gemälde, die bei uns zu Hause als dekadent galten.

Viel hielt ich nicht vom Jazz, aber daß hier eine prikkelnde Atmosphäre herrschte, entging mir nicht. Helga war begeistert. Sie stand zunächst wie hypnotisiert, begann dann aber rasch im Rhythmus der Musik hin und her zu schwanken. Und bald wurden wir von einer Gruppe junger Männer umringt, die uns in bestem Englisch fragten, ob wir Kronen tauschen wollten.

Ich brachte kein englisches Wort hervor, dafür schien Helga über das notwendige Vokabular zu verfügen. Als sie das Mißverständnis aufgeklärt hatte, zogen sich die Jungen bis auf einen zurück. Er schien an Helga noch ein anderes Interesse zu haben. Während ich versuchte, mich in den Jazz einzuhören, fingen die beiden bereits an, sich zu küssen! Ich ließ sie stehen und unternahm einen Rundgang durch den Club. Vielleicht würden die abstrakten Bilder doch noch zu sprechen anfangen, wenn ich sie nur lange genug betrachtete? Und der Jazz mir doch noch ins Blut gehen? Aber die Malereien blieben stumm, und die Musik verwirrte mich. Ich kehrte zu Helga zurück. Sie eröffnete mir, daß ihr neuer Freund Jan hieß. Als ich meinte, daß mir der Jazzkeller nicht viel sagte, schlug Jan vor, mich in seinem Auto ins Studentenheim zu bringen. Helga würde sich am nächsten Morgen wieder melden, damit wir – wie vorgesehen – zusammen ins Nationalmuseum am Wenzelsplatz gehen konnten. Mir verschlug es fast die Sprache.

Angesichts der Umstände gab es aber keine andere Lösung. Und so ließ ich mich in Jans roten Sportskoda bugsieren und vor dem Studentenheim absetzen.

Und wieder wurde das Einschlafen schwierig. Das Mysterium der fremden Stadt, deren vibrierende Neonlichter mich bis durch die Fenster dieses tristen Zimmers verfolgten, wollte sich nicht entwirren. Und was war das für eine Platzangst, die mich in der Fremde ergriff? Gerade mich, die überzeugt war, daß die große Welt vor allem deshalb existierte, um von mir erobert zu werden?

Helga tauchte am nächsten Morgen tatsächlich wieder auf. Zerzaust, aber gutgelaunt. Um mich zu versöhnen, hatte sie ein paar frische Kipferl und sogar frisches Obst mitgebracht. Was ihr da passiert war, sagte sie, sei nun mal menschlich, und auch heute abend wäre sie wieder mit Jan verabredet. Nun aber wollten wir zuerst einmal ins Nationalmuseum gehen, das große Gebäude hinter dem Denkmal des Heiligen Wenzel.

Was war von dieser Gesteinssammlung aus allen Kontinenten zu halten? Von den kostbaren Schmuckgegenständen der böhmischen Könige und Kaiser? Waren wir deshalb nach Prag gekommen? Wir gähnten beide. Und da war sie schon wieder, die Beklommenheit. Sie wollte erst weichen, als wir im Bistro standen und uns erneut auf Sandwiches und Mehlspeisen stürzten.

Und dann? Ins Kino vielleicht? Da wir kaum etwas verstanden hätten, schlugen wir uns die Idee aus dem Kopf. Bis zu unserem Rendezvous mit Jan schlenderten wir den Wenzelsplatz hinauf und hinab. Er lud uns zu einem Eis ein und brachte mich danach wieder zum Studentenheim. Helga flüsterte mir zu, daß sie die nächsten zwei Tage nicht zurückkäme. Das Wochenende wollte sie mit Jan verbringen.

Da konnte ich nun mutterseelenallein am Moldauufer spazieren. Zum Hradschin emporklettern und am Altstädter Ring Tauben füttern. Dabei das Geflüster der Männer überhören, die entweder Geld oder Zärtlichkeiten tauschen wollten. Um mich am Ende in dem großen Bistro zu trösten.

Als ich dann mit Helga wieder im Zug saß, war ich plötzlich mit der Reise doch ganz zufrieden. In der Erinnerung sah alles besser aus. Die Gefühle der Einsamkeit waren verweht. Helga entschuldigte sich für ihre häufige Abwesenheit. Ich winkte ab, stichelte aber doch ein bißchen: »Hoffentlich kommst du ohne Pulva pilla davon!« Sie rollte erschrocken die Augen und verkroch sich dann in einer Ecke des Abteils hinter ihrem Mantel, um etwas Nachtschlaf nachzuholen.

Die Hälfte meiner Studienzeit war vorüber. Um meine Zukunft brauchte ich mir keine Sorgen zu machen: Jugendtourist buhlte schon um meine hauptamtliche Einstellung nach dem Staatsexamen. Aber es schien mir weiter geraten, im Studium gut aufzufallen. Was ich bei den Sprachen an Zeit einsparte, konnte ich vorteilhaft in die Literatur- und Sprachwissenschaft investieren. Die Vorlesungen des temperamentvollen Professors Claus waren die bemerkenswertesten. Ob er nun von den Lautverschiebungen vom Indogermanischen bis zum Mittelfranzösischen oder über die ersten mittelalterlichen Grammatiken sprach, er war immer mit so viel persönlicher Leidenschaft dabei, daß er auch den uninteressiertesten Studenten mitriß. Einmal trug ihn seine Leidenschaft bis zum Verlust des Gleichgewichts, und er stürzte mit seinem Podium vornüber zu Boden. Zum Glück kam er mit einer leichten Armverstauchung davon.

Auf die Dauer war ihm nicht entgangen, wer seinen Ausführungen am aufmerksamsten folgte. Eines Tages fragte er mich, ob ich mich für ein Forschungsstudium in der Sprachwissenschaft interessieren könnte. Nie im Leben hatte ich daran gedacht, einen »Doktor« zu machen! Aber doch jubilierte es in mir. Was hätte wohl Vater dazu gesagt? »Überlegen Sie sich's, überlegen Sie sich's!« mahnte Professor Claus zeigefingerhebend.

Die Stadt war mir näher gerückt, aber doch nicht ganz die meine geworden. Ob sie es noch werden könnte? Sicht auf Wolken gab sie nur durch geometrische Rahmen frei: seien es die geraden Linien der Dachrinnen, wenn man nach oben schaute, oder die Fensterquadrate des S-Bahn-Wagens, mit dem ich abends ins Studentenheim zurückkehrte. Herbstnebel wurde wieder zur Winterkälte. Weihnachten rückte heran. Und der Hochzeitstermin von Heidemarie, die kurz vor dem Fest Frau Petzold werden sollte. Bevor ich jedoch nach Reinsbach reiste, stand eine Institutsweihnachtsfeier bevor.

Sie fand in einem gemieteten Clubraum statt und begann mit einem kleinen Sketch in französischer Sprache, gefolgt von einem italienischen Lied, das die beiden Schickeriamädel vortrugen. Ausgefallen mußte alles sein, was die unternahmen! Ich sang Brassens' Chanson von Margot. Es wurde soviel geklatscht, daß ich auch noch das Lied über die kleine Dolmetscherin Natalie brachte. »Charmant, ganz charmant singen Sie!« lobte Fräulein Weber, die mich an ihren Tisch gerufen hatte. Dann begann sie gemeinsam mit Professor Claus, mich erneut für ein Forschungsstudium der Sprachwissenschaften zu werben. Sie verwickelten mich in ein freundliches Gespräch über meine Herkunft vom Lande und die außerordentlichen Umstände, in denen ich Französisch gelernt hatte – wobei sie mir ständig Weißwein nachgossen. Ich sagte, daß ich niemals an eine wissenschaftliche Karriere gedacht hatte. So viel Aufrichtigkeit bestärkte Fräulein Weber jedoch nur in ihrem Überzeugungswillen. Sie erklärte mir, daß es Gott sei Dank heute möglich sei, Menschen wie mich, die noch nicht einmal von der Wissenschaft geträumt hatten, zu ihren zukünftigen Produzenten zu machen. Und meine Selbständigkeit, mein Fleiß prädestinierten mich geradezu für solch eine Rolle!

Ich versprach, es mir durch den Kopf gehen zu lassen. Gut gelaunt schritt ich durch den festlich geschmückten Saal, vorbei an lametta-blinkenden Christbäumen sowie vereinzelten Paaren, die sich sanft in Soulrhythmen wiegten. Trotz des Dilemmas, in das mich die Vorschläge der Institutsleitung brachten – denn ich hatte mir ja eigentlich eine Dolmetscherkarriere gewünscht –, versetzten sie mich in gute Laune. Die Qual der Wahl war eben eine gute Qual. Ich ging an die Bar, wo ich mich neben Bodo, meinem alten Bekannten, niederließ, der, den Kopf in die Hände gestützt, einsam vor einem Weinglas saß. Er begrüßte mich und schlug mir vor, etwas mit ihm zu trinken. Ich entschied mich für Wodka.

»Was wollten die denn von dir?« fragte Bodo und wies mit dem Kopf zum Tisch der Lehrer. Ich erzählte, was sie mir vorgeschlagen hatten, und fragte, was Bodo darüber dachte. Er spitzte den Mund und meinte, daß ich mir ein solches Angebot auf keinen Fall entgehen lassen sollte, besonders da es von Professor Claus kam, der nicht nur für ein spannendes Thema, sondern zweifellos auch für ein zügiges Vorankommen der Arbeit sorgen würde. Was er selbst von seinem Doktorvater leider nicht sagen konnte, der ihn im Wust unendlicher Sekundärliteratur praktisch allein rudern lasse. Er schrieb über den Neuen Roman der Franzosen. Obwohl sein drittes und letztes Jahr angebrochen war, gab Bodo zu, noch nicht die großen Achsen gefunden zu haben, an denen er seine zahlreichen Einzelbetrachtungen festmachen konnte. Ein Chaos, das ihm selbst schon wie ein Nouveau roman vorkam. Er wußte nicht, ob ihm der große Atem fehlte oder ob diese Achsen an sich inexistent waren. Denn diese Nouveaux romans waren nun einmal weder sozialistischer noch bürgerlicher Realismus. Das schlimmste war, daß sie auf ihre Weise unwiderstehlich waren, mit ihrer zähen Manie, die Details bis in die allerletzte Kleinigkeit auszuleuchten, mit pedantischer Genauigkeit den Mikrokosmos aufzubrechen und als das gigantische Universum der Lappalien und Kinkerlitzchen zu präsentieren, die in Wirklichkeit das Leben – wenigstens das moderne Leben – ausmachten, und die durch eine denkwürdige Umkehrung der Größenordnungen literarisch zu Elefanten gemacht würden. Insofern fühlte er, Bodo, leider mehr Sympathie für diese Schreibweise, als für seine Doktorarbeit gut sein konnte. Und das war um so bedenklicher, weil nur noch wenige Monate blieben, die Arbeit zu vollenden.

Nach einem Moment des Schweigens, den er dazu benutzte, sich vom gelbgrünen Weißwein nachschenken zu lassen, berichtete er, daß sich ihm neulich eine seltsame Chance geboten hätte, die nicht nur Aufschub für seinen Termin versprach, sondern eben jenen Tapetenwechsel, den er zur Auffrischung seiner Lebensgeister dringend nötig hatte. Eine Institution des Außenhandels war an ihn herangetreten und hatte gefragt, ob er zu einem zweijährigen Auslandsaufenthalt als Dolmetscher in einem nordafrikanischen Land bereit sei!

Da spitzte ich aber die Ohren! So war das also! Die Gelegenheiten präsentierten sich überraschend, aus heiterem Himmel sozusagen! Als hätte es keinen Sinn, systematisch darauf hin zu arbeiten! Bodo schwärmte nun davon, wie groß seine Begierde gewesen war, das Angebot sofort anzunehmen. Ja, es sei ihm schwergefallen, nicht sofort großes Interesse zu äußern, was aber womöglich gegen die Auswahl seiner Person gewirkt hätte!

»Na und«, fragte ich erwartungsvoll, »wie ist die Sache weitergegangen?« Bodo wiegte leise den Kopf und sagte, daß seine Kandidatur zwar ernsthaft erwogen, jedoch gleichzeitig angedeutet worden war, daß seine Chancen wüchsen, wenn er verheiratet sei. Um seine Aussichten zu verbessern, hatte er nun behauptet, sich zufälligerweise gerade mit Heiratsabsichten zu tragen. Daraufhin sollte er erforschen, ob seine Braut fähig sei, in einem afrikanischen Land zu wohnen, wo es außer ewigem Sonnenschein kaum Bequemlichkeiten, geschweige denn ein normales geselliges Leben gäbe. Die Schwierigkeit lag aber nun darin, daß es noch gar keine Heiratskandidatin gab, daß sie erst ausfindig gemacht werden mußte, und zwar ziemlich rasch, wenn Bodos Glaubwürdigkeit gegenüber der Institution nicht wanken sollte. Und da neigte sich Bodo auch schon zu meinem Ohr und fragte, ob ich mich nicht in der Rolle der Heiratskandidatin zurechtfinden könnte?

Hätte ich keinen Schwips gehabt, wäre ich vielleicht vom Barhocker gefallen. Zumal ich mich ziemlich schnell ein »Warum nicht?« daherreden hörte, gefolgt vom erneuten Zusammenklingen unserer Gläser. »Wo du doch«, setzte Bodo hinzu, »überhaupt eine ganz wundervolle Frau bist!« Es wäre also ausgeschlossen, daß das Unternehmen eine reine Vernunftehe bliebe.

Gut, daß Bodo den Finger gleich aufs Schlimme legte und die Dinge ansprach, wie sie angesprochen werden mußten: Vernunftehe! Durch seine nüchterne Art gewann ich Fassung zurück. Ich drehte mich nun voll zu ihm und überlegte, ob auch ich in einer solchen Heirat mehr als nur ein Mittel zum Zweck sehen könnte. Mir fiel es wie Schuppen von den Augen. Bodo war einer der attraktivsten jungen Männer am Institut, und ich hatte nur nicht gewagt, mich in ihn zu verlieben, weil ich nie aufgehört hatte, ihn mit den Augen des jungen Mädchens aus Reinsbach zu sehen, dem der weltgewandte Hauptstädter Respekt eingeflößt hatte! Und später, als ich Bodo am Institut wiedergetroffen hatte, war ein anderes Gefühl hinzugetreten. Bodo verkehrte mit der Schickeria. Er war aus jener anderen Welt, in der man von klein auf Kultur und Wissenschaft hineingelöffelt bekam und aus Familientradition an die Universität ging. In diese Welt trat man als Mädchen vom Lande nicht so ohne weiteres ein. Nun aber streckten sich mir von diesem anderen Ufer gleich mehrere Hände entgegen, die zu rufen schienen: Komm zu uns, Rosemarie, wir können noch jemanden wie dich brauchen! Weil du so dynamisch, so selbstbewußt und so fleißig bist! Auch du sollst an der Welteroberung deinen Anteil haben!

»Weißt du, was wir jetzt machen müssen?« flüsterte mir Bodo zu, und ich schüttelte den Kopf. »Tanzen! Die Leute sollen uns zusammen tanzen sehen!« Mir war sofort klar, wie recht er hatte, und so nahm ich mich zusammen, um möglichst wenig schwankend an Bodos Seite zur Tanzfläche zu gelangen. Vorbei an den lamettastrotzenden Fichten, vorbei am Tisch, an dem Frau Weber und Professor Claus saßen. »Wohl zu tief ins Glas geguckt?« murmelte Bodo mir leise zu und nahm mich in die Arme, um mich geschickt zwischen den anderen Tänzern hindurchzuschleusen. »Um welches afrikanische Land handelt es sich denn?« fragte ich. Aber man hatte ihm nur die allergröbste geographische Lage angezeigt, und das war eben Nordafrika. »Eigentlich auch egal!« meinte ich, »Hauptsache, man sieht mal was von der Welt!« Das war auch Bodos Ansicht, und er beeilte sich hinzuzufügen, daß Afrika vielleicht sogar lohnender als Frankreich sei.

Als wir uns gesetzt hatten, merkte ich, daß es mir unmöglich war weiterzutrinken. Bodo schlug vor, sich am morgigen Sonnabend zu treffen, um bei klarem Kopf die weiteren Schritte zu besprechen, die unsere gemeinsame Reise in den Süden möglich machen sollten. Ehe ich mich versah, hatte er mich zur Garderobe gezogen, mir in den Mantel geholfen, und dann standen wir auf der nassen Straße. »Ich glaube«, sagte er, »daß wir nicht darum herumkommen, ein Taxi zu nehmen. Sonst kippst du mir noch um!« Ich versuchte zu protestieren, denn bis zum Studentenheim war so ein Taxi viel zu teuer. Aber Bodo meinte, daß wir uns die Rechnung teilen könnten, weil seine Wohnung auf halbem Wege liege. »Im Grunde«, fügte er hinzu, »kannst du auch mit zu mir kommen.«

Und so schob er mich denn in der alten Stalinallee aus dem Taxi. Mit einem Fahrstuhl glitten wir ins oberste Stockwerk. »S'il vous plaît, Madame!« sagte Bodo, während er mir die Tür öffnete. Er führte mich durch einen kleinen Korridor in einen großen Raum, durch dessen zwei Fensterfronten mir die Lichter der nächtlichen Stadt entgegenstrahlten. »Mein Living-room!« sagte Bodo und erklärte, daß dies das Atelier seiner Mutter war, die Malerin sei und es ihm freundlicherweise zum Wohnen überlassen hatte. In der Tat lag Ölfarbengeruch in der Luft, der mir fast den Atem nahm und eine aufkommende Übelkeit verstärkte. »Kein Protokoll!« ermutigte mich Bodo. »Wenn du willst, leg dich gleich dort drüben auf die Couch und schlaf, so lange du willst!«

Am liebsten wäre ich mit allen Kleidern hingesunken. Aber Bodo half mir, wenigstens den Mantel und die Stiefel auszuziehen. Dann sah ich ihn noch einmal hoch über mir stehen und eine Wolldecke auf mich werfen. Ich fiel in dunkelsten Schlaf, das Träumen war überflüssig geworden.

Als ich am nächsten Morgen erwachte und Kaffeegeruch sowie Gesprächsfetzen wahrnahm, die durch die offene Tür des Living-rooms drangen, erschrak ich. Zwar erinnerte ich mich dunkel, wieso ich auf dieser Liege gelandet war. Doch was war wahr daran und was verrückte Phantasie, dem Weißwein des Fräulein Weber und Bodos Wodka entstiegen? Und was klang da jetzt für eine resolute weibliche Stimme von der Küche her, aus der zugleich Kaffeegeruch strömte? Ich war froh, noch in meiner Kleidung zu stecken, denn was mochte da für eine Gegenüberstellung auf mich warten?

Kaum hatte ich beschlossen, vorerst liegen zu bleiben und der Dinge zu harren, die da auf mich zukamen, steckte auch schon eine mollige, blondgepflegte Fünfzigerin ihren Kopf zur Tür herein: »Guten Morgen! Ich bin die Schwiegermutter! Das Frühstück ist bereit – bitte sehr!« Im ersten Moment wollte ich aufspringen, mich für mein Eindringen ins Allerheiligste der Künstlerin entschuldigen wie auch für den wenig repräsentativen Zustand, in dem ich mich befand. Aber Bodo ließ es nicht zu. Mit einer gewandten Mischung von Charme und Humor stellte er uns einander vor. Ganz einfach Mina sollte ich seine Mutter nennen.

Während ich mich im Badezimmer auffrischte – zu duschen wagte ich in dem fremden Haus nicht –, wurde mir klar, daß es mit der Afrikafahrt noch immer ernst war. Ich war ja bereits dabei, in die Rolle einer Schwiegertochter hineinzuwachsen! Als ich mich im Spiegel betrachtete, erblickte ich ein neues Leuchten in meinem Gesicht. Und je öfter ich es mit kühlem Wasser netzte, um so deutlicher wurde es. Meine Neugeburt bereitete sich vor! Der Mensch, dachte ich, ist gemacht, um die ganze Welt zu besitzen. Nicht nur sein Haus, und wenn es hoch kommt, noch einen Garten.

Bodo hatte es arrangiert, daß ich beim Frühstück neben ihm und seiner Mutter gegenüber saß. Das erlaubte ihm, mich zu verwöhnen, und mir, Mina zu studieren. Sie berichtete, daß Bodo ihr seinerzeit von mir erzählt habe, als er Dolmetscher in – na wie hieß denn gleich das Nest? – gewesen war. Vor allem habe er von meinen ganz erstaunlichen Französischkenntnissen geschwärmt. Sie sei wirklich froh, mich als Zukünftige ihres Sohnes kennenzulernen! Der sich übrigens, so gut er auch aussehe, mit Frauen bisher schwergetan hätte. Soweit sie das beurteilen könne, natürlich. Denn freilich sei sie nur die Mutter und nicht hundertprozentig im Bilde. Bodo ließ sie eine Weile weiterschnattern und beschränkte sich darauf, mir immer wieder neue Vorschläge für mein Frühstück zu machen: »Noch etwas Rührei? Oder lieber Quark? Bitte probier doch diese Krautsalami. Sie ist aus der Slowakei, ein Mitbringsel meiner Mutter. Mina hat nämlich gerade in Bratislava ausgestellt!«

Ach ja, die Mutter war Malerin! Ich nahm mir nun vor, aus der Rolle der Ausgefragten in die der Fragerin zu schlüpfen. Was also malte Mina eigentlich? Mit Öl- oder mit Tuschfarben? Landschaften etwa? Ich gab lieber gleich zu, nicht viel von Malerei zu verstehen. Mina versprach, mir nach dem Frühstück die wenigen Bilder, die hier in einer Nebenkammer lagerten, vorzuführen. Wieso Bodo es nicht schon längst getan hätte? Der verwahrte sich: »Aber nein, Mina, wie käme ich denn dazu? Das Vergnügen, deine Bilder zu erklären, lasse ich dir selbst.« Daraus entnahm ich, daß wir in den Augen seiner Mutter kein ganz frisch gebackenes Paar sein sollten. Ob sie von den Afrikaplänen etwas wußte?

Während Bodo das Frühstücksgeschirr spülte, führte Mina mich in ein schmales Nebengelaß, wo sich ein Teil ihrer Werke befand. »Nicht das Beste, nicht das Repräsentativste!« sagte sie zeigefingerhebend. »Wenn Sie meine neuesten Bilder sehen wollen, müssen Sie in meine Villa kommen. Ich arbeite jetzt dort, denn ich will Bodo in seinem kleinen Privatleben nicht stören!« setzte sie kichernd hinzu. Ihre stark farbigen Porträts – sie scheute auch vor Lila- und Pinktönen nicht zurück, die neben kräftigem Grün stehen konnten – weckten in mir ehrfurchtsvolles Unverständnis. »Warum will heute niemand mehr wie Raffael malen?« fragte ich. »Sie werden es verstehen, wenn Sie mich nur recht fleißig besuchen!« Und da war es wieder, dieses kleine, irritierende Lachen! Als sich Bodo zu uns gesellt hatte, sagte sie: »Kinder, ich lade euch zum Essen ins Moskwa ein.« – »Nein, danke, Mina!« entgegnete Bodo in entschlossenem Ton. »Rosemarie und ich brauchen ab und zu auch mal Zeit für uns allein!« Mit leicht beleidigter Miene ließ sie sich von ihrem Sohn nun in den Pelzmantel helfen.

Als seine Mutter aus der Tür war, atmete Bodo auf. »Du mußt entschuldigen, sie kommt manchmal so mir nichts, dir nichts hier vorbei.« Leichtfüßig sprang er wieder in die Küche. »Ich glaube, daß ich im Kühlschrank noch etwas stehen habe, was uns den Kater endgültig vertreibt!«

Ich trat wieder in den Living-room, der nun von den zwei großen Fensterfronten her Tageslicht bekam. Tief unter mir lag die Stadt, und ich sah sie zum erstenmal als grauen, vielfach gebrochenen Plan vor mir liegen. Unten in den Straßenzügen suchte sich das Leben insektenhaft seine Bahn. Wie töricht, kam es mir in den Sinn, war doch die Illusion irgendeiner Individualität! Es genügt, ein paar Meter über den Dingen zu stehen, und schon sieht man deutlich, daß sich jeder, aber auch jeder nur auf ganz wenigen möglichen Wegen seinem Ziele nähern kann. War man in allen Städten so einsam wie in Berlin und Prag?

Oder gab es freiere, fröhlichere Orte auf der Welt? Vielleicht in Afrika?

Ich spürte Bodos Hand leicht auf der Schulter, und als ich mich umdrehte, sah ich, daß er eine feuchtkalt angelaufene Champagnerflasche in der anderen hielt. »Ich meine es ernst!« sagte er lächelnd, während wir vor einem bastgeflochtenen Clubtisch Platz nahmen. »Echt Chippendale«, klärte er mich auf und fügte dann hinzu: »Alles, was ich gesagt habe, war ernst gemeint.«

»Ich glaube fast, daß ich träume!« äußerte ich behutsam. »Brauchst du noch Bedenkzeit?« fragte Bodo zurück, während seine rechte Hand langsam am Sektkorken drehte. »Eigentlich nicht«, gab ich zu. »Aber trotzdem habe ich Skrupel. Wir kennen uns doch gar nicht!«

Bodo lachte. »Die Ehe ist immer nur ein Mittel zum Zweck gewesen. Bloß uns will man heute einreden, daß sie eine romantische Angelegenheit ist. Du mußt das Ganze wie ein Abenteuer auffassen und unsere Eheschließung als Teil davon. Und wenn es absolut nicht klappt, gehen wir wieder auseinander! Nichts verpflichtet uns, eine hundertjährige Ehe zu führen!« Immer noch drehte er am Korken, von Zeit zu Zeit innehaltend, um seine warme Hand an den Flaschenhals zu legen. »Bis zur Ausreise vergeht außerdem noch genug Zeit! Wenn wir uns bis dahin nicht gegenseitig aufgefressen haben, wird's schon klappen!« Da endlich war der Korken zur Decke geknallt, wo er eine kleine Delle prägte. Die Flasche ließ feinen Dunst frei.

»Bravo!« entfuhr es mir, und erwartungsvoll sah ich zu, wie Bodo das perlende Getränk in die Gläser goß. Ich wußte, daß ich allem, aber auch allem, was er vorzuschlagen hätte, zustimmen würde.

»Ich meine es auch ernst als Mann!« sagte er nun, während er mir sein Sektglas zum Anstoßen entgegenstreckte. »Wann ist dir die Idee gekommen, ausgerechnet mich zu fragen?« wollte ich nun wissen. Bodo ergriff meine Hand und sagte: »Ich will ehrlich sein: erst gestern abend. Als du zwischen den Weihnachtsbäumen hindurch zu mir an die Bar gekommen bist. Da wußte ich plötzlich, daß du die Richtige bist!« – »Aber warum…, warum?« drängte ich weiter. »Du bist einer der gutaussehendsten Männer, die ich kenne, und du willst mir weismachen, daß du keine anderen Chancen hast?« Bodo zuckte leicht mit den Schultern und erklärte, daß gerade hier sein Problem liege. Die Frauen verfolgten ihn unerbittlich. Und deshalb – hier hüstelte er – habe er keinen richtigen Jagdtrieb entwickelt.

Ich atmete tief durch und leerte mein Glas. Plötzlich fiel mir ein, daß ich heute abend nach Reinsbach fahren mußte! Übermorgen war doch Heidemaries Hochzeit! Als ich Bodo davon erzählte, rückte er näher an mich heran und bat mich, auf keinen Fall schon heute abend abzufahren. Er wollte, daß wir nicht nur auf dem Papier, sondern auch in Wirklichkeit Mann und Frau würden!

Nachdem ich »ja« gehaucht hatte, spürte ich einen stärkeren Druck von Bodos Hand und schloß die Augen. Wir küßten uns lange. Wußte er, wie sehr er mit seinem zögerlichen Takt schon meine Lust vergrößert hatte?

»Hast du keinen Atlas?« fragte ich nun. »Ich möchte mir Afrika genauer ansehen!« Behende sprang Bodo zur Bücherwand, wo er jedoch nur ein Lexikon mit einer Weltkarte fand. Fürs erste genügte sie, uns eine Vorstellung von unserer gemeinsamen Reise zu geben. »Am schönsten wäre es mit der Eisenbahn«, schwärmte ich, »quer durch Frankreich und dann mit dem Schiff!« Aber Bodo wollte am liebsten schon ab Rostock in See stechen. »Vielleicht setzen sie dich auch als Dolmetscherin ein!« überlegte er. »Dann bekommen wir so viel Geld, daß wir uns hinterher ein Haus bauen können. Vorausgesetzt, wir verstehen uns dann noch! Leider«, fuhr er fort, »habe ich nur noch Sekt im Kühlschrank, aber gar nichts Nettes zum Essen. Gehen wir ins Moskwa?«

So glitten wir mit dem Fahrstuhl wieder hinunter auf die Straße. Ein Kältesturz hatte die Nässe vom Vortag in Glatteis verwandelt. Um nicht zu fallen, gaben wir uns der dunkel glänzenden Fläche einfach hin und schlitterten lachend wie Kinder voran. Ja, dachte ich, ich komme vorwärts, und wie! Mein Schicksal trägt mich weiter! Und ich schmiede es mit meiner eigenen Kraft ganz allein!

Bodo! Vor vierundzwanzig Stunden hatte ich nicht einmal von ihm geträumt und noch weniger daran gedacht, daß er mich zur Gefährtin eines außergewöhnlichen Abenteuers machen könnte! Und wie angenehm, wie höflich und charmant er war, das zeigte sich nun wieder hier im Restaurant. Ich sah auf seine makellos gepflegten Finger. Wie sie die Speisekarte hielten, das Bier ergriffen und zierlich mit Messer und Gabel hantierten, um das Steak zu zersäbeln! Und wie ich es genoß, daß dieser Mann nicht meckerte, sondern alles mit ausgewogener Vernunft zu beurteilen schien!

Als wir heimgekehrt waren, holte Bodo eine weitere Flasche Champagner und öffnete sie mit derselben Delikatesse wie die erste. Ehe wir sie ausgetrunken hatten, winkte er mich auf eine große viereckige Liege, wo er noch einmal Unerwartetes zu offenbaren begann. Er bestand darauf, mich auszuziehen. Und nachdem er mir die Oberkleider abgestreift hatte, verwandte er sehr viel Zeit darauf, mein Haar zu lösen. Auch jedes meiner Glieder behandelte er als etwas Kostbares, Einmaliges. Er wußte schließlich sogar, daß ich aus fünf Flüssen bestand, von denen sich drei in reißende Ströme verwandeln können, wenn ihre Wasser nur lange genug mit Milch und Honig vermischt werden, um am Ende in einem einzigen Strudel zusammenzustürzen, wo sie eine jubilierende, aber nur wenige Augenblicke erträgliche Süße erzeugen.

Hatte ich es nicht immer geahnt? Daß die Liebe letztlich ganz einfach war? Weshalb hatte ich bis zu meinem zweiundzwanzigsten Jahr auf diesen Augenblick warten müssen?

Aufgewühlt und noch zufriedener als gestern sank ich in Schlaf. Und als ich am nächsten Morgen im Spiegel des Badezimmers mein Bild vor dem im Hintergrund duschenden Bodo erblickte, sah ich, daß das Leuchten von gestern noch stärker war. Träume, die ich bereits begraben hatte, waren plötzlich wahr geworden und hatten rosiges Leben auf meine Haut getragen!

Als wir dann wieder in der freundlichen Küche beim Frühstück saßen und in knackige Toastbrote bissen, fiel mir ein, daß ich spätestens heute nach Reinsbach fahren und vorher die Hochzeits- und Weihnachtsgeschenke aus dem Studentenheim holen mußte! Als ich Bodo daran erinnerte, griff er sich an den Kopf und sagte: »Wäre es nicht vernünftig, wenn du mich mitnähmst und gleich deiner Mutter vorstelltest?«

Dieser Bodo verschlug mir mit seinen raschen Entschlüssen immer wieder den Atem. Aber nach kurzem Überlegen fand ich die Idee richtig. Es war in der Tat höchste Zeit, Bodo als meinen Verlobten vorzuführen. »Weißt du was«, sagte er, »ich rufe Mina an und leihe mir ihren Wagen!«

Schon hing er am Telefon, während ich noch nachdenklich auf meinen halb gegessenen Quarktoast sah. Im Auto nach Reinsbach! Was würde Mutter sagen? Und Heidemarie? Würde sie nicht vor Neid erblassen, den man ihr am Hochzeitstage vielleicht ersparen sollte? Ehe ich noch Zeit hatte, gründlich darüber nachzudenken, teilte Bodo schon mit, daß Mina mit einem Kaffee und den Autoschlüsseln auf uns wartete.

Ich merkte, ich war in einem Sog. Aber es war ein schöner Sog. Nach längerer S-Bahn-Fahrt empfing uns Mina in ihrer leicht verwahrlosten Villa. Sie war in weniger glänzender Verfassung als gestern: ungeschminkt, im schäbigen Morgenrock, Kätzchen im Arm, Zigarette zwischen den goldberingten Fingern. Den Kaffee bereitete sie in einem Kupferkännchen türkisch zu. Sehr nett war sie wieder, beinahe schon anzüglich. Sie wollte mich überreden, meinen Dutt zu öffnen, weil sie auf mein Haar neugierig war. Lust hätte sie, eine Skizze von mir zu machen. Wenn ich mal Modell sitzen käme, würde sie sogar ein Ölbild wagen. Am liebsten nackt. Oder als Halbakt. Ich mußte lachen. Das war eine Welt!

Endlich konnten wir aufbrechen. In dem grünen Wartburg fuhr mich Bodo zum Studentenheim, wo ich mein Reisegepäck abholte. Dann kam mir die Idee, auch noch ein paar Flaschen Schlagsahne mitzunehmen. Wenn man schon einmal ein Auto zur Verfügung hatte! Bodo zeigte Verständnis und verlor auch nicht die Geduld, als wir in mehreren Läden nach der Sahne suchen mußten. Am Ende hatte ich fünf Flaschen erobert.

Wir verließen die Stadt in nördlicher Richtung. Hinaus in die bräunlich-kahlen Felder, auf denen vereinzelte Schneehäufchen blinkten.

Wie selten ich Auto gefahren war! Aus der Busperspektive und von der Eisenbahn her kannte ich das Land. Aber nun sah ich es näher. Greifbarer. Und endlich saß ich neben einem Mann, der zu meinen Sehnsüchten gefunden hatte!

Ich sagte es ihm. Ich sagte, daß er der erste Mann war, von dem ich mich wirklich und richtig geliebt fühlte. Bodo dachte einen Moment nach, löste seine rechte Hand vom Steuer, legte sie mir auf den Schoß und meinte, daß ihn das nicht verwundere. Seiner Erfahrung nach war Liebeskunst nicht sehr verbreitet. Was wahrscheinlich – so mutmaßte er – der Grund sei, weshalb er sich seiner ehemaligen Freundinnen kaum erwehren könne. Das sollte mich aber nicht beunruhigen, denn er wisse immer genau, was er wollte und was nicht. Aber auch für einen Mann sei es nicht einfach, eine Frau zu finden, die es mit so viel Tiefe erlebe wie ich. »Die meisten Frauen«, vertraute er mir an, »beschränken sich auf ziemlich zaghafte Hingabe.«

Am frühen Nachmittag kamen wir durch Losen, und Bodo schlug vor, ein Bier zu trinken. Als wir in die Kneipe traten, kam mir unwillkürlich die Idee, daß Rolf dort sitzen und uns sehen könnte. Der Gedanke gefiel mir nicht. Hatte Rolf nicht vorhergesehen, daß ich eine Hauptstädterin werden und schließlich einen Schickeriatyp wie Bodo zum Mann nehmen würde?

Nein, Rolf war nicht hier. Aber warum war mir das Gefühl so unangenehm, daß er jederzeit durch die Tür kommen konnte?

Zerstreut nur antwortete ich auf Bodos Fragen nach meinen Eltern. Ich hätte beinahe vergessen, darauf hinzuweisen, daß Vater schon lange tot war. Der Gedanke an Rolf hielt mich gefangen. Ich saß wie auf Kohlen.

Endlich verließen wir die Kneipe. Die Beklemmung schwand, dafür kam die Spannung, wie Mutter und Heidemarie meine Ankunft mit Bodo aufnehmen würden. Vielleicht wäre es günstiger, das Auto zunächst nicht direkt vorm Haus zu parken? Aber ich wagte nicht, Bodo einen solchen Vorschlag zu machen. Schon wies ich ihn in die Siebenergasse ein, um die letzte Kurve zu nehmen und gegenüber den wachehaltenden Sowjetsoldaten zu parken.

»Hübsch!« lobte Bodo das kleine Häuschen, als wir durch die Gartenpforte gingen und klingelten. Mutter öffnete in der Schürze, blieb einen Moment lang starr vor Staunen und begriff dann, daß der junge Mann, der neben mir stand, ihr zweiter Schwiegersohn war. »So eine Überraschung!« rief sie, als sie mich in die Arme schloß, wobei sie Bodo gleichzeitig weiter musterte. »Das hättest du uns wirklich schreiben müssen, Rosemarie, das geht uns doch auch was an!«

Während sie die Kaffeetassen aus dem Büfett zog, erzählte ich, daß ich Bodo erst einmal richtig hatte kennenlernen wollen, ehe ich irgendwelche Entscheidungen bekanntgab. »Na ja«, meinte Mutter darauf umständlich, »das ist eben die heutige Jugend. Da wird alles erst ausprobiert. Ist vielleicht auch besser so!«

Jetzt knackte es im Schlüsselloch, und Heidemarie kam frisch frisiert hereingestürzt. An der Tür zum Wohnzimmer blieb sie stehen. »Ich werd nicht wieder!« rief sie aus. »Seid ihr das mit dem grünen Schlitten?« Und sie wiederholte: »Ich werd nicht wieder!«, als sie in Bodo den Dolmetscher aus Berlin erkannte, der vor wieviel Jahren – waren es fünf oder sechs? – nach Reinsbach gekommen war.

Mich irritierte etwas an meiner Schwester. Sie war aufgedunsen. Schließlich begriff ich und sagte: »Mensch, jetzt werd ich aber nicht wieder – du kriegst ja ein Kind!« Heidemarie schlug für einen Moment stolz die Augenlider nieder. Ende Mai sollte das Baby zur Welt kommen. Auf die Frage, warum sie nichts darüber geschrieben habe, warf sie schnippisch zurück, daß ich aus meinen intimen Angelegenheiten ja schließlich auch Staatsgeheimnisse machte. Bodo saß die ganze Zeit über still in der Couchecke.

Am Abend kam Petzold vorbei. Als wir die dritte Flasche Wein geleert hatten, erzählte ich, wie ich als Zwölfjährige in ihn verliebt gewesen war. Bestürztes Schweigen. Mutter brach es mit dem Satz: »Du meine Güte – und das mit zwölf! Ein Glück, daß ich das nicht gewußt habe!« – »Und nun ist es andersherum gekommen!« meinte Heidemarie spitz. Petzold lächelte und senkte den Blick. »Jugendliebe – Schall und Rauch!« äußerte Bodo, der als einziger keinerlei Verlegenheit gezeigt hatte. Glücklicherweise erschien im Fernsehen jetzt Mutters blonde Lieblingssängerin, die für Ablenkung sorgte.

Gegen Mitternacht brach Petzold auf, und Mutter stellte die Frage, wie es nun mit dem Schlafen gehalten werden sollte? Mein ehemaliges Zimmer war für den morgigen großen Tag schon als Brautzimmer hergerichtet worden. Mutter bestand darauf, Bodo und mir ihr Schlafzimmer zur Verfügung zu stellen und selbst mit Heidemarie im Wohnzimmer zu schlafen.

Es kam mir schon seltsam vor, daß sich Bodo auf dem Bett meiner Eltern ausstreckte und mir seine Arme öffnete. Ich blieb steif neben ihm sitzen und sagte, daß es mir unmöglich sei, ihn in diesem Bett zu umarmen. Er sah es ein und drehte sich rasch zum Schlafen um. Ich aber lag noch eine Weile wach und überdachte die vielen Änderungen, die meinem Leben und unserer Familie bevorstanden.

Auch beschäftigte mich noch einmal die Frage, warum mir Rolf noch immer wichtig war? Und warum bedeutete mir Petzold nichts mehr? Rolfs Ehe, war die wohl glücklich? Mir wurde in dieser Nacht klar, daß Rolf der einzige Mensch hier in meiner Heimat gewesen war, der mich verstanden hatte. Der wußte, wer ich war. Und dafür war ich ihm dankbar. Würde ich ihm immer dankbar sein.

Am nächsten Tag dann die Hochzeit im Rathaus. Fröhliches Essen im Stadtkrug. Die Kaffeetafel zu Hause. Die Schlagsahne, die Heidemaries Brautkleid zum Platzen brachte. Was niemandem peinlicher war als dem Bräutigam. Und abends Tanz im Saal des Stadthotels, den Petzolds Eltern gemietet hatten. Griesner eröffnete den Tanz mit der Brautmutter. Heidemarie war noch aufgedunsener als gestern. Sie winkte mir freundlich zu, als Bodo mich im Swing an ihr vorüberführte, konnte selbst aber keinen einzigen Tanzschritt wagen. Das Baby und die Schlagsahne lagen ihr wie Wackersteine im Leib.

Es blieb nicht aus, daß auch Petzold mit mir tanzte. Während eines schnellen Foxtrotts raunte er mir ins Ohr: »Wenn du nur die kleinste Kleinigkeit gesagt hättest, damals, in der Schule!« Ich wunderte mich selbst, wie ich ein Lächeln aufsetzte und ihm vorhielt, daß er damals schließlich nur Interesse für Karin Drechsler gezeigt hatte. Dann für Nora. »Weil du unnahbar warst. Irgendwie wußte man immer, daß du höher hinaus wolltest!« erwiderte Petzold. »Nun ist es zu spät«, setzte er hinzu. »Und auch besser so!« sagte ich in festem Ton. Als wir an meiner Schwester vorbeitanzten, war mir, als wenn sie zusammenzuckte.

Der nächste Tag war Weihnachten. Mit Bodo schmückte ich den Baum. Mutter bereitete die Gans vor. Heidemarie konnte nichts davon anrühren, Petzold langte dafür um so mehr zu. Während im Fernsehen der Thomanerchor auftrat, spielten die beiden Männer und Heidemarie Skat. Mutter holte ihr Strickzeug hervor, ein Babyjäckchen. Spät am Abend zeigte mir Heidemarie die Windeln und Strampelhosen, die sie für ihr Kind gekauft hatte. Zum ersten Mal fragte ich mich, ob und wann ich wohl einmal Babysachen kaufen würde?

Am ersten Feiertag besuchten wir Frau Wiesenthal. Mein Gefühl sagte mir, daß Bodo ihr gefallen würde. Und so war es auch. Sie zog ihn sofort in ein Gespräch über seine Doktorarbeit. »Nouveau roman? Das interessiert mich sehr.« Wenn sie auch bedauerte, daß sie kaum einen kannte und kein einziger in ihrer Bibliothek war. Ob ich es wieder übernehmen wollte, den Tee zu kochen? Sie selbst sei nun alt und faul, sagte sie lachend.

So stand ich wieder in der altbekannten Küche und setzte den Teekessel auf. Genugtuung stieg in mir auf, als ich die Töpfe und Tiegel, die holländischen Kacheln betrachtete – in diesem Haus hatte mein Weg begonnen! Einen Moment überlegte ich, ob ich Frau Wiesenthal nicht vom Nordafrikaplan erzählen sollte, aber dann riet mir eine innere Stimme davon ab. Als ich den Teesud auf den Wasserkessel gestellt hatte, kam sie leichtfüßig wie früher in die Küche hereingeschwebt. Ihre Augen blitzten noch immer dunkel wie eh und je. »Wie können Sie sagen, Frau Wiesenthal, daß Sie alt geworden sind!« meinte ich. Sie aber schüttelte lachend den Kopf, während sie nach ihrem Anisgebäck kramte. Dann trat sie an mich heran, ergriff meine Hände und sagte, daß sie sich sehr, ja wirklich sehr für mich freue.

Als ich mit Bodo aus dem schönen Eckhaus trat, erinnerte er sich plötzlich an den alten vertrockneten Ritter, den er bei seinem ersten Aufenthalt hier nicht gesehen hatte, weil ich die Franzosen damals dorthin begleitet hatte. Ob man nicht mal kurz vorbeischauen könnte? Ich war einverstanden. Wir setzten uns in den Wagen, der wegen der Winterkälte nur schwer ansprang. Dann fuhren wir durch die Eichenallee vor das Kirchlein von Kampehl. Ich sprang aus dem Auto, trat an die Tür des Kahlbutz und griff in die Dachrinne. Rolfs Schlüssel lag noch immer darin! Er fühlte sich verrostet an, klebte wegen des Frostes am Aluminium. Aber ich hatte ihn doch bald in der Hand und führte ihn ein wenig zitternd zum Schloß. Die Tür sprang auf.

Als Bodo den vom fahlen Winterlicht beschienenen Kahlbutz erblickte, konnte er ein Kichern nicht unterdrücken. Er amüsierte sich besonders über das Leinentuch, mit dem das Geschlecht des alten Ritters bedeckt war, das seinerzeit soviel Unheil angerichtet hatte. »Na und, Frau Reiseführerin, darf man etwas über diesen Herrn erfahren?« fragte Bodo dann, und ich nahm bereitwillig Haltung an, um die Geschichten des Junkers Kahlbutz zu erzählen. Dieser lag wie immer selbstbewußt, selbstzufrieden und leicht lächelnd unter seiner Glasscheibe. Während sich Bodo die Rüstung und die von den einfachen Kleidern des Kahlbutz verbliebenen Lumpen ansah, versuchte ich zu erlauschen, ob dieser mir vielleicht etwas zuzuraunen hätte? Abwechselnd blickte ich auf die Ecke, in der ich einst mit Rolf gestanden hatte, und auf die verlederte Leiche, die jedoch stumm blieb. Der Kahlbutz hatte mich womöglich wirklich entlassen und wollte mich mit trotzigem Schweigen bestrafen? Egal, dachte ich bei mir. Schließlich mochte das ein Zeichen dafür sein, wie weit ich mich von den Meinen mittlerweile abgesetzt hatte. Vielleicht sollte ich den Kahlbutz überhaupt nie mehr aufsuchen? Vielleicht könnte er mir gleichgültig werden?

Als die Tür wieder verschlossen war und ich den Schlüssel an seinen Platz legte, fiel mir ein, auch noch bei dem alten Meißner vorbeizuschauen. Bodo mußte versprechen, nichts von unserem illegalen Besuch beim Kahlbutz und dem verborgenen Schlüssel zu verraten. Denn der Zugang zum Kahlbutz war eigentlich ganz die Sache von Meißner allein.

Den alten Mann, der uns – erst lange nachdem wir geklingelt hatten – öffnete, erkannte ich kaum wieder. Er war nun so verhutzelt und geschrumpft, daß er beinahe wie ein zweiter Kahlbutz wirkte. Worauf er übrigens sofort selber aufmerksam machte. Mit schlurfendem Schritt suchte er ein paar Pfefferkuchen, die er, weil sie ziemlich hart waren, doch nicht beißen könne, während sie unseren jungen Zähnen nichts anhaben würden. Dann ließ er sich in seinem Ohrensessel nieder und stieß einen Seufzer aus. Mir war klar, daß er nun von seinen Sorgen berichten würde. »Weißt du, Rosemarie«, sagte er, »daß den Kahlbutz die FDJ übernehmen wird? Ab nächsten Sommer!«

Bodo kicherte wieder. Ich mußte ihm auf die Füße treten. So hüstelte er nur noch und zog sich in die Couchecke zurück. »Wie ist denn das möglich, Herr Meißner?« fragte ich verwundert. »Seit wann interessiert sich denn die FDJ für den Kahlbutz?« – »Kulturarbeit nennen die das!« stieß er schulterzuckend hervor. »Zirkel Junger Historiker! Ich kann ja nun bald nicht mehr. Meine Beine sind schlecht geworden. Manchmal komme ich nicht schnell genug heraus, die Besucher müssen zu lange warten. Legionen sind das jetzt, Rosemarie, besonders im Sommer! Unser biologisches Rätsel wird immer berühmter. Wie es scheint, im ganzen Land. Und nicht nur das. Vor ein paar Monaten waren auch wieder Japaner hier. Vom Kaufen haben die zwar nicht gesprochen, aber man kann sich an den fünf Fingern abzählen, das kommt auch bald wieder. Na, und dann gnade uns Gott!«

Wir schwiegen. Auch ich mußte die Nachricht erst fassen. Schließlich meinte ich: »Wenn es die FDJ vernünftig macht, warum denn nicht? Wenn Sie doch nicht mehr können, Herr Meißner?«

»Sie wollen neu tünchen«, fuhr der Alte fort. »Die Rüstung putzen. Und die Kleider chemisch reinigen. Von mir aus. Aber ich habe Sorge, was die erzählen wollen! Bestimmt alles ganz materialistisch! Ich sehe den Lehrer Gerber schon, wie er sich den Kopf zerbricht, um das biologische Rätsel zu lösen, damit seine Jungen Historiker dann reden können! Wenn es jemanden wie dich gäbe, Rosemarie!« seufzte er nun. »Zu dir hätte ich Vertrauen. Du bist von unserem Schlage. Du hast den Kahlbutz immer lieb gehabt. Aber ich weiß ja, du willst höher hinaus. Und irgendwie ist der Kahlbutz auch nicht das Richtige für so eine junge Frau wie dich.«

Ich zuckte zusammen. Da war es wieder, das Zukunftsbild von der Französischlehrerin in der Provinz, die sonntags den Kahlbutz vorführt, um sich etwas dazuzuverdienen!

Als wir im Abendgrau durch die dunkelbraunen Felder nach Reinsbach fuhren, eröffnete mir Bodo, daß er am morgigen zweiten Weihnachtsfeiertag nach Berlin zurückkehren müsse. Ob ich mitkommen wolle? Oder lieber noch ein paar Tage bei meiner Familie verbringen, und spätestens zu Silvester wieder zu ihm stoßen? Er für seinen Teil müsse nach Mina sehen. Schließlich war er ihr Einziger, und Weihnachten sei Weihnachten. Ich wäre zwar viel lieber mit ihm gefahren, mußte aber aus demselben Grunde noch ein paar Tage in Reinsbach bleiben.

Und so erlebte ich noch eine Weile mit, wie sich Mutter nachmittags in die Jahresbilanzen des Konsums verkroch, um danach mit lächelnder Miene vorm Fernseher am Babyjäckchen zu stricken, Heidemarie und Petzold Hand in Hand daneben. Ich hielt es nur aus, weil Afrika wie eine warme, freundliche Insel in mir lag. Und Bodo! Und das Feuer, das er in mir entfacht hatte!

Am Tage vor Silvester stieg ich erleichtert in den Bus. Bodo holte mich in Berlin vom Bahnhof ab. Mit einem Strauß Rosen.

Die Silvesterfeier fand in der Villa seiner Mutter statt. Mina – in modisch weiten, knallgrünen Hosen – stellte mich jedem einzelnen ihrer Gäste als ihre künftige Schwiegertochter vor und betonte immer wieder, was ich für ein reizendes Modell zum Malen abgeben würde. Mit diesen teils elegant, teils verrückt gekleideten Leuten – meistens Künstler – sollte ich anstoßen. Deshalb war ich schon lange vor Mitternacht beschwipst.

Bodo machte mich mit seinem schmächtigen, sich fröhlich gebenden Freund Paul bekannt, der mich gleich zum

Tanzen einlud. Während ich mich bemühte, meine Glieder im Stevie-Wonder-Sound herumzuwerfen, fragte er mich intensiv aus. Woher ich käme? Was ich studierte? Wann und wo ich Bodo kennengelernt hatte? Seine Neugierde schien mir über das normale Maß hinauszugehen. Waren das die Sitten der Schickeria? Da die Wahrheit ganz unverfänglich und zudem noch günstig für das Afrikaunternehmen war, berichtete ich jedem, der es hören wollte, daß ich Bodo zum erstenmal in meinem Städtchen beim Dolmetschen kennengelernt hatte und daß wir uns später am Institut wiederbegegnet und nähergekommen waren. Paul verbrachte den Abend teils mit wild ausladenden Tanzbewegungen, teils im Gespräch mit Bodo, wobei er stets in heftiges Gestikulieren verfiel. Irgendwie mochte ich ihn nicht.

Kurz vor Mitternacht schüttelte Bodo ihn endgültig ab und gesellte sich zu mir. Zur Jahreswende schenkte er mir einen besonders langen Kuß, den die ganze Gesellschaft freundlich beklatschte. Gläserklirren, Glückwünsche. Irgendwer legte eine Beatles-Platte auf, und die Tänzer wurden wieder ekstatisch. Ich hatte keine Kraft mehr mitzutun und blieb bei den träge gewordenen Älteren sitzen. Plötzlich stand der Weihnachtsbaum in Flammen. Geistesgegenwärtig stieß Bodo ihn um, riß ein paar Decken vom Sofa und löschte das Feuer.

Die ernüchterte Gesellschaft zerstreute sich nun rascher als geplant, zumal Mina sich mit Herzschmerzen zurückziehen mußte. Ich fiel in Bodos ehemaligem Kinderzimmer unter den Postern von Peter Kraus und Conny Froboess in tiefen Schlaf. Als ich erwachte, lag Bodo neben mir, und ich genoß es, mir seine Züge im weißen Licht des Neujahrsmorgens anzuschauen.

Wenige Tage später überraschte mich Bodo mit der Nachricht, daß ich mich bei der Institution vorstellen sollte, die ihm die Arbeit in Afrika vorgeschlagen hatte. Und zwar allein.

Ich trat in ein nüchternes Arbeitszimmer, wo mir eine

unentwegt rauchende Frau mittleren Alters gegenübersaß und etwa jene Fragen stellte, auf deren Beantwortung ich mich mit Bodo gründlich vorbereitet hatte. Ob ich mir der Schwierigkeiten einer zeitweiligen Existenz in den Tropen bewußt wäre? Wie sahen meine Berufspläne aus? Daß ich ebenfalls als Dolmetscherin einsetzbar war, vergrößerte sichtlich das Interesse. Warum nur, fragte die Frau, hatte Bodo das nicht schon früher erwähnt? Wie lange lebten wir eigentlich schon zusammen? Und wäre unsere Beziehung einer solchen Belastungsprobe gewachsen?

Wie gut, daß ich in fast allen Punkten weitgehend bei der Wahrheit bleiben konnte, zu der nur hinzugefügt werden mußte, daß wir uns das Heiraten zwar vorgenommen, bislang jedoch für überflüssig gehalten hätten. Und mein Studium? Würde die Universität einer Unterbrechung zustimmen? Das freilich konnte ich nur mit dem Hinweis auf meine guten Leistungen und die freundliche Haltung, die meine Lehrer zu mir einnahmen, beantworten. »Haben Sie Verwandte oder Freunde in Westdeutschland?« war die nächste Frage, die ich zum Glück verneinen konnte. »Und in anderen nichtsozialistischen Ländern?« Ich erzählte, daß ich durch meine gelegentliche Dolmetschertätigkeit natürlich ein paar Korrespondenzen mit Frankreich hätte, wie übrigens auch mit dem Ural in der Sowjetunion. Letzteres interessierte die Frau nicht. Sie reichte mir ein weißes Blatt, auf dem ich Namen und Adressen der Franzosen notieren sollte, mit denen ich Briefwechsel hatte. Richtige Korrespondenzen seien das gar nicht, bemerkte ich, weil ich den Eindruck hatte, einen Fehler begangen zu haben. In der Tat schrieben Guy und Méribin schon lange nicht mehr, ich bekam höchstens ab und zu mal eine Dankespostkarte oder einen Neujahrsgruß. Die Adressen waren aber in jedem Falle nachzureichen, beharrte die Frau.

In den kalten Winterwind zurückgekehrt, blieb ich zuversichtlich. Bodo erwartete mich in einem nahe gelegenen Café und fand meinen Bericht ermutigend. Die Geschichte mit den Adressen sei Routinesache, ich sollte ruhig alle meine Briefpartner angeben. Dann regte er an, beim Standesamt um einen Hochzeitstermin nachzufragen.

»Wenn Sie sich nicht unbedingt auf einen Freitagstermin versteifen«, schlug man uns dort vor, »können Sie schon nächste Woche heiraten!« Bodo nickte sofort. Ich aber zog ihn am Ärmel in den Gang hinaus und hielt ihm flüsternd vor, daß eine dermaßen übereilte Eheschließung auch verdächtig wirkte. Schließlich war ein Fest vorzubereiten. Vor allem für meine Familie, die sich Urlaub nehmen und aus Reinsbach anreisen müsse, wäre letztlich ein Freitagstermin doch besser. Bodo sah es ein und bat also um den nächstmöglichen Freitagstermin. Der lag Anfang Februar.

»Auch gut«, sagte er, als wir das Standesamt verließen. »Dann machen wir in den Winterferien gleich eine Hochzeitsreise.« Als Bodo Ungarn als mögliches Ziel vorschlug, frohlockte ich. Mein Glück wurde immer vollkommener! Da waren nicht nur unsere Liebe und Nordafrika, sondern eben auch noch all die unendlich vielen und schönen Dinge, die Bodo mit mir unternahm und noch unternehmen wollte! Mir war manchmal, als erkenne er meine tiefsten Wünsche eher als ich selbst.

Ich wohnte nun ganz bei ihm im Studio, wo ich nicht nur den Komfort genoß, sondern vor allem auch die olympische Lage. Endlich war ich über die Stadt erhaben! Nicht allein, daß man einen großen Abschnitt von ihr überblikken und begreifen konnte. Es war auch möglich, sie ganz zu vergessen. Man war entrückt. Besonders wenn die Januarwolken tief hingen und als Nebelschwaden vor den beiden Fensterfronten lagen. Bodo, der meist hinter Papierbergen an seinem Schreibtisch saß, blinzelte mir von Zeit zu Zeit zu.

Die Wochen des Wartens bis zur Hochzeit waren angefüllt mit den schönsten Aufgaben: Angefangen bei den Vorbereitungen des Festes bis hin zu weiteren Besuchen bei der Institution, die mich jedesmal optimistischer stimmten.

Mit Mina zusammen suchte ich ein Hochzeitskleid aus, und beim gemütlichen Ausruhen im Operncafé versprach ich ihr, in den nächsten Tagen wirklich zum Modellsitzen zu erscheinen. Nachdem mir Mina wieder einen türkischen Kaffee zubereitet und einen Bildband von Renoir gezeigt hatte, in dessen Manier sie mich porträtieren wollte, fiel es mir leichter, als ich gedacht hatte, meine Hüllen fallen zu lassen. Mina hatte eine Brille aufgesetzt, die ihr ein professionelles Aussehen gab. Während sie mit unglaublicher Geschwindigkeit Skizzen von mir anfertigte, für die ich immer neue Haltungen einnehmen mußte, erzählte sie von den Kinderstreichen Bodos. Ich mußte lachen, entspannte mich. Die erste Sitzung endete überraschend schnell, ich konnte die Skizzen betrachten. Ja, ich erkannte mich wieder! Das war ich tatsächlich, in einer angenehmen, möglicherweise etwas verschönten Darstellung. Mina, der ich die unerwartet große Freude an den Skizzen nicht verbarg, lud mich ein, ihren Kleiderschrank zu begutachten. Er platze regelrecht von wenig getragenem Zeug, und ich hätte das eine oder andere sicher nötig. »Aber wird mir denn überhaupt etwas passen?« zweifelte ich, denn Mina hatte doch mehr Fülle als ich. »Das kriegen wir schon hin«, meinte sie, »zur Not habe ich auch eine Schneiderin bei der Hand, die ändern kann.«

»Um Himmels willen«, sagte Bodo, als ich am Abend mit einem ganzen Koffer voll Kleidern im Studio eintraf. »Ich hoffe, du wirst das Zeug nicht anziehen!« Denn die Kleider seiner Mutter fand er scheußlich. Und so landete der Koffer erst einmal in einer Ecke, wo ich ihn auch ab und zu mit Bedauern betrachtete. Solchen Chic hatte ich noch nie besessen.

Der Hochzeitstermin war schnell herangerückt. Viel zu schnell jedenfalls in den Augen meiner aus Reinsbach anreisenden Familie. Als mich Mutter ans Herz drückte, blickte sie mir einen Moment prüfend in die Augen. »Hast du es etwa so eilig, weil du auch etwas Kleines erwartest, meine Große?« – »Nein«, konnte ich antworten, »du brauchst noch kein zweites Babyjäckchen zu stricken!« Heidemarie hatte im offenen Wintermantel anreisen müssen. Petzold wich ihr nicht von der Seite. Mitgekommen war auch Frau Wiesenthal. Ich hatte sie bei meiner Hochzeit unbedingt dabei haben wollen. Griesners schickten Bettwäsche und ließen sich entschuldigen. Der Bürgermeister hatte ausgerechnet an diesem Wochenende einen neuen Kuhstall einzuweihen.

Mina bot in der Villa Nachtquartiere an. Ich hatte ihr mit viel Mühe das Versprechen abgerungen, weder die Skizzen noch das begonnene Ölgemälde mit meinem entblößten Torso vorzuführen. Schon am Vorabend der Zeremonie festlich herausgeputzt, zeigte sie sich von großer Freundlichkeit. Daß Mutter keinen Cinzano trinken wollte, konnte sie überhaupt nicht begreifen. Sie führte die Gäste auch in ihr Atelier, aus dem sie mein Porträt entfernt hatte. Man betrachtete ihre Werke mit unverhohlener Ehrfurcht: Es befanden sich auch einige Bilder bekannter Persönlichkeiten aus Politik, Armee und Wirtschaft darunter. Frau Wiesenthal offenbarte als einzige keine Scheu, aber Sachverstand. Und so bat sie sich aus, noch ein wenig im Atelier bleiben zu dürfen.

Am nächsten, dem großen Morgen, fuhren einige Wagen enger Freunde Minas vor, um die Gesellschaft auf bequeme Art zum Standesamt zu geleiten. »Heute mal nicht in meinem grünen Grashüpfer!« flüsterte Mina mir kichernd zu und schob mich zusammen mit ihrem Sohn in einen schwarzen Wolga. Der Duft des großen Rosenstraußes, der auf meinem Schoß lag, betäubte mich. Glückswogen schlossen sich über mir. Ich bekam kaum mit, was der Standesbeamte über die Freuden und Verpflichtungen philosophierte, die nunmehr über Bodo und mich als Eheleute kommen würden. Etwas zu früh streckte ich meine Hand für den Ring aus. Mina strahlte, Mutter und Heidemarie weinten. Ein Fotograf blitzte in die nun auf uns niederprasselnden Glückwünsche. Erst als wir den Raum wieder verließen, um für das nächste Paar Platz zu machen, fiel mir ein, daß ich den ganzen Tag noch nicht an Nordafrika gedacht hatte!

Mittagessen im Nobelrestaurant Ganymed, wo die Kellner lange weiße Schürzen trugen. Dann eine üppige Kaffeetafel in der Villa. Abends dort Barbetrieb und Tanz. Mutter schlief in der Couchecke ein. Frau Wiesenthal tanzte immer wieder mit Bodo. Am Ende hatte sie einen Schwips und umarmte mich, um mir zum hundertsten Mal zu sagen, wie sehr, ja wirklich sehr, sie sich für mich freue. Und schlief schließlich in der anderen Couchecke ein.

Das Märchen fand seine Fortsetzung in dem Flug nach Ungarn, den wir wenige Tage später antraten. Als sich der silberne Apparat in die Luft erhob, nahm Bodo meine Hand und raunte mir zu: »Generalprobe für Afrika!« Lächelnd gab ich ihm den Händedruck zurück.

Am Budapester Flugplatz nahm uns Onkel Tibor in Empfang, ein Busenfreund Minas, als der er sich gleich selbst vorstellte. In angenehm klingendem Wiener Deutsch wunderte er sich, wie groß Bodo geworden war, den er von Kindsbeinen an gekannt, nun aber wohl doch an die fünfzehn Jahre nicht gesehen hatte. Onkel Tibor verfrachtete uns in seinen hellblauen Trabant, wo er dann nach Minas Befinden fragte. Weil er das später nicht mehr so ausführlich tun könne. Szusza, seine Frau, sei einfach zu eifersüchtig. Mit Recht, setzte er lachend hinzu.

Nachdem wir einige Vororte und ein paar neuerbaute Straßen durchfahren hatten, gelangten wir zum Donauufer, wo die Stadt mit einem Schlage ihr überwältigendes Profil offenbarte. Wir fuhren am vielhunderttürmigen Parlament vorbei, über einen der majestätischen Brückenbögen auf die Burg zu. Eine schwarzmetallene Frau schritt dort stolz aus dem Berg heraus, einen Ölzweig über dem Kopf tragend. Welch großartige Serpentinen, in denen sich nun Onkel Tibors Vehikel die teils graufelsigen, teils grünbewachsenen Höhen von Buda emporarbeitete! Pest lag hinter der Donau wie auf einer Landkarte unter uns. Nur im Renaissancesaal von Dresden hatte ich ebenso deutlich gespürt, daß das wahre Leben, die wirkliche, im Überfluß schwelgende Schönheit doch existierte!

Onkel Tibor hielt vor einem leicht verwilderten Gärtchen und führte uns in eine quadratische kleine Villa, wo Tante Szusza mit Aprikosenschnaps und Salamisandwiches auf uns wartete. Eine sonnige, rundliche Person. Kaum vorstellbar, daß sie Eifersuchtsanfälle bekommen könnte, zumal auch sie so ein gemütliches Wiener Deutsch sprach! Die Salamibrote stellten sich als Vorgericht heraus. Nachdem wir kräftig zugegriffen hatten, tischte sie noch ein Paprikahuhn auf, das sie mit Nockerln garniert hatte. Als Nachtisch gab es Bratäpfel mit Walnußfüllung.

Der Traum wollte nicht enden. Welche Farben von den riesigen abstrakten Gemälden leuchteten, die Onkel Tibor produzierte! Und dann der stattliche Packen Geld, den er Bodo über das Teetischchen schob, an dem wir nun Kaffee und wieder Aprikosenschnaps tranken!

War es dieses viele Geld, das mir Budapest auch in den folgenden Tagen so viel freundlicher erscheinen ließ als damals Prag? War es Bodos umsichtige Gegenwart, die mir den Halt gab, der dort in Prag gefehlt hatte? Oder war es doch die Stadt selbst, das freie, verschwenderische Flair, das sie durchwehte? Die rauchenden Frauen auf den Straßen? Das Lichtermeer am Abend? Der breite Strom, der sie durchzog und fabulöse Weite schuf?

Bedeutsam war es schon, daß wir uns alle Kaprizen erlauben durften. Wir konnten in jedem Café haltmachen, das uns gefiel. In den schönsten Restaurants essen. Und wenn wir müde waren, uns per Taxi in die Obhut von Tante Szusza zurückbegeben, ihren Kirschstrudel probieren und auf zwei schlanke Zypressen im Garten schauen, die uns so recht als Verheißung für unser Afrikaabenteuer erschienen.

Es war mir, als sei Budapest die erste wirkliche Stadt, die ich kennenlernte. Trotz der kühlen Jahreszeit gab sie sich südlich, glich an ihren Verkehrsknotenpunkten einem orientalischen Basar. Die Menschen gestikulierten noch mehr, als ich es von den Franzosen kannte. Sprachen lauter miteinander. Auch ich versuchte einmal, auf der Straße zu rauchen, ließ es dann aber doch bleiben. Das paßte nicht zu mir! Dieses geschäftige Treiben dauerte bis tief in die Nacht. Tibor versicherte, daß im Sommer noch mehr Menschen auf den Straßen wären. Gab es hier Einsamkeit? Konnte es sie überhaupt geben? Und wie war es möglich gewesen, daß auch in dieser Stadt immer wieder Gewalt gerast hatte? Blut geflossen war? Das terroristische Niederringen der Räterepublik von 1919. Die weiße Herrschaft bis 1945. Der Kasernensozialismus bis 1956. Und dann das, was ich als »Konterrevolution« zu bezeichnen gelernt hatte! Onkel Tibor beschrieb uns vor Ort, wie die Aufständischen das Büro der Partei besetzt und Kommunisten gelyncht hatten. Und wie nach vielen Wochen die Ruhe wiederhergestellt worden war. Natürlich auch mit Gewalt. Und Blut. Wie war es möglich, fragte ich mich, daß die Wunden der Städte so spurlos vernarbten und einem flimmernden Glitzer Platz machten? Daß es nun kein Unding mehr war, am besudelten Platz der Republik wieder Kaffee mit Sachertorte zu sich zu nehmen? Zu flanieren! Zu lachen! Bei uns auf dem Lande wird wohl weniger vergessen, dachte ich. Bluttaten bleiben gegenwärtiger. Und man lebt mit ihren Legenden von Kindesbeinen an. Ich wagte die heikle Frage, was Onkel Tibor damals, im schrecklichen Jahr 1956, wohl getrieben hatte?

Er lächelte. In Australien war er gewesen! Als es brenzlig geworden war, hatte er Mittel und Wege gefunden, sich nach den Antipoden abzusetzen, wo er fünf Jahre verbracht und die Vorliebe für abstrakte Malerei entwickelt hatte. Für all das dankte er seinem Gott noch heute. Bei einer Flasche Champagner, zu der er uns ins teure Gellert-Hotel einlud, lauschten wir seinem Bericht von seiner letzten Ausstellung in Innsbruck. Und den Empfehlungen für die nächsten Tage. Die römischen Ruinen von Aquincum waren mit einer Kleinbahn zu erreichen. Lohnend sei auch eine Bootsfahrt nach Visegrád zu den Überresten der Burg des alten Königs Matyas. Durch die dann eisiger Wind pfiff. »Kontinentalklima«, sagte Bodo und stülpte mir seine Leningrader Pelzmütze über.

Und am Ende saßen wir wieder im Flugzeug, um nach Haus, in den Norden zurückzukehren. Der uns indes wohl nicht mehr lange festhalten würde. Die Institution zeigte sich auch weiterhin geneigt, uns in ihre Afrikageschäfte einzubeziehen. Wenn sie auch den genauen Ort und die näheren Umstände der Dolmetschertätigkeit immer noch nicht präzisieren wollte. Aber sie hatte die Meinung der Universitätslehrer eingeholt, die günstig ausgefallen war. Es kam jetzt noch auf das Urteil der Medizin an. Wir wurden zur Tropenuntersuchung geschickt.

Niemals war ich freudiger zum Arzt gegangen. Obwohl ich weit, bis zum Klinikum Buch, fahren mußte. Und man bestellte mich mehrmals. Welcher Schrecken, als mir mitgeteilt wurde, daß meine Nierenwerte nicht ganz in Ordnung waren! Erst nach vielen Tests erklärte man mich für so gerade noch tropentauglich.

Zu den Untersuchungen gehörte auch ein Gang zum Gynäkologen. Eine junge burschikose Frau fragte, ob ich schwanger sei. Ob ich mir überhaupt Kinder wünschte? Überraschend schnell stimmte sie meiner Auffassung zu, daß der Aufenthalt in den Tropen sicher nicht günstig für eine Niederkunft war. Sie fragte weiter, ob ich schon etwas von der Pille gehört hätte und bereit sei, ein solches Medikament zu schlucken? Ich war perplex. Hocherfreut erzählte ich, daß ich sogar schon Erfahrungen damit hätte. In Zukunft dürfe ich derartige Tabletten aber nur unter ärztlicher Kontrolle einnehmen. Sie zückte ein Rezept und verschrieb drei Monatspackungen. Und vor der Abreise nach Afrika sollte ich mich noch einmal melden.

Als ich innerlich jubilierend aufgestanden war und aus der Tür gehen wollte, rief mich die Ärztin zurück und sagte: »Sie melden sich auch, wenn Sie nicht fahren sollten. Eine Absetzung des Medikaments erfolgt erst, wenn Sie es mit mir besprochen haben. Zum Beispiel, wenn Sie sich ein Baby wünschen!«

Barbara! Helga! Nie wieder Pulva pilla! Ein Triumphgefühl überkam mich. Ganz unverhofft war ich noch einen weiteren Schritt vorangekommen! Zufrieden lief ich durch die Parkanlagen zum Bahnhof. Im bräunlichen Wintergras entdeckte ich ein paar Krokusse und blieb einen Moment davor stehen. Das aufkeimende Frühjahr strömte in mich ein, wie es früher, als ich noch in Reinsbach lebte, in mich eingeströmt war.

Die Stadt war endlich ganz die meine geworden. In den blutroten Sonnenuntergängen, die ich hinter der zweiseitigen Fensterfront des Studios beobachten konnte, erkannte ich mich nun selbst wieder. Wie auch in dem Gemälde, das Mina in den allwöchentlichen Sitzungen nach und nach entstehen ließ. Sie lobte meine Ausdauer als Modell. Der Geruch der Ölfarben war mir jetzt angenehm. Er versetzte mich in Taumel. Ähnlich dem Taumel, in den ich im Geruch der Liebe verfiel, der aufstieg, wenn ich mich morgens zwischen den Schenkeln wusch.

Heidemaries Kind wurde Mitte Mai geboren. Ein Mädchen. Ich fuhr sofort für ein Wochenende nach Reinsbach. Das Baby entzückte mich. Aber ich spürte doch einen Stich, als ich mir darüber klar wurde, daß es ja auch Petzolds Kind war. Dem ähnelte es sehr. Und er wetteiferte mit mir, wer der kleinen Simone mehr Flaschenmilch eintrichtern konnte.

Als ich nach Berlin zurückgekehrt war und ins Studio trat, fand ich Bodo unrasiert und noch im Schlafanzug vor. Der Aschenbecher quoll fast über. Daneben stand eine leere Flasche Korn. Ich war erschrocken. So hatte ich ihn noch nie gesehen! Ich sah ihn fragend an. Er schwieg, als die Antwort bereits dunkel in mir aufstieg. Schließlich sagte er leise: »Afrika ist geplatzt!«

»Und warum? Warum denn bloß?« hauchte ich. Er zuckte mit den Schultern. Man hatte ihm lediglich mitgeteilt, daß wir uns um die Gründe keinerlei Sorgen zu machen brauchten. »Angeblich hängen sie weder mit deiner noch mit meiner Person zusammen.«

Ich war sprachlos. Steckte mir nervös eine Zigarette an. Durch die beiden Fensterfronten kroch der Abend herein. Stumm saßen wir uns gegenüber. Schließlich sagte ich: »Vielleicht ist das ganze Projekt geplatzt? Oder verschoben? Vielleicht fahren wir später?«

Bodo schüttelte entmutigt den Kopf. »Von Aufschub haben die nichts gesagt. Sie haben mich regelrecht verabschiedet. Du kannst es drehen und wenden, die Ablehnung ist natürlich doch irgendwie in unseren Personen begründet. Aber das, was sie gegen uns haben, ist nicht so schlimm, daß wir uns Sorgen für unseren weiteren Weg hier machen müssen, verstehst du? Hier geht für uns alles normal weiter, als wäre von Afrika nie die Rede gewesen!«

»Aber was«, fragte ich, »was hat an uns gestört? Was war nicht richtig? Wir haben doch sogar schon die Tropentests hinter uns! Ob sie das Manöver durchschaut haben?«

Bodo sah mich entgeistert an. »Welches Manöver?« fragte er dann, und mir fuhr ein Stich durchs Herz. Ich begriff sofort, daß ich mit diesem Wort einen Fehler begangen hatte. »Die Hochzeit«, sagte ich leise.

Bodo fiel noch mehr in sich zusammen. »Vielleicht«, sagte er. Ich wünschte plötzlich, daß er mich in die Arme nehmen würde. Mir fiel nun auf, daß wir uns überhaupt noch nicht umarmt hatten. Ich stand auf und küßte ihn. Sein Mund antwortete nur schwach, aber er fiel mir wie ein Stein auf die Schulter. Dann machte er sich von mir los, knipste das Licht an und begann, im Raum auf und ab zu laufen. Ging dann in die Küche, um eine zweite Flasche Korn aus dem Kühlschrank zu holen. »Zu essen habe ich leider nichts«, sagte er in entschuldigendem Ton. Dann riß er das Fenster auf und gab vor, sich hinausstürzen zu wollen. Ich klammerte mich an ihm fest. Dort am kühlen Fenster umarmte er mich schließlich. Aber anders als früher. Wie ein schweres Kind.

Schlimmer noch wurde die Nacht. Meine Unruhe über Bodos Zustand war schon ebenso stark wie die Enttäuschung, daß wir nicht nach Afrika fahren würden. Rastlos wälzte er sich hin und her, behauptete, daß ihm kalt sei. Doch wenn ich mich an ihn drängte, um ihn zu wärmen, sagte er sofort, daß ihm zu heiß sei. Nur seine Hand halten durfte ich. Schließlich tat er so, als ob er schliefe.

Wie ungern ließ ich ihn allein, als ich in der Frühe zur Universität fahren mußte! Vorlesungen und Seminare gingen wie Schall und Rauch an mir vorüber. Wenn man mich beim Namen rief, reagierte ich verspätet. »Sie sind mit Ihren Gedanken wohl schon in Afrika?« raunte mir Fräulein Weber zu, als sie nach ihrer Vorlesung aus dem Raum eilte. Ich erschauerte.

Ein Glück nur, daß ich kein Wort über Afrika zu meinen Kommilitonen gesagt hatte, obwohl es mir manchmal auf der Zunge gebrannt hatte. Aber schon meine Heirat mit Bodo war eine allgemeine Überraschung gewesen, hatte womöglich auch Neid hervorgerufen. Der hübsche Bodo hatte als überzeugter Junggeselle gegolten. Nie hatte man uns beide zusammen gesehen, und doch hatte ich ihn in spektakulärem Tempo in die Ehe entführt!

Das Herz schlug mir bis zum Hals, als ich am Nachmittag ins Studio zurückkehrte. Bodo lag wieder oder immer noch im Bett und gab vor, Opfer einer Angina geworden zu sein. In der Tat hatte er geschwollene Augen und beträchtlichen Schnupfen. Er war aber ruhiger, was auch mich beruhigte. In der Nacht bekam er Fieber, brauchte kalte Wickel und Brusttee. Auch eine Pulmotineinreibung wollte er haben. Und ich war froh, etwas für ihn tun zu dürfen. Dann verfiel ich in wirre Träume.

Taubes Erwachen. Und auch die folgenden Tage verliefen taub. Ich irrte zwischen Universität und dem apathischen Bodo umher. Am Ende entschloß ich mich, Mina anzurufen. Ob sie von den Afrikaplänen etwas gewußt habe, fragte ich Bodo zuvor. Er winkte ab. Ich brauchte Mina also keine langen Erklärungen abzugeben, sondern nur den kranken Sohn zu präsentieren. Für den die Mutter auch nicht mehr tun konnte, als ein paar tröstende Worte zu sprechen, denen sie ein Vitaminpräparat aus Hamburg hinzufügte. Wann ich wieder Modellsitzen käme, wollte sie wissen. Ich spürte zum erstenmal, daß das Leben weitergehen würde. Auf irgendeine Weise. Und ich versprach, mich sofort nach Bodos Genesung wieder bei ihr zu melden.

Bodo tat von sich aus nichts, um gesund zu werden. Ganze zwei Wochen klammerte er sich an seine Angina. Als er wieder aufgestanden war, erkannte ich ihn kaum wieder. Es war fast, als hätte er Angst vor mir. Zwar war er freundlich, aber irgendwie zerstreut. Abwesend. Und er tat alles, um mir nicht zu nahe zu kommen! In der Nacht drehte er sich von mir fort. Meine Sorgen wurden immer bohrender. War ich mir doch immer weniger sicher, ob wenigstens dieser Teil meines Glücks gerettet werden konnte.

Bodo ließ meine Jahresabschlußprüfung verstreichen, um mich mitten in der Nacht danach aufzuschrecken. Er lag neben mir und schluchzte laut. Nie hätte ich gedacht, daß ein Mann so weinen könnte! Er ergriff meine Hand und flehte um Verzeihung. Trommelte auf das Kopfkissen und wimmerte lauter.

Es gäbe überhaupt nichts zu verzeihen, hauchte ich. Aber da fuhr er auf. »Doch«, beharrte er, »es gibt etwas zu verzeihen: das Manöver.«

Da war es wieder, mein unglückseliges Wort! Sollte das heißen, daß alles, aber auch alles nur ein Manöver gewesen war? Ich versuchte, meine Kraft zusammenzunehmen und zu sagen, daß wir uns doch wirklich liebten. Daß das Manöver nur der Ausgangspunkt unserer Liebe gewesen sei. Und daß wir, wenn wir nur wollten, schon irgendwie durch diese schwere Zeit kommen könnten. »Vielleicht«, hauchte Bodo und fiel wieder in sich zusammen.

Ein paar Tage später kam mir der Gedanke, daß eine gemeinsame Sommerreise, für deren Planung es sicher noch nicht zu spät war, vielleicht eine Gelegenheit wäre, sich in der neuen Situation zurechtzufinden. Aber Bodo reagierte auf diesen Vorschlag gereizt. Er verkroch sich sogar hinter seiner Doktorarbeit, die er ja nun wohl oder übel bis zum nächsten Weihnachtsfest abzuliefern hatte. Und als ich Griesners Brief bekam, der mich dringend bat, auch in diesem Jahr wieder zu dolmetschen, riet Bodo mir mit großer Intensität zu. Eine solche Aktivität würde mir helfen, die Schlappe zu vergessen. Und er könne sich inzwischen der Schreibarbeit widmen.

Mutter und Petzolds sahen nicht ohne Verwunderung, daß ich auch in diesem Jahr die Dolmetscherin in Reinsbach spielen wollte – anstatt mein junges Eheglück zu genießen. Und Bodo kam mich nicht einmal besuchen! Ich entschuldigte ihn mit seiner Arbeit, die er abschließen mußte. Tagsüber betreute ich die Franzosen, nachts versuchte ich, ihm zu schreiben. Zerriß dann aber die Briefe. Und brachte letztlich nur suggestive Postkartengrüße zustande, in denen ich die Heitere spielte und in prägnanten Formulierungen Liebe zum Ausdruck brachte.

Der Kahlbutz war tatsächlich von der FDJ übernommen worden. Als ich den Schlüssel aus der Schule holen wollte, um ihn meinen Franzosen vorzuführen, verwies mich Lehrer Gerber auf einen wenig später liegenden regulären Führungstermin. Neben dem stahlblauen Bus aus Frankreich war auch ein gelber Touristenbus aus der Republik vorgefahren. Einige von diesen Leuten mischten sich in unsere Gruppe, bis man ziemlich gedrängt um den Kahlbutz herumstand. Eine schmächtige FDJlerin mit resoluter Stimme war es, die ihn heute vorzustellen hatte. Und ich mußte übersetzen. Keine einfache Sache, denn der Vortrag war, wie Meißner es vorhergesagt hatte, hochphilosophisch. Der Kahlbutz war nun zum Demonstrationsobjekt der Dialektik geworden. Einerseits wurde er als rücksichtsloser Ausbeuter dargestellt, als hinterwäldlerischer Vertreter des Mittelalters – das hier in Brandenburg nicht hatte enden wollen –, als ein Junker, der die Leibeigenschaft, insbesondere bei weiblichen Untertanen, sehr wörtlich zu nehmen pflegte. Andererseits hatte er doch auch wieder keinen Moment gezögert, seine vaterländische Pflicht zu erfüllen, und war furchtlos in die Schlacht bei Fehrbellin gezogen, wo er zum Sieg über die Schweden beigetragen hatte. Und die Marie? Nun, die Marie verkörperte tatsächlich den Leuchtstreif der zukünftigen bürgerlichen Revolution, die die Gleichheit aller Menschen vor dem Gesetz einzufordern sich anschickte.

Was denn an der Marie bitte sehr bürgerlich gewesen sein solle? fragte da plötzlich ein Gast aus dem gelben Bus und versetzte das Mädchen in eine gewisse Verlegenheit, aus der sie sich jedoch geschickt herauswand, indem sie betonte, daß diese bürgerliche Revolution jahrhundertelang quasi in der Luft gelegen habe, wie eine Art fortschrittliches Pneuma, das eben auch nach Kampehl gedrungen war.

Der Mann wurde erneut aufmüpfig, als sie die Geschichte des Raubes und der nur knapp verhinderten Verschleppung des Ritters in den Louvre erzählte. Wo sei das fortschrittliche Pneuma, das Kampehl angeblich so frühzeitig durchweht habe, denn zu dieser Zeit gewesen? Wenn die Bürger von Kampehl sich doch so um ihren alten Ausbeuter sorgten, daß sie, um ihn zu verstecken, Leib und Leben riskierten? Müsse man das nicht eher dahingehend interpretieren, daß ihnen der Kahlbutz trotz seiner vielen bösen Taten und seines ausbeuterischen Gebarens letztlich lieb und teuer gewesen war, ihnen geradezu als Symbol ihrer vaterländischen Gefühle gegolten hatte? Und sei das nicht ein äußerst jämmerliches Zeichen, daß sie sich mit der Vertreibung der napoleonischen Rothosen zufriedengegeben hatten, ohne auch nur im Traume daran zu denken, gleichzeitig mit den Nachkommen des Kahlbutz aufzuräumen oder zumindest erst einmal mit ihm selbst?

Das Mädchen zeigte sich über diese lockeren Reden verdutzt, während die Spannung der Zuhörer aus den beiden Bussen anwuchs. Die Geschichte gehe eben keine geraden Wege, behauptete die Dialektikerin nun forsch. Sie war bestimmt Klassenbeste, dachte ich erstaunt. Der Störenfried hatte ein lebhaftes »Aha« von sich gegeben und schwieg erst einmal wieder. Bei der Frage, ob der Kahlbutz als biologisches Rätsel anzusehen sei, was das Mädchen natürlich verneinte, erlaubte er sich jedoch erneut hämisches Auflachen. Sie erzählte nämlich, daß der Kahlbutz wahrscheinlich an Tuberkulose gestorben und so ausgezehrt gewesen sei, daß er schon vorm Tode kaum noch verwesbares Material um die Knochen getragen und buchstäblich keine andere Wahl gehabt habe, als zu verledern. »Na schön!« rief der Gast aus. »Das könnte man auf den ersten Blick ja wirklich glauben. Aber dann müßten alle anderen Tuberkulosekranken ja auch verledern!« Handelte es sich – das gab er zu bedenken – doch schließlich um eine bis in jüngste Zeit virulent gebliebene Volkskrankheit. Nun brach ein allgemeines Rätselraten und Streiten aus, dem das Mädchen erneut durch einen philosophischen Einwand ein Ende setzen konnte. Ein biologisches Rätsel liege hier auf keinen Fall vor, beteuerte sie nochmals. Welche Erklärung die Verlederung auch endgültig finde, sie werde mit Sicherheit einen erneuten Triumph des dialektischen Materialismus darstellen. Und damit öffnete sie das Türchen, blendete die Besucher einen Moment lang durch das einströmende Licht und rief dann schon die nächste Gruppe zur Besichtigung heran. Ich war ganz benommen. Im stillen bewunderte ich die Oberschülerin. So glimpflich hätte ich mich wohl nicht aus derart heiklen Problemen ziehen können!

Vierzehn Tage lang gab ich den Franzosen Deutschunterricht. Ich begleitete sie zum Schieritzsee, nach Potsdam, nach Berlin. Wo ich es vorzog, nicht bei Bodo vorbeizuschauen. Ich wiegte mich in der Hoffnung, daß er nach meiner Rückkehr vielleicht wieder der alte sein würde.

Dann fuhr ich mit den Franzosen an die Ostsee. Es war ein ungewöhnlich heißer Juli. Stundenlang lag ich im Sand und saugte die Sonnenwärme ein. Ich versuchte mir einzubilden, daß ich in Afrika sei. Obwohl es mir schon fast egal war, daß wir nicht gefahren waren. Die Unruhe wegen Bodos Zustand nagte tiefer in mir.

Als die Franzosen abfuhren, kam es zu keinerlei Adressentausch. Den Dolmetscherberuf hatte ich zum erstenmal mechanisch ausgeübt. Ohne Gefühl.

Ich schickte Bodo ein Telegramm, in dem ich den Termin meiner Ankunft mitteilte. Er hatte kein einziges Mal geschrieben. Und doch hoffte ich, ihn am Bahnhof zu finden. Einen Bodo, der die Schlappe überwunden hatte. Und sich in mir wiederfand, wie früher. Unvorstellbar, daß alles, wirklich alles nur ein Manöver gewesen sein sollte?

Bodo war nicht am Bahnhof. Er erwartete mich zu Hause. Eine Flasche Sekt im Kühler. Auch ein kleines Menü war vorbereitet. Mein Herz klopfte bis zum Hals. Er hatte seine geschmeidige Höflichkeit wiedergewonnen, aber sie erschien mir furchtbar formell. Ich spürte, daß er mir fern war. Wie hinter einer gläsernen Wand. Ich spürte auch Scham in mir selber wachsen. Eine unsägliche Beschämung.

Nachdem wir gegessen hatten – Bodo hörte sich aufmerksam meinen Bericht über die doch so unwichtigen Dolmetscherlebnisse an –, öffnete er die Flasche Sekt. Nicht weniger kunstvoll als beim erstenmal. Als er uns eingegossen hatte, ergriff er meine Hand und bat mich erneut um Verzeihung.

In ruhigen Worten erfuhr ich nun, daß tatsächlich alles aus sein sollte. Bodo sprach bereits von Scheidung. Er habe es sich gut überlegt. Ich sollte ihn verstehen. Es wäre für ihn selbst ein Schock gewesen, als er bemerkt hatte, wie sehr unsere Beziehung an Afrika gebunden war. Und diese Beziehung nannte er immer wieder »ein Manöver«!

Ich sagte leise, daß es für mich mehr als ein Manöver gewesen sei. Viel mehr. »Das hoffte ich auch für mich«, antwortete Bodo sanft. »Aber ich glaube, wir waren in einer Lage, wo wir diese Dinge nicht klar sehen konnten. Ich jedenfalls.«

»Ich habe alles ganz klar gesehen und gefühlt!« flüsterte ich und verbarg nun nicht mehr, daß ich mit den Tränen rang.

»Das ist das Problem, ich weiß«, gab Bodo seufzend zu. »Und deshalb bitte ich dich ja um Verzeihung, Rosemarie! Du mußt versuchen, mich zu verstehen, mich und das Problem, das ich nun mal habe.« Ich sah ihn fragend an. Verstand nicht.

»Paul«, antwortete er lakonisch. Ich verstand noch immer nicht. Schwieg schluchzend. Schließlich erklärte Bodo: »Ich bin homosexuell.«

Mir war, als fiele ich in einen Abgrund. Das Wort war für mich nichts als ein medizinischer Begriff gewesen! Ganz und gar unvorbereitet war ich, ihn im wirklichen Leben anzutreffen! Ich hatte aber begriffen, was ich begreifen mußte: Um nichts in der Welt konnte ich Bodo zurückbekommen.

Ich verbarg den Kopf in den Händen. Bodos Arm, der mich nun umfing, war mir plötzlich schon fremd. »Vielleicht«, fuhr er nun fort, »haben wir auch darin den Grund zu suchen, weshalb wir nicht nach Afrika durften! Und du verstehst jetzt, Rosemarie, warum ich so um deine Verzeihung kämpfe.« – »Aber wie war es möglich, Bodo, daß du mich so überzeugt hast? Noch nie war ein Mann für mich überzeugender als du!«

»Du mußt mir glauben, Rosemarie, daß ich es selber wollte. Und ich bin immer noch überzeugt, daß wir es in Afrika zusammen gut gemacht hätten. Du und Afrika, ihr wart eins für mich. Aber als Afrika geplatzt war, wußte ich gleich, daß ich wieder zu Paul zurückwollte.«

Als wir im Bett lagen, versuchte ich nicht mehr, mich an Bodo anzuschmiegen. Ich hatte gehört, daß sich Homosexuelle vor Frauenkörpern ekeln. Hatte sich Bodo in Wirklichkeit mit mir geekelt? Mir war, als läge nun – wie im Märchen – ein Schwert zwischen uns. Nach einiger Zeit schob mir Bodo jedoch seinen Arm unter den Hals. »Ich hoffe, daß du mir wirklich verzeihst, Rosemarie! Und daß du begreifst, daß meine Schuld am Ende nicht so groß ist, wie sie aussieht!«

»Ich habe einfach nichts geahnt. Wirklich nichts geahnt«, flüsterte ich.

Am Morgen, beim Frühstück, sagte Bodo, daß er Mina gebeten habe, mich in der Villa aufzunehmen. Denn dieser Tage käme Paul zu ihm zurück.

So warf er mich, schneller, als ich es mir in meinen düstersten Vorahnungen ausgemalt hatte, aus dem Haus. Fast glaubte ich, daß es nur ein Alptraum war, als ich mit meinen Koffern und Bodo, der schon nicht mehr mein Mann, sondern nur ein höflicher junger Mann war, in den Fahrstuhl trat. »Komm ab und zu vorbei!« raunte er mir zu, als er mich ins Taxi schob.

Mina empfing mich mit offenen Armen und brach schon an der Tür in lautes Weinen aus. Sie wollte einfach nicht glauben, daß die Trennung wirklich und unwiderruflich sei. Daß das scheußliche Übel, das in ihrem Sohne saß, nicht geheilt werden konnte! Wie sehr hatte sie gehofft, daß ich es ihm austreiben würde!

Ich weinte erst, als ich allein war, in Bodos Kinderzimmer. Sein alter, mit rotem Kunststoff überzogener Schreibtisch würde nun mein Arbeitsplatz sein. Ich schaute auf einen schönen, aber verwilderten Garten. Auf den Blättern glänzten Regentropfen.

Zuerst machte mir Mina noch einmal etwas Mut. Nach einigen Tagen begriff ich aber, daß meine Schwiegermutter nur eine jammernde alte Frau war, die von ihrem Sohn im Grunde wenig wußte. Sie nutzte die Gelegenheit, um mein Porträt zu beenden. Versuchte, mich auch zu überreden, ganz nackt zu posieren. Mit dem Hinweis auf die tiefe Traurigkeit, die mich bis in die letzte Zelle heimgesucht hatte, gelang es mir, dies abzuweisen. Der Geruch der Ölfarben begann mir auch widerlich zu werden. Er erinnerte mich zu sehr an die kurze Zeit, in der ich mit Bodo glücklich gewesen war.

Am liebsten wäre ich für den Rest der Sommerferien wieder zurück nach Reinsbach gefahren. Aber ich scheute mich noch, den Zusammenbruch meiner Ehe zu gestehen. Und meinen verunsicherten Zustand hätte ich wohl nicht verbergen können.

Um nicht tagein, tagaus bei Mina sitzen zu müssen, ging ich in die Staatsbibliothek. Versuchte, Literatur über Homosexualität auszuleihen. Kam aber nur an Nachschlagewerke heran, und so war das Ergebnis meiner Informationsbemühungen recht mager. Ich machte auch ein paar Stadtrundfahrten. Es war Hochsaison. Die Jugendtouristleute waren über meine Arbeitsbereitschaft froh. Auch traf ich Monika wieder. Die berichtete von ihrem neuen Freund, einem bulgarischen Arzt, der regelmäßig nach Westberlin fuhr. Klein Mauro war nun endlich bei seiner Großmutter untergebracht. Kam nur noch am Wochenende nach Hause. Ich erzählte Monika meine Geschichte, wobei diese immer größere Augen bekam. Am Ende sah sie mich mitleidig an und sagte: »Irgendwie bist du ein Pechvogel, Rosemarie. Kommst mir vor wie Schneewittchen hinter den sieben Bergen. Einen Schwulen erkennt man doch auf drei Kilometer Entfernung! Aber laß nur nicht die Ohren hängen, über so was ärgert man sich nicht!«

Abends, wenn ich einschlafen wollte und über mein Leben nachdachte, spürte ich Gefühllosigkeit in mir aufkommen. Der Schmerz war Leere und Taubheit gewichen. Die Situation ähnelte anderen Situationen meines Lebens. Auch begann ich immer deutlicher zu spüren, daß mein Traumberuf nicht das war, was ich mir darunter vorgestellt hatte. Immer wieder dieselben Museen! Immer wieder dieselben Fragen! Es gelang mir nicht mehr, wirklich aus dem Herzen heraus freundlich zu sein. Ich dachte immer ernsthafter über das Angebot des Professors nach. Sollte ich versuchen, eine Doktorarbeit zu schreiben?

Fatal mutete mich an, daß ich wieder zu der burschikosen Gynäkologin mußte. Bis jetzt hatte ich die Pille gehorsam täglich weitergeschluckt. Aber nun? So sicher ich mir war, Bodo nicht zurückzubekommen, ich konnte mir zugleich nicht vorstellen, jemals mit einem anderen Mann zu leben. Als ich durch die Parkanlagen des Klinikums zur Sprechstunde lief, entschloß ich mich, etwas von meiner Ehekrise zu berichten.

Daß ich nicht nach Afrika abgereist war, quittierte die Ärztin nur mit einem kleinen Nicken. Solche Fälle kamen sicher öfter vor, ging es mir durch den Kopf. Als ich das Wort »Ehekrise« fallen ließ, sah sie mich einen Moment lang prüfend an. Dann meinte sie, daß gerade das eine Situation sei, in der sich das Einnehmen der Pille empfehle. Schließlich könne sich eine junge Ehe wieder einrenken. Und es wäre doch jammerschade, wenn diese Versöhnung von der Sorge um eine noch nicht gewünschte Schwangerschaft überschattet oder hinausgezögert würde. Die Ärztin schrieb mir ein neues Rezept sowie einen Überweisungsschein für eine Poliklinik meiner Wahl aus. Ich fühlte mich wie zerschlagen. Hilflos.

Mein letztes Studienjahr begann. Ich teilte Professor Claus mit, daß ich mich entschieden hatte. Er riet mir, den Begriff des Bauern in der französischen Sprachgeschichte zu analysieren. In der Diplomarbeit sollte ich das Wort zunächst im 18. Jahrhundert untersuchen. Der Auftrag erschien mir befremdlich. Aber der Professor machte mir mit seinem Enthusiasmus Mut. Furchtlos sollte ich mich der Forschung anvertrauen.

Bodo hatte mich eines Abends eingeladen, um mir seinen Vorschlag für den Scheidungsantrag zu unterbreiten. Paul war ausgegangen. Bodo erschien mir wieder ausgeglichen wie früher. Er hatte mich freundlich, wenn auch etwas hölzern empfangen. Sekt war vorbereitet. Als wir die Gläser hielten, fragte er, ob ich den Schock überwunden hätte. Ich glaubte beinahe selbst an das Ja, mit dem ich antwortete. Mir war schon, als hätte ich die Zeit mit ihm nur geträumt.

Er behauptete, daß allein das Eingeständnis des wichtigsten Teils der Wahrheit – nämlich seiner Homosexualität – eine Scheidung problemlos machen würde. Zum Versöhnungstermin sollten wir nicht erscheinen. Den Text des Antrags hatte er schon entworfen. Ich war mit allem einverstanden. Als ich ging, sagte er wieder, daß ich doch ab und zu vorbeikommen sollte. »Wirklich. Wir könnten doch Freunde bleiben!«

Er hatte mir aber nicht gesagt, daß er von nun an offen im Institut verkünden werde, er sei homosexuell und neuerdings sogar stolz darauf. Ich sei sein letzter Versuch gewesen, sich von dieser »Leidenschaft« zu befreien. Sein Verhalten verblüffte, verletzte mich. Während Bodo als Sieger umherschritt. Sich demonstrativ mit Paul zeigte. War das unvermeidlich? Mußte er mich so demütigen?

Mir blieb weiter nichts übrig, als ebenfalls jedem, der es zu hören verlangte, von der bevorstehenden Scheidung und ihrer traurigen Ursache zu erzählen. Und von der Tiefe der Wunde, die mir geschlagen worden war. Hoffte ich, Trost zu finden? Hilfe? Keiner meiner Kommilitonen war dazu in der Lage. In diesem letzten Jahr war jeder zu sehr mit sich selbst beschäftigt. Es galt, die Tricks und Drehs herauszufinden, wie der Lehrerberuf im Norden zu umgehen war. Und Liebeskummer hatte schließlich jeder mal! Mein Fehler war es gewesen, zu schnell geheiratet zu haben, meinten die Schickeriamädel.

Schwerer noch war mir ums Herz, wenn ich daran dachte, daß ich auch meiner Familie in Reinsbach die neue Lage mitteilen mußte. Und Frau Wiesenthal! Mir sank fast der Mut. Aber irgendwann mußte es sein. Voran, Rosemarie, flüsterte ich mir selber zu. Ins Kalte gewatet!

So fuhr ich im Oktober nach Reinsbach. Der Wind wirbelte mir trockenes Herbstlaub um den Kopf, als ich von der Siebenergasse in meine Straße bog. Im Hause angekommen, drückte ich zuerst das Baby an mich, holte tief Luft, um dann in lakonischem Tone mitzuteilen, daß meine Scheidung bevorstehe. Von Bodos Homosexualität sagte ich nichts. Solcherlei heikle Dinge waren in unserem Hause nie besprochen worden.

Wie immer war es Mutter, die als erste das betretene Schweigen durchbrach. »Um Himmels willen, Kind!« rief sie aus und rang natürlich die Hände. Schnell fügte sie hinzu, daß ihr Bodo von Anfang an etwas komisch vorgekommen war. »Ein bißchen scheinheilig!« präzisierte sie. Dann umarmte sie mich fest und behauptete, daß ich schon wieder auf die Beine kommen werde. Aller Tage Abend sei bei mir noch lange nicht. »Dein Mann war eben eine Nummer zu groß für unsereins!« äußerte sich nun auch Heidemarie. Das tat weh. Nie hatte ich deutlicher gespürt, wie weit ich mich von den Meinen entfernt hatte.

Ging es sie denn überhaupt etwas an, mit wem ich lebte, wen ich heiratete? Ob ich mich scheiden ließ? Was mußte ich ihnen erklären? Ich hörte mich selber sagen, daß das Unter-einem-Dach-Leben mit einem Mann eben doch etwas anderes war, als ihn lange freundschaftlich zu kennen. Bodo sei ein Individualist. Vielleicht auch schon zu lange Junggeselle.

Daß ich bei meiner Schwiegermutter lebte, wurde mit Verwunderung aufgenommen. War das endgültig? Darauf wußte ich selbst keine Antwort. Zuckte mit den Schultern. Vielleicht würde man mir nach der Scheidung eine Wohnung zuweisen? Denn ins Studentenheim wollte ich auf keinen Fall zurück.

Ich erzählte auch von der Doktorarbeit über den Begriff des Bauern, zu der mich Professor Claus aufgefordert hatte. Heidemarie kicherte.

Am nächsten Tag, am Sonntagmorgen, besuchte ich Frau Wiesenthal. Ihr wollte ich alles sagen. Bei der wie immer stürmischen Begrüßung entfuhr Frau Wiesenthal zwar noch die Frage, ob mein lieber Mann nicht irgendwo da hinter meinem Rücken verborgen stehe. Aber ein zweiter Blick auf mein verunsichertes Gesicht sagte ihr bereits, daß etwas nicht stimmte. Sie zog mich in ihren Salon, drückte mich auf die Couch und sah mir in die Augen.

»Wissen Sie, Frau Wiesenthal«, hob ich an, »zwischen Bodo und mir ist es schon aus.« Sie seufzte. Daß das Leben immer so schlechte Überraschungen parat halte! Dann sagte sie beinahe dasselbe wie Mutter. Ich sei ja noch jung. Und zum Glück in einer vielversprechenden Berufsausbildung. »Und jetzt«, sagte sie, »setzen wir erst einmal das Teewasser auf!« Ich folgte ihr in die Küche, ging ihr wie früher zur Hand und rang mich schließlich durch zu sagen: »Wissen Sie, Frau Wiesenthal, Bodo ist homosexuell!«

Sie setzte den Wasserkessel ab, stützte die Hände in die Hüfte und schien einen Moment lang verdutzt. Dann hob sie den Zeigefinger und behauptete: »Also jetzt, wo du es mir sagst, Rosemarie, fällt es mir wie Schuppen von den Augen. Natürlich, er hatte etwas davon!«

»Was denn bloß?« fragte ich irritiert, und Frau Wiesenthal gab mir nun ein paar Erklärungen über das Phänomen der Homosexualität, die ich vergebens in den Nachschlagewerken gesucht hatte. Bodos Eleganz, seine in der Tat beinahe ans Weibliche grenzende Fürsorglichkeit – das alles, so meinte Frau Wiesenthal, seien häufige Charakterzüge von Homosexuellen. Am meisten aber überraschte es mich, daß Frau Wiesenthal sogar von vielen Fällen hier in der Gegend wußte. Sogar in Reinsbach gab es Homosexuelle. Nur ich, Rosemarie, hatte davon nichts geahnt!

Im Gegensatz zu mir hatte Frau Wiesenthal Schönes zu berichten. Im vergangenen Sommer war sie in Frankreich, in Lille bei ihrer Freundin Nicole gewesen, wozu sie ihr neuer Status als Rentnerin berechtigte. Sie hatte das Land kaum wiedererkannt. Es war durch und durch amerikanisiert. Man aß fast nur noch Steak mit Pommes frites. Trank womöglich Coca Cola dazu! Sie war auch durch Paris gekommen, wo die Lage nicht anders, vielleicht sogar schlimmer war. Hätten nicht der Eiffelturm und der

Louvre an ihrem alten Platz gestanden, wäre auch Paris kaum mehr zu erkennen gewesen. Der Cognac aber war immer noch gut. Und auch der Ricard, der im nördlichen Lille aber nicht so gut schmeckte wie in der Provence, wo ihn Frau Wiesenthal früher kennengelernt hatte. Schrecklich teuer war Frankreich, aber trotzdem hatte sie an mich gedacht. Zum Abschied überreichte sie mir ein nach Rosenblättern duftendes Stück Seife.

Regnerischer Spätherbst in Berlin. Die hohe Sicht, die ich für einige Zeit über die Stadt gewonnen hatte, war verloren. Aber ich fand mich zwischen den kühlen Mauern nun endgültig besser zurecht. Verbrachte meine Nachmittage in der Staatsbibliothek. Vergrub mich in die Autoren des 18. Jahrhunderts und exzerpierte jede Bemerkung, die sie über die Bauern fallengelassen hatten. Ein überraschend weites Feld: Voltaire, Rousseau, Meslier und Mably...

Die Abende verbrachte ich notgedrungen meist in Minas Gesellschaft. Sie erwartete mich stets fieberhaft. Fütterte mich mit dem Besten. Drängte mir Kleider auf. Sie schien wohl zu hoffen, daß ich bei ihr blieb. Vielleicht hoffte sie auch, daß sich Bodo zur Umkehr entschloß?

Ich sah ihn erst zur Scheidung wieder. Sie verlief ganz nach Plan. Bodo berichtete ohne Scheu von seiner besonderen Veranlagung. Welche zwar Gott sei Dank nicht mehr vom Recht verfolgt, von der Gesellschaft aber immer noch mit solchem Makel belegt werde, daß er alles versucht habe, sich an eine sogenannte normale Lebensweise zu gewöhnen. Unglückliches Opfer seines letzten, aber auch ernsthaftesten Versuchs sei schließlich ich gewesen.

Ob denn während des kurzen Zusammenlebens nie eine Chance bestanden habe, daß er seine besonderen Lebenspraktiken hätte aufgeben können, wollte der Richter wissen. Bodo überlegte einen Moment. Mich überkam ein Zittern. »Doch«, antwortete er. Einen Moment habe er es schon für möglich gehalten. Deshalb sei es ja zur Eheschließung gekommen. Aber eben nur einen Moment lang.

Ich hatte wenig zu sagen. Stimmte Bodo in allem zu.

Mein größtes Problem sei die Wohnungsfrage, denn meinen Platz im Studentenheim hatte ich aufgegeben. Auf die Dauer bei meiner ehemaligen Schwiegermutter zu logieren, könne mir aber wohl nicht zugemutet werden. Ich legte ein Papier von Professor Claus vor, auf dem er die Zulassung zum Forschungsstudium und damit meinen weiteren Aufenthalt in Berlin bestätigte. Der Richter belehrte mich, daß das Gericht kein Wohnungsamt sei.

Wenige Wochen später wurde die Scheidung ausgesprochen. Fast auf den Tag ein Jahr nach der Hochzeit. Die Kosten beliefen sich auf zweihundert Mark. Bodo wollte sie ganz übernehmen. Außerdem lud er mich zum Essen ein.

Während er mit seinen schönen schlanken Händen am Pfeffersteak säbelte, erklärte er mir, wie ernst es mit seinem Vorschlag war, in Kontakt zu bleiben. Warum nicht als Freunde? Afrika habe uns zusammengeschmiedet, auch wenn wir letztlich nicht gefahren waren. Ich dürfe auf keinen Fall annehmen, daß ich ihm egal sei. Er wollte auch mit Mina sprechen und mit ihrer Hilfe das Wohnungsproblem lösen. Man könnte ihre Beziehungen spielen lassen. Daß ich nicht ins Studentenheim zurück wollte, verstand er.

Ich fragte nach seiner Doktorarbeit. Er winkte ab. Dies Kapitel war für ihn abgeschlossen. Die Konzert- und Gastspieldirektion hatte ihm eine interessante Dolmetscherstelle angeboten. Er würde Künstler betreuen. Sie oft auch durch die Republik begleiten. An Theatern übersetzen. Vielleicht auch beim Filmsynchron jobben. Als wir uns am S-Bahnhof Alexanderplatz im Schneeregen trennten, überkam mich ein neues Gefühl. Bodo war wirklich mein Freund. Er hatte mich noch einmal überzeugt.

Jede Woche drang ich nun tiefer in den erstaunlich schillernden Begriff des Bauern ein. Der höhnische Voltaire! Der sympathische Rousseau! Meslier, Mably – die Propheten! Die Eruption der Revolution! Weil es um die Bauern im 18. Jahrhundert ging, mußte ich nun auch wieder öfter an den Kahlbutz denken, und ich schwankte in meiner bislang unerschütterlichen Meinung, daß es ein Greuel gewesen wäre, wenn man ihn zum Louvre geschleppt und von den Sansculotten hätte auslachen lassen. Das ferne Frankreich gewann neue Dimensionen, die es in meiner Phantasie nur noch mehr aufwerteten. Gab es nicht immer noch Revolutionshoffnung dort? Die erneut explodieren konnte?

Ich ging auch zum Wohnungsamt. Wies meine Scheidungsurkunde vor. Das Schreiben des Professors. Man machte mir keinerlei konkrete Hoffnungen. Ich wurde auf eine Warteliste gesetzt. Mina hoffte weiter, daß ich bei ihr bleiben würde. Wenn schon nicht als Schwiegertochter, dann eben als Tochter. Eine Tochter hatte sie sich immer gewünscht. Was – wer weiß – vielleicht sogar die untergründige Ursache für Bodos allmähliches Abgleiten ins Weibliche gewesen sei, meinte sie. Niemals werde sie von mir Miete verlangen. Sie wollte für meine Ernährung aufkommen. Für meine Kleider. In meiner Not rief ich Bodo an. Bat ihn, mich aus dem Würgegriff seiner Mutter zu befreien.

Er kam und ließ seinen Sohnescharme spielen. Mina weinte wieder. Sie ging so weit, ihm vorzuwerfen, mit mir seine letzte Lebenschance vertan zu haben. Bodo wurde ungeduldig. Stampfte mit dem Fuß auf. Die alten Litaneien solle sie gefälligst lassen. Er habe keine Belehrungen mehr nötig. Ich aber brauche eine Wohnung.

Tränenüberströmt setzte sich Mina ans Telefon. »Sie hat nämlich wirklich genug Beziehungen, um das Problem zu lösen!« flüsterte Bodo mir zu, während er seine Hand über der Sessellehne auf und nieder klappen ließ. »Ich habe Herbert erreicht!« rief Mina dann durch die angelehnte Tür. »Rosemarie muß jetzt jeden Dienstag zum Wohnungsamt! Und darf nicht ungeduldig werden!« Mina hatte keine Lust, sich wieder zu uns zu setzen, und zog sich zurück. Bodo inspizierte ihre Bar und holte eine Flasche Cognac heraus. »Es wird schon klappen!« ermutigte er mich, als wir anstießen.

Und es klappte. Drei Wochen später wies man mir eine kleine Wohnung in Weißensee zu: ein geräumiges Zimmer mit Küche und Außentoilette. Blick auf einen engen, aber nicht unfreundlichen Hinterhof. Einige meiner Kommilitonen hausten in ähnlichen Wohnungen. »Zum Glück nicht weit weg von mir!« flötete Mina beim Abschied. »Ich hoffe, du kommst mich oft besuchen!« Das versprach ich.

Die Wohnung mußte hergerichtet werden, was Bodo und Paul übernehmen wollten. Beim Staatsexamen brillierte ich in allen Fächern. Auch meine Arbeit über den Bauern in der französischen Literatur des 18. Jahrhunderts wurde ein Erfolg. »Bis zum September dann!« verabschiedete sich der Professor.

Unsere Studiengruppe löste sich auf. Kaum jemanden verschlug es nach Norden. Kaum jemand wurde Lehrer. Einer von uns endete wenig später im Gefängnis: Harry. Er war im Todesstreifen vor der Mauer festgenommen worden. Angeblich hatte er nach Frankreich gewollt.

Zepernick 1977

Wenn ich nur wüßte, warum ich nie auf Frau Wiesenthal gehört habe, deren Rat mir doch viel bedeutete? Wieso bin ich immer im Banne des Kahlbutz geblieben? Warum begreife ich jetzt erst, daß Liesbeth recht hatte und alle Männer ihm gleichen? Wie konnte mir das alles passieren, obwohl ich stark war...? Und wie lange werde ich noch in diesem Lager, auf diesem Bett zubringen müssen, wo ich Tag und Nacht schon nicht mehr unterscheiden kann...?

Ich war auch noch stark, nachdem Bodo mich verlassen hatte. Und doch hatte sich schon eine Art Müdigkeit in mir breitgemacht. Wie gerne hätte ich Griesner im Sommer nach der Scheidung abgeschrieben! Ich hatte keine Lust mehr, die Franzosen aus Soux zu betreuen. Aber ich brachte es nicht übers Herz, den alten Mann zu enttäuschen. Auch konnte ich den Tausendmarkschein, den ich verdienen würde, bei den Anschaffungen für die Wohnung gut gebrauchen. Ich nahm mir vor, mich zusammenzureißen und noch einmal die alte, freundliche Rosemarie zu werden.

Das gelang mir sogar meistens. Etwas Gekünsteltes war aber immer dabei. Davon kam ich nicht mehr los.

Wenn keine besonderen Veranstaltungen vorgesehen waren, verbrachte ich die Abende bei den Meinen. Einmal, als ich in der Küche die Zuckerdose auffüllen wollte, überraschte mich Petzold von hinten. Er preßte mich kurz, aber fest an sich, um mir einen Kuß in den Halsausschnitt zu drücken. Ich sah ihn entgeistert an. Was das wohl bedeuten sollte? Was bildete er sich ein? Petzold lachte und meinte: »Wenn du doch damals in der Schule nur etwas gesagt hättest!« – »Raus!« fauchte ich ihn leise an. »Wage das nicht noch mal!« Er hatte mich so erschreckt, daß ich mich ins Bad zurückziehen mußte, um zur Ruhe zu kommen. Wieso nahm sich Petzold solche Unverschämtheiten heraus? Was hatte ihn dazu ermuntert? Woher kam die Fremdheit, die ich ihm gegenüber schon lange verspürte? Obwohl er doch meine erste Liebe gewesen war? Wo waren überhaupt meine Gefühle geblieben? Hatte ich überhaupt noch welche? Könnte ich mich noch einmal verlieben?

Nachts schlief ich wieder im Wohnzimmer. Einige Male schlief dort auch Heidemarie. Sie erzählte flüsternd, wie sehr Petzold sie schon vernachlässigte. Während sie das Kind versorgen mußte, saß er in der Kneipe.

Im September konnte ich endlich die Renovierung meiner kleinen Wohnung in Angriff nehmen. Bodo und Paul halfen. Beim Möbelkauf im Altwarenhandel assistierte Mina, schenkte mir einen Teppich.

Mutter ließ es sich nicht nehmen, am ersten Wochenende, das ich in meiner Wohnung verbrachte, anzureisen. Sie wunderte sich, daß ich nicht tapeziert, sondern nur geweißt hatte. Daß Plakate an den Wänden klebten. Daß Studierte kein Anrecht auf wirklich anständiges Wohnen hatten. Ob der Ofen überhaupt richtig heizte? Ob mir der Weg zur Außentoilette im Winter nicht auf die Nieren schlagen könnte? Ob man mir, wenn ich einmal meinen Doktor hätte, eine bessere Wohnung zuweisen würde?

Der nächste Gast war einige Tage später Monika. Sie stand mit einer Flasche »Edel« vor der Tür. »Endlich!« sagte sie, während sie den Mantel abstreifte. »Wurde ja wirklich Zeit, daß du mal selbständig wirst. Jetzt klappt's bestimmt auch mit den Kerlen besser. Die benehmen sich ganz anders, wenn sie zu Besuch sind!«

Ich hatte einen Blumenkohlauflauf zubereitet. Als ich den Tisch gedeckt hatte und mit Monika zu essen begann, überkam mich seit langem einmal ein gutes Gefühl. Ja, es war schon ein gewisses Glück, endlich selbständig zu sein.

Wir tranken die ganze Flasche Cognac aus. Dabei berichtete Monika mit immer schwererer Zunge, wie ihre Affäre mit dem Bulgaren ausgelaufen war. Und daß sie nun keine Männer mehr bei sich wohnen lassen wollte. »Mehr als die Kerle brauche ich die Luft zum Atmen!« sagte sie.

Ich lernte nun andere Teile der Stadt kennen. Die alten Arbeiterviertel. Noch niederschmetternder zunächst als die klassizistischen Blöcke im Zentrum, an die man sich ja gewöhnen konnte, weil man sie betreten, benutzen durfte. Hier nun, in Weißensee und Prenzlauer Berg, zeigte sich die Stadt in einem fratzenhaften Aspekt: grindige Fassaden, bedrückende Hinterhöfe, verfallene Treppenhäuser. Mit dem Hinterhof, auf den ich blickte, hatte ich noch Glück gehabt. Eine Häuserfront war im Krieg weggebombt worden, und der Wind hatte mit den Jahren zwischen die Steine Samen gestreut, die für bescheidene Vegetation sorgten. Meine Nachbarn waren ein altes streitsüchtiges Ehepaar, das sofort versuchte, mich in seine Querelen hineinzuziehen. Ich sollte eine Meinung dazu haben, ob halb angebrannte Kartoffeln noch eßbar oder eine Zumutung waren? Ob eine zerschlagene Kaffeekanne einen Skandal wert war oder nicht?

Ich arbeitete ungern zu Hause, kehrte lieber erst abends heim. In der Staatsbibliothek hatte ich einen Stammplatz. Ich plauschte mit den Bibliothekarinnen vom Katalog, die mir halfen, meine Bibliographie zusammenzustellen. Viele Bücher, die ich brauchte, waren nicht greifbar. Kriegsschäden. Verschleppt. Oder von Lesern stibitzt. Ich mußte mich also an die Fernleihe gewöhnen und in andere Bibliotheken, nach Leipzig, Halle, Dresden, fahren. Und all das, um die Spuren des französischen Bauern bis ins frühe Mittelalter zurückzuverfolgen!

Der Professor, mit dem ich mich regelmäßig traf, sagte mir, daß mein Status als Forschungsstudentin mich verpflichtete, auch ein paar Unterrichtsstunden zu geben. Ich wurde beauftragt, einem eben aus Frankreich eingetroffenen jungen Mann beim Konversationsunterricht behilflich zu sein. Mit ihm zusammen ein Programm auszuarbeiten. Im Unterricht zu assistieren. Kurz, ihm zu helfen, die Form zu finden, die die Studenten verstehen könnten und die ihnen Nutzen brächte. Ich erinnerte mich an den fortwährenden Mißerfolg Méribins und verstand sofort die Bedeutung der Aufgabe.

Jean Marc war ein hochgewachsener blonder Endzwanziger. Er war zwei Köpfe größer als ich. Als er mir zum erstenmal seine riesige Hand reichte, merkte ich an dem festen Druck, daß er nichts, aber auch gar nichts mit Méribin gemein hatte. Ich fühlte auch bald, daß ich mich in ihn verlieben würde.

Die Entdeckung, daß ich noch Gefühle hatte, bezauberte mich. Es war mir angenehm und etwas peinlich zugleich. Ging es denn an, daß ich mich noch einmal in einen zum Konversationsunterricht berufenen Franzosen verliebte?

Gleich beim ersten Treffen hatte mich Jean Marcs weicher Charakter frappiert. Aufmerksam hörte er sich an, was ich ihm über die bisherigen Erfahrungen mit dem Konversationsunterricht zu erzählen hatte. Auf alle meine Vorschläge ging er ein. Dann machte er mir die üblichen Komplimente für mein hervorragendes und so ganz selbstverständlich klingendes Französisch. Er wollte zuerst nicht glauben, daß ich nie in Frankreich gewesen war. »Absolut verrückt, daß man qualifizierte Leute wie Sie nicht nach Frankreich fahren läßt«, sagte er. »Würden Sie denn wiederkommen, wenn man Sie ließe?« fragte er dann. »Wahrscheinlich schon!« antwortete ich und fügte hinzu: »Ich weiß ja nicht, ob Frankreich so ist, wie ich es mir vorstelle. Vielleicht wird man schneller vom Fernweh geheilt, als man denkt.« – »Voilà«, meinte er darauf, »das glaube ich auch. Die meisten würden wiederkommen! Ich werde die Mauer nie verstehen!«

In den folgenden Tagen und Wochen strömte ein warmes Gefühl in mich ein, das den Regungen, die ich für Méribin und Bodo empfunden hatte, nicht unbedingt ähnlich war. Ich kam mir eher wie das verliebte kleine Mädchen vor, das ich einst in Reinsbach gewesen war. Die Entdekkung beglückte mich.

Und doch war da auch immer ein kleines Schamgefühl, das eine Weile lang die Träume, die ich mir nachts erlaubte, am Morgen wieder verschlang. Auch war zunächst unklar, ob Jean Marc Interesse für mich hatte. Ich nahm an seinen Unterrichtsstunden teil, griff in einfacherem Französisch ein, wenn die Studenten nicht folgen konnten. Auch half ich ihm in praktischen Dingen. Begleitete ihn zu Ämtern. In die Kaufhäuser, denn er brauchte Wäsche und Geschirr. Die kleine Wohnung, die man ihm zugewiesen hatte, war nur unvollständig ausgestattet.

Jean Marc war in Marseille Deutschlehrer und hatte sich vorgenommen, in dem Jahr, das er in Berlin verbringen wollte, so oft als möglich ins Theater zu gehen. Einmal lud er mich ein.

Wir sahen Brechts »Mutter« im Berliner Ensemble, in das ich mich bislang noch nicht hineingetraut hatte. Das Stück und seine Darstellung begeisterten mich. Ich war einverstanden, als mich Jean Marc fragte, ob ich ihn nun öfter ins Theater begleiten wollte. Als wir uns verabschiedeten, war mir, als wäre er gern noch mit mir zusammengeblieben.

Aber Jean Marc machte keine deutlichen Vorstöße, obwohl wir nun häufig zusammen ins Theater gingen. Eines Tages stellte sich heraus, warum. Er fragte mich, ob mein Ehemann denn nichts dagegen hätte, wenn ich so oft mit ihm ausging? Weil man mich am Institut nicht mehr mit »Fräulein«, sondern mit »Frau« oder »Madame« anredete, hatte er geglaubt, daß ich verheiratet war!

Am Abend nach den »Tagen der Commune« beschlossen wir, nicht auseinanderzugehen. Obwohl Jean Marcs Wohnung näher lag als meine, bewegte ich ihn dazu, mit mir nach Weißensee zu fahren. Ich wollte ihn in meinem Haus, in meinem Bett umarmen.

Der Mann, den ich nun traf, kam mir vor wie ein großes

Kind. Auch seine Zärtlichkeit war unsicher, fragend. Und doch stark. Aufrichtig. Von der Liebe wußte er wenig. Kein Vergleich zu Bodo! Als ich ihn dann schlafend im Schein der flackernden Kerze betrachtete, sagte ich mir: Morgen erkläre ich es ihm.

Unnötig. Am Morgen widerfuhr mir etwas, woran ich schon lange nicht mehr geglaubt hatte. Die Spannung, die sich lange Wochen in mir aufgestaut hatte, entlud sich in der Umarmung als glühender Strom! War das endlich die Liebe, in der Mann und Frau wie Schlüssel und Schloß ineinanderpassen?

Als ich mich nachher im Spiegel betrachtete und den weichen Zug in meinem Gesicht entdeckte, der schon lange gefehlt hatte, sagte ich mir, daß ich erst jetzt eine ganz richtige Frau geworden war. Wie war es bei anderen Frauen? Vollendeten sich manche nie?

Bevor er nach diesem langen Wochenende gegen Montag mittag Abschied nahm, bat ich Jean Marc um das Versprechen, unsere Beziehung so diskret wie möglich zu halten. Es könnte mir am Institut schaden. Er war einverstanden. Und wollte am nächsten Abend schon wiederkommen.

Ich war wieder glücklich, fühlte mich wie gereinigt von dem vielen Schmutz, den ich hatte durchqueren müssen. Es gab sogar Grund zum Triumphieren: Aus den vielen Widrigkeiten war ich größer und stärker hervorgegangen. Nie hatte ich mein Leben selbständiger in der Hand gehabt.

Wichtig war dabei auch die Pille.

Wichtig war die eigene Wohnung. Mein Reich. Ich stellte ein Foto von Jean Marc auf. Das Bild eines Mannes aufzustellen, mit dem ich noch nicht einmal verlobt war, wäre bei mir zu Hause undenkbar gewesen. Undenkbar auch bei Mina, die mich oft besuchte, sich aber damit abfinden mußte, daß ich eine neue Liebe hatte.

Eines Tages standen Heidemarie und Petzold unerwartet vor meiner Tür. Mit einem Reisekoffer. Womit sogleich klar war, daß sie nicht nur für einen Tag gekommen waren. Die Karte, auf der sie ihre Ankunft angekündigt hatten, traf erst eine halbe Woche später ein. Ob meine Post damals schon kontrolliert wurde?

»Endlich mal wieder in Berlin!« stieß Heidemarie aus, als sie mich umarmte. »Wir wollten mal sehen, wie du nun wohnst!« setzte Petzold hinzu und nahm rasch auf der Couch Platz. »Na, Schickeria bist du nicht mehr!« meinte Heidemarie, als sie sich umgesehen hatte. »Aber nicht so schlecht, für den Anfang! Ist das dein Freund?« fragte sie erstaunt und hielt bereits Jean Marcs Bild in der Hand. Sie fand ihn »sehr attraktiv«.

Dann verkündete das Ehepaar, daß es eine Woche Urlaub genommen hatte. »Endlich mal wieder anständig tanzen!« seufzte Heidemarie. Und einkaufen wollte sie natürlich auch. Außerdem bestand sie darauf, Jean Marc kennenzulernen.

Wir gingen also zusammen in den Studentenclub, wo sie Jean Marc gleich zum Tanzen zog. Ich blieb neben Petzold sitzen. »Willst du tanzen?« fragte er mich steif. – »Wenn du dich entschuldigst für deinen Überfall in der Küche!« sagte ich, ohne ihn anzusehen. Er entschuldigte sich. Aber als wir tanzten, kam ich mir ebenso verklemmt vor wie seinerzeit in der Schule, als ich ihn anhimmelte. Auch Petzold war verklemmt, und so strebten wir bald wieder unseren Plätzen zu. Im Grunde mochte ich den Studentenclub nicht. Jean Marc fühlte sich auch nicht wohl. Nur Heidemarie genoß ihn. Es schien, daß sie beim Tanzen alles Bewußtsein verlor und nicht nur ihr Kind im fernen Reinsbach, sondern auch den anwesenden Petzold völlig vergaß. Wir mußten uns also opfern. Und sie gegen Mitternacht dann mit sanfter Gewalt nach Hause ziehen.

»Was wird denn nun mit diesem Franzosen?« fragte sie mich, als wir alleine waren. Ich antwortete, daß das ihre Sorge nicht sein solle. »Warum, um Himmels willen, muß denn immer aus allem etwas werden? Und was meinst du überhaupt? Daß wir heiraten? Schließlich habe ich dir schon eine Scheidung voraus!«

»Und was machst du, wenn du ein Kind bekommst?«

»Ich bekomme kein Kind«, sagte ich in festem Ton.

»Daß ich nicht lache!« warf Heidemarie zurück. »Natürlich wirst du früher oder später ein Kind bekommen, wenn du mit diesem Franzosen zusammenbleibst!« Sie selbst zum Beispiel sei nun wieder schwanger.

Ich erschrak. »Und das sagst du so daher? Als wäre es nichts?«

»Was heißt hier nichts? Zwei Kinder müssen in einer Ehe nun mal sein!« schnippte Heidemarie zurück.

»Aber du, du hast doch gar nicht selbst gelebt!« wandte ich ein.

»Wenn wir zwei Kinder haben, kriegen wir eine Wohnung!« meinte sie.

Heilfroh war ich, als Petzolds wieder abgefahren waren. Nun konnte ich mich wieder den Bauern von Frankreich widmen. Legte Karteien an, konstruierte Wortfelder. Der Professor zeigte sich zufrieden. Er verkündete nun offen, daß ich wohl seine Meisterschülerin werden würde. Eine feste Stellung an der Universität war mir so gut wie sicher.

Jean Marc fand meine Arbeit respektabel, wenn auch etwas komisch. Wem sollte sie nützen? Wenn ich eine Methode fände, die man zum Beispiel aufs Chinesische übertragen könnte! Weil es nun mal eine unumstößliche Tatsache war, daß die Bauern auch Träger moderner Revolutionen sein könnten. Was zweifellos nicht ohne Verschiebungen im Sprachgefüge vonstatten gehe...

Jean Marcs Späße hatten nichts mit dem Zynismus Méribins oder der ständigen Ironie Bodos zu tun. Er war ein ganz anderer Mensch, und ich genoß es. Er war nachgiebig. Sensibel. Paßte sich in allem an, sogar in der Kleidung. Er vermied, was ihn auffällig machen konnte.

Nach und nach hatten wir einander unser Leben erzählt. Jean Marc gestand, daß er vor seiner Abreise nach Berlin mit einer Sportlehrerin, einer Kollegin gelebt hatte. Er beschrieb sie als Nervenbündel. Vielleicht auch zu temperamentvoll für ihn. Sie hatte ihm das Dasein schwer gemacht mit Forderungen, die er nicht erfüllen konnte. Eine eigene Wohnung. Ein größeres Auto. Dies und jenes und dies und das. Anstatt seine Freizeit der Partei zu opfern, sollte er schwarz arbeiten. »Nach dem Lyzeum, wenn die Schüler mich halb umgebracht haben!« klagte er. Zur Reise ins sozialistische Deutschland hatte er sich nach der Trennung von Nadia entschlossen. Denn schwer war sie ihm doch gefallen, diese Trennung. Er war nun einmal ein beständiger Mensch. Jean Marc fand auch, daß ein ausgeglichenes Privatleben wichtig für eine höhere Emanzipation sei: die politische. Leider brächte der größere Teil der Menschheit diese Dinge durcheinander und verzettele sich in unnötiger Komplizierung des Privaten.

In der Einschätzung seines Gastlandes war er ausgewogener als alle Franzosen, die ich bislang gekannt hatte. Für Jean Marc war es klar, daß so ein Aufbau des Sozialismus eben Schwierigkeiten mit sich bringen mußte. Und daß die Lebenssicherheit für alle ihren Preis verlange. »Vous non plus, vous n'échappez pas à la dialectique! – Auch ihr kommt ohne Dialektik nicht davon!« pflegte er immer wieder zu sagen. Nur die Mauer wollte er nicht entschuldigen. Über sie konnte er sogar in Erregung geraten. Besonders wenn er an meine absurde Lage dachte: Frankreich, über dessen Geschichte und Kultur ich besser Bescheid wußte als mancher Franzose, würde mir vielleicht für immer verschlossen bleiben. Zum Phantom werden.

Bei solchen Redensarten erregte ich mich kaum noch. Seit dem Scheitern des Afrikaplanes – von dem ich dem kopfschüttelnden Jean Marc unter dem Siegel der Verschwiegenheit berichtet hatte – war mir klar, daß es besser sei, jede Hoffnung fahrenzulassen. Und in gewisser Weise hatte ich mich tatsächlich abgefunden. Ich war kein schwärmerischer Backfisch mehr. »Irgendwann«, pflegte ich Jean Marc zu antworten, »wird es schon mal klappen. Spätestens, wenn ich Rente kriege!«

Mich so reden zu hören war für Jean Marc unerträglich. Nein, diese Situation der einseitig verstopften Grenze durfte nicht ewig andauern!

Wir brachten das gemeinsame Jahr des Konversationsunterrichts erfolgreich zu Ende. Professor Claus gratulierte in seiner temperamentvollen Art. Und er gratulierte mir auch zur Zwischenbilanz meiner Arbeit über den Bauern. Größte Zufriedenheit drückte er aus, als Jean Marc mitteilte, daß er sich um ein zweites Jahr in Berlin bemüht hatte.

Für diesen Sommer hatte ich den Mut gefunden, Griesner wegen der Franzosen abzusagen, aber nur, weil ich Ersatz anzubieten hatte. »Erinnern Sie sich noch an Fräulein Sander?« schrieb ich und fügte hinzu, welche großen Erfahrungen und Qualitäten diese Kollegin aufzuweisen hatte.

Jean Marc hatte vorgeschlagen, die beiden Ferienmonate zusammen zu verbringen. Er wollte das Land kennenlernen. Er war nach einem Zeltschein gelaufen und hatte ihn am Ende bekommen. Das Zelt konnten wir ausleihen. Vor der Abreise an die See schenkte er mir einen flauschigen Pullover und eine warme Jacke. Darum hatte Jean Marc seine Eltern gebeten, die in Marseille einen kleinen Strickwarenladen besaßen.

Der überfüllte Zug, sein vorsintflutliches Tempo verwunderten ihn. Im Verkehrswesen müsse der Sozialismus einiges aufholen. Bei nur vierzehn Tagen Urlaub hätten die Menschen Recht auf schnelle Beförderung. Aber dann schwieg er auch wieder. Wie war ich froh, daß er die ärmlichen Regionen, in die wir vorstießen, nicht abfällig, sondern eher mit mitfühlendem Erstaunen betrachtete! Er interessierte sich, ob für die Bauern bei der Kollektivierung etwas herausgesprungen sei. Ich erzählte vom alten Mitschke, der es vorgezogen hatte, seinen Hof in Brand zu stecken und in den Flammen umzukommen. Was die Bauern heute nun dachten, wußte ich nicht genau. Ich war ihnen in den letzten Jahren zu fern gewesen. »Wie willst du etwas über französische Bauern einer anderen Zeit schreiben, wenn du noch nicht einmal die Bauern deines Landes und deiner Zeit kennst!« neckte mich Jean Marc. Nach einigem Überlegen sagte ich, daß die Bauern mit der LPG wahrscheinlich zufrieden waren. Schließlich hätten sie nun den Achtstundentag. Und ihre vierzehn Tage Urlaub im Jahr. Es gäbe jetzt genug Butter und endlich auch wieder Schlagsahne im ganzen Land.

Der Zeltplatz lag in Glowe, zwischen Trommer Wieck und dem Großen Bodden. Das Dicht-an-Dicht der nackten und halbnackten Zelter störte Jean Marc nicht. Wohl aber wunderte es ihn, daß man am Meer genauso wenig Fisch essen konnte wie im Landesinneren. Da sollte ich mal Marseille sehen! Ein Fischrestaurant neben dem anderen! Eigentlich, setzte er hinzu, war Fisch das einzige, was ihm hier wirklich fehlte. Aber er fand sich auch damit ab. Aß bereitwillig Salzkartoffeln und hielt auch klaglos der Mückenplage stand.

Nach einigen Tagen wurde das Wetter schlecht. Es wuchs sich zu einem regelrechten Dauerregen aus. Ich war froh, den Pullover und die Strickjacke zu haben. Letztlich konnte uns das Nieselwetter nichts anhaben, wir verbrachten die Tage nun aneinandergeschmiegt im Zelt. Ein großes Thema beschäftigte uns. Jean Marc hatte vorgeschlagen zu heiraten. Und in Frankreich zu leben.

Eigentlich, hatte er gesagt, war er gegen die Ehe. Und erst recht gegen die Verpflanzung von Bürgern sozialistischer Länder in den Westen. Die Liebe hätte seine Überzeugungen aber über den Haufen geworfen. Und sprach nicht viel dafür, daß Frankreich auch bald den Weg zum Sozialismus fände? Daß es von einem höheren Standpunkt aus gesehen bald egal sein könnte, wo ich lebte und arbeitete?

Ich war in meinem Innersten getroffen. Um so mehr, als ich ein Zögern und Warnen in mir spürte. Es war, als würde mir eine Süßigkeit geboten, nach der ich zu lange gegiert hatte und die mir nun, da ich sie beinahe in den

Händen hielt, gar nicht mehr so erstrebenswert war. Obwohl ich Jean Marc viel stärker liebte, als ich Méribin geliebt hatte, wußte ich, daß ich dem Vorschlag leichter gefolgt wäre, wenn Méribin ihn gemacht hätte. Ja, ich hätte damals sogar mein Studium aufgegeben! Und jetzt? Statt in Begeisterung zu schwelgen, stellte ich Jean Marc Fragen. Zum Beispiel, was seine Eltern sagen würden? Das war nicht ohne Belang, weil wir zumindest noch eine Zeit bei ihnen wohnen müßten. Und ob ich in Marseille Arbeit fände?

Über den ersten Punkt konnte Jean Marc mich beruhigen. Der zweite war ein Problem, aber sicher nicht unlösbar. Meine Doktorarbeit müsse ich auf alle Fälle fertigschreiben und verteidigen. Auch wenn der schmerzliche Preis dafür eine zeitweilige Trennung sein sollte.

So beständig der Rest Skepsis in mir festsaß, so war doch auch ein »Nein«, eine rigorose Ablehnung von vornherein ausgeschlossen.

Was würden die Meinen sagen? Ich spürte schon, daß ich es so spät und so undramatisch als möglich mitteilen würde. Meine zweite Heirat hätten Mutter und Heidemarie einfach als Tatsache hinzunehmen. Ein wirkliches Problem war nur der Professor. Dachte ich an ihn, überkam mich Beschämung.

Freilich waren das alles überwindbare Hindernisse. Ich würde letztlich in einer großzügigen, verschwenderisch mit Sonnenglanz überstrahlten Stadt leben! Die an ihrer nördlichen Flanke von subtropischer Flora umgeben war und im Süden ins Mittelmeer hinabglitt! Von dessen Fischen Jean Marc nicht aufhörte zu fabulieren. Die Restaurants am alten Hafen waren das erste, was er mir zeigen würde. Den Pastis sollte ich kennenlernen. Oliven! Und Paris natürlich. Vielleicht auch andere Länder, rumorte es in mir.

Mit jedem Tag, den wir träumend, knäckebrotkauend im Zelt verbrachten, fühlte ich meine Bedenken kleiner werden. Das Glücksgefühl wuchs. Praktische Fragen tauchten auf. Wie heiratet man einen Ausländer? Welche Institutionen waren zuständig? Waren unliebsame Konsequenzen zu erwarten?

Jean Marc zeigte sich zuversichtlich. Irgendeinen Weg müsse es geben. Schließlich war er kein dahergelaufener Kapitalist. Ganz im Gegenteil, er war Parteimitglied. Aufrichtiger Freund meines Landes. Sogar sein Vater war in der Partei. In politischer Hinsicht könnten also nicht die geringsten Einwände bestehen.

Da das schlechte Wetter nicht nachlassen wollte, beschlossen wir, dem Beispiel der anderen Zelter zu folgen und abzureisen. Nicht ohne noch einmal in der schwarzgrünen See geschwommen zu sein, denn kalt war sie nicht. Das Mittelmeer sei kühler, behauptete Jean Marc. Es rieche auch weniger nach Tang.

Auf der Heimfahrt durch die nassen, fast faulig riechenden Felder und Wiesen des Nordens beschlossen wir, nach ein paar Ruhetagen in Berlin noch eine Reise in den Süden zu unternehmen. Mittels meiner Beziehungen zu Jugendtourist würde ich vielleicht noch etwas buchen können. Aber teuer würde es schon, denn wir müßten sicher immer zwei Hotelzimmer nehmen. Mit einem Ausländer durfte man bestimmt keins teilen. Ich sah Möglichkeiten, das Geld zu leihen. Und im August wollte ich Stadtrundfahrten machen, um es zurückzuzahlen.

Ich rief Bodo an und bat um das Geld. Er war sofort bereit. Ich brauchte es nur abzuholen. Als ich mit einer Flasche Sekt den Fahrstuhl zum Studio emporfuhr, war ich mir nicht mehr sicher, ob ich erzählen würde, wozu ich es brauchte.

Bei Bodo wartete eine Überraschung. An der Wand über dem bastgeflochtenen Clubtisch hing mein von Mina gemalter Halbakt, mein teils orange, teils rosa schimmerndes Fleisch. »Wundervoll, nicht!« kommentierte Paul, während er mit lautem Zungenschnalzen auf das Bild wies. Ich war unentschieden, ob es mir angenehm war, auf solche Art in diesem Studio präsent geblieben zu sein. Das Gemälde war mir aber unbestreitbar ähnlich.

Durch Mina wußte Bodo schon, daß ich mit einem Franzosen lebte. »Du hast es geschafft!« beglückwünschte er mich und fragte gleich unverfroren, ob auch geheiratet werden sollte. Eine solche Frage hatte ich nicht erwartet und zuckte mit den Schultern. Ich sagte, daß die Arbeit über den Bauern erst einmal das Wichtigere sei. Dann fügte ich hinzu, daß nicht jedes Zusammenleben zur Ehe führen müsse, schließlich waren er und Paul ja auch nicht verheiratet. »Gott sei Dank!« stieß Bodo daraufhin aus. »Das fehlte noch, daß wir ein staatliches Papier brauchen!«

Die Spannung, die ich früher an Paul gekannt hatte, war gewichen. Er bereitete das Abendbrot zu, damit ich mit Bodo in Ruhe weiterschwatzen konnte. Der berichtete von seiner Dolmetschertätigkeit bei der Konzert- und Gastspieldirektion. Das wäre doch auch was für mich, behauptete er immer wieder. Er hatte schon für viele weltberühmte Künstler gearbeitet und konnte pikante Anekdoten berichten. Der Pantomime M. war aus einem Restaurant verwiesen worden, weil er keine Krawatte trug. Der Pianist Z. hatte sich in Leipzig Tripper geholt. Die Chansonette G. war in Damenbegleitung angereist. Nein, Bodo bereute es nicht, seine Doktorarbeit aufgegeben zu haben. Er hatte nun mehr Spaß und verdiente obendrein besser, als wenn er den Titel erobert und eine Wissenschaftslaufbahn eingeschlagen hätte. Er meinte sogar, daß er seinem Traum, einen Citroën zu kaufen, deutlich näher käme.

Am Ende war ich ganz erschöpft vom Zuhören, ich nahm das Geld und machte mich auf den Heimweg. War das Leben wirklich ewiger Fluß? Wie war es möglich, daß mir die Zeit, die ich hier im Studio verbracht hatte, schon fast egal geworden war? Verwandelte sich Schmerz so leicht in Taubheit? Und würde das Band zwischen mir und Jean Marc halten oder auch zerbrechen, wie scheinbar alles zerbrach?

Stadtrundfahrten. Dann Leipzig. Jean Marc wollte das

Dimitroff-Museum sehen. Dresden. Die Sixtinische Madonna. Auch er fand, daß ich ihr ähnlich war. Dampferfahrt nach Bad Schandau. Sengende Hitze. Tagesmärsche in der Sächsischen Schweiz. Sonnenbrand. Der mich nur um so stärker von Marseille träumen ließ. Von den Fischrestaurants im alten Hafen. Vom Silberschaum des Mittelmeeres. Und doch erlebte ich die Schönheiten meines eigenen Landes gerade jetzt intensiver denn je. Vielleicht weil sie mir bereits ein wenig entrückt erschienen. Als sähe ich sie schon mit den Augen der Fremden, der Außenstehenden. Was dem Land indes nicht zum Nachteil geriet. Was man verlassen will, spürt man stärker.

Dann wieder Berlin. Stadtrundfahrten. Diverse Strandbäder. Schließlich die französischen Bauern im Mittelalter. Der Professor. War es ein Verrat, den ich an ihm begehen wollte? Der Ärmste ahnte noch nichts. Aber Jean Marc drängte, endlich etwas für die Heirat zu unternehmen!

Wie beginnen? Mir fiel Monika ein. Die wußte vielleicht etwas? Ich besuchte sie in ihrer düsteren Hinterhofwohnung. Der Kindergeruch war verschwunden, das Zimmer wirkte wieder freundlicher, seit sie allein dort wohnte. Gute Teevorräte hatte sie noch immer. Ehe sie die technischen Einzelheiten der Heirat mit einem Ausländer preisgab, mußte ich ihr natürlich lang und breit erklären, wieso Jean Marc der ideale Mann war.

»Zuerst müßt ihr zum Standesamt. Ganz normal zum Standesamt. Und dann, soviel ich weiß, zum Rathaus. Der Magistrat entscheidet, ob ihr heiraten könnt. Oder er tut so, als ob er entscheidet. Ihr werdet jedenfalls erst einmal ein paar Papiere anschleppen müssen. Das sagen die euch alles schon auf dem Standesamt. Und das Ganze kostet viel Zeit. Darauf bauen sie. Daß die Zeit euch auseinanderbringt.«

Ich fröstelte. »Ich hoffe, es dauert nicht länger als ein Jahr?« fragte ich besorgt. »Denn Jean Marc kann nur noch ein Jahr hierbleiben, sonst verliert er seine Lehrerstelle in Marseille.«

»Du, das ist ganz ungewiß. Manchmal geht's ganz fix. Manchmal dauert's mehrere Kinder!«

»Mehrere Kinder?« fragte ich verzagt. Monika steckte sich eine Zigarette an und erklärte mit ihrer rauhen, unbarmherzigen Stimme: »Ich kenne Leute, die haben vier Jahre gewartet. Und es soll noch längere Wartezeiten geben!« Dann sagte sie, daß ihr selbst die Frage einer Heirat ins Ausland gleichgültig geworden war. Eine Dienstreise ins Ausland – ja. Und irgendwann würde sie diese Dienstreise auch einmal bekommen. Aber heiraten ins Ausland, das hatte sie sich aus dem Kopf geschlagen. Vor allem, weil ihr das Heiraten selbst suspekt geworden war. Die Abhängigkeit. Die Langeweile. Die Launen der Männer. Und würde man Arbeit finden?

Das war auch die Sorge, die mich am meisten beschäftigte. Arbeit! Immerhin wäre ich dann Doktor, meinte Monika. Höhere Diplome und Titel wären sicher überall von Nutzen.

»Und vielleicht schaffe ich mir auch erst einmal ein Baby an!« begann ich zu träumen.

»Das könntest du dir wirklich leisten«, sagte Monika, »und mit dem Streben ein paar Jahre aussetzen! Wenn alle Stricke reißen«, fügte sie am Ende hinzu, »kommst du eben wieder!« So weit ins Ungewisse mochte ich noch nicht denken.

Am nächsten Tag ging ich zum Standesamt. Man verweigerte mir jegliche Auskunft. Ich sollte zusammen mit meinem Verlobten erscheinen. Also kehrte ich tags darauf mit Jean Marc zurück. Da wiederum war kein Empfangstag. Wir platzten mitten in eine Hochzeitszeremonie hinein. Als ich das Paar erblickte, wurde mir erst richtig bewußt, daß ich zum zweitenmal heiraten wollte. Und so rasch nach der Scheidung von Bodo. In Reinsbach galt das als ungehörig.

Der dritte Versuch, vom Standesamt Auskünfte über die

Eheschließung mit einem Ausländer einzuholen, glückte. Nach einiger Wartezeit empfing uns eine überraschend freundliche Beamtin. Sie verwies auf die möglicherweise lange Geduld, die wir für so einen Antrag aufbringen müßten. Auf die Risiken eines Lebens im fremden Land. Auf Identitätsprobleme, die unsere Kinder haben würden. Wenn unser Beschluß schließlich aber unumstößlich sei, sollten wir mit allerhand Papieren wiederkommen: mit Geburtsurkunden, einem Ehelosigkeitszeugnis von Jean Marc sowie einer Bescheinigung, daß der französische Staat keine Einwände gegen die Eheschließung eines Franzosen mit einer Bürgerin der Deutschen Demokratischen Republik habe.

Jean Marc bekam rote Ohren. Er bemerkte in konsterniertem Ton – den ich zum erstenmal an ihm erlebte und der mir nicht angebracht erschien –, daß es sein unantastbares, verfassungsmäßig gesichertes Recht sei, jede Frau der Welt zu ehelichen. Weshalb es mit Sicherheit keine Institution gebe, die ihm ein solches Papier ausstellen würde. Die Beamtin klappte kurz die Augenlider nieder und teilte in bestimmtem Tone mit, nur die Anweisungen ihrer vorgesetzten Behörde wiederzugeben. Details wie die Frage, wo Jean Marc seine Papiere bekomme, lägen nicht in ihrem Kompetenzbereich. Sie deutete auch an, daß wir ohne diese Papiere keinen Antrag auf Eheschließung stellen könnten. Sie wären übrigens nicht hier, im Standesamt, sondern beim Magistrat von Groß-Berlin einzureichen. Ins Standesamt kämen wir nur zur Hochzeit zurück. Und damit lächelte sie wieder!

Ordentlich aufgewühlt landeten wir auf der Straße. Jean Marc schnaufte vor Wut. »Ich verstehe gar nichts!« sagte er. »Sie sind doch nun diplomatisch anerkannt! Ein französischer Botschafter sitzt hier in Berlin. Was wollen sie mehr, was brauchen sie noch dieses viele Papier!«

Wegen der Papiere schrieb er sofort an seine Eltern. Er versuchte, so gut es ging, auch das Anerkennungspapier, wie er es nannte, zu beschreiben. Obwohl er wenig Hoffnung hatte, daß sie es auftreiben könnten. »Warum erkundigst du dich nicht bei deinem Konsul?« regte ich an. Jean Marc antwortete düster: »Mit den Hunden von Pompidou verkehre ich nicht.«

Mir wurde nun erst richtig klar, in was für ein riskantes Unternehmen ich mich eingelassen hatte. Denn allein durch das Kundtun unserer Heiratsabsicht hatte ich mir möglicherweise bereits geschadet. Die Dienstreise vielleicht schon für immer verloren? Es war ja ungewiß, wie das Heiratsunternehmen ausgehen würde! Die Karten waren geworfen. Von nun an balancierte ich am Rande der Legalität.

In der Universität sprach ich noch mit niemandem. Ich versuchte weiterhin, den Charakter meiner Beziehungen zu Jean Marc zu verschleiern. Für meine Arbeit stellte ich Karteien zusammen, unternahm Kurzreisen in die Bibliotheken von Leipzig und Dresden. Die Hoffnung beflügelte mich. Kapitel um Kapitel kam ich voran.

Heidemarie setzte ein zweites Mädchen in die Welt: Anke. Ich überredete sie jetzt zur Pille. Mutter saß strikkend und staunend daneben. Sie arbeitete meinen französischen Pullover für Heidemarie nach. Von der Pille hatten sie beide noch nichts gehört. Mutter schüttelte den Kopf. Ob das nicht schädlich für die Gesundheit sei, wandte sie ein. Heidemarie interessierte sich. Petzold würde vielleicht weniger saufen.

Jean Marcs Eltern schickten die Geburtsurkunde und das Ehelosigkeitszeugnis. Drückten ihr Bedauern wegen des dritten Papiers aus. Warum wollten wir nicht einfach in Frankreich heiraten, fragten sie im beiliegenden Brief. Wenn es im östlichen Teil Deutschlands so kompliziert war?

Jean Marc drängte, mit den beiden Papieren einen Vorstoß im Rathaus zu wagen. Eines Vormittags machten wir uns zu dem imposanten, aus roten Ziegeln errichteten Gebäude auf. Nach einiger Wartezeit setzte uns ein höflich, aber bestimmt argumentierender Beamter auseinander, daß er erstens Urkunden in fremden Sprachen nicht verstehe, weshalb eine Übersetzung im Büro Intertext nötig war. Und daß zweitens das dritte Papier tatsächlich unabdingbar für die Antragstellung sei. In Jean Marc wallte die Wut erneut auf. Mit hochrotem Kopf schrie er den Beamten an, daß Frankreich wohl bescheinigen solle, nichts gegen eine etwaige Mischung von gallisch-kapitalistischem mit germanisch-sozialistischem Blut einzuwenden?

Auf die windige Straße zurückgekehrt, griff ich mir an den Kopf. Daß ich Intertext vergessen konnte! Dort hatte Monika doch jahrelang Geburtsurkunden für Heiratskandidaten übersetzt!

Wortkarg schlenderten wir die Linden hinunter. Meine Hand lag in Jean Marcs Hand zusammen in der Tasche seiner Lammfelljacke. Ab und zu wechselten wir einen leisen Druck, der mich für einen Moment den scharfen Ostwind vergessen ließ. Solange ich diese warme Hand hätte, dachte ich, würde ich schon Geduld haben. Erste, große Schneeflocken stürzten uns ins Gesicht.

Im engen Empfangsbüro von Intertext saß eine hagere Frau, die die Papiere genau besah. Dann uns. Am Ende verkündete sie, daß die Übersetzung in drei Wochen abgeholt werden könne. Mir blieb beinahe die Luft weg. Drei Wochen für ein paar Zeilen! Wenn doch Monika noch hier arbeiten würde!

Der Winter hatte begonnen, es blieben nur wenige Monate, bis Jean Marc abreisen mußte. Und wir hatten noch nicht einmal den Antrag stellen können! Als wir in der eiskalten Straßenbahn den Prenzlauer Berg emporfuhren, wurde mir schwindelig vor Sorgen.

Die lange Wartezeit beim Übersetzungsbüro machte Jean Marc den wirklichen Ernst der Situation klar. Er entschloß sich nun doch, seinen Konsul aufzusuchen. Auch wenn sich dieser als Hund von Pompidou entpuppen sollte. Er war nun bereit, wie er sagte, auf die Hundeebene herabzusteigen und um das lächerliche Papier zu winseln. Er tröstete sich mit der Erkenntnis, daß er nicht der erste Franzose war, der eine Tochter des sozialistischen Deutschland ehelichen wollte.

So wurde das dritte Papier mein schönstes Weihnachtsgeschenk. Nachdem es auch seine Zeit bei Intertext abgelegen hatte, konnten wir in der dritten Woche des neuen Jahres endlich den Antrag auf Eheschließung stellen. Wenn auch der Beamte – in seiner distinguierten Art – keinerlei Angaben über die Dauer der Bearbeitung von sich geben wollte. Trotzdem atmeten wir tief durch, als wir dann wieder durch den weißen Schnee stapften. Unter strahlendem Winterhimmel hörte ich mich dann resolut sagen: »Wenn es bis zum Sommer nicht klappt, machen wir ein Kind. Vor deiner Abreise!« Jean Marc, der wieder meine Hand in seiner Jackentasche hielt, drückte sie leicht.

Außer Monika war bis jetzt niemand in die Heiratspläne eingeweiht. Nun war es Zeit, Professor Claus eine Mitteilung zu machen. Ehe er die Sache von anderer Seite erfuhr. Er rechnete doch so fest mit mir! Er sah in mir womöglich wirklich schon seine Nachfolgerin! Woche um Woche schob ich die Unterredung hinaus. Nie im Leben war mir etwas peinlicher gewesen.

Schließlich faßte ich Mut. Der Professor verlor einen Moment die Fassung. Es tat mir weh, ihn zusammensinken zu sehen. Und wie er dann kraftlos die Hände hob und sagte: »Na, das ist ja ein schöner Salat! Und wahrscheinlich bin ich auch noch selber der Urheber von dieser Kombination. Ich war es ja, der Sie für den Konversationsunterricht zusammengebracht hat! Aber wollen Sie nicht wenigstens Ihre Arbeit fertigschreiben?«

Zumindest in diesem Punkt konnte ich ihn beruhigen. Ich versuchte sogar, ihn mit dem Hinweis zu beschwichtigen, daß die Heiratsgenehmigung keineswegs sicher sei. »Na, das will ich aber doch nicht hoffen«, sagte er in seiner schwungvollen Art, »daß Sie sich auf allzulanges Warten einrichten müssen. Damit wäre keinem genützt.

Nur gut, daß ich Ihren Auserwählten kenne und schätze. Sonst wäre ich Ihnen wahrscheinlich doch etwas böse!«

Wie gerne hätte ich mit dem Professor weiter über das Problem gesprochen! Daß dies alles im Grunde meine Schuld nicht war. Wieso konnte man nicht reisen – und basta! Wieso mußte man heiraten, große Lebensentscheidungen treffen, nur um einmal das Land zu sehen, dessen Sprache man seit Jahren studierte und perfektionierte? Wer weiß, ob Frankreich mir überhaupt gefallen würde? Aber leider hatte ich das Problem anders nicht lösen können. Auch die allerkleinste Ferienreise dorthin war mir versagt gewesen. Vielleicht wäre ich gern wieder zurückgekommen, vom Fernweh geheilt und glücklich, mich in eine sprachwissenschaftliche Universitätskarriere begeben zu dürfen!

Von all dem brachte ich kein Wort heraus. Mein Verhältnis zu dem Professor war immer viel zu sachlich gewesen, als daß ich plötzlich so heikle Wahrheiten hätte ansprechen können. Aber wenigstens wußte er jetzt Bescheid.

Meine Nachbarn luden mich wenig später nachmittags zum Kaffee ein. Das hatten sie noch nie getan. Nachdem sie eine Weile herumgedruckst hatten, erklärten sie mir umständlich, daß sich jemand nach mir erkundigt habe. Und nach meinem französischen Freund. Da ich damit schon gerechnet hatte, war ich eher gerührt als erschrokken. Sie wollten mich warnen.

Meiner Familie sagte ich vorläufig noch nichts. Zwar machte ich bei meinen gelegentlichen Besuchen in Reinsbach deutlich, daß ich noch immer mit Jean Marc lebte. Allein schon, weil Heidemarie mich ausfragte, gierig auf jedes Detail. Daß ich wieder mit einem jungen Mann lebte, hatte ich auch Frau Wiesenthal berichtet und auch zugegeben, daß es ein Franzose war. »Ich sehe schon, du wirst dich noch nach Frankreich verheiraten!« hatte sie lachend gesagt. »Hoffentlich geht es gut!« fügte sie hinzu und ließ ein paar Sorgenfalten sehen. »Aber das war wohl unvermeidlich. Irgendwie mußte es so kommen.«

Je mehr Fortschritte das Frühjahr machte, um so banger wurde mir. Das Aufblühen der Welt zeigte mir an, daß die Zeit bis zu Jean Marcs Abreise zusammenschmolz. Würde die Hochzeit stattfinden? Auch Jean Marc wurde unruhig und erklärte sich einverstanden, ab und zu beim Beamten im Roten Rathaus vorzusprechen. Obwohl dieser stets wissen ließ, daß solche Besuche nur Zeitverschwendung waren und das Verfahren nicht beschleunigen konnten. Schließlich sei er es ja nicht, der entscheide. Und doch, sagten wir uns, mußte er seine Wichtigkeit haben, sonst hätte man ihn nicht an diese Nahtstelle zwischen der Staatsräson und dem Fernweh mancher Bürger gesetzt! Jean Marc redete ihn grundsätzlich mit »Genosse« an und erwähnte auch beiläufig, daß nicht nur er, sondern auch sein Vater Mitglied jener Weltpartei war, deren Triumph in Frankreich mittelfristig recht wahrscheinlich sei. Die Bürgerin, die er zu ehelichen wünsche, komme also nicht nur in beste Familienverhältnisse, sondern auch in eine Gesellschaft, in der es starke sozialistische Impulse gäbe. Dazu meinte der Mann immer nur, daß die politische Situation des Landes, in welche eine Bürgerin der DDR einheiraten wolle, zwar nicht unbedeutend, aber auch nicht entscheidend sei. Die Zeitdauer der Prozedur war ebenso unbestimmt, wenn es sich um eines der sozialistischen Länder handele. Das stimmte. Ich wußte es von Monika.

Jean Marc ließ sich sogar herab, noch einige Male zu seinem Konsul – den er nicht mehr Pompidous Hund nannte – zu gehen und ihn um eine zwischenstaatliche Intervention zu bitten. Worauf dieser stets unbestimmte Antworten gab, die bedeuten sollten, daß nur geringfügige Möglichkeiten der Einflußnahme bestünden oder besser gesagt gar keine.

Von Mutter, die nicht die Gewohnheit hatte zu schreiben, erhielt ich einen Brief. Zwischen langen Schilderungen über Simones Entwicklung und den letzten Klatsch vom Konsum waren immer wieder sorgenvolle Passagen über mein Leben in der Stadt eingestreut, das ihr gefährlich erschien. Sie beschwor mich, keine Dummheiten zu machen, meine Bekanntschaften sorgfältig auszuwählen und vor allem an meine berufliche Zukunft zu denken. Ich begriff, daß sie – oder Heidemarie – wahrscheinlich über mein Verhältnis zu Jean Marc ausgefragt worden war.

Mir war klar, daß ich sofort antworten mußte. Obwohl es unmöglich war, ihr die Beruhigung zu geben, nach der sie verlangte! Ich konnte nichts anderes schreiben, als daß ich doch schon längst erwachsen und ganz und gar selbst verantwortlich für mein Leben sei!

In all der Spannung trieb ich die Arbeit über den Bauern voran. War ihre rasche Vollendung doch auch eine der Voraussetzungen für die Abfahrt nach Marseille.

Je näher der Sommer kam, um so ernsthafter spielte ich mit dem Gedanken, die Pille abzusetzen. Vielleicht war doch eine Schwangerschaft das einzige Mittel, unserem Heiratsantrag Nachdruck zu geben?

Und warum auch nicht? Ich war bald fünfundzwanzig Jahre alt. Meine Arbeit erlaubte es mir, ein Kind zu erziehen. Schließlich gab es Krippen. Ich fühlte, daß ich das Kind auch dann wollte, wenn ich am Ende mit ihm allein bleiben müßte. Am schönsten wäre es freilich, wenn es unter dem azurfarbenen Himmel von Marseille geboren würde. »Dort machen wir dann noch eins«, sagte Jean Marc lachend.

Als wir Anfang Juni wieder einmal im Roten Rathaus vorsprachen, sagte der Beamte mit einem Anflug von Feierlichkeit in der Stimme, daß uns die Heiratserlaubnis nun erteilt worden sei. Wir könnten uns sofort beim Standesamt einen Termin holen.

Ich flog Jean Marc um den Hals. Er drückte mich an sich. Überschwenglich dankte ich dem Beamten, der uns umständlich gratulierte. Draußen im warmen Sommerwetter jauchzte ich wieder auf. Die Glückswogen überrollten mich noch einmal! Nie war ich meinen Träumen von Liebe und Ferne näher gewesen!

Nun schrieb ich einen ausführlichen Brief nach Reinsbach. Ich teilte mit, daß meine zweite Verheiratung bevorstünde, die jedoch ohne Feierlichkeit stattfinden sollte. Es sei nicht der Mühe wert, nach Berlin zu kommen. Ich würde Mutter meinen Ehemann in den Sommerferien vorstellen.

Der Gedanke an ein Fest war mir von vornherein peinlich gewesen. Meine Hochzeit mit Bodo lag kaum drei Jahre zurück! So war es nur Monika, die uns zum Standesamt begleitete und danach zum Essen im neuen Hotel Stadt Berlin. Zu Hause lagen Glückwunschtelegramme aus Reinsbach. Auch von Frau Wiesenthal. Und selbstverständlich von Griesners.

Am nächsten Tag in der Universität gratulierte auch Professor Claus. Er erkundigte sich nach unseren Plänen. Er war beruhigt, als er erfuhr, daß Jean Marc zwar im Juli nach Frankreich fahren, ich aber noch bleiben würde. Bleiben, so lange es die Forschungen über die französischen Bauern verlangten. Voraussichtlich also noch ein Jahr. Ein langes Jahr.

Zunächst aber saß Jean Marc an meiner Seite im Ruckelzug nach Neuenhagen und im Bus nach Reinsbach. Lief schließlich mit mir im Abendrot durch die Siebenergasse. Niemals war ich mit einem solchen Gefühl von Freiheit nach Hause gekommen! Wir bogen um die letzte Ecke, kamen an den Sowjetsoldaten vorbei. Erreichten die Gartenpforte. Das Vorgärtchen. Dann der helle Ton des Türglöckchens.

Mutter öffnete. Sie wirkte nicht überrascht, aber unsicher. Durch Heidemarie war sie sicher bestens über Jean Marc unterrichtet. Zum erstenmal fiel mir an ihr eine gewisse Behäbigkeit auf. War das heraufziehendes Alter? Die frisch frisierte Heidemarie zeigte überschwengliche Wiedersehensfreude. Petzold hielt sich etwas zurück, spielte den leutseligen Hausvater. Ich sah mit Abscheu, daß er in Hausschuhen schlurfte.

Sie hatten ein Festessen vorbereitet. Und zu meiner Freude Frau Wiesenthal eingeladen. Griesner hatte wegen Magenverstimmung kurzfristig abgesagt, und seine Frau kam ja nie allein zu uns. Es gab Kaßler mit Thüringer Klößen. Jean Marc sagte, daß er der deutschen Küche solche Leistungen gar nicht zugetraut hätte. Es wurde angestoßen, man vereinbarte das Duzen. Fotos vom Vater wurden gezeigt. Zum Kaffee gab es Pfirsichtorte mit Schlagsahne, die nun auch in Reinsbach wieder regelmäßig zu haben war.

Mutter begann also alt zu werden. Frau Wiesenthal erschien fast unverändert jugendlich. Wenn auch die weißen Strähnen in ihren Haaren etwas zugenommen hatten. Ich spürte schon einiges Bedauern, daß ich sie alle verlassen würde.

Erst gegen zwei Uhr nachts löste sich die Gesellschaft auf. Nicht ohne daß Frau Wiesenthal mir durch Augenzwinkern und andere kleine Gesten angedeutet hatte, wie sehr ihr auch mein zweiter Ehemann gefiel.

Mutter hatte uns mein ehemaliges Zimmer zum Schlafen hergerichtet. Es hatte sich wenig verändert. Und doch erschien es mir fremd. Es war, nachdem wir das Licht ausgeschaltet hatten, von seltsamer Helligkeit erfüllt, die mir ungewohnt war. Rolf – erinnerte ich mich plötzlich. Der Traktor? Ich trat ans Fenster und sah hinter den Vorhang. Das überreichlich einströmende Licht kam von einer neu errichteten Straßenlaterne her!

Lange konnte ich nicht einschlafen und überdachte mein bisheriges Leben. Wie war es möglich, daß ich einst in Petzold verknallt gewesen war, der jetzt in Hausschuhen um meine Schwester herumschlurfte? Ich erschauerte bei dem Gedanken, daß ich an Heidemaries Stelle sein könnte. Ich habe gekämpft, dachte ich. Das ist der Unterschied zwischen Heidemarie und mir. Man darf auf das Glück nicht warten. Man muß es suchen. Ihm hinterherrennen!

Jean Marc schnarchte leise neben mir. Es störte mich

nicht. Das Rezept für die Thüringer Klöße wollte ich aufschreiben. Wer weiß, ob ich damit nicht auch meinen Schwiegereltern in Marseille eine Freude machen könnte? Erst in der flimmernden Morgendämmerung schlief ich ein.

Trotzdem wachte ich noch lange vor Jean Marc auf. Weil auch die anderen noch schliefen, entschloß ich mich zu einem Spaziergang. Es war kühl und frisch, der Himmel ausnahmsweise ganz klar. Mir fiel auf, daß ich keine Scheu mehr hatte, in normalem Schritt und aufrecht an den Sowjetsoldaten vorbeizugehen. Dann schlug ich den Weg zur Schule ein. Endlich hatte ich das Gefühl, erwachsen zu sein.

Plötzlich stockte ich. Vor Griesners Haus, unter seinem Trabbi – lag er doch selbst! Ich trat an ihn heran und sagte: »Na, Onkel Alfred, dein Magen ist wohl wieder in Ordnung?«

Er kroch hervor, stand auf, sah sich um und trat dicht an mich heran. »Ach, Mädchen, das mußt du verstehen! Was meinst du, was ich deinetwegen für Ärger hatte! Am Ende wollte man mir noch die Schuld für deine Ausländerheirat geben! Das habe ich mir aber verbeten. Denn schließlich habe nicht ich seinerzeit die Franzosen eingeladen, man hat sie mir aufgezwungen! Na, und das sind dann eben so die Folgen. Aber laß mal gut sein. Ich wünsche dir jedenfalls viel Glück!«

Als ich mich schon verabschieden wollte, fiel ihm plötzlich noch etwas ein. »Weißt du übrigens, Rosemarie, daß ich mich für unseren Löcherkäse nicht mehr zu schämen brauche?« Und stolz setzte er hinzu: »Du hättest mal sehen sollen, wie das Fräulein Sander im vorigen Jahr gestaunt hat, als ich sie in den Milchhof geführt habe. Besonders in unserem Delikatlaboratorium hörte sie nicht auf zu probieren! Den Fettanteil können wir nun erhöhen, und bald, Rosemarie, bald fangen wir sogar mit Roquefort an! Du wirst davon dann allerdings nichts mehr haben, du sitzt dann ja an der Quelle, in Frankreich!«

Weniger leichten Herzens setzte ich meinen Spaziergang fort. Wie war es mir peinlich, daß alle, die mir nahestanden, wegen meiner Verbindung mit Jean Marc Probleme hatten! Daß sie ausgefragt und womöglich unter Druck gesetzt wurden! Nur bei mir selbst hielt sich die Firma zurück. Die Hauptfigur wurde nicht befragt.

Am Nachmittag gab es Tee bei Frau Wiesenthal, die erzählte, daß der alte Meißner gestorben war. Kurz zuvor war ihm die Genugtuung zuteil geworden, daß die Gemeinde von K. den Kahlbutz zurückbekommen hatte. Eine Darbietungspflicht bei Wind und Wetter war für die FDJler doch zuviel gewesen. Nur ein wirklicher Enthusiast würde es fertigbringen, den von nah und fern anreisenden Touristen zu allen möglichen Jahres- und Tageszeiten den Ritter mit immer der gleichen Begeisterung zu präsentieren. Und diesen Enthusiasten hatte man in dem durch einen Motorradunfall zu lebenslänglichem Hinken verurteilten Pfarrerssohn Renzel gefunden. Der, wie Frau Wiesenthal versicherte, sich rührende Mühe gab, das Erbe Meißners mit den nicht ganz von der Hand zu weisenden Forschungen der FDJ zu verbinden, und das Ganze zu einem ansehnlichen Potpourri mixte. Damit die Vorstellung des Kahlbutz nun sowohl der simplen Neugier als auch – soweit überhaupt möglich – der Wissenschaft gerecht würde.

Jean Marc war neugierig geworden. Auf Rädern fuhren wir am nächsten Tag durch die schattigen Eichen nach Kampehl. Ich deutete auf das Wäldchen von Buchenau, an dessen Rande der Kahlbutz den Schäfer Pickert erschlagen hatte. Der Weizen stünde nicht schlecht, bemerkte Jean Marc, als er über die Felder schaute, und fügte noch etwas Anerkennendes über die Kollektivierung hinzu. Da fiel mir der Hof vom Bauern Mitschke ein. Sollten wir nicht auch noch einen Abstecher dorthin machen? Aber das abgebrannte Gehöft stand ja schon lange nicht mehr! Es war sogar schon schwierig, seinen genauen ehemaligen Standort auszumachen. Da wuchsen nun Kartoffeln.

Eine Überraschung vorm Kirchlein in Kampehl war das große, weiß leuchtende Schild, das das Türchen zum Kahlbutz schmückte und das ihn in großaufgemachten Lettern erneut zum »biologischen Rätsel« erklärte. Gott sei dank, dachte ich. Mit so einem Schild ziehen sie nun sicher auch Leute von der Straße an, die ansonsten ahnungslos durch Kampehl hindurchgefahren wären.

Dann nahm ich die zweite Veränderung wahr. Ein neues Schloß! Eilig langte ich in die Dachrinne, nestelte aufgeregt darin herum und fand Rolfs Schlüssel schließlich. Ich suchte weiter, denn mir war sofort der Gedanke gekommen, daß es da oben womöglich nun noch einen zweiten, einen neuen Schlüssel geben könnte. Vergebens. Ich probierte den alten Schlüssel im neuen Schloß. Natürlich paßte er nicht. Jean Marc sah mir verständnislos zu. Konnte ich ihm erklären, welche Bewandtnis es mit dem unansehnlichen alten Schlüssel hatte? Daß ich als Mädchen hier beim Kahlbutz mit einem jungen Mann gewesen war, der mir im Mondschein die Brust entblößt und einen Moment lang mein Geschlecht gestreift hatte? Um mich dann wie eine Heilige zu behandeln?

Statt dessen sagte ich, daß der alte Schlüssel der meine gewesen war. Daß es mir früher Spaß gemacht habe, zum Kahlbutz zu gehen, wann es mir gerade einfiel. Und daß ich den Schlüssel jetzt,wo er nutzlos geworden war, mitnehmen wollte. Überallhin. Auch nach Marseille! Dieser Schlüssel würde mein Talisman sein, um mich, wohin es mich auch immer verschlage, an den Geruch meiner heimatlichen Erde zu erinnern. Aber wenn wir jetzt zum Kahlbutz wollten, müßten wir wohl oder übel den Pfarrerssohn Renzel holen. Ich besäße nun, wie Jean Marc sehen konnte, keinerlei besondere Beziehungen mehr zum Kahlbutz. »Er hat mich entlassen!« sagte ich zu Jean Marc, der mich entgeistert anblickte.

Der Anschlag an der Tür verriet auch, wo man Renzel finden konnte. Ich bat den fülligen jungen Mann, seinen üblichen Vortrag zu halten. Ich hätte den Kahlbutz früher selbst bisweilen vorgestellt, sagte ich. Auch in französischer Sprache.

Er habe keinen Standardvortrag –, entgegnete Renzel lachend. Es sei vielmehr der Grundirrtum seiner Vorgänger gewesen, sich an einer bestimmten Konzeption festzubeißen. Er für seinen Teil sah sich die Gäste erst einmal genau an, ehe er zu erzählen anfing. Stellte ein paar scheinbar belanglose Fragen, um herauszubekommen, wie es das Publikum wünsche, ob dialektisch-politisch, moralisierend oder einfach nur als Action-story. Nach diesen Erkundigungen entschied er sich dann, ob er den Berichten über den dreisten Schäfermord, über die tollkühne Auflehnung der Marie, den diversen Deplazierungen des Kahlbutz (1. durch die napoleonischen Soldaten ins Schilderhaus, 2. durch Unbekannt ins Hochzeitsbett der dummen Liesbeth) noch philosophische Reflexionen anzufügen habe und in welcher Couleur. Nicht jeder Zuhörer sei gewappnet, den Gedanken der Jämmerlichkeit der Leute von K. zu ertragen, die Leib und Leben daran gesetzt hatten, ihrem vertrockneten Junker die Bespöttelung durch das revolutionäre Volk von Paris zu ersparen. Andere wieder wollten im Aufmucken der Marie nicht schon Klassenkämpfe wittern, sondern allein das tragische, ewig erfolglose Auflehnen der Schwachen gegen die Starken. Oder gar nur die bemerkenswerte Standhaftigkeit eines treuen Weibs. Wer es nun aber – auf Teufel komm raus – total dialektisch wünsche, dem könne er auch aus der Geschichte der dummen Liesbeth noch eine Bestätigung des historischen Materialismus herausfiltern. Denn auch hier lagen, das hatte das Studium des von Lehrer Gerber geleiteten »Zirkels junger Historiker auf den Spuren des Kahlbutz« eindeutig erwiesen, Klassengegensätze am tiefsten Grunde des Geschehens. War doch die Flucht des witzboldigen Bräutigams nichts anderes als eine der hundert Arten, wie die Ärmeren die Reicheren bestahlen, um der stets zu ihren Ungunsten pendelnden Waage der Gerechtigkeit einen Stoß in die eigene Richtung zu geben.

In der Frage des biologischen Rätsels machte Renzel jedoch kein Federlesen. Er unterließ es einfach, auf etwaige Klärung der mit der Verlederung des Kahlbutz zusammenhängenden Probleme hinzuweisen. Daß da irgendwann einmal eine Erklärung gefunden werde, sei eine Binsenweisheit, wohl auch schon für Schulkinder. Um jedoch den geringsten Anlaß für das Wiederaufleben unwissenschaftlicher Phantasien bei den Jüngsten auszuschließen, hatte er die dem alten Ehepaar Meißner so lieb gewesene Mär vom Nagelschneiden, das der Kahlbutz ab und zu noch nötig hätte, ersatzlos aus dem Vortrag gestrichen.

Als wir wieder draußen waren, Renzel gedankt und bezahlt hatten, zeigte sich Jean Marc zwar beeindruckt, aber doch auch verwirrt. Ich mußte ihm, als wir auf den Rädern nach Hause fuhren, alles noch einmal der Reihe nach berichten und durfte auch den theoretisch-dialektischen Teil nicht weglassen. Plötzlich merkte ich, daß er sich einen Spaß daraus machte, mich immer wieder von vorn anfangen zu lassen. Jean Marc hatte verstanden, daß der Kahlbutz seine Leute immer noch verhexte. Auch mich! Angefangen bei dem Zittern, das mich schon zu Beginn ergriff, als ich vergeblich versucht hatte, die Tür zu öffnen! Dann die Nervosität und die übertriebene Spannung, mit der ich die Ausführungen des Hinkenden verfolgt hatte!

Das sei keine Verhexung, meinte ich darauf verstört, sondern nur mein unruhiger Wissenschaftlergeist, der eben unablässig darauf aus war, jene Grenze zwischen der Treue zu den darzustellenden Tatsachen und den unabdingbaren Verallgemeinerungen auszuloten, eine Grenze, die vielleicht von vornherein als fließend verstanden werden müsse?

Da Petzold Jean Marc an diesem Abend überredet hatte, mit ihm in den Stadtkrug zu gehen, und ich bei Mutter und Schwester allein saß, ergab sich für die beiden eine Gelegenheit, mich nach meinen Zukunftsplänen auszufragen. Sie zeigten sich nicht sehr verwundert, dafür aber um so besorgter, daß ich tatsächlich nach Frankreich wollte. So weit weg! So allein! Ins Ungewisse! Ich setzte dagegen, daß Jean Marcs Eltern mich bereits erwarteten. Mein Mann hatte Arbeit, und ich selbst würde über kurz oder lang sicher auch etwas finden. Schließlich besaß ich Diplome, die nicht jeder hatte. Die Sprache kannte ich schon. Und vielleicht, sagte ich, würde ich zunächst einmal an etwas ganz anderes denken, an ein Baby nämlich! Da seufzten die beiden auf, schwiegen eine Weile und beschworen mich zuletzt, mir ja nicht die Wege einer eventuellen Rückkehr zu verbauen. Denn ein Abenteuer bleibe die Sache doch, wie man sie auch drehe und wende. Natürlich, sagte ich, sei es ein Risiko. Eine Ehe war immer ein Risiko. Wer wußte das besser als ich! Aber immerhin war ich mit Jean Marc nun schon fast zwei Jahre zusammen, und es gab nicht das geringste Anzeichen, das mich hätte skeptisch machen müssen.

Als ich mit Jean Marc wieder in Berlin eintraf, war es schon fast Zeit, seine Koffer zu packen. Der Abschied kam schnell heran, und ich stand wieder einmal vor dem gläsernen Tränenpalast in der Friedrichstraße. Wie damals, als Méribin abgereist war. Aber welch Unterschied! Es war nicht nur die Sommerhitze, während ich mir seinerzeit kalte Füße geholt hatte. Da war auch Liebe, die mich mit Jean Marc verband. Die uns helfen würde, die Trennung zu überstehen. Und schließlich die Hoffnung, daß ich ihm in absehbarer Zeit folgen würde. Ich wollte einen Antrag stellen, um ihn in den Weihnachtsferien zu besuchen!

Dies letzte Jahr zu Hause fühlte ich seltsam intensiv. Nie waren meine Beziehungen zu Freunden und Bekannten stärker gewesen. Mit Monika und ihrem Söhnchen Mauro verbrachte ich manches Wochenende. Öfter besuchte ich nun auch wieder Mina und Bodo, der mich seit meiner neuerlichen Verehelichung nur noch mit »Madame« anredete und mir immer wieder halb scherzhaft, halb neidisch sagte: »Du hast's geschafft, Gott, jetzt hast du's geschafft!«

Am merkwürdigsten war, daß ich zu Heidemarie Nähe

gewann. Weil ich ins Ungewisse wollte, konnte ich das einzige Gewisse, das ich besaß – die Liebe der Meinen –, endlich spüren. Öfter als früher kam Heidemarie nach Berlin, überließ die Kinder der Mutter und der Krippe. Meist reiste sie ohne Petzold an. Sie verlangte nicht mehr, zum Tanzen geführt zu werden. Abends wollte sie mit mir über Familienangelegenheiten reden. Die Ehe unserer Eltern beschäftigte uns. Ob Mutter etwas mit Griesner gehabt hatte? Die Pille. Petzolds Ungeschicklichkeit im Bett. Sein zunehmender Alkoholkonsum. Sie hatte ihn sogar in Verdacht, daß er fremdging. Sollte sie einen Skandal vom Zaun brechen? Vor Mutters Augen vielleicht lieber nicht? Die Sorge um die Kinder. Die Zukunft.

Geradezu unersättlich war Heidemarie, wenn es um das Ausmalen meiner Zukunft ging. Sie sah mich im Pelzmantel. Oder in ein chices Auto einsteigen. In einen BMW zum Beispiel. Ich lachte. Jean Marc war doch nur Lehrer! Aber, wandte Heidemarie ein, seine Eltern hatten immerhin ein Geschaft! Komisch genug, daß der Vater trotzdem in der Partei war. Das waren eben die französischen Zustände. Da mußte man so und so auf allerhand gefaßt sein. Ob ich das alles aushalten würde? Sie bat mich, sie regelmäßig mit Gestricktem aus dem Geschäft der Schwiegereltern zu versorgen. Und möglichst auch mit Jeans. Wenn es eine Kinderabteilung geben sollte, müßte ich auch Pullis für die beiden Kleinen schicken. Und Mutter nicht vergessen! Damit sie im Konsum mit französischer Eleganz Furore machen könnte! Worüber wir uns beide in den Schlaf kicherten.

Während ich zügig meine Arbeit über die Bauern vollendete, schickte mir Jean Marc von Zeit zu Zeit bunte Ansichtskarten. Auf diese Weise konnte ich die Stadt, in der ich leben würde, schon etwas kennenlernen. Den alten Hafen zum Beispiel. Den neuen Hafen. Notre-Dame de la Garde. Den Fischmarkt. Den Knoblauchmarkt. Die Canebière. Das Château d'If! Da fiel mir natürlich der Graf von Monte Christo ein oder vielmehr Jean Marais, in den ich mich als junges Mädchen verliebt hatte. Das Château d'If würde ich unbedingt einmal besuchen wollen!

Meinen Antrag auf die Frankreichreise, den ich auf Anraten Monikas damit begründet hatte, daß ich mir das Land und meine Schwiegereltern vor meiner endgültigen Ausreise schließlich einmal ansehen müßte, hatte eine Polizeibeamtin mit beinahe freundlicher Miene entgegengenommen. Nach ein paar Wochen Wartezeit fauchte mir dieselbe Polizistin mit greller Stimme zu, daß ich mir nicht einbilden sollte, gegenüber anderen Bürgern unseres Landes bereits Privilegien zu genießen. Wenn mir überhaupt etwas genehmigt werden könne, dann sei es die ständige Ausreise! Und auch das sei alles andere als selbstverständlich!

Empört rief ich Jean Marc an. Er versprach sofort, selber zu kommen. Zum Glück war es für die Beantragung des Visums noch nicht zu spät. Das schönste Geschenk, das er mitbrachte – wertvoller als das Rundstrickkostüm –, war der Stadtplan von Marseille. Ich breitete ihn sofort aus, fragte, wo genau wir wohnen würden. Jean Marc malte ein kleines Kreuz in die Gegend zwischen der Avenue de la Rose und der Rocade. Die Straße hieß Rue de la Sainte-Sophie. Ich stellte Fragen über Entfernungen. Spaziermöglichkeiten. »Und am Bahnhof Saint-Charles werde ich bestimmt ankommen!« stellte ich am Ende fest. Dann schaute ich mir noch genau an, auf welchem Wege wir von Saint-Charles zur Sophienstraße fahren würden. Freilich nicht im BMW, wie Heidemarie phantasiert hatte, sondern in Jean Marcs kleinem R5, den er aus zweiter Hand erworben hatte.

»Es ist hoffentlich der letzte Abschied«, sagte ich, als ich – diesmal wieder im Winterwetter – vorm Glaspalast Friedrichstraße Jean Marcs Hand drückte. Er nickte mir zu. »Sonst komme ich im Sommer, und wir zelten wieder an der Ostsee«, meinte er mit einem Lächeln, »auch wenn wir noch einmal im Regen ertrinken!« – »Ich hoffe, daß ich im Sommer schon in Mittelmeersonne ertrinke!« rief ich ihm nach.

Nie hatte ich dem Frühjahr weniger Aufmerksamkeit geschenkt als diesmal. Sonnentage, Regentage, alles war mir egal. Wie viele Rennereien so eine Doktorverteidigung nötig machte! Und erst einmal der Ausreiseantrag, den ich nun zu stellen wagte und der zunächst mit derselben Indifferenz behandelt wurde wie der Heiratsantrag. Aber das hatte ich erwartet. Bei diesen Dingen lief nichts von allein. Überall mußte nachgebohrt werden. Vornehmlich dienstags, dem Empfangstag der Ämter.

Irritierend war der seltsame Magnetismus, der mich immer mehr an die Menschen band, die ich zurücklassen mußte: Monika, der Professor, Bodo, Mina, Heidemarie. Mutter. Und Frau Wiesenthal!

Die Verteidigung fand Ende April statt. Aus Leipzig und Halle reisten Spezialisten an. Krittelten ein wenig herum, ohne allerdings Wesentliches zu demolieren. Im Publikum saßen auch Monika und Frau Wiesenthal. Beide atmeten auf, als der Professor meine Arbeit temperamentvoll verteidigte. Triumph also am Ende. Allgemeine Gratulation. Blumen. Man nannte mich Frau Doktor. Es wurde bedauert, daß ich nicht am Institut bleiben wollte. Was? Sogar nach Frankreich zog es mich? Nun, warum auch nicht. Wer die Möglichkeit hat! Trotzdem, man würde mich vermissen. Manche meinten, daß ich vielleicht wiederkommen würde. Nur nicht zu früh die Brücken abbrechen!

Davon sprach auch Frau Wiesenthal, als wir abends nach einer kleinen Feier in meine Wohnung zurückkehrten. Ich merkte, wie sehr sie sich verantwortlich fühlte. Wie ihr die Risiken meiner Entscheidung unter die Haut gingen. Und so tat ich alles, um sie zu beruhigen. Ich dächte vorläufig nicht im Traume daran, irgendwelche Brücken abzubrechen. Ich würde, sobald ich mir die Reise erlauben könne, auch nach Reinsbach zu Besuch kommen.

Das Warten auf die Doktorurkunde und die Ausreisegenehmigung fraß noch den halben Sommer. Es war, als sollte ich mir des ungeheuren Privilegs, dessen ich teilhaftig wurde, so recht bewußt werden.

In den ersten, noch warmen Septembertagen war es dann soweit. Ich bekam die Ausreise. Bodo hatte sich bereit erklärt, mich in Minas grünem Wartburg zur Grenze zu chauffieren, denn mein Gepäck war enorm, was er lächerlich fand. Als wir im Auto nebeneinander saßen, fragte er: »Und wenn es jetzt nach Afrika ginge?«

»Bist du etwa immer noch bereit?« fragte ich wie im Traum.

»Mit dir immer, Rosemarie«, antwortete er lächelnd.

Dann begann die Abreisezeremonie aus umgekehrter Perspektive. Diesmal war ich es, die im Glaspalast zu verschwinden hatte. »Ich danke dir«, flüsterte ich Bodo zu. »Für alles.«

»Keine Ursache!« warf er zurück.

»Ich glaube«, wagte ich noch hinzuzufügen, »daß ich dich endlich verstanden habe!«

»Du verzeihst mir also?« fragte Bodo und ergriff meine beiden Hände. Ich nickte ihm zu, wollte nun aber rasch gehen. Ich spürte Tränen in die Augen steigen. »Schreib mir, wenn du mal in Afrika bist!« rief er mir hinterher, während ich meine Koffer in einen schmalen Gang schob, in dem er mir schon nicht mehr weiterhelfen durfte.

Ich fühlte einen Krampf in der Brust wachsen, als ich mich in die Reihe der wartenden Rentner stellte. Welche Angst, daß mit dem Paß etwas nicht in Ordnung sein und man mich jetzt noch zurückschicken könnte!

Während mein Herz bis zum Hals klopfte, passierte ich die Eingangskontrolle und den Zoll ungeschoren. Dann die Paßkontrolle. Man musterte mich viel eingehender als die Rentner. Ich senkte den Blick. Bekam den Stempel. Atmete auf.

Das größte Aufatmen meines Lebens.

Nun war ich praktisch in der anderen Welt. Ich bugsierte meine Koffer und Taschen, Stück für Stück treppauf, treppab und wieder treppauf. Kein Mensch konnte mir helfen. Die alten Leutchen hatten genug mit ihrem eigenen Gepäck zu tun. Endlich stand ich auf dem Bahnsteig. Hoch über die Gleise war eine Stahlbrücke gespannt, auf der schwerbewaffnete Soldaten patrouillierten.

Natürlich war ich viel zu früh gekommen. Ich mußte noch einige Züge ein- und ausfahren lassen, ehe der meine bereitgestellt wurde. Nein, ich war doch noch nicht in der anderen Welt! Die Reisenden wurden per Lautsprecher immer wieder aufgefordert, sich der Bahnsteigkante nur bis zu einem weißen Strich zu nähern, der etwa einen halben Meter vor ihr leuchtete. Einsteigen durfte man nur auf Kommando. Natürlich hielten sich alle daran.

Noch hier wurden wir wie eine Schafherde gehalten!

Endlich fuhr mein Zug ein, endlich rollte er los. Durch die Mauer! Durch den Grenzstreifen, vorbei an Wachtürmen, Panzersperren und wer weiß was für unterirdisch angelegten Fallen. Wie eingebunkert wir waren!

Ich aber war entronnen. Ich war in Westberlin, das bislang für mich nur eine schwarzweiße Fernsehrealität gewesen war! Es ähnelte erstaunlich dem Berlin, das ich kannte. Nur die grelle Reklame, die schnittigen Wagen, mehr Gebäude mit Glasfassaden machten einen Unterschied. Zweifellos war das Trüppchen Wolken, das der Wind über den Himmel schob, auch am Alexanderplatz zu sehen. Nachdem der Zug dann lange durch Grünes gefahren war und noch einmal eine Grenzstation passiert hatte, kam er endgültig aus der Stadt heraus. Trug mich ein letztes Mal durch mein Land. In eine rasch aufziehende Nacht.

Müde werden und schlafen konnte ich nicht. Neben mir saß eine ältere Frau, die mich in ein Gespräch verwickelte. Sie freute sich auf ein Wiedersehen mit ihrem Sohn in München. Er war 1970 abgehauen. Sie wollte wissen, weshalb man ein junges Ding wie mich überhaupt reisen ließ. Was? Nach Frankreich hatte ich geheiratet? Um Gottes willen!

Der Kaffee kostete schon in Magdeburg drei Westmark.

Die zehn Franc, die ich dem Verkäufer anbot, nahm er auch.

Ich schloß die Augen. Tat so, als ob ich schlief. Ließ mich von Bildern bestürmen. Zuerst dachte ich an Heidemarie. Wie sie mich beneidete! Wie verschieden wir waren! Wie war es nur gekommen, daß ich selbst kämpfte, während Heidemarie so passiv blieb? Sich abfand mit allem, was ihr das Leben zumutete? Obwohl man doch ab und zu merkte, daß auch sie andere Wünsche hatte? Ich erinnerte mich, daß ich sie früher wegen ihrer nach außen getragenen Bescheidenheit fast gehaßt hatte. Dieses Gefühl war aber seit geraumer Zeit in Mitleid umgeschlagen. Und seltsamerweise doch auch in Liebe.

Dann gab ich mich Bildern der Zukunft hin. Mein Leben mit Jean Marc. Marseille. Der ewig blaue Himmel dort. Das blau flimmernde Meer. Die großzügige weiße Stadt...

Zunächst näherten wir uns jedoch erst einmal der deutsch-deutschen Grenze. Der Zug hielt. Die Scheinwerfer. Die Hunde. Ausführliche Inspektion meines Passes, meines Gepäcks. Endlich: gute Wünsche zur Weiterfahrt. Durch den Todesstreifen. Dann die anderen Grenzer. Flinker. Betont salopp. Aber vielleicht nicht weniger aufmerksam.

Ich war im Westen. Das Dunkel der Nacht war allerdings dasselbe. Die alte Frau schnarchte. Ich versuchte, ebenfalls einzuschlafen, aber es gelang nicht. Wie auch? Ans Fenster klatschte warmer Regen. Vorbeigaukelnde Lichter verschwammen. Ich döste hellwach vor mich hin. Eigentlich unfaßbar, daß sich jetzt endlich mein Traum erfüllen sollte. Angst oder Sorge beschlich mich nicht mehr. Was auch immer später kommen mochte, zunächst wartete Schönes auf mich. Das hatte ich verdient. Ich hatte gekämpft. Warum kämpften die anderen weniger?

Die Namen der deutschen Städte, durch die ich fuhr, sagten mir wenig. In unserer Familie war nicht vom Westen geschwärmt worden. Und von Abhauen war nie die

Rede gewesen. Wenn wir auch selbstverständlich das Westfernsehen sahen, zumindest seit Vaters Tod. Doch niemand und nichts hatte in mir je ein lebendiges Gefühl für dieses andere Deutschland geweckt. Nach Frankreich wollte ich, nicht in den Westen. Und Rolf, dachte ich jetzt, dessen Schlüssel ich bei mir trug, war er abgehauen? Hatte er überhaupt das ›Kapital‹ zu Ende gelesen?

Daß sich der andere Zug, in den ich umstieg, als wesentlich schneller und komfortabler erwies, war mir angenehm. In der Frühe in Frankfurt setzte sich ein eleganter Herr ins Abteil, der eine druckfrische Zeitung in den Händen hielt und sich sofort darin vertiefte.

Bald glitt der Zug an gemähten Feldern vorbei. Wälder tauchten aus dem Morgennebel. Immer wieder auch Weinberge. In Baden-Baden letzter Halt auf deutschem Boden. Eine französische Familie stieg zu: er, sie und zwei Kinder. Und hinten im Waggon – ich traute zunächst meinen Augen nicht – standen schon die französischen Grenzer in ihren blauen Uniformen!

Zuerst kontrollierten jedoch die Deutschen. Sachlich. Rasch. Aber noch ehe die Grenze überfahren war, standen schon die Franzosen salutierend vorm Abteil. Zunächst hatte es den Anschein, als würden sie ebenso schnell verschwinden wie ihre deutschen Kollegen. Jedoch zeigten sie plötzlich unerwartetes Interesse für meinen Paß. Blätterten ihn nicht weniger aufmerksam durch, als es die Beamten zu Hause getan hatten. Es wurde mir schon peinlich. Obwohl sie Teilnahmslosigkeit mimten, ahnten die anderen Leute im Abteil natürlich nun sicher, woher ich kam. »Avez-vous un carnet de vaccination?« Im ersten Moment verstand ich gar nichts. Ich merkte nur, wie die Mitreisenden ihre Ohren spitzten, wie die Spannung wuchs. Einen Impfausweis wollten die sehen! Den hatte ich nicht, gab ich leise zu. Die beiden Grenzer sahen sich an, gaben sich ein beinahe unmerkliches Zeichen. Um mich dann weiter auszufragen. Ob mir die französische Botschaft in Berlin nicht gesagt hatte, daß ich einen Impfausweis brauche? Da griff plötzlich der Herr ein, der in Frankfurt zugestiegen war, und sagte in gutem, wenn auch nicht akzentfreiem Französisch, was ihnen eigentlich einfalle, eine Deutsche so zu schikanieren! Skandal! Schließlich käme ich nicht aus der Wildnis, sondern aus einem zivilisierten Lande, wenn es auch zur Zeit unter kommunistische Herrschaft geraten war. Gerade deshalb sollten sie sich derartige Auftritte aber sparen, die auf keinen Fall dem neueren europäischen Geist entsprächen!

Die Grenzer taten, als beeindruckte sie diese Rede kaum. Sie fragten mich, wo ich meinen französischen Familiennamen herhabe. Wo sich mein Gatte aufhalte, welchen Beruf er habe? Am Ende klappten sie den Paß zu, reichten ihn mir und grüßten forsch.

Ich konnte die Tränen nicht unterdrücken. Das französische Ehepaar blickte scheinbar teilnahmslos aus dem Fenster. Die Kinder betrachteten mich mit großen Augen. Der graumelierte Herr reichte mir ein Paket Tempotaschentücher und gab sich Mühe, mich zu beruhigen. Die Franzosen, erklärte er, litten nun einmal an Spionenfurcht. Dabei wüßte doch jeder, daß Spione mit ganz anderen Pässen über die Grenzen gingen. Und sicherlich nicht im Zug. Auf den Autostraßen wurde doch viel weniger kontrolliert!

Das sei nun schon Frankreich, sagte er und wies aus dem Fenster. »Die Vororte von Straßburg!« Meine Einfahrt nach Frankreich hatte ich mir anders vorgestellt. Ich sah die Stadt hinter einem Tränenschleier. Gerade, daß ich das berühmte Münster wahrnahm.

Der freundliche Herr stieg hier leider aus. Er wünschte mir Glück und Zuversicht für mein weiteres Leben im Westen. Den Zuspruch brauchte ich wirklich. Ich mußte ja nun mit dem teilnahmslosen Ehepaar und den großäugigen Kindern weiterreisen!

Wieder Weinberge. Die sanften Hügel des Elsaß versöhnten mich allmählich mit dem Zwischenfall. Wenn nur das Ehepaar nicht so verklemmt dahergeschaut hätte! Ich hatte Hunger. Kramte ein paar Zwiebäcke hervor. Öffnete mein letztes Päckchen »Karo«. Trat auf den Gang hinaus, um mit dem Rauch die Familie nicht in Panik zu versetzen. Hitze kam auf. Beinahe schon zuviel Hitze. Ich ging mir die Hände waschen, das Gesicht. Rauchte noch eine Zigarette im Gang. Dachte an Jean Marc, der jetzt sicher in der Schule war. In einigen Stunden würde er mit dem R5 zum Bahnhof Saint-Charles fahren. Das Glücksgefühl kehrte zurück. Ich war ja schließlich doch nach Frankreich hereingekommen, wie auch immer. Impfausweis! dachte ich empört. In keinem Lande wurde man mehr und regelmäßiger geimpft als dort, wo ich herkam!

Besançon. Der Zug durchquerte die Wälder des Jura. Erreichte schließlich die Rhone. Lyon. Die Familie stieg aus. Ein paar Frauen stiegen ein. Erstaunlich hart rollte ihr Dialekt daher. Ich konnte ihn nicht verstehen. Wahrscheinlich hatte ich nun schon provenzalische Bäuerinnen vor mir! Als sie mir ein großes Stück duftiges Weißbrot anboten, sprachen sie plötzlich Französisch, in dem freilich das »R« noch immer überraschend donnerte. Nachdem ich in das Brot gebissen und mich über den penetrant aromatischen Belag (Ziegenkäse? Schafskäse?) gewundert hatte, fiel mir meine Arbeit über die Bauern ein, und zum erstenmal mußte ich nun auch schon innerlich darüber lächeln. Jean Marc hatte wohl recht gehabt: Vielleicht würde sich niemand mehr dafür interessieren. Was scherte es diese Frauen, daß man sie im 12. Jahrhundert »vilana« genannt hatte?

Avignon. Die letzte Etappe. Mir fiel das Lied über den »Pont« ein. Wieder lachte ich in mich hinein. Den Impfausweis hatte ich schon fast vergessen. Die Landschaft wurde immer heiterer. Erste Pinien tauchten auf. Schlank und dunkel dehnten sich Zypressen empor. Riesige Kakteen in freier Landschaft. Und vor allem der Himmel! Welch ungeheurer Einbruch von Licht! Die Provence war ganz so, wie ich sie mir vorgestellt hatte. Wenn nicht noch strahlender. Im Paradies also würde ich leben. Gott, wenn Heidemarie das sehen könnte! Für einen Augenblick nur!

Die ersten Vororte von Marseille erreichte der Zug in feurigem Abendrot. Hochhäuser. Fabriken. Speichertürme. Die weiße Stadt grüßte. Wenige Minuten noch. Dann endlich Einfahrt in den alten Bahnhof Saint-Charles.

Vom Fenster aus hatte ich Jean Marc nicht entdecken können. Schwitzend bugsierte ich meine Koffer und Taschen auf den Bahnsteig. Und blieb dann einfach darauf sitzen. Jean Marc würde mich schon finden. Ich versank im Getöse. Saugte das Sprachgewirr ein. Bis ich durch einen Kuß in den Nacken geweckt wurde. »Bonjour, Madame!« tönte endlich seine Stimme.

Ich sprang auf, umarmte Jean Marc. Mit allem hatte ich gerechnet, aber nicht damit, daß ich wieder weinen würde! Jean Marc fragte lachend, warum ich so viele Koffer mitgeschleppt hätte? Dann packte er den größten, ergriff noch eine dicke Tasche mit der anderen Hand und ächzte den Bahnsteig hinunter. Zu meiner Überraschung steuerte er direkt auf die Gepäckaufbewahrung zu. »Weißt du, was ich mir gedacht habe?« fing er an. »Ich habe keine Lust, dich gleich am ersten Abend mit Maman et Papá zu teilen. Wir fahren zuerst zum alten Hafen Fisch essen!« Ich jubelte. Vergaß den Schmutz und Schweiß, die auf mir klebten, und die Müdigkeit ebenfalls. Etwas Schöneres hätte sich Jean Marc nicht ausdenken können. Das wirkliche, das tolle Leben begann!

Als wir aus dem Bahnhof traten, war ich wie benommen. Die schnittigen, vor der großen Treppe vorbeirasenden Autos hatten ein geradezu unwirkliches, phantastisches Tempo. Ihr Lärm mischte sich zu einem Getöse, das gleichsam aus allen Straßen aufzusteigen schien. In der Ferne schwoll Sirenenlärm an. »Rast du auch so mit deinem R5?« fragte ich ängstlich. Gleich würde ich es sehen, antwortete er lächelnd und machte mir ein Zeichen mit dem Kopf, in welche Richtung wir zu gehen hatten. Im

Menschengewühl streiften wir zwei unerhört grell geschminkte Frauen, die mich sofort leise anzischten, als ich entgeistert in ihre clownsartigen Gesichter starrte. Jean Marc zog mich am Arm schnell weiter. »Das sind Huren!« flüsterte er mir auf deutsch zu. »Die mögen es nicht, wenn Frauen sie ansehen! Paß auf, die können auch handgreiflich werden.«

In einer Seitenstraße stand der hellblaue R5. Wir fuhren los. Welch mondänes Strahlen überall! Das Lichtermeer! Der verschwenderische Glanz der Schaufenster! Die unruhige abendliche Eleganz auf den Straßen! »Du bist also in Marseille!« sagte Jean Marc, nahm seine rechte Hand vom Steuer und legte sie mir auf die Knie. »Ich habe fast nicht daran geglaubt, daß du kommen würdest«, fuhr er fort. »Ich werd nicht wieder!« würde Heidemarie sagen, fiel mir plötzlich ein. Warum mußte ich so viel an meine Schwester denken? »Ich habe immer daran geglaubt!« verkündete ich stolz. »Irgendwann mußte es kommen.«

Nach einigem Suchen parkte Jean Marc seinen R5 mit erstaunlichem Geschick in einer schmalen Lücke zwischen zwei breiten Straßenkreuzern. Dann durchstreiften wir ein paar geschäftige Avenuen, überquerten eine Parkanlage mit antiken Mauerresten – griechische? römische? –, und plötzlich sah ich es vor mir liegen: das langgezogene Wasserkarree des alten Hafens. Auf der schwarz blitzenden Oberfläche strahlten Hunderte von Lichtern wider. Auch lag ein unbeschreiblich sachter, beinahe süßlicher Fischgeruch in der Luft, den ich gierig einsaugte. Ausgebreitet in den Vitrinen der Terrassenrestaurants lagen die bunten Fische und Schalentiere des Mittelmeeres vor mir und warteten darauf, ausgesucht zu werden. »Hier ist es zu teuer!« flüsterte Jean Marc mir zu und zerrte mich ein paar Meter weiter zu einem ebenso sympathischen Restaurant. Wieso das billiger war, konnte ich mir nicht erklären. Hinter Blumenrabatten nahmen wir Platz. »Und nun willst du sicher einen Pastis?« fragte Jean Marc.

Der eiskalte, weißlich gelbe Ricard erinnerte mich an die

Anisplätzchen von Frau Wiesenthal. Er stieg mir sofort zu Kopfe. Ich erzählte Jean Marc von dem Zwischenfall mit dem Impfausweis. Er lachte. »Da hast du gleich gemerkt, daß du in ein antikommunistisches Land gereist bist! Du wirst dich noch öfter wundern müssen!« Die Patronne brachte ein Schälchen Oliven.

Kurz darauf kam schon die Bouillabaisse. »Was für ein Luxus!« sagte ich leise und wiederholte es auch vor der Patronne, die mehrmals in ihrer Schürze zu uns trat und fragte, ob es denn auch wirklich schmeckte? Als sie sah, daß ich mit den in der Suppe schwimmenden Langoustinen nichts anfangen konnte, zeigte sie mir, wie ich sie mit einem Nußknacker öffnen konnte. Jean Marc zog sie mit den Händen aus der Schale. Unterdessen bewunderte ich die Riesenplatte mit verschiedenen gegrillten Fischen, die nun bereits vor uns stand. »Wieso sind einige so gelb?« erkundigte ich mich. »Mit Safran gefärbt!« erklärte Jean Marc und schenkte mir von dem merkwürdig hell blitzenden Wein, einem Rosé, nach. Im Hintergrund immer noch das Brummen des Verkehrs, aus dem ab und zu Sirenengeheul hervorbrach. Die pulsierende Stadt, deren wirkliches Gesicht noch teils unter Nachtschwärze, teils unter unzähligen Lichtkegeln verborgen lag. Später fragte ich mich immer wieder, ob nicht auch Schatten über Jean Marcs Gesicht gelegen hatten? Ob ich an diesem Abend blind gewesen war? Blind vor Glück und Müdigkeit?

Diese Unkonzentriertheit, ein nervöses Um-sich-Sehen, das ich früher nicht an ihm kannte, hatte er das schon an diesem Abend, oder stellte es sich erst in den kommenden Wochen ein? Ich bemerkte jedenfalls vorerst nur seine Freude über das Erstaunen, das mich auf Schritt und Tritt befiel. Sein Stolz, daß meine Verpflanzung von Berlin zum Mittelmeer gelungen war.

Der kleine Schwips, meine unsägliche Müdigkeit taten ein übriges. Der Blick, den ich in die berühmte Canebière werfen konnte, war schon beinahe zuviel. Ich konnte den Rummel nicht mehr aufnehmen. Ob ich mich in dieser anderen Welt, die mit Selbstverständlichkeit in ewiger Eleganz lebte, jemals freischwimmen würde? Momentan war es mir egal. Jean Marc war der Strohhalm, an den ich mich klammern konnte, und er führte mich sicher zum Auto. Willigte auch ein, als ich darauf bestand, mein Gepäck doch abzuholen.

Um den Bahnhof Saint-Charles lungerten jetzt noch mehr Huren herum. Es war ihre Zeit. Ich gab mir Mühe, an ihnen vorbeizusehen. Dieses Phänomen kannte ich nur aus den Büchern des neunzehnten Jahrhunderts! Ganz fatal kam es mir vor, Prostituierte in modischen Kleidern zu sehen. Wie konnte eine Frau heutzutage darauf kommen, sich auf offener Straße feilzubieten?

Wir schleppten die Koffer zum Auto. Fuhren dann in nördliche Richtung durch Avenuen, deren Namen ich von der Karte her kannte. Bis Jean Marc in kleinere Straßen einbog und schließlich in der Rue de la Sainte-Sophie zum Halten kam. Die helle Häuserzeile hatte liebevoll gepflegte Fassaden, selbst in der Nacht strahlend weiße Fensterrahmen und eine Reihe von erleuchteten Vitrinen. Das schmale Schaufenster der Strickwarenboutique deutete auf ein winziges Geschäft. Jean Marc schob mich in die danebenliegende Haustür, machte das Licht an und flüsterte mir zu, in die zweite Etage hinaufzusteigen. Es roch angenehm. Nicht nur nach Sauberkeit. Ein roter Läufer lag auf den Stufen und dämpfte die Schritte. Im zweiten Stock wartete ich, bis Jean Marc mit dem Gepäck nachgekommen war. Er öffnete eine hohe Tür, knipste erneut das Licht an und sagte: »Hier bist du vorerst zu Hause!« Der freundliche Raum, die zartgliedrigen Möbel, der geblümte Salon erinnerten mich an ein Eiscafé. So bescheiden wie Jean Marc sein Elternhaus beschrieben hatte, war es gar nicht! Zumal er nun eine Flügeltür öffnete, hinter der ein großes, ebenfalls mit Geblümtem bedecktes Bett zum Vorschein kam. Ich umarmte ihn und sagte, daß ich hochzufrieden war. Er zog mich auf einen kleinen Diwan, der aus einem Boudoir von Balzac zu stammen schien. Auf meine Bemerkung, daß das alles wohl antik sei, lachte Jean Marc wieder und fragte, ob ich denn nicht sähe, daß die verdammten geblümten Bezüge aus purem Nylon waren? Es handele sich um nichts anderes als den ordinären Geschmack seiner Mutter! Den man leider jedoch – wie alle anderen Geschmäcker auch – in dieser kapitalistischen Welt voll und ganz befriedigen könne. »Wenn wir eine Wohnung haben«, fügte er hinzu, »machen wir es ganz anders. Einfach, ohne den vielen Klimbim hier.« Und schon servierte er mir in einem winzigen Gläschen ein Eau de vie. Raten sollte ich, von welcher Frucht es stammte? Es war Himbeere. Mein Schwips bekam neuen Auftrieb, ich wurde fröhlich und verführte meinen Mann Schritt um Schritt. Um dann rasch unter der bunten Decke einzuschlafen. Dabei war mir, als spürte ich wieder das gleichmäßige Rattern des Zuges.

Spät am Vormittag erwachte ich in dem geblümten Bett. Ich brauchte Zeit, um das im Halbdunkel liegende Zimmer zu erkennen: die grazilen Möbel, die unzähligen Nippes, Lämpchen, Schälchen, tausenderlei Tand. Dazwischen stand mein staubbedecktes Gepäck. Und das Bett roch nach Liebe! Ich begann mich an den gestrigen Abend zu erinnern. Gerne wäre ich noch liegengeblieben. Aber das Neue lockte. Der Gedanke an meine Schwiegereltern trieb mich hoch.

Nachdem ich zum Fenster geschwankt war und die Vorhänge zurückgeschoben hatte, überwältigte mich wieder das Licht. Ich mußte die Augen schließen. Als ich sie wieder öffnete und auf die Straße blickte, sah ich, wie sehr sie sich von den Straßen unterschied, die ich bisher gekannt hatte. Da waren nicht nur die Autos, die unten in majestätischer Souveränität vorbeischwebten, sondern auch eine unglaubliche Sauberkeit. Die Manie, mit der die Fassaden gepflegt waren! Und das viele Grün, das aus den Vorgärten quoll!

Auf dem Tisch sah ich einen von Jean Marc geschriebenen Zettel liegen. Er komme erst gegen fünf Uhr aus der

Schule. Ohne Scheu solle ich zu seinen Eltern in die erste Etage hinuntersteigen. Falls niemand dort sei, könne ich auch ins Geschäft gehen, wo ich auf alle Fälle die Mutter antreffen würde. Neben dem Brief lag etwas Geld.

Auf unserer Etage gab es auch ein Badezimmer. Nachdem ich mich in seinen gepflegten Düften lange gewaschen und frisiert hatte, stieg ich zur ersten Etage hinunter. Wieder schluckte der samtene Teppich jeden Laut. Mit größtmöglicher Delikatesse klopfte ich an die Türen. Niemand antwortete.

So stieg ich weiter hinab und hörte auf den letzten Stufen schon die Stimme der Schwiegermutter aus dem Geschäft tönen. Sie war dabei, einer Kundin die schönsten Komplimente zu machen. Sie zu bestimmten Farben zu ermutigen. Bald nahm ich das enttäuschte, aber höfliche Absinken der Stimme wahr, die Kundin dankte und schloß die Ladentür hinter sich. Schon wollte ich einen Vorstoß durch die spanische Wand wagen, hinter der das Geschäft lag, doch hielt ich mich im letzten Moment zurück, weil auszumachen war, daß eine neue Kundin bedient wurde. Erneut lobte die Schwiegermutter ihre Waren, schlug eine kleine Preissenkung vor und verfiel am Ende wieder in hochtrabende Komplimente für das Aussehen ihrer Kundin. Doch auch diese Frau kaufte offensichtlich nichts. Als eine dritte Frau die Stimme erhob, entschloß ich mich doch, mein Gesicht zwischen die Perlenschnüre zu stekken und ein freundliches »Bonjour!« auszusprechen. Jean Marcs Mutter wandte mir den Kopf zu, der überraschend dem ihres Sohnes glich. Nur, daß er perfekt gepflegt war. Sie bedeutete mir, einen Moment zu warten.

Nachdem sie die dritte und einstweilen letzte Kundin abgefertigt hatte, trat sie durch die spanische Wand, ergriff meine Hände, zog mich an sich und hauchte mir – wie es bei den Franzosen üblich ist – auf beide Wangen ein Küßchen. »Bonjour, ma fille!« sagte sie in bestimmtem Tone, betrachtete mich von oben bis unten. Dann goß sie mir aus einer chromblitzenden Thermosflasche Kaffee ein. Colette war eine quirlige Fünfzigerin, mit ausgesuchter Sorgfalt gekleidet und geschminkt, wie es so ein Modegeschäft eben verlangte. Sie lud mich ein, ihr wieder in den Laden zu folgen, denn eine neue Kundin war eingetreten. Auf einem Stühlchen im Hintergrund sollte ich Platz nehmen. Was für ein Geschäft! Am Ende war es doch nur ein winziger Laden. Aber seine Ausstattung erschien mir erlesen. Nicht zu reden von den geradezu betörend eleganten Strickwaren. Eine Eleganz übrigens, der die Kundinnen mit seltsamer Skepsis begegneten. Schon in der ersten halben Stunde merkte ich, daß Colette nur wenig verkaufte. Daher ihre Anstrengungen, sofort den Stil einer jeden Frau herauszufinden, ihr entsprechend zu raten und alsbald in süße Honigrede zu verfallen, wie gut das in Frage stehende Kleidungsstück paßte. Einmal, als wir allein im Geschäft waren, lehnte sie sich leicht seufzend an die elfenbeinfarbigen Regale, lächelte mir zu und sagte: »Idiotisch, nicht? Den ganzen Tag immer dasselbe. Die Pullover raus und wieder rein! Besonders schlimm ist es im Sommer. Wenn die Leute eigentlich keine Pullover brauchen, sind sie besonders wählerisch. Und Sommerkombinationen – sie wies auf ihr eigenes leichtes Baumwollkleid – werden jetzt, wenn der Herbst beginnt, auch nicht mehr gekauft!«

Hätte mir nicht noch Müdigkeit in den Knochen gesteckt, wäre es mir in Colettes Laden bereits langweilig gewesen. Mir fiel ein, daß ich eine Nachricht über meine glückliche Ankunft nach Reinsbach schicken sollte. Telegrafieren? Irgendwie fühlte ich mich noch zu schwach. Die Glieder waren mir schwer...

Mittags schloß Colette den Laden. Dann lud sie mich ein, mit ihr in die erste Etage zu steigen. Um zu dejeunieren. In der Zwischenzeit waren auch die Hausangestellte Odile und Jean Marcs Vater Claude eingetroffen. Er begrüßte mich mit gesetzter Freundlichkeit, während Odile die Kußzeremonie wiederholte. Der Salon, in dem sie dann das Mittagessen servierte, erschien mir noch verspielter als die Etage, die ich mit Jean Marc bewohnte. Während die Bouillon gelöffelt wurde, befragte mich Claude über meine Studien, meine Familie. Man bewunderte mein Französisch. Inzwischen kam der Braten auf den Tisch, der ein wundersames Aroma ausströmte. Auf meine Frage, was das wohl für ein besonderer Duft sei, antwortete Odile, daß sie nur Olivenöl und ein paar Provencekräuter verwendet habe. Aber mir war, als hätte ich noch nie so zartes Fleisch gegessen. Auch das gurkenähnliche Gemüse, das folgte, kannte ich nicht. Als der Käse aufgetragen wurde, dachte ich sofort an Griesner. Dann auch an Monika. Was würden die für Augen machen, wenn sie jetzt hier säßen! Am Ende standen noch schönste Kirschen und Pfirsiche auf dem Tisch.

Die Schwiegereltern zogen sich nun zur Siesta zurück. Und auch ich wußte nichts Besseres zu tun, um am frühen Nachmittag endlich erholt aufzustehen. Ich beschloß, einen kleinen Streifzug nach draußen zu unternehmen. Eventuell eine Postkarte zu kaufen, um sie auf den langen Weg nach Reinsbach zu schicken.

So stieg ich wieder hinunter, unterrichtete Colette von meinem Ausgang und stand wenig später auf der Straße. Sengende Hitze schlug mir entgegen. Das Licht! Dieses unbeschreiblich reiche Licht, das über dem makellosen Asphalt vibrierte! Die Autoschlange! Sogar das Benzin roch anders! Wie im Traume lief ich voran. Bog in eine noch vornehmere Villenstraße ein. Das über die Zäune hinausschießende Grün, diese halbexotischen Bäume und Sträucher – Hartlaubgewächse, die ich bislang höchstens in Treibhäusern gesehen hatte! An der Straßenecke stand sogar eine Palme. Im Hintergrund das phantastische Bergpanorama, teils grün, teils felsig weiß. Und im hitzeflimmernden Azur schwamm nicht das kleinste Wölkchen. Nicht der geringste Windhauch lag in der Luft!

Ich gelangte auf einen größeren Boulevard, vielleicht eine der Avenuen, die wir gestern nacht durchfahren hatten. Eine Geschäftsstraße, die geradezu unverschämten Reichtum präsentierte. Ich trat in einen Supermarkt. Die grelle Farbigkeit und die Vielfalt der Dinge, die angeboten wurden, überstieg die kühnsten Vorstellungen, die ich mir vom Westen gemacht hatte. Wie kam es, daß diese Welt, die man uns zu verdammen gelehrt hatte, eine solche Schöpferkraft entfaltete? Wenn Mutter diese sanft nach Schokolade duftende und glitzernde Farben sprühende Süßwarenabteilung mit ihrem Konsum vergleichen könnte! Am Schreibwarenstand dominierten Pastelltöne – alle scheinbar aufeinander abgestimmt! Nach einigem Suchen gelang es mir, unter den tausend und abertausend Waren eine Postkarte ausfindig zu machen. Ein Foto vom alten Hafen. Vom Fischrestaurant würde ich berichten!

Der Autolärm, wieder und wieder von Sirenengeheul durchsetzt, schien immer mehr anzuwachsen. Die Wagen kamen kaum noch voran. Der abendliche Berufsverkehr hatte begonnen. Auch Jean Marc mußte nun nach Hause kommen.

Als ich zurückkehrte und in die Sophienstraße einbog, lief ich ihm in die Arme. Wie ein Kind fiel ich ihm um den Hals.

Wir tranken einen Kaffee mit Claude. Dann mußte Jean Marc Schülerarbeiten korrigieren. Ich schrieb meine Postkarte und blätterte ein paar Journale durch.

Das abendliche Diner wurde wieder im verspielten Salon der ersten Etage eingenommen. Colette servierte die zierlichen Lammkoteletts selbst. Sie wurden übrigens mit den Händen gegessen und dufteten so angenehm, daß ich meinen Widerwillen gegen Hammelfleisch sofort aufgab und mutig zubiß. Auf der Zunge zerging dieses Fleisch! Da war nichts, aber auch gar nichts von dem strengen Geschmack, den Schafe in unseren Breiten haben.

Jean Marc, der sich beim Essen schweigsam gegeben hatte, schlug mir vor, einen abendlichen Ausflug zu unternehmen.

Wieder fuhren wir durch die lichttrunkene Stadt. Diesmal in die andere Richtung, auf die Berge zu. Er fragte mich, ob ich es aushalten würde, noch eine Weile bei seinen Eltern zu wohnen? Denn es sei unsicher, wann wir uns eine eigene Wohnung leisten könnten. Bekäme ich Arbeit, vielleicht bald. Er riet mir, gleich zu Beginn der nächsten Woche meine Papiere in Ordnung zu bringen, die Aufenthaltserlaubnis, die Arbeitserlaubnis.

»Und unser Baby?« fragte ich nun. »Wann machen wir das Baby?«

Da löste Jean Marc wie gestern seine rechte Hand vom Steuer, legte sie mir auf die Knie und sagte, daß es sicher klüger sei, mit dem Baby noch ein paar Monate zu warten. Ich sollte mich erst einmal einleben. Und wenn möglich – er wiederholte es – eine Arbeit aufnehmen.

Wir waren auf eine serpentinenartige, steil ansteigende Ausfallstraße gekommen. Marseille streckte sich als Lichtozean tief unter uns, im Südwesten begrenzt durch einen schwarzen Streifen: das Mittelmeer. Hinter dieser feuchten Erdkrümmung lag Afrika!

Jean Marc war in eine kleine Ortschaft eingebogen und hielt vor einem tavernenartigen Restaurant. Unter dem mit Rebenranken bedeckten Laubendach nahmen wir Platz. Er bestellte eine Karaffe Wein. Nahm meine beiden Hände. Schloß die seinen fest darum und sagte mir ernst, daß ich mich nicht auf ein zu einfaches Leben einrichten dürfe. Daß nicht alle Wünsche schnell in Erfüllung gehen könnten. Vernünftig müsse ich auch weiterhin sein, vernünftig, wie ich es immer gewesen war. Ich versprach es ihm. Schließlich war ich ein einfaches Leben gewohnt. Und er wußte doch, daß ich nicht wegen des Luxus hierhergekommen war!

Als wir heimfuhren, waren die Straßen nur wenig leerer. Jean Marc raste in demselben unvernünftigen Tempo dahin wie die anderen. Die Sirenen, die ich immer wieder aufheulen hörte, machten mir angst. »Ich mag nicht, wenn du so schnell fährst«, sagte ich. »Wir wollen mal sehen, wie schnell du fahren wirst!« antwortete er lachend. Autofahren sollte ich bald lernen. Allein schon, um ihn auf den Reisen, die wir zusammen unternehmen würden, ablösen zu können.

Der nächste Tag war Sonnabend. Jean Marc sprach von einem Ausflug ans Meer. Begeistert ging ich darauf ein. Auch meinen Badeanzug sollte ich mitnehmen.

In blendendem Sonnenschein jagten wir den Littoral entlang, zwischen dem postkartenblauen Meer und den sich weiß auftürmenden Hochhausfassaden. Die Dimensionen des neuen Hafens waren unermeßlich, immer wieder neue Becken, neue Molen. Die vielen Schiffe, Kräne, Speicher, Leitungen, Reservoire! Und alles sah unglaublich sauber aus! So makellos! So penibel angemalt, bunt wie riesiges Spielzeug! Bei uns sahen Industrieanlagen grundsätzlich schwarz und verdreckt aus. Aber das hier, das war eben der Westen.

Dann durchfuhren wir den Tunnel unterm alten Hafen, gelangten auf die sich in großzügigen Mäandern windende Corniche. »Voilà – le Château d'If!« sagte Jean Marc und wies auf eine der kleinen, gelblichen Inseln im Meer, auf der ich tatsächlich eine Festung ausmachen konnte. »Und die Insel daneben – ist das Tiboulon?« fragte ich gleich. Jean Marc wußte es nicht. Die Geschichte des Grafen von Monte Christo hatte ihn niemals interessiert. Und noch weniger mochte er den Schauspieler, der ihn dargestellt hatte. Aber wenn ich darauf bestünde, könnten wir schon einmal einen Ausflug zum alten Gefängnis da draußen unternehmen.

Jean Marc fuhr weit aus der Stadt hinaus. Bis hin zu einer jener ruhigen, weit ins Land ragenden Meeresbuchten, die Calanques genannt werden. Sie sind von steilen, weißlichen Felsen umgeben.

Und am Nachmittag lag ich dann endlich an einem Strand. Warf mich ins Wasser. Schrie auf, weil es eiskalt war – und dann doch so herrlich! Aber Geruch hatte es wirklich kaum. Wie war es möglich, daß ein Meer so wenig roch? Wenn nur Heidemarie dabei wäre, dachte ich wieder. Als ich zum Strand zurückgekehrt war, fand ich Jean

Marc schlafend vor. Ich mußte ihn schließlich mit einem Kuß wecken, weil der Abend heraufzog und die meisten anderen Leute schon aufbrachen. Er sah mich mit großen Augen an und sagte, daß ich mich Montag morgen um die Aufenthaltsgenehmigung kümmern müsse. Sein Vater werde mich begleiten.

Claude fuhr einen Minibus, der dem Geschäft wohl auch als Lieferwagen diente. Als ich neben ihm saß und wir in den mit Sirenengeheul durchsetzten Verkehr stießen, fragte ich ihn, wie es denn komme, daß er als Kommunist privat mit Strickwaren handele. Claude lachte auf. »Bei euch da im sozialistischen Deutschland gibt es doch auch Privatgeschäfte!« – »Ja«, antwortete ich, »aber die Besitzer sind keine SED-Mitglieder.« Claude schüttelte den Kopf und sagte dann, daß die Partei hier in Frankreich nach der Revolution sicher erst einmal andere Sorgen haben werde als die Enteignung solch kleiner Fische, wie er einer war. Auf ein System von mehr oder weniger festen, womöglich zentral kontrollierten Preisen müsse man sich aber wohl gefaßt machen. Das störe jedoch die großen, eleganten Geschäfte weitaus mehr als ihn, mußte er doch seit eh und je so billig wie die Kaufhäuser verkaufen. »Und die Frau ausbeuten«, setzte er hinzu. »Nach uns die Sintflut.« Der Sohn wolle so und so nicht erben. Strickwaren interessierten den nicht.

Nun führte er mich in ein großes Amtsgebäude. Polizei? Stadtverwaltung? Eine gepflegte Vierzigerin – eine Polizistin in Zivil? – drückte mir Formulare in die Hand. Fragte nach Paßbildern. Und – ich glaubte meinen Ohren nicht zu trauen – wieder nach einem Impfausweis! Mir wurde übel.

»C'est la bureaucratie!« flüsterte Claude achselzuckend. Ich sagte ihm, daß ich keinen Impfausweis hätte. Auch keine Paßbilder. Das mache nichts, meinte er. Mit der Zeit werde sich alles finden. Man könne ja erst einmal für die Paßbilder sorgen. Plötzlich erinnerte ich mich, daß meine Mutter ein Briefkuvert mit allerhand Impfnachweisen auf einzelnen Zetteln aufgehoben hatte. Die müßte sie mir schicken!

Als ich Jean Marc erzählte, daß ich wieder nach dem Impfausweis gefragt worden war, sagte er: »Wie schade, dann kannst du noch lange nicht zum Arbeitsamt.« Er erklärte mir, daß Ausländer zum Arbeiten eine spezielle Erlaubnis brauchen. Die nicht jeder bekomme. Mir als Frau eines Franzosen stand sie aber wohl zu.

Für den Moment störte es mich wenig. In den Stunden, die Jean Marc in der Schule war, erkundete ich die Umgebung. Zunächst fast immer zu Fuß. Gab es doch allein schon in der Nähe der Sophienstraße allerhand zu sehen. So viel, daß mein erster Brief an Frau Wiesenthal ganze zwölf Seiten lang wurde und noch nicht alles enthielt, was ich eigentlich gerne erzählt hätte. Ihr zu schreiben, fiel mir am leichtesten. Vor den Briefbogen, die für die anderen Daheimgebliebenen bestimmt waren, saß ich lange herum, weil ich nach dem richtigen Ton suchen mußte, in dem über all die Wunder, die hier auf mich einstürmten, berichtet werden konnte. Bei Frau Wiesenthal war das anders. Bei ihr war ich mir sicher, daß sie mich nicht beneidete. Und deshalb in der Lage wäre, mein Abenteuer aus der Ferne unbefangen mitzuerleben.

Später machte ich auch Ausflüge mit Bus und Metro. Ich fuhr zum alten Hafen hinunter, um dort das Leben und Treiben zu beobachten. Man spürte hier schon einen Hauch Afrika. Marokkanische, tunesische und algerische Händler breiteten ihre Waren aus, über deren Farbigkeit und dumpfen Geruch ich mich nicht genug wundern konnte. Vor der dunkel fauchenden Sprache und dem Anflug von Armut, der diesen Leuten anhaftete, wich ich scheu zurück. War aber immer wieder von neuem angezogen.

Faszinierend auch der Fischmarkt. Vor den vielen großen und kleinen Schalentieren, Crevetten, Langusten konnte ich lange stehenbleiben. Die stacheligen Meerigel, die mächtigen Thunfische, aus denen oft noch das Blut tropfte! Die Schwertfische! Die kleinen Haie! Eine Augenweide war auch der Gemüsemarkt mit dem vielen, mir so lange unbekannt gebliebenen Gemüse: Courgettes, Auberginen, Broccoli. Und wer weiß, was die anderen Jahreszeiten noch bringen würden? Die Früchte sahen allerdings zumeist besser aus, als sie schmeckten. Ich fand sie oft ein wenig fade, was ich allerdings niemals aussprach. Die Küche Odiles war so gut, daß es mir nicht im Traume einfiel, die geringste Kritik zu äußern.

Ich selbst kaufte nur selten etwas. Ich dachte an die Wohnung, für die wir sparten. An die Reisen, die wir unternehmen wollten. Nur wenn ich mir in den großen Kaufhäusern Wäsche ansah, konnte ich mich nicht zurückhalten: endlich mal anständige Büstenhalter und Minislips besitzen!

Sogar im Oktober konnte man auf den Terrassen noch Kaffee trinken. Oder einen Ricard. Immer wenn ich Ricard trank, mußte ich an Frau Wiesenthal denken. Und führte im Geist Zwiegespräche mit ihr.

Einmal, als ich ruhig auf einer Terrasse saß, beobachtete ich plötzlich, wie auf dem Bürgersteig vor dem Café zwei Männer ins Handgemenge gerieten. Sofort bildete sich ein Menschenpulk um sie herum. Ohne daß jemand versuchte, die beiden auseinanderzubringen. Es waren zwei südländische Typen, vielleicht Korsen. Oder Nordafrikaner? Es schien, daß sie auf Tod und Leben miteinander rangen und einander die Luft abzudrücken versuchten. Der Kampf dauerte keine drei Minuten, als schon Sirenengeheul anschwoll und die Polizei sich Bahn brach. Den Uniformierten genügte ein Blick, um die Lage zu erfassen. Sie ließen zwei Hunde aus ihrem Wagen springen, die sich auf die beiden Männer stürzten. Mir stockte der Atem. Den Hunden gelang es nicht, die beiden auseinander zu bringen, obwohl sie ihnen die Kleidung zerfetzten und erhebliche Bisse beibrachten. Schließlich griffen die Polizisten selber ein und bugsierten die ineinander verkeilten Männer in ihren vergitterten Wagen. Ich glaubte nicht richtig zu sehen, als sie die bellenden Hunde einfach hinterherspringen ließen! Der Wagen fuhr ab, und man sah durch die vergitterten Scheiben, daß der Kampf weiterging. Der Straßenverkehr normalisierte sich augenblicklich. Mir aber war zum Erbrechen.

Jean Marcs ständige Müdigkeit begann mich in Sorge zu versetzen. Nahm ihn die Schule so sehr in Anspruch? Die Partei, der er einen Abend pro Woche opferte? Einen langen Abend, denn er kam von diesen Versammlungen manchmal erst nach Mitternacht zurück. Es lag mir fern, ihm das vorzuwerfen. Oder enttäuscht zu sein, wenn er nachmittags nichts unternehmen konnte. Wenn er bis tief in die Nacht hinein Deutschhefte korrigieren mußte. Einmal kam mir die Idee, ihm dabei zu helfen. Das erwies sich als Desaster. Ich strich zu viele Fehler an.

In Reinsbach mußten nun schon regnerische Stürme über die Felder jagen. Hier herrschte noch immer das wundervollste Sommerwetter. Dazu die immergrüne mediterrane Flora. Wenn ich mich im Spiegel betrachtete, sah ich in ein fast unbekanntes Gesicht. Meine Haut hatte einen mattbraunen Schimmer bekommen, der meinen Mund heller und meine Augen blauer erscheinen ließ. Die Haare wirkten blonder.

Wenn ich zu erschöpft war, meine Streifzüge durch die Stadt fortzusetzen, saß ich bei Odile in der Küche. Um ihre Kochkünste zu studieren und etwas von der provenzalischen Mundart zu erfassen. Oder ich versuchte, ihr zu erklären, daß sie meine Zimmer weder sauber machen noch aufräumen sollte. Mich einer Putzfrau auszuliefern war mir ein geradezu unangenehmer Gedanke. Zumal Odile sogar das Bett machte, wenn ich ihr nicht zuvorkam. Was schwierig war, denn man hatte mir im Brandenburgischen beigebracht, daß Betten lange auslüften müßten!

Von dort, aus Reinsbach, trafen meine Impfscheine ein. Die gepflegte Polizistin in Zivil würdigte sie nur eines flüchtigen Blicks und gab sie mir sofort wieder zurück.

Allein nach den ausgefüllten Formularen und nach den Paßbildern griff sie!

Warum war Jean Marc nur immer so müde? Manchmal sogar apathisch? Dann wieder unsicher, unruhig, unkonzentriert. Manchmal sogar in unseren Umarmungen, wodurch es mir nicht immer gelang, den Jubel aus meinem Bauch zu pressen. Daß ich weniger oft in Flammen aufging als früher, hatte ich zunächst den vielen Eindrücken zugeschrieben, die tagtäglich auf mich niedergingen. Aber Jean Marc? Was schwächte ihn?

Als ich ihn einmal fragte, zog er mich an sich. Meinte, daß ich ihn verstehen müsse. Berlin sei für ihn genauso phantastisch gewesen wie für mich Marseille. Er hatte sich leichter, freier gefühlt. Auch war seine Arbeit einfacher gewesen, nicht zuletzt durch meine Hilfe. Um Politik hatte er sich nicht gekümmert, während sie ihn hier frustrierte. Am schlimmsten aber war für ihn der Aufenthalt im Elternhaus. Die ewige Kindheit. Hatte ich nicht bemerkt, wie wenig Appetit er beim gemeinsamen Abendessen zeigte?

Ich hatte es nicht bemerkt. Weil es mir selbst so gut schmeckte! Weil mir die Gespräche mit Claude, Colette und Odile interessant vorkamen. Lange hatte ich es für selbstverständlich gehalten, daß sie sich stets auf mich oder meine Fragen bezogen. Vielleicht war meine Anwesenheit sogar ein Glück für diese Familie, die ohne mich womöglich beim Essen kein Wort gewechselt hätte? Die Höflichkeit, die Jean Marc seiner Mutter gegenüber an den Tag legte, war gespielt. Meistens aß er stumm mit hochroten Ohren, warf nur hier und da mal ein Wort dazwischen. Ich hatte in Berlin nicht geahnt, wie wenig er sich mit seinen Eltern verstand.

Was ihm eigentlich an seiner Mutter so mißfalle, fragte ich ihn schließlich. Er hielt sie für schizophren. Zerrissen zwischen ihren Überzeugungen und ihrer kleinbürgerlichen Lebensrealität. Noch schlimmer sei das allerdings beim Vater Claude. Und leider könne ihm das alles nicht egal sein, weil er noch immer bei ihnen wohnen müßte. Dabei war er nun einunddreißig Jahre alt. Und lebte zwischen aufdringlich geblümten und lächerlich zerbrechlichen Möbeln. Das Lavendelparfüm, das Odile in die Schränke sprühte, verursachte ihm Brechreiz.

Er wollte, daß wir oft ausgingen. Soweit es das Portemonnaie erlaubte. Wie wäre es zum Beispiel am nächsten Sonnabend mit einem Ausflug zu den »Beaux«, jenem alten Festungsdörfchen, das eine der lieblichsten touristischen Attraktionen der Provence war? Und wäre ich einverstanden, wenn uns seine alte Freundin Nadia begleitete?

Nicht ganz leicht hatte ich mich entschlossen, dem Vorschlag zuzustimmen. Aber schließlich war ich begierig, hier auch andere Menschen kennenzulernen. Als ich die zierliche, schwarzgelockte Person begrüßte, fragte ich mich allerdings doch, ob so ein Ausflug die richtige Gelegenheit zum Kennenlernen abgab. Mußte es Nadia nicht kränken, hinter uns im Auto Platz zu nehmen, statt wie früher neben Jean Marc zu sitzen? Sie gab sich freilich fröhlich. Plapperte ohne Unterlaß. Ehe ich eine Frage beantwortet hatte, stellte sie bereits die nächste. Sie wußte ziemlich gut über mich Bescheid. Kannte das Thema meiner Doktorarbeit. Und sogar die Geschichte meiner ersten Ehe! Stimmte es, daß sie an der Homosexualität meines Gatten gescheitert war?

Das Gespräch war mir lästig. Am liebsten hätte ich nur in die Landschaft hinausgesehen. Es war das erstemal, daß ich Marseille und seine Umgebung verließ. Die weißfelsige, gründurchwobene Landschaft begeisterte mich. Überall Palmen, Agaven, Kakteen! So vielerlei und so sattes Grün! Schwarzgrüne Zypressen, metallblaue Olivenhaine und graugrün schimmernde Pinienwälder!

Wir hielten in einem Dorf, um für das Picknick einzukaufen. Traten in einen Laden, der mit seiner schmuddeligen Nonchalance nichts mehr mit dem prunkvollen Marseille gemein hatte. Während ich noch darüber staunte, daß die Spaghetti neben dem Waschpulver gestapelt waren, daß man neben dem Joghurt Damenstrümpfe aussuchen konnte, hörte ich, wie Jean Marc und Nadia in polterndes Provençalisch verfielen, um Früchte, Wein, Käse und Brot zu bezahlen. Ein Stoß Eifersucht durchfuhr mich.

An einer tief ins Land ragenden Meeresbucht machten wir halt. Im Schatten einiger Eukalyptusbäume bereitete Nadia das Picknick vor. Der Wein und die noch einmal aufkommende Mittagswärme machten mich müde, und ich dämmerte nach dem Essen ein. Schwebte zwischen Wachen und Schlafen. Und da sah ich dann plötzlich zum erstenmal meine seltsam bleiche Schwester auf dem Wasser heranschwimmen! Ihr Kopf war mit weißen Lilien bekränzt, und sie schaute mich mit unsäglicher Trauer an. Zurufen wollte ich ihr, aber ich brachte keinen Laut aus der Kehle. Auch Heidemarie sagte nichts, machte mir aber fortwährend Zeichen mit der Hand. Als sollte ich ihr in die Fluten folgen!

Als ich zu mir kam, war ich noch eine Weile wie benommen. Dann öffnete ich die Augen und erblickte Nadia und Jean Marc, die ziemlich fern am Ufer spazierten. Meine Glieder waren schwer, und mir schien, als läge etwas von der Traurigkeit des Traumes tatsächlich in der Luft.

Wir stiegen wieder ins Auto, um weiter ins lichtdurchflutete Land vorzustoßen. Ehe ich die »Beaux« auf ihrer stolzen Anhöhe liegen sah, kündigten sie sich als touristische Sehenswürdigkeit bereits durch den immer dichter werdenden Autopulk nachdrücklich an. Schwer zu sagen, wo der helle, tiefgefurchte Felsen aufhörte und wo die verwitterte Architektur der alten Festungsmauern begann, zu denen sich ein Menschenschwarm emporschraubte. Die »Beaux« waren nur unter wallfahrtsähnlichen Bedingungen zu besichtigen.

Mit viel Mühe eroberten wir einen Parkplatz, um uns dann den Leuten anzuschließen, die ins mittelalterliche Burgdörfchen kletterten. Jean Marc erzählte unterdessen, wie die selbstbewußten Ritter der »Beaux« den Herrschaftsansprüchen der provenzalischen Grafen jahrhundertelang widerstanden hatten. Gegen die Königin Jeanne zettelten sie eine Revolte an. Den guten König René luden sie jedoch mehrmals ein, seinen Urlaub bei ihnen zu verbringen. Die Ritter hingen allen möglichen Ketzereien an, sogar die Reformation drang bis zu ihnen vor. Ihr letztes Aufbegehren war ihr Konspirieren in der Fronde, das Richelieu mit der definitiven Verwüstung der Festung bestrafte.

Wovon indes nichts mehr zu bemerken war. Was Richelieu auseinandergesprengt hatte, war von übereifrigen Restauratoren wieder zusammengesetzt worden. Die alten Felssteine der Architektur blitzten und blinkten, als wären sie nagelneu. Am befremdlichsten schien mir, daß überall, selbst im Hause des guten Königs René und im Pavillon der Königin Jeanne, Boutiquen eingerichtet worden waren, die allen möglichen Tand anboten: Andenken und Postkarten, lokale Töpfer- und Glasbläserarbeiten bis hin zu indischen Modewaren. Da erstaunte es kaum noch, daß die nagelneuen Darstellungen von Bibelszenen im kleinen Kirchlein nicht einmal den Anschein des Mittelalterlichen zu wecken suchten. Zum erstenmal, seit ich in Frankreich war, kam mir der Kahlbutz in den Sinn. Im Grunde, dachte ich, war es wohl richtig gewesen, daß man ihn ganz so belassen hatte, wie er aus der Geschichte überkommen war. Anstatt ihn auf Hochglanz zu lackieren und in der Nachbarschaft womöglich Eis zu verkaufen! Oder Pommes frites mit Coca Cola, beziehungsweise Pepsi!

Urplötzlich war ein starker Wind, ein Mistral aufgekommen. Endlich erschienen am Himmel auch einmal Wolken, die an der fabulösen Helligkeit kaum etwas änderten. Wir spazierten nun abseits vom großen Strom, durchquerten alte Gäßchen, die sich am Ende in Bergschluchten verloren. Der Wind trug einen würzigen Geruch von Lorbeer und Rosmarin mit sich und drückte die gelbgrünen Wiesen da unten im weiten Land zu Boden. Im

Sommer sollte ich hier mal die Lavendelfelder sehen, sagte Jean Marc und legte mir die Hand über die Schulter. »Kannst du dir ein Feld vorstellen, das ganz und gar lila ist?« fragte er. »Und den Geruch?«

»Den kenne ich ja aus euren Schränken!« sagte ich leise lachend. Aber Jean Marc behauptete, daß das nicht der echte Lavendelgeruch sei. Odile verwende leider künstliche Aromen wie überhaupt immer mehr Leute und übrigens auch die Parfümindustrie. Weshalb die Bauern sich immer weniger dieser uralten landwirtschaftlichen Kultur widmen wollten. Gerade noch für die Touristen füllte man ein bißchen getrockneten Lavendel in kleine Säckchen ab. Ansonsten war heute alles Chemie, sogar die berühmten Parfüms. Erdöl womöglich. Jean Marc mochte jedenfalls das künstliche Duftzeug nicht und auch nicht die Frauen, die sich damit besprühten.

Auf unserem Nachmittagsprogramm stand noch das Dorf Roussillon. Es verdankt den Namen dem erstaunlichen Zinnoberrot der Erde, aus der es gebaut ist. Ein Rot, das den Pflanzen wiederum ein so intensives Grün vermittelt, daß einem die Augen davon weh tun. Und doch – welch Anblick unter dem violett werdenden Abendhimmel! Nachdem wir das Dörfchen besichtigt hatten, traten wir in ein sanft nach Fisch duftendes Restaurant. Hinter den großflächigen Verandafenstern brachen sich die letzten Sonnenstrahlen am Zinnoberfelsen. Jean Marc bestellte den berühmten Wein der Region, den Gigondas. Wir aßen zerbrechliche Pastetchen mit Meerestieren in Orangensoße. Dann zartes Fleisch, aus dem ein Blutrinnsal floß, als ich es anschnitt. Frische Feigen, Käse.

Heimkehr nach Marseille. Jean Marc lag hinten im Auto und schlief. Ermüdete ihn unser gemeinsamer Ausflug so, oder flüchtete er sich bewußt in den Schlaf? Nadia saß am Steuer und raste die Autobahn dahin. War sie auf der Hinfahrt übermäßig gesprächig gewesen, schwieg sie nun hartnäckig. In der Hoffnung, doch noch ein Gespräch zustande zu bringen, erzählte ich ihr, der Sportlehrerin, wie ungelenk ich immer beim Turnen gewesen war. Als Antwort erhielt ich meist nur ein kleines Lächeln. Oder ein knappes »Eh«. Nun igelte ich mich ein, denn die Traurigkeit, die der Traum von meiner lilienbekränzten Schwester heraufbeschworen hatte, war den ganzen Tag nicht gewichen. Ich fragte mich, ob ich nicht doch irgendwann für mein Glück einen Preis zu zahlen hätte. Und ob Jean Marcs Idee des Ausflugs zu dritt richtig gewesen war. Ich spürte, daß Nadia litt. In den nächsten Tagen bekam ich endlich alle Papiere zusammen, um mich beim Arbeitsamt vorstellen zu können. Jean Marc und Claude hatten mich vorbereitet. Es würde kein erhebendes Erlebnis werden. Auch müßte ich mich mit Geduld wappnen.

Begleitet vom rauhbeinigen Schwiegervater, mit meinen diversen Papieren und Diplomen ausgerüstet, trat ich ins Gebäude des Arbeitsamtes. Enorme Menschenmengen vor allen Türen. Hier stand man nach Arbeit, dachte ich, wie in Berlin nach Bananen! In der Schlange hier war freilich keine vernaschte Stimmung zu spüren.

Und in welche der vielen Schlangen hatte ich mich einzureihen? Claude lief ein wenig herum und bekam es heraus. Er plazierte mich hinter einem schattenhäutigen jungen Mann, der sich bald Stück um Stück an mich herandrängte, bis Claude einen Fuß zwischen uns schob. Ich nickte ihm dankbar zu.

Eine Stunde warteten wir stehend, eine andere auf einer Bank. Als ich endlich ins Amtszimmer treten durfte, stand ich vor einem Glaskasten, in dem eine junge Frau saß. Vor einer kleinen runden Öffnung sollte ich Platz nehmen. Wie banal zu sagen, daß ich Arbeit suchte! Nicht irgendeine – das hatte mir Jean Marc eingeschärft. Auf pädagogischem Gebiet sollte ich etwas verlangen. Oder auch im Tourismus.

Diese blutroten Nägel, die nach meinen Papieren grapschten! Die schwarzgeschminkten Augen, die sorgsam vermieden, mit den meinen zusammenzutreffen! Der provokante Mund! Der nichts weiter zu sagen hatte, als daß es in meinem Falle wenig, fast keine Möglichkeiten gab! Die Lettres françaises waren so ziemlich die unglücklichste Qualifikation, die man als Ausländer haben könne! Wenn ich wenigstens Germanistin gewesen wäre! Eine Deutschlehrerin, meinte sie, könne man mit der Zeit sicher in irgendeinem Lyzeum unterbringen.

Woran erinnerten mich die roten Fingernägel? Plötzlich fiel es mir ein: Prag! Das Auskunftsfräulein im Bahnhof!

Ich bekam ein Registrierungsformular zugeschoben. An einem kleinen Tisch im Hintergrund sollte ich es ausfüllen und abgeben. Mich von Zeit zu Zeit im Amt melden.

Ich hätte nicht gedacht, daß mir der Besuch beim Arbeitsamt so zu schaffen machen würde. Daß die Lage so aussichtslos war. Sogar Tränen stiegen mir in die Augen. Als ich mit Claude – der mich zu trösten suchte – wieder in den Minibus gestiegen war und durch die bewegten Straßen fuhr, wurde mir klar, daß ich diese Stadt nur in Besitz nehmen könnte, wenn ich Arbeit fand.

Warum stellte ich mich nicht einfach mal an der Universität vor? regte Claude an. Der persönliche Eindruck, den ich auf die Herren Professoren machen könne, bewirke vielleicht etwas? Dasselbe galt für die Lyzeen. Wie viele Direktoren gab es, die Lehrer schwarz beschäftigten! Und wenn man sich erst einmal bei der Schwarzarbeit bewährt habe, könne man früher oder später sicher eine feste Stelle bekommen. Am Ende sollte ich ruhig auch bei den Reisebüros nachfragen. Wenn ich vielleicht noch keine deutschen Stadtführungen machen konnte, so wurden Deutschkenntnisse doch überall im Hotelgewerbe gebraucht. Die Boches waren nun einmal die meistgesehenen Touristen hier. Ich würde eine gute Empfangsdame abgeben.

Nun mußte ich lachen. Eine Empfangsdame mit intimen Kenntnissen über die Entwicklung des Begriffs vom Bauern! Aber Claude hatte recht. Verzweifeln mußte ich noch nicht. Aktiv werden. Suchen. Die Arbeit würde mir nicht wie ein gebratenes Huhn in den Mund fliegen!

Als wir in die Rue de la Sainte-Sophie zurückgekommen und in den Flur getreten waren, hörten wir Colette am Telefon einen verhaltenen Ton des Erschreckens ausstoßen und danach flüstern: »Sage ich es Rosemarie oder nicht?« Sie sprach zweifellos mit Jean Marc. Daß er Geheimnisse mit seiner ungeliebten Mutter haben konnte? Es mußte etwas Schwerwiegendes sein.

Gespannt trat ich durch die spanische Wand ins Geschäft, wo sich Colette nervös einen Kaffee eingoß. Mit ungewohnt hoher und scharfer Stimme sagte sie: »Jean Marc hat eben angerufen. Er kommt heute erst spät nach Hause!«

Nervös trat ich auf die Straße. War das alles? Warum kam er später? Warum hatte er nicht verlangt, mit mir zu sprechen?

Ich versuchte, Ruhe zu bewahren. Mich vor Schaufenstern abzulenken. Aber die tausend und abertausend Versuchungen verschwammen mir vor den Augen. Im Vitrinenglas erblickte ich immer wieder nur mich selbst. Der Ausflug mit Nadia, das Arbeitsamt – das waren Erlebnisse, die mich verunsichert hatten.

Ich beschloß, einen Ausflug in eine Gegend zu machen, die man mir als geradezu gefährlich beschrieben hatte, in den Norden, in das Viertel der Maghrebiner, Korsen, Griechen. Ich nahm die Metro, fuhr bis zum Bahnhof Saint-Charles, hinter dem der »Orient« von Marseille schon begann.

Dort hatte ich eine beschwingte, farbige Atmosphäre erwartet, ein fröhliches, beinahe tänzerisches Treiben. Stattdessen schien eine eigenartige Melancholie in der Luft zu liegen, die das Gewicht meiner unbestimmten Sorgen nur noch verstärkte. Die Dynamik des Stadtzentrums existierte hier nicht. Die dunkle Schönheit der Kinder und Männer auf den Straßen war von Trägheit geprägt, die ein unsichtbarer Trauerflor durchwehte. Aus einem Café schallte Männergesang, ein rauher, dumpfer Chor. Als ich vorbeieilte, rief man mich in derselben Sprache an, in der gesungen wurde, dann in einem kehllautigen Französisch. Schnell lief ich weiter. Jetzt fiel mir auf, daß kaum Frauen auf der Straße waren. Seltsam schwere Düfte drangen aus den Geschäften, aus den Häusern. Ich war nicht sicher, ob sie gut waren. Ein Jugendlicher folgte mir auf Schritt und Tritt. Weil meine Unsicherheit zunahm, beschloß ich, nach Hause zu fahren.

Auf Jean Marc mußte ich bis Mitternacht warten. Ich saß im geblümten Bett und blätterte Journale durch: »Fahren Sie zum halben Preis nach Kenia!« – »Der Tampon, der sich perfekt Ihren Körperformen anpaßt« – »Stricken Sie sich einen ersten Preis! Das schönste Kissen gewinnt eine goldene Stricknadel!«

Jean Marc setzte sich neben mich, ergriff meine Hand und sagte mit gebrochener Stimme, daß Nadia in der vergangenen Nacht einen Selbstmordversuch unternommen hatte. »La saloppe!« nannte er sie immer wieder. Schlaftabletten. Am Morgen war sie nicht zur Schule gekommen. Man hatte angerufen. Zuerst bei ihr, dann bei den Nachbarn. Die hatten die Wohnungstür unverschlossen gefunden. »La saloppe – sie wollte gerettet werden!« Er war die ganze Zeit im Krankenhaus gewesen, wo sie noch immer wiederbelebt wurde.

Offenbar hatte Nadia aber erreicht, was sie erreichen wollte. Jean Marc fühlte sich verantwortlich. Schuldig. Fiel mir schluchzend auf die Brust.

In dieser Nacht mußte ich einen gläsernen Wald durchschreiten. Die banalen Sätze, die Jean Marc auskeuchte, gruben sich wie die Scherben der zerspringenden Bäume in mich ein. Nadia hatte die Trennung und seine Berliner Heirat nie akzeptiert. Jean Marc sagte, daß sie ihn zwingen wollte, zu ihr zurückzukehren.

Gegen Morgen gab er das Schlimmste zu. In dem Jahr, das er auf mich hatte warten müssen, war es wieder zu engen Beziehungen zwischen ihnen gekommen. Und so hatte er meiner Ankunft nicht nur mit Erwartung, sondern auch mit Unruhe entgegengesehen. Er hatte befürchtet, der Situation nicht gewachsen zu sein. Die einzige Erklärung, die er für die jetzige Lage hatte, war die, daß er eben ein zu treuer Mensch war. Unfähig zu brechen.

Und was sollte nun werden? Er wußte es nicht. Nur eins war sicher. Mein ungetrübtes Glück war vorbei. Würde sich Jean Marc zwischen mir und Nadia entscheiden müssen? Oder sollten wir ihn teilen? Was wollte er eigentlich selbst? Er wußte es nicht.

Jean Marc war in so verwirrtem Zustand, daß er am nächsten Morgen nicht in die Schule gehen konnte. Er rief dort an und kehrte ins Bett zurück. Umarmte mich. Und zu meiner eigenen Verwunderung blieb ich nicht kalt. Die Angst verwandelte sich in Lust!

Leichter Schlaf überfiel mich. Wieder sah ich meine lilienbekränzte Schwester auf mich zuschwimmen. Diesmal kam sie den alten Hafen hinunter. Wieder winkte sie mir zu, und diesmal rief sie, daß ich ihr den Schlüssel zuwerfen sollte. Den Schlüssel des Kahlbutz!

Ein Gefühl der Raserei riß mich aus dem Schlaf. Zitternd stand ich auf, suchte den Schlüssel und fand ihn schließlich in einer Schublade. Während ich mir eine Zigarette anzündete, betrachtete ich abwechselnd den noch schlafenden Jean Marc und das verrostete Eisenstück in meiner Hand. Warum es nicht wirklich ins Meer werfen, fuhr es mir in den Sinn. Hier, in Marseille?

Ich nahm eine Dusche. Stieg dann in den Laden zu Colette hinunter, die mir aus der verchromten Thermosflasche Kaffee einschenkte und ein Croissant danebenlegte. Sie klopfte mir auf beide Wangen und sagte, daß ich mich nicht grämen müsse. Jean Marc sei eben in gewisser Hinsicht ein Kind. Die Frau aber sei eine Tigerin. Damit meinte sie Nadia. Ich solle dafür sorgen, daß er sich nicht erpressen, nicht einwickeln lasse von dieser kleinen hochnäsigen Person, die ihm schon fünf Jahre hinterherlaufe. Leider sei er zu treuherzig.

Ihre Worte klangen fern. Wer war an diesem Dilemma schuld? Konnte man Nadia vorwerfen, daß sie Jean Marc noch liebte? War ich im Unrecht? War Jean Marcs Treue ein Fehler?

Ich kannte ihn zu gut, um es ihm vorzuwerfen. Daß er im letzten Jahr mit Nadia geschlafen hatte, empörte mich. Aber die Sorge, was nun kommen würde, war schon größer. Ich glaubte zu explodieren, als sich Jean Marcs blasser Kopf zwischen die spanische Wand schob und verkündete, daß er nun ins Krankenhaus gehen müsse. Zu Nadia.

Ich trank einen Kaffee nach dem anderen. Beobachtete das Kommen und Gehen der Kundinnen. Das Aus- und Einräumen der Pullover, die sich nun besser verkauften. Es war Ende November. Ich fühlte mich wie gelähmt. Als der Laden einmal einen Moment leer war, versicherte mir Colette, daß sie auf meiner Seite stand. So hart das Duell, dem man entgegensehen müsse, auch werden würde.

Beim Déjeuner, zu dem Jean Marc noch fehlte, wurde die Sache mit Claude und Odile besprochen. Claude schwieg trotzig. Odile schimpfte über Jean Marc. Er sei ein Trottel. Hatte man je einen ungeschickteren Mann gesehen? Hatten sie nicht alle mehr als eine Frau, ohne daß daraus immer gleich Geschichten entstünden? Claude sah sie böse an, vielleicht, weil er Jean Marc hatte eintreten sehen. Der setzte sich und löffelte mit stierer Miene seine Suppe. Dann sagte er, daß Nadia gerettet sei. Aber nicht sprechen wolle. Jedenfalls nicht mit ihm. Vorläufig bleibe sie im Krankenhaus. Gott sei Dank, setzte er hinzu. Er mußte nun ihre Mutter vom Bahnhof abholen. Ob ich nicht mitkommen wolle? Es sei gut, wenn die alte Frau gleich mit den Tatsachen konfrontiert werde, wie sie nun einmal lagen.

Ich war einverstanden. Wir fuhren zum Bahnhof Saint-Charles. Warteten auf den Zug aus Lyon. Begleiteten die zitternde alte Frau zu Nadias Wohnung, die in einem trüben Mietshaus lag. Jean Marc trug den Koffer hinauf, während sie still weinend hinter mir im Wagen sitzen blieb. Dann fuhren wir sie ins Krankenhaus.

Als wir wieder allein waren, schlug Jean Marc vor, ins

Kino zu gehen. Nur ja nicht nach Hause fahren und mit den Eltern reden müssen! Wir sahen uns den erstbesten Krimi an. Jean Marc hielt die ganze Zeit meine Hand. Ich fühlte mich etwas besser. Hinterher gingen wir in ein Bistro. Aßen stehend ein Steak mit Pommes frites. Ich mußte an Frau Wiesenthal denken, die die Amerikanisierung der französischen Küche beklagt hatte. Frau Wiesenthal hatte mich gewarnt. Tränen stiegen mir in die Augen. Jean Marc nickte mir ernst zu und ergriff wieder meine Hand. Ich sollte mir nicht zuviel Sorgen machen, sagte er. Irgendwie würde sich alles regeln.

Die Tage, die kamen, flossen in tauber Erwartung dahin. Dabei wurde es endlich Herbst. Oder war es schon der Winter? Regendurchsetzter Sturm rüttelte das Haus. Wie leicht gebaut es war, merkte ich erst jetzt. Manchmal meinte ich, es breche zusammen. Der Wind fegte durch zahlreiche Ritze und Schlitze. Die Gasheizung, die Colette anschaltete, blieb von geringer Wirkung. Zum Glück gab es Pullover im Überfluß. Wenn mir auch nicht alle angenehm auf der Haut lagen. Aus den unverkauften Vorjahresbeständen hatte ich ein schönes Weihnachtspaket für Mutter und Heidemarie zusammenstellen können. Für den Geschmack von Reinsbach waren die Sachen womöglich noch zu modern.

Wenn wenigstens eine Ermutigung vom Arbeitsamt gekommen wäre! Aber darauf hoffte ich vergebens. Claude überredete mich eines Tages zu einem Abstecher in die Universität, ein neues Gebäude im Süden, schon außerhalb der Stadt. Beeindruckende Modernität. Ganz anders als die im Zweiten Weltkrieg jämmerlich zerschossene und immer noch nicht reparierte Fassade meines Berliner Instituts! Ich verzagte schon beim Eintreten. Zur Chefsekretärin in der Fremdsprachenfakultät konnte ich allerdings vorstoßen. Sie vermittelte mir ein Rendezvous mit dem Direktor jedoch erst für Anfang Januar.

Während ich zu Claude zurückschlenderte, warf ich einen Blick auf die Studentengruppen, die in den Parkanlagen herumstanden. Welch ein Unterschied zu Berlin! Diese hier wirkten so selbstbewußt. So fertig! Hätte ich denen etwas beizubringen? Wenn ich an meine mittelalterlichen Bauern dachte, überkam mich immer mehr Bangigkeit. Als ich zum Minibus zurückgekehrt war und Claude berichtete, daß ich fast nichts erreicht hatte, machte er mir plötzlich einen Vorschlag. Ob ich – solange ich noch keine Arbeit gefunden hätte – nicht ab und zu im Geschäft helfen könnte? Eventuell um Weihnachten herum? Colette wollte so gern ein paar Tage zu ihrer Schwester fahren. Anstatt daß der Laden geschlossen blieb, könnte ich sie vertreten.

Ich sagte sofort zu. Schließlich waren diese Menschen gut zu mir! Jean Marc knirschte allerdings mit den Zähnen, als er von dem Plan hörte. Eine Schwiegertochter, die mitverkaufte, hatten sich seine Eltern schon immer gewünscht. Dann flüsterte er, daß Nadia aus dem Krankenhaus entlassen worden war. Ihre Mutter bliebe noch bei ihr. Gott sei Dank. Aber sie würde wohl nicht ewig bleiben. Vor der Abreise der Mutter hatte Jean Marc Angst.

Für mein Debüt als Strickwarenverkäuferin suchte Colette eine elegante zartgrüne Wollkombination heraus. Wählte einen passenden Nagellack. Gab mir ein Collier und einen Elfenbeinkamm für die Haare. Das Blond könnte akzentuiert werden! Am Ende beschwor sie mich, von den Gauloises Abstand zu nehmen. Wenn ich schon nicht mit dem Rauchen aufhören wolle, könnte ich wenigstens auf Filterzigaretten umsteigen. Deren Geruch weniger in den Kleidern hängt.

Die Haare tönte ich nicht. Aber ich fing an, leichtere Zigaretten zu rauchen. Sogenannte Blondes.

Meine Verwandlung war bemerkenswert. Als ich mich im Spiegel betrachtete, sah ich eine Modepuppe. Der erste Vormittag im Geschäft war weniger schwierig, als ich gedacht hatte. Aktiv zu sein war schon etwas wert. Ich verkaufte ein paar Pullover und ein Strickkleid.

Schwer war es nun, nach Reinsbach zu schreiben. Die

Selbstmordgeschichte, in die ich verwickelt war, kam als Briefthema nicht in Frage. Und ich konnte doch auch nicht erzählen, daß ich nun manchmal als parfümierte Seifenschönheit im Strickwarengeschäft stand! Neue Berichte über Landschaften fielen nicht an, weil wir keine Ausflüge mehr machten.

Nadias Mutter war abgefahren. Jean Marc mußte sich nun allein um Nadia kümmern. Sie behauptete, meine Anwesenheit nicht ertragen zu können. Hätte ich die ihre ertragen? So waren noch nicht einmal gemeinsame Kinobesuche möglich. Sie wollte Jean Marc allein sehen. Im trüben Mietshaus. Vielleicht drohte sie ihm?

Würde sie ihr Ziel erreichen? Jean Marc war weich. Und bald spürte ich, daß er nachgegeben hatte. Daß ich ihn bereits mit Nadia teilte. Er bestätigte es mir schluchzend, als ich ihn zur Rede stellte. Ich machte aber die Entdeckung, daß meine Gefühle für Jean Marc noch immer nicht ganz geschwunden waren. Der Feuerstrom wurde eine Zeitlang sogar mächtiger. Vielleicht, weil jetzt die Wahrheit heraus war? Weil ein Kampf begonnen hatte? Waren das die Energien, die Ertrinkenden zufließen? Dabei kamen mir immer wieder die Träume von der lilienbekränzten Heidemarie, die an mich heranschwamm und den Schlüssel vom Kahlbutz forderte.

Das Arbeitsamt blieb stumm. Meine Besuche dort waren ergebnislos. Ich traf den Chef des Spracheninstituts. Er ließ mich höflich abblitzen. Doktoranden gab es wie Sand am Meer. Meine Arbeit würde er eventuell aber mal lesen. Um zu sehen, was die ostdeutsche Romanistik zu leisten imstande war. Was? Sie war in Deutsch geschrieben? Dann war es nicht der Mühe wert.

Ich war aufgewühlt. Um mich abzulenken, nahm ich meine Streifzüge durch die Stadt wieder auf. Der Winter war lächerlich. Zwar stürmte und regnete es bisweilen, aber der Himmel war dann rasch ebenso tiefblau wie im Sommer. Nur die Gemüter waren gedämpfter. Mürrischer. Um den alten Hafen, auf den Terrassen war weniger Leben.

Den Schlüssel hineinwerfen? überlegte ich. Oder mich selbst ins Meer stürzen? War es nicht das, was Heidemarie mir im Traum zu raten schien? Aber konnte man hier überhaupt ertrinken? Wurde man nicht sofort bemerkt und gerettet?

Warum Jean Marc nicht denselben Streich spielen wie Nadia? Dann müßte er sich tatsächlich entscheiden. Ich spürte, daß ich es nicht tun würde.

Ich schlenderte die Rue du Paradis entlang, die Straße der ganz Reichen. Betrachtete zum gottweißwievielten Male die kostbaren Auslagen der Geschäfte. Mit mehr Verwunderung als mit Neid. Ich war mir ziemlich sicher, daß ich an dieser prunkvollen Fülle gar nicht unbedingt teilhaben wollte. Was ich vom Leben erwartete, war im Grunde wenig. Kaufen konnte man es nicht.

Das Merkwürdigste war, daß es mir nicht völlig unerträglich war, Jean Marc mit Nadia zu teilen. Nie hätte ich das für möglich gehalten. Allerdings wußte ich nicht genau, ob ich es nur aushielt, weil ich es aushalten mußte. Ich hatte keine Wahl.

Dieser ewig blaue Himmel! Präsentierte nur selten Wolken. Dunst schon eher. Niemals aber Kumulus! Wenn überhaupt Wolken erschienen, dann meist Schäfchen. Oder auch Zirren, wie quer über den Himmel auseinandergezogene Glaswolle. Meinen Wolken in Reinsbach ähnelten sie nicht. Nichts, aber auch gar nichts erinnerte hier an Reinsbach.

Den entscheidenden Schlag erhielt ich erst an dem Tag, als Jean Marc mir sagte, daß Nadia schwanger sei. Und nicht abtreiben wolle.

Was sollte nun werden? Jean Marc gab vor, es auch nicht zu wissen. Ich begriff, daß die Karten geworfen waren. Daß ich verloren hatte. Das Baby, das wir uns gewünscht hatten, wuchs jetzt in Nadias Bauch heran. Ich selbst hatte schon lange nicht mehr an das Baby gedacht. Nun fiel es mir wie Schuppen von den Augen, daß auch ich auf diese Weise eine Lösung hätte erzwingen können.

Ich verbrachte ein paar reglose Tage im zerworfenen Bett. Colette, die von ihrem baldigen Status als Großmutter noch nichts wußte, brachte mir das Essen und versuchte fast täglich, mich mit kleinen Geschenken aufzumuntern.

Der warme Strom, den Jean Marc in mir zu entfesseln verstand, starb nun langsam ab. Der blumige Garten verödete. Ich stand jetzt fast täglich am winterlichen alten Hafen und sah Heidemarie heranschwimmen. Immer wieder. Und immer wieder mit dem weißen Lilienkranz. Nur hielt ich nicht mehr den Schlüssel des Kahlbutz in Händen, sondern einen glatten, glitschigen Fisch, der sich lebendig und kalt in meinem Griff wand. Den warf ich ins Wasser. Immer wieder. Bis mir klar wurde, daß dieser glitschige Fisch nichts anderes als das Geschlecht meines Mannes war. Daß ich es im Traume schon freigab. Und daß mich Heidemarie nach Reinsbach zurückrief.

Zuerst wehrte ich mich noch gegen diese Erkenntnis. Aber sie wurde schnell deutlicher. Mir wurde bewußt, daß meine Rückkehr schon bei meiner Ankunft vorprogrammiert gewesen war. Jean Marc war hier gleich ein anderer als in Berlin gewesen. Er lebte ja bereits wieder mit Nadia! Ohne Jean Marc und ohne Arbeit konnte ich nicht in Marseille bleiben. Zeitlebens in einem Strickwarenladen stehen? Ab und zu auf dem Arbeitsamt betteln? Oder den Boches die Stadt erklären? Und das neben einem Mann, der irgendwo noch ein zweites Bett besaß?

In Jean Marcs Umarmungen blieb ich nun kalt. Langsam begann ich, mich ihm zu entsagen. Der Fisch war geworfen, sollte er in Freiheit schwimmen! Jean Marc war verwirrt. Blieb unserem Bett in manchen Nächten jetzt fern.

Nach außen wirkte ich vielleicht wenig verändert. Aber in mir war nun alles tot.

Wenn ich nicht im Laden stand und verkaufte, streifte ich durch die Stadt. Ich wollte sie einsaugen. Ihr Bild mitnehmen. Manchmal saß ich einfach nur auf einer Parkbank, nicht weit von der Sophienstraße. An meinen einsamen Abenden versuchte ich, Aufzeichnungen über mein bisheriges Leben zu beginnen. Bald zeigte es sich, daß es mir leichter fiel zu sprechen als zu schreiben. Und so fing ich an, dem Kassettenrecorder von Méribin meine Schicksale zu erzählen.

Ich beschloß, nicht heimzukehren, ohne Paris gesehen zu haben. Doch Paris war weit. Die Reise teuer. Sollte ich Jean Marc um das Geld bitten? Er hätte es mir sicher gegönnt. Ich hatte aber die Idee, ihn heimlich zu verlassen. Ich würde also noch abwarten. Sparen.

Der Gedanke an Paris richtete mich etwas auf.

Von dort würde ich zurückkehren. Mein Konsulat müßte mir helfen.

Wenn Jean Marc mit mir schlafen wollte, gab ich ihm manchmal wieder nach. Spürte aber nichts dabei. Er schien zu hoffen, daß ich mich abfinden und bei ihm bleiben würde.

Ich dachte nach, ob ich mich im anderen Deutschland niederlassen sollte. Dort würde ich Hilfe bekommen. Vielleicht auch Arbeit? Aber ich ließ schnell davon ab. Von diesem Land hatte ich nie geträumt. Und ich sagte mir auch, daß es sich womöglich auszahlen könnte, wenn ich dorthin zurückkehrte, woher ich gekommen war. Man würde mir vielleicht endlich vertrauen? Und mich dienstreisen lassen?

Das Frühjahr brach ebenso unvermittelt an wie der Winter. Immer noch ging ich regelmäßig zum Arbeitsamt. Was würde ich tun, wenn ich plötzlich eine Stelle bekäme? Ich wußte es selber nicht. Nadias Bauch mußte sich schon heben. Ich mußte weg, bevor das Baby kam. Noch vor dem Sommer mußte ich abreisen.

Zum alten Hafen konnte ich nicht oft genug gehen. Das Bild des graublauen Meeres, der silberschäumenden Gischt mit der flimmernden Luft darüber wollte ich für immer in mir aufnehmen. Begraben. Einbunkern.

Ich plante Einzelheiten meiner Abreise. Diesmal wollte

ich so wenig Gepäck als möglich haben. Ich würde Pakete nach Reinsbach aufgeben. Die herrlichen Stricksachen würde ich nicht zurücklassen. Eine kleine Garderobe war schließlich das mindeste, was man aus Frankreich mitbringen mußte. Auch ein Parfüm für Mutter. Jeans für Heidemarie. Die hatte sie sich immer so gewünscht! Und Kinderjeans. Einen Vorrat an Provencekräutern durfte ich nicht vergessen. Eine Flasche Ricard. Ob Petzold so etwas trank? Auf alle Fälle könnte ich Frau Wiesenthal damit eine Freude machen. Wie im Traum kaufte ich ein paar Ansichtskarten, um noch einmal Grüße nach Reinsbach zu senden. Ohne meine alsbaldige Heimkehr anzukündigen.

Im Mai, als das metallische Mittagsblau vor Hitze wieder zu zittern begann, hatte ich eine kleine Summe zusammengespart. Meine letzten Tage in Marseille waren gekommen. Die Pakete, die ich nach Reinsbach schicken wollte, konnte ich unbemerkt aus dem Haus bringen. Ich kaufte eine Fahrkarte nach Paris. Für den Abendzug. Mich am Nachmittag fortzustehlen, schien mir am einfachsten. Es war die übliche Zeit meiner Ausflüge.

Ich ließ einen Brief für Jean Marc zurück, in dem ich ihn bat, mir nicht nachzuforschen. Mein Entschluß sei seit langem gereift und unumkehrbar. Er werde von mir hören. Ich war sicher, daß er aufatmen würde. Er hatte jetzt andere Sorgen. Bedauern würde er meine Abreise erst später. Ich kannte ihn. Er konnte niemanden fallenlassen, und folglich mußte er fallengelassen werden. Ich hätte nicht sagen können, ob ich ihn noch liebte. Der Mann, der zu mir paßte wie ein Schlüssel zum Schloß, hatte mich zu sehr enttäuscht. Wie ein großes Kind! Und das waren die Männer wohl alle, große Kinder.

Als ich am Bahnhof Saint-Charles in den Zug stieg, erinnerte ich mich an meine glückliche Ankunft, die kein Jahr zurücklag. Was für eine Zeit! Ganze drei Monate war mein Glück ungetrübt erschienen!

Wenn Jean Marc jetzt dahergelaufen käme, um mich zurückzuhalten? Ich blieb am Fenster stehen, bis der Zug aus dem Bahnhof gerollt war, in einen feucht-dunstigen Abend hinein. Obwohl ich weinte, fühlte ich weniger Schmerz als Öde. Ich versuchte mir einzureden, daß ich nichts bereute. Es war gut, daß ich hergekommen war, und nun war es gut, daß ich wieder abfuhr. Immerhin ging es jetzt nach Paris.

Vielleicht war das das Leben? Und eine Stabilität in Aufrichtigkeit unmöglich?

Mein Plan für Paris stand seit langem fest. Ich hatte in Erfahrung gebracht, daß ich an der Gare de Lyon ankommen und in der Nähe billige Hotels finden würde. Ich wollte gleich in die Tuilerien. Dann zum Louvre. Saint-Germain de Près. Und zum Quartier Latin natürlich.

Mir war schon klar, daß die Stadt, von der ich am meisten geträumt hatte, für mich eine Fassade bleiben würde. Ich hatte jetzt Erfahrung mit Städten. Mit ihrer Blindheit und ihrer kühlen Betriebsamkeit. Mit der fragilen, neutralen Oberfläche, die über allem Bösen rasch wieder zuwächst.

Schon in Lyon hatte ich meine Journale ausgelesen. Nachdem der Zug die Lichter der Stadt hinter sich gelassen hatte, dämmerte ich ein. Für Paris wollte ich Kraft haben. Mit meinem Geld könnte ich mich drei oder vier Tage halten. Jean Marc mußte meinen Brief nun gefunden haben. Wenn er nicht im trüben Hinterhaus bei Nadia übernachtete. Dann würden sich Colette und Claude jetzt Sorgen um mich machen.

Plötzlich lag ich wieder unter der Dusche im Studentenheim und wand mich vor Schmerz. Neben mir standen aber nicht Helga und Barbara, sondern Jean Marc und Nadia, die auf mich einschlugen und mir schließlich mein Baby aus dem Bauch rissen. Ich wollte aufspringen und es ihnen wegnehmen. Aber ich klebte am Boden, als wäre ich angewachsen.

Schweißgebadet schreckte ich auf, als Dijon ausgerufen wurde. Nicht allzuweit von hier lag das Auxois! Unsere

Partnerstadt Soux! Merkwürdig, daß ich nicht haltmachen und dort ein paar Tage Unterschlupf finden konnte. Aber bei wem? Bei Guy? Bitterkeit stieg in mir auf. Einmal hatte ich geglaubt, der Dolmetscherberuf würde mir Freundschaften bringen.

Im Morgengrauen Einfahrt in Paris. Nebel. Hoffentlich kam kein Regen! Rauchend stand ich am Fenster.

Gare de Lyon. Daß hier niemand auf mich wartete! Voran, dachte ich. Trotzdem voran, Rosemarie!

Als ich ausgestiegen war und an den Bahnhofsläden vorbei zum Ausgang strebte, stellte sich doch gute Laune ein. Welch erhebendes Gefühl, als ich auf die Rue de Chalon trat, dann in den Boulevard Diderot einschwenkte! Ich suchte ein Bistro. Bestellte einen Café crème und ein Croissant. Rauchte eine Zigarette. Seit langem überkam mich etwas Zufriedenheit.

Dann trat ich wieder auf die Straße. Der Nebel schien sich aufzulösen. Menschen hasteten zur Arbeit. Ich mußte ein Hotel finden. Ging ins erstbeste hinein. Dem alten Vestibül nach hätte es die Pension Vauquer aus Balzacs ›Vater Goriot‹ sein können! Anstelle des betagten Fräuleins Vauquer stand jedoch ein junger Maghrebiner an der Rezeption, nannte mir mürrisch den Preis und musterte mich von oben nach unten. Ich mietete für drei Nächte.

Das Zimmer roch muffig und war dämmrig, bevor ich die Vorhänge zurückschob und die Fenster aufriß. Straßenlärm schlug hoch. Resolut klopfte es an die Tür. Eine buntberockte Alte mit feuerrotem Haar brachte eine Kanne Wasser. Ich machte mich frisch, zog mich um und steckte die Haare neu auf. Dann ging ich zurück auf die Straße und stieg in die Metro hinunter.

Am Schalter saß ein Chinese. Ich wußte, daß die Fahrscheine billiger waren, wenn man zehn Stück kaufte, ein »carnet«. Der Zug kam sofort. Wie lange hatte ich auf den Augenblick warten müssen, um meinen Fuß einmal in die Pariser Metro zu setzen! Der Waggon ratterte ab ins

Schwarze. Ich studierte meinen Stadtplan und blieb am Ende bei dem Vorsatz, am Louvre auszusteigen.

Als ich aus dem Metrotunnel trat, empfing mich bläßlicher Sonnenschein. Das reiche Licht des Südens war verloren! Hier herrschte schon wieder das nördliche Licht. Dasselbe Licht, das wir auch in Berlin und Reinsbach hatten. Und doch, welch Unterschied! Welche Pracht, wie sich dies matte Licht auf den mächtigen Flügelbau des Louvre legte, den man vor kurzem erst mit Sandstrahl weiß poliert hatte. Als ich durch das Eingangstor schritt, fiel mir der Kahlbutz ein, der hier beinahe einmal hindurchgetragen worden wäre.

Ich trat also ins Heiligtum. Kaufte ein Ticket. Betrachtete. Verzagte schnell vor der unermeßlichen Menge von Gemälden. Das Gedränge vor der Gioconda! Ich schubste mit, um sie wenigstens einige Augenblicke zu sehen. Dann ging ich in die antike Skulpturensammlung. Übermächtig die Versuchung, den kühlen Marmor zu berühren! Aber es war unmöglich. Die Venus von Milo wurde von einer jungen afrikanischen Venus behütet. In Berlin wachten Rentner in den Museen, erinnerte ich mich.

Nicht annähernd konnte ich sehen, was ich vielleicht hätte sehen müssen. Um die Mittagszeit trat ich wieder in die Tuilerien hinaus. Spazierte durch die Grünanlagen, die der Ort so vieler literarischer Rendezvous gewesen waren. Und sie schienen immer noch ein Tummelplatz der eleganten Welt zu sein. Als ich die Preistafeln der Cafés betrachtet hatte, trank ich nur ein Mineralwasser. Jean Marc fiel mir ein. Panik und Erleichterung mochten ihn jetzt gleichzeitig ergriffen haben. Ob Nadia schon wußte, daß ihre Konkurrentin das Feld geräumt hatte?

Ich schlenderte bis zur Place de la Concorde. Entdeckte zu meiner Rechten das Jeu de Paume, das Impressionistenmuseum. Als ich eingetreten war, fühlte ich sofort, daß es mir besser gefallen würde als der Louvre. Diese Wirbel von Licht auf den Bildern! Das Rosa des Fleisches! Welch kühne Schönheit, welch verrücktes Spiel von Farben und

Tönen, deren Zusammenklang dann doch auf rätselhafte Weise zum Ausdruck von etwas Wirklichem gerann!

Viele der Gemälde kannte ich von Reproduktionen. Sogar der Halbakt von Renoir, dem Mina mein Porträt nachempfunden hatte, hing hier.

Erschlagen und hungrig trat ich heraus. Aber vor mir lagen die Champs-Élysées! Ich mußte also weiter. In der Ferne schon sichtbar der auf einer Anhöhe liegende Arc de Triomphe. Lag es an meinem ausgelaugten Zustand, daß ich die Champs-Élysées etwas fade fand? Steril? Die Restaurants waren geradezu sündhaft teuer. Ich schwenkte in eine Nebenstraße ab und konnte nach einigem Suchen preiswert griechisch essen. Doch die Müdigkeit wollte nicht weichen. Ich mußte ins Hotel zurück.

In der Metro fragte ich mich, ob Jean Marc nicht doch auf die Idee gekommen war, mich zu suchen? Mit Hilfe der Polizei? Ich hatte im Hotel eine Registrierkarte ausfüllen müssen. Vielleicht erwartete man mich schon?

Ich hätte selbst nicht sagen können, ob das ein Wunsch oder eine Sorge war. Es stellte sich jedenfalls als übertriebene Einbildung heraus. Der junge Mann in der Rezeption gab mir wortlos den Schlüssel. Ich stieg in mein Zimmer hoch, öffnete die Fenster und schlief trotz des Getöses, das von der Straße herauf kam, sofort ein.

Mitten in der Nacht weckte mich ein sanftes Klopfen. Erschrocken setzte ich mich auf. Ich sah, daß ich in meinen Kleidern eingeschlafen war. Wie es mich meine Hotelerfahrung gelehrt hatte, antwortete ich nicht, hielt aber vor Spannung den Atem an. Das wiederholt einsetzende Klopfen war zu zaghaft, als daß es die Polizei oder Jean Marc selbst sein konnten. Schließlich ließ es nach. Beim Einschlafen sagte ich mir, daß es womöglich nur der Kahlbutz gewesen war, der da an meiner Tür gescharrt hatte.

Am nächsten Tag ging ich über den Pont d'Austerlitz zum Jardin des Plantes. Erreichte das Quartier Latin und stieg zur Rue Mouffetard hinab. Sah Montparnasse. Saint-Michel. Notre-Dame. Die Insel Saint-Louis, wo Aragons

Aurélien seinen Liebesschmerz für Bérénice gepflegt hatte.

Als ich auf der Brücke zwischen der Ile de Saint-Louis und der Ile de la Cité stand, fiel mir ein, daß dies wohl der richtige Ort für die Versenkung des Schlüssels vom Kahlbutz sei. Ich wollte ihn nicht wieder nach Hause mitnehmen. Ließ ihn einfach fallen.

Warum hatte ich ihn nicht in hohem Bogen geworfen?

Vielleicht, weil ich daran denken mußte, daß es auch Rolfs Schlüssel gewesen war, mit dem er einst versucht hatte, das Geheimnis meiner Weiblichkeit zu öffnen. Er hatte zugegeben, daß er es nicht konnte. Rolf ist der einzige Mann in meinem Leben gewesen, der mich nicht belogen hat.

Ich spazierte die Quais entlang. Den ganzen Tag. Kramte ein wenig bei den Bouquinisten, den Händlern, die ihre Bücher hier unter freiem Himmel anbieten. Ein Buch zu kaufen hatte aber keinen Sinn. Ich wußte ja, daß man keine Bücher über unsere Grenze bekam. Irgendwann besorgte ich mir eine Pizza, aß sie im Laufen und warf das Papier in den Fluß. Da trieb es dann eine Weile, bis ein Strudel es verschlang. Ich war am Eiffelturm angelangt, fühlte mich aber zu müde, um noch hinaufzufahren. Die schöne Sicht auf das Marsfeld hatte man auch von unten.

Die wenigen Tage in Paris sind seltsam plangemäß verlaufen. Auf die Einsamkeit war ich im voraus gefaßt gewesen. Die Städte sind nun einmal so. Unnahbar. Wahrscheinlich, weil sie die Geschichte zu verschlucken pflegen. Besonders wenn es sich um Blut und Revolutionen gehandelt hat, die sich in ihnen vergeudet haben. Nirgends ist das deutlicher als hier in Paris, von dessen Fassaden die verräterische Patina schnell entfernt wird. Auf den sandstrahlgereinigten historischen Gebäuden wehen Trikoloren aus Nylon. Aussichtslos, auch nur eine Spur vom Mai achtundsechzig entdecken zu wollen.

Am nächsten Morgen betrachtete ich erneut den Stadtplan, um die Botschaft ausfindig zu machen. Ich nahm mein Frühstück, beglich die Hotelrechnung beim Maghrebiner, ging zur Metro. Fuhr zum Trocadero. Irrte eine halbe Stunde in dem recht eleganten Viertel herum und kam schließlich an, wo ich hingewollt hatte.

Ich schob meinen Paß unter die Glasscheibe und sagte, daß ich in Not geraten sei. Heimkehren wolle. Die Fahrkarte möchte man mir bitte auslegen. Ich würde sie zu Hause zurückzahlen.

Eine mollige Blondine warf mir einen prüfenden Blick zu und forderte mich auf, in ein Nebenzimmer zu treten. Dort sollte ich den Konsul erwarten.

Es war eine Konsulin. Ich holte tief Atem, um meine Litanei zu wiederholen. Die Frau sah mich ernst an und fragte, ob ich mich scheiden lassen wollte. Ob ich gründlich nachgedacht hätte? Dann bemerkte sie, daß ein Konsulat kein Reisebüro für gestrandete Existenzen sei. Daß ich die Fahrkarte eigentlich selbst zu zahlen hätte.

»Ich habe nicht gearbeitet«, sagte ich leise. Schon die Fahrt von Marseille nach Paris sei ein Problem gewesen. Von den Ausflügen, die ich hier unternommen hatte, sprach ich vorsichtshalber nicht. Die Konsulin seufzte. Bat um einen Augenblick Geduld und verschwand hinter einer Tür. Ich steckte mir eine Gauloise an und dachte daran, daß ich bald wieder »Karo« rauchen würde.

Die Frau kam mit einigen Bogen Papier zurück. Einen Bericht über meine Lage sollte ich schreiben und versichern, daß ich die Reisekosten zurückerstatten würde. Ich überflog und unterschrieb alle Papiere, die man mir vorlegte. Am Ende informierte sie mich, daß ich nicht direkt nach Hause fahren könnte. Zunächst hätte ich mich im Aufnahmelager Zepernick zu melden.

Dann führte mich die Blondine in ein einfaches weißes Zimmer. Den Rest des Tages verbrachte ich teils im Garten, teils auf dem Bett des weißen Zimmers mit meinem Kassettenrecorder. Wie ein Stein schlief ich ein.

Beim Abendessen wurde ich neben einem großen

schlanken Sachsen plaziert, der sich als »Peter« vorstellte und mich in ein Gespräch zu verwickeln suchte. »Frankreich ist ein Land«, hob Herr Peter an, »das alle hundert Jahre eine Revolution veranstaltet: 1789, 1871, 1968.« Allerdings sei jedesmal weniger herausgesprungen. Obwohl ich wußte, daß er recht hatte, ärgerte ich mich über die Arroganz, die hinter dieser Bemerkung steckte, und trumpfte auf: »Und trotzdem beneiden wir Frankreich um seine Revolutionen!« Herr Peter sah mich verdutzt an und gab mir dann lächelnd recht. Vielleicht erinnerte er sich an meinen Doktortitel? Ich hatte schon bei der Konsulin gemerkt, daß er wieder etwas bedeutete.

Herr Peter sagte dann ganz plötzlich, daß wir zusammen nach Hause fahren würden. Am nächsten Morgen.

Natürlich habe ich die ganze Nacht kein Auge zugemacht. War ich bereits Herrn Peters Gefangene? Was wäre geschehen, wenn ich einfach »Auf Wiedersehen« gesagt und mich auf und davon gemacht hätte? Aber dazu fehlte mir die Kraft.

Reinsbach 1978

Ich weiß jetzt, daß ich mein Leben in der Sehnsucht nach den großen Städten vertan habe.

In diesem außergewöhnlich heißen Sommer werde ich den Gedanken nicht los, daß ich keinen Zugang zum wirklichen Gesetz des Lebens gehabt habe und wohl auch nie haben werde. Dieses Gesetz ist mir fremd. Es ist mir zuwider. Widerlich.

Ein Jahr ist es her, daß ich aus Frankreich zurückgekehrt bin. In die Mausefalle. Freiwillig. Worüber sich manche noch immer wundern. – Ausgezahlt hat es sich nicht.

Ich fahre nun immer öfter nach Reinsbach, wo ich stundenlang im Garten sitze, in den Gerüchen meiner Kindheit. Das einzige wirkliche Gefühl, das ich noch habe, ist diese Müdigkeit.

Sie erfaßte mich schon beim Einsteigen in den Zug, in der Gare du Nord. Dies steife Sitzen neben Herrn Peter! Regungslos schaute ich hinaus. Wald für Wald, Stadt für Stadt zogen an mir vorbei. Wie gerne wäre ich in Belgien ausgestiegen, um eine einzige Stunde zwischen den niedlichen Häuschen zu spazieren! Je länger wir fuhren, desto diesiger wurde es. Ein Dunst, der in Nieselregen und schließlich in Nacht überging.

Jede Grenze war schlimmer als die vorhergehende. Im reinlichen Westdeutschland spürte ich schon wieder das Bleigewicht wachsen, das ich daheim ewig mit mir herumgetragen hatte. Ich mußte mir verordnen, immer tauber, immer fühlloser zu werden. Zwischen Helmstedt und Marienborn schloß ich die Augen. Ich öffnete sie nur kurz, als Herr Peter den sächselnden Grenzern unsere Papiere präsentierte.

Ich döste auch die nächsten Stunden, bis er mich anstieß und mir »Berlin!« zuflüsterte. Mein Gott – was für klotzige Silhouetten! Wie wenig Eleganz!

Ausgestiegen sind wir in Westberlin. Es war die letzte Chance davonzulaufen. Damals war ich viel zu erschöpft, um Fluchtpläne zu hegen. Herr Peter hatte keine Mühe, mich über die Grenze zu bringen. S-Bahnsteig Friedrichstraße: Die bekannten Gerüche. Vulgäre Gerüche. Aber es wollten keine heimatlichen Gefühle aufkommen.

Mein Begleiter brachte mich bis zum Aufnahmelager in Zepernick, um sich dann höflich zu verabschieden. Der Pförtner rief eine kittelbeschürzte Frau, die mir Bettwäsche aushändigte und mich in ein kleines Zimmer mit Liege und Schrank geleitete. Eine Zelle? Auch dort hingen die Sonnenblumen von van Gogh.

In einem Amtszimmer sollte ich den Reisepaß abgeben. Mir wurde gesagt, daß ich demnächst meinen alten Personalausweis wiederbekäme. Ob der Paß wohl auch so gut aufbewahrt wird, fragte ich mich. Ob ich ihn je wiederkriegen könnte?

In den nächsten Tagen folgte Gespräch auf Gespräch. Schriftliche Erklärungen – alles doppelt und dreifach. Natürlich sollte festgestellt werden, ob ich Opfer oder gar freiwilliger Mitarbeiter eines westlichen Geheimdienstes geworden war. Man interessierte sich dafür, wie ich die politische Lage in Frankreich einschätzte. Viel wurde auch nach Jean Marc gefragt, besonders nach seinen politischen Aktivitäten. Nach den Schwiegereltern. Und immer wieder, mit wem wir verkehrt hätten. Erst jetzt fiel mir auf, daß ich kaum Freunde von ihm kennengelernt hatte. Auch mußte ich mehrmals bestätigen, daß ich die Scheidung einreichen wollte.

Das alles überraschte mich nicht. Ich wußte, was ich zu sagen hatte. Es gelang mir, die Kränkliche zu spielen. Schließlich wurde gefragt, wie ich mir meine berufliche Zukunft vorstellte.

Wenn ich hier die Stunden und Tage gezählt hätte, wäre

ich wohl verrückt geworden. Ich verbrachte die meiste Zeit lesend oder schlafend in meiner Kammer. Wenn mich das Elend zu stark überkam, roch ich in das Säckchen mit Provencekräutern hinein.

Nach etwa vierzehn Tagen wurde mir plötzlich gesagt, daß im Vestibül ein Besucher auf mich warte. Das Herz schlug mir bis zum Hals, als ich durch die Gänge eilte. Niemand konnte doch bislang von meiner Rückkehr wissen?

Ich traute meinen Augen nicht. Der Besucher war Professor Claus!

Er mußte bemerkt haben, daß ich beinahe zusammenbrach, und drückte mich gleich in einen Sessel hinein.

Auch ihm war die Situation peinlich. »Seien Sie vor allem willkommen«, hob er leise an. »Irgendwie schaffen Sie es. Irgendwie kommen Sie durch.« Ich nickte.

»Alles, was ich für Sie im Moment erreichen kann, Rosemarie, ist vielleicht eine Abkürzung dieses Lageraufenthalts. Deshalb bin ich gekommen. Es ist hier wichtig für Sie, daß sich irgendeine Stelle zu Ihnen bekennt. Eine Art Bürgschaft übernimmt.«

Ich nickte wieder und flüsterte einen Dank. Unsägliche Scham stieg in mir auf.

Noch behutsamer fügte Professor Claus hinzu, daß ich mir in nächster Zeit keinerlei Hoffnungen auf eine Stelle an der Universität machen dürfte. Ein Zauberer sei er nicht.

Es blieb mir nur zu nicken. Bevor er ging, zog er ein Bündel sprachwissenschaftlicher Zeitschriften aus seiner Aktentasche. Damit sollte ich mir die Langeweile vertreiben.

Nach weiteren zwei oder drei Wochen konnte ich das Lager verlassen. Ich mußte unterschreiben, daß ich über alle dort geführten Gespräche Stillschweigen bewahren würde.

Meine Mutter holte mich ab. Auch sie war also informiert worden! Als ich ihr in die Arme fiel, fragte sie mit hochrot erregtem Gesicht, warum ich um alles in der Welt denn nichts von der Not mitgeteilt hätte, in die ich im fremden Land geraten war? Für einen Moment verlor ich alle Kontrolle über mich und fiel ihr schluchzend an die Brust. »Mutter – bitte frag mich nichts –«, stotterte ich. Als wir zum Zug liefen, wollte sie wissen, ob wir gleich nach Reinsbach fahren oder erst einmal in Berlin Station machen und richtig gut essen gehen sollten. Im Fernsehturm etwa? Heute sollte es aufs Geld mal nicht ankommen.

Ich wollte lieber gleich nach Reinsbach, und so saßen wir bald in unserem alten Ruckelzug. Das matte Licht da draußen! Dies graugelbe Grün! Wie vertraut und wie fremd zugleich waren mir diese Landstriche!

Ich erzählte Mutter nun leise die Katastrophe, die über mich hereingebrochen war bis zu dem Baby, das in Nadias Leib lag, aber eigentlich meines war. »Ausländer!« stieß Mutter immer wieder mit empörter Stimme hervor. »Man soll sich eben doch nicht mit Ausländern einlassen!« Sie fand allerdings, daß ich nicht schlecht aussah, wie die Umstände es hätten befürchten lassen. Wenigstens, meinte sie, habe die Familie da unten in Marseille ihre Tochter gut gehalten. Dicker wäre ich geworden. Und etwas westlicher Chic, fand sie, war auch an mir hängengeblieben. Was war das für eine Haartönung? Allein die Sonne hatte sie zustande gebracht?

Mehr als alles andere interessierte Mutter aber, was nun aus mir werden sollte. Würde ich mein altes Zimmer in Reinsbach wieder beziehen? Viele Fragen winkte ich ab. Ich versuchte zu erklären, daß ich mich zunächst einmal erholen mußte. Arbeit würde ich in Berlin suchen. Eine Wohnung auch.

Mutter zeigte ein enttäuschtes Gesicht. Daß ich vom Weltenbummeln nicht genug hatte! Sie schien wirklich gehofft zu haben, daß ich mich in Reinsbach niederlassen würde. Oder zumindest in Neuenhagen, als Oberschullehrerin. Das werde schließlich nicht schlecht bezahlt.

Sowenig ich mir vorstellen konnte, je wieder in Reinsbach zu leben, war ich jetzt doch froh, für ein Weilchen heimzukehren. Schon näherte sich der Zug unseren Feldern und Wäldern. Frühsommerwinde jagten einige Wolkenberge über den graublauen Himmel, der gegen Nachmittag ein wenig zu strahlen begann. Die Gerüche wurden besser. Ich fragte mich, ob mir auf die Dauer da unten in Marseille die Laubwälder nicht doch gefehlt hätten? Deutlich spürte ich jetzt auch Vorfreude auf Heidemarie und die Kinder. Sogar auf Petzold.

Nun lag nur noch die Busfahrt von Neuenhagen nach Reinsbach vor uns. Einige der Mitreisenden begrüßten mich. In ihren Augen war ich Westbesuch. Es würde sich aber bald herumreden, daß meine Rückkehr endgültig war.

Dann der Weg durchs Städtchen. Quer durch den Park. An der Schwedenmauer, an der Kirche vorbei. Nie war sie mir ungeschlachter erschienen! Mutter erzählte, daß Bäkker Lamprecht aufgegeben hatte. Sie wies auf einen Laden, dem Brötchen und Kuchen aus einer Fabrik in Neuenhagen geliefert wurden. Natürlich kein Vergleich zu Lamprechts ofenfrischen Produkten. Wir schwenkten in die Siebenergasse ein. Gingen an der Kaserne vorbei.

Dann die Gartenpforte. Die Haustür. Endlich in Heidemaries Armen! Simone zerrte an meinem Rock, während Anke uns aus sicherer Entfernung beobachtete.

Gleich nach der Begrüßung drückte mir Heidemarie mit wichtigtuerischer Miene einen Brief von Jean Marc in die Hand, der schon vor Wochen eingetroffen war. Er schilderte darin, wie sehr ihn mein plötzliches Verschwinden verwirrt hatte. Daß er mich aber verstehe. In der Lage, in der er war, müsse er mir sogar dankbar sein. Er hoffte, daß ich ihm eines Tages verzeihen würde.

Den Satz kannte ich. Nicht bitter werden, dachte ich und zerknüllte den Brief in der Hand. Empörung stieg in mir auf, und ich wußte nicht, ob ich überhaupt antworten sollte.

Beim Ricard, der Mutter und Heidemarie in Entzücken versetzte, erzählte ich mein Unglück ein zweites Mal. Heidemarie seufzte öfter auf, während Mutter ihre Kommentare über die Risiken einer Ausländerehe wiederholte. Am Ende wollte die kleine Simone wissen, ob Frankreich ein besseres Land sei?

Ich schluckte. Das Kind war schließlich erst sechs Jahre alt! Meine Antwort war von gefährlicher Wichtigkeit. Ich nahm Simone in den Arm und sagte in sehr ernstem Ton: »Frankreich ist ein schönes Land!« – »Und warum bist du dann nicht dortgeblieben?« fragte sie. Es gäbe etwas Wichtigeres als die Schönheit eines Landes. Nämlich Liebe. Ich hätte die Liebe meines Mannes verloren und sei nun dorthin zurückgekehrt, wo man mich liebte. »Wie denn verloren?« bohrte Simone weiter. Hier griff Heidemarie ein und erklärte der Kleinen, daß sie später, wenn sie groß sei, all das einmal verstehen werde.

Während die Mutter Kaffee kochte, ging ich in mein Zimmer. Ich sah, daß meine alten Journale und Schallplatten noch wie früher an ihrem Ort standen. Mit ein paar Handbewegungen schleuderte ich sie zu Boden und stampfte darauf herum. Eine Platte knackte entzwei, das Papier fetzte in alle Richtungen. Da reckte Heidemarie ihr Gesicht zur Tür herein. »Warum? Warum bloß?« flüsterte sie erregt. Und ich zischte ebenso leise: »Ich will nicht, daß Simone das alles anschaut!« – »Die schönen Schallplatten!« jammerte Heidemarie. »Du bist ja schlimmer als der Staat! Wenn du sie selbst nicht mehr willst, hättest du sie uns lassen können!«

Als ich zusah, wie Heidemarie aufzuräumen versuchte, kam es mir schon fast unwirklich vor, daß ich vor kurzem noch in Frankreich gewesen war. Vielleicht würde mir der Kaffee guttun. Ich begann, ihr zu helfen.

Nun kam Petzold von der Arbeit heim. Der Ricard gefiel ihm nicht. Eine summarische Zusammenfassung meiner Geschichte hörte er sich schweigend an. Er wisse nicht, was er dazu sagen solle, gab er zu. Er hoffe nur, daß ich meine Rückkehr eines Tages nicht bereuen werde.

Als es ans Schlafen ging, erklärte Heidemarie, daß sie

heute in Ehestreik treten und mit mir in meinem ehemaligen Zimmer schlafen werde. Petzold hatte nichts dagegen.

Kaum lagen wir im Dunkeln, berichtete sie, wie es ihr in der Zwischenzeit ergangen war. Daß Petzold sie mit einer Busfahrerin betrüge. Mindestens seit einem halben Jahr. Was sollte sie tun? Skandal schlagen? Stillhalten?

»Das mußt du allein entscheiden«, meinte ich. »Schmerzt es denn überhaupt?« –

»Doch«, behauptete Heidemarie, »es schmerzt. Aber das schlimmste ist, daß ich nicht weiß, wie ich mich verhalten soll!«

»Ich glaube, daß ich es nicht aushalten würde«, sagte ich.

»Aber die Kinder hängen so an ihm«, wandte sie ein.

Da erinnerte ich mich an die seltsamen Träume, die ich in Frankreich gehabt hatte. Ich erzählte, wie sie als Seejungfrau mit Lilien im Haar an mich herangeschwommen war und mich nach Hause gerufen hatte. Wir knipsten das Licht an, zogen das Märchenbuch hervor und suchten die Stelle, wo die Konkurrenzprinzessin eingetroffen ist und die Seejungfrau mit angstvollen Vorahnungen am Meer sitzt und ihre kranken Beine kühlt. Da schwimmen ihre Schwestern heran und rufen sie heim!

Heidemarie war nicht unzufrieden, sogar ein wenig stolz über die seltsame Rolle, die sie da unten in Marseille gespielt hatte. Niemals hatte ich mich mit ihr so verbunden gefühlt wie jetzt. Ich kroch in ihr Bett.

Am nächsten Tag besuchte ich Frau Wiesenthal. Sie hatte noch nichts von meiner Heimkehr erfahren und glaubte zunächst, daß ich nur zu Besuch gekommen war.

»Nein, Frau Wiesenthal. Ich bin für immer zurück!«

Sie zog mich ins Haus hinein und umarmte mich. Als wir zur ersten Etage hinaufstiegen, bemerkte ich, daß Frau Wiesenthal nun hinkte. Sie erklärte, daß ihr rechter Hüftknochen hinüber sei. Abgenutzt. Sie müsse froh sein, überhaupt noch laufen zu können. Zur Bibliothek schaffe sie es gerade noch.

Als sie mir im Erker gegenübersaß, zeigte sie wieder ihr

altes Temperament. Das straff nach hinten gekämmte Haar war nach wie vor eher schwarz als grau. Lebendig noch immer die Augen.

»Sie hatten so recht, Frau Wiesenthal«, begann ich leise, »das Leben in Frankreich ist mir zu schwergefallen. Ich konnte keine Arbeit finden. Und als ich dann merkte, daß meine Ehe...« Hier brach ich in Tränen aus und sprach nur stockend weiter.

Frau Wiesenthal verfiel ab und zu in Ausrufe des Bedauerns. Plötzlich erinnerte sie sich, daß wir vergessen hatten, den Teekessel aufzusetzen. Als wir durch den Korridor liefen, erblickte ich durch die offene Schlafzimmertür eine der Halbaktskizzen, die einst Mina von mir gemacht hatte. Sie war gerahmt. Gefragt, wo sie die wohl her habe, lachte Frau Wiesenthal auf. Ich sollte mich erinnern, daß sie – bei meiner ersten Hochzeit – noch eine Weile allein im Atelier meiner Schwiegermutter geblieben war. Damals hätte sie auch einen Blick in die Mappen geworfen und – als sie mich erkannte – nicht widerstehen können. Gleich erzahlte ich von meiner Begegnung mit dem Urbild der Zeichnung von Renoir, das ich im Jeu de Paume gesehen hatte. In Paris. Den ganzen Tag verbrachte ich bei Frau Wiesenthal. Schließlich gab es nicht nur Trauriges, sondern auch Interessantes aus Frankreich zu berichten. Nachdem sie sich alles angehört und oft nachgefragt hatte, legte sie mir die Hand auf den Arm und sagte: »Rosemarie, du hast immer viel vom Leben verlangt. Sicher zu viel. Ich fürchte, du wirst jetzt lernen müssen, dich ein wenig zu bescheiden. Du darfst aber auch nicht bitter werden, nach all dem, was dir widerfahren ist. Auch wenn du nicht alles erreichst, was du erreichen willst. Immerhin hast du Frankreich jetzt gesehen!«

»Ich weiß«, sagte ich leise und hatte noch einmal Mühe, die Tränen zu unterdrücken.

Noch ehe eine Woche in Reinsbach vergangen war, packte mich Unruhe. Ich wollte beginnen, meine Angelegenheiten zu regeln. Dazu mußte ich nach Berlin. Doch wo übernachten? Mir fiel nur Bodo ein. Es gelang mir, ihn von der Post aus anzurufen und in aller Kürze meine Lage zu erklären. Er sagte sofort, daß ich kommen könne.

Zu meiner Überraschung empfing er mich nicht mit Sekt, sondern mit Ricard. Noch ehe wir am kleinen Basttisch Platz genommen hatten, eröffnete er mir, daß auch er gerade in Frankreich, in Paris gewesen war! Er hatte eine Theatertruppe begleitet. Bodo steckte noch voller Begeisterung. Dieses pulsierende Leben, diese Eleganz! Die Restaurants, die Kinos, die Pornographie! Leider war nur alles viel zu teuer, und die freie Zeit, die zur Verfügung gestanden hatte, war auch zu knapp gewesen. Na, vielleicht war es nicht das letztemal. So tauschten wir uns zunächst über unsere etwas unterschiedlichen französischen Eindrücke aus, ehe wir zum Persönlichen kamen: das Resümee meines neuerlichen Ehedramas und Bodos Trennung von Paul. Folglich könnte ich ohne weiteres ein paar Tage hier im Studio schlafen. Oder auch bei Mina. Sie brenne darauf, mich wiederzusehen. Bodo versprach, sich bei der Konzert- und Gastspieldirektion zu erkundigen, ob man für mich dort Arbeit habe. Er wollte auch sonst noch herumhören.

Ich nahm Kontakt mit dem Reisebüro auf, wo ich mit offenen Armen empfangen wurde: Es war ja noch Hochsaison. Das Gespräch bei der Konzert- und Gastspieldirektion verlief gut. Zwar konnte man mir keine feste Anstellung versprechen, aber gelegentliche Arbeit hätte man für mich.

Anfang Juli zog ich wieder bei Mina ein. Ich wohnte noch einmal in Bodos altem Kinderzimmer.

Ich erkundigte mich auch nach den Modalitäten meiner Scheidung. Jean Marc schrieb ich einen kurzen Informationsbrief. Bat ihn um ein paar Papiere. Teilte auch mit, daß seine persönliche Anwesenheit nicht erforderlich war. Er antwortete stets rasch und ausführlich. Vielleicht meinte er, daß mir das guttäte. Aber es war mir eher lästig, seine langen Briefe zu lesen. Ich wußte ja, daß er keinen

Menschen fallenlassen konnte. Ihm durch die Kürze meiner Mitteilungen klarzumachen, daß ich ihn fallengelassen hatte, war die einzige Genugtuung, die ich mir erlauben konnte.

Als ich eines Nachmittags vor Monikas Haustür stand, hing dort ein fremdes Namensschild. Ich klingelte trotzdem. Ein junges Mädchen öffnete und bestätigte, daß Frau Sander ausgezogen sei. Auf der Neujahrskarte, die ich in Marseille von Monika bekommen hatte, war von so einer einschneidenden Veränderung nicht die Rede gewesen!

Beim Reisebüro brachte ich in Erfahrung, daß Monika einen Betriebsdirektor geheiratet hatte und jetzt im noblen Wendenschloß wohnte. Sie arbeitete nun weniger. Mußte sich wohl mehr um Haus, Mann und Kind kümmern. Man gab mir ihre Telefonnummer.

Ich rief an und erwischte den Direktor. Seine Frau sei mit dem Sohn baden gefahren. Am Abend sollte ich noch einmal anrufen. Diese Monika! Was konnte das bedeuten? Hatte sie schon wieder ihre Lebensmaximen geändert?

Zwei Tage später machte ich mich auf den Weg nach Wendenschloß. Und fand meine Freundin in einem gepflegten Garten auf einer Hollywoodschaukel sitzen! Große Wiedersehensfreude. Aber warum nur hatte Monika nichts geschrieben?

Um die Jahreswende sei die Heirat noch nicht akut gewesen. Und später hätte sie im Trubel der schnellen Entschlüsse gar nicht ans Schreiben denken können. Außerdem, sagte sie, solle ich nicht vergessen, daß ich damals ein sogenannter Westkontakt gewesen sei. Regelmäßige Korrespondenz hätte nun mal berufliche Risiken mit sich gebracht!

Wir klönten den ganzen Tag. Ich konnte mich nicht genug über Monikas glänzende Heirat wundern. In dem an westlichen Komfort erinnernden Haus hatte vor kurzem eine Scheidung stattgefunden. Sie aber betonte immer wieder, was für ein »dufter Kerl« ihr Manfred doch sei. In den sie sich durchaus auch verliebt hätte, wenn das Haus und das dicke Geld nicht an ihm hingen. Schließlich war das nicht ihre erste Gelegenheit einer vorteilhaften Heirat gewesen. Aber nun war sie doch recht froh, ihrer Hinterhofwohnung entronnen zu sein und Mauro zu sich nehmen zu können. Er hatte endlich ein eigenes Zimmer.

Und ich? Was sollte aus mir werden?

Ich begann also wieder zu dolmetschen. Übersetzte für französische und sowjetische Künstler. Ans Kabinendolmetschen mußte ich mich gewöhnen. Und immer hatte ich dann Berichte zu schreiben. Insbesondere über die politischen Äußerungen, die sozusagen am Rande gefallen waren. Was für ein widerlicher Beruf! Ich fragte Bodo, ob er auch diese Berichte abfaßte, die ja wohl einen anderen Charakter hatten als das, was man beim Reisebüro über besondere Vorkommnisse oder organisatorische Mängel schreiben mußte. Er nickte und bemerkte dann, daß ich doch selbst entscheiden könne, was ich schriebe und was nicht. Es sei schließlich nur eine kleine Unannehmlichkeit. Dafür könne man dann die schönen Honorare kassieren.

Nach ein paar Monaten konnte ich eine Einzimmerwohnung im Prenzlauer Berg beziehen. Mit Außentoilette.

Kaum war ich eingezogen, bekam ich Besuch von einem unbekannten Herrn mittleren Alters. Er hielt mir ein Kärtchen vor die Nase, das ihn als Mitarbeiter der Stasi auswies. Ich sollte ihn mit »Stefan« anreden.

Mir zitterten die Knie. Er wußte alles über mich. Behauptete sogar, meinen Vater gekannt zu haben! Scheinbar sorgte er sich um mein Befinden, wollte aber in Wirklichkeit herausbekommen, ob ich meine Rückkehr wirklich als endgültig betrachtete. Schließlich sagte er, daß man mir wichtigere Dolmetscheinsätze anbieten könnte, wenn ich bereit wäre, gegebenenfalls darüber dann auch mündlich Rede und Antwort zu stehen. Ich sei schließlich sehr qualifiziert. Mein Doktortitel war echt. Außerdem sei ich sehr attraktiv. Natürlich würde ich wesentlich besser verdienen. Bald zu einer passableren Wohnung kommen. Und wer weiß, vielleicht auch zu einem Auto!

Mir fiel es wie Schuppen von den Augen. War das der Grund, weshalb Bodo so gut verdiente? Gab er sich zu so etwas her? Und Monika vielleicht auch?

Ich hatte unsägliche Angst. Ich betonte, daß es mir auf schnellen Verdienst nicht ankäme, wagte aber nicht, direkt abzulehnen. Von Mal zu Mal wollte ich die Angebote prüfen. Herr Stefan schien sich zunächst zufriedenzugeben. Ich sollte mir alles durch den Kopf gehen lassen.

Natürlich hatte ich nun wieder schlaflose Nachtstunden. Vater! Hatte auch er mit der Firma zu tun gehabt? Je länger ich darüber nachdachte, um so wahrscheinlicher schien es mir. Vielleicht hatten alle etwas mit der Firma zu tun, die etwas werden wollten? Nur an mir war der Kelch bislang vorübergegangen. Vielleicht, weil ich mit einem Ausländer verheiratet gewesen war? Wenn ich dann doch einschlief, träumte ich unruhig vom Kahlbutz. Der seltsamerweise nun Jean Marcs Züge trug.

Zunächst durfte ich bei den schriftlich abgefaßten Berichten bleiben. Aber ich wurde immer nervöser. Die französischen Stricksachen konnte ich nicht mehr tragen. Ich bekam jetzt Hautjucken davon.

Damals ließ sich Heidemarie scheiden. Um sie auf andere Gedanken zu bringen, lud ich sie nach Berlin ein. Obwohl sie in ziemlich schlechtem Zustand war, regte sie sich über die Unordnung in meiner Wohnung auf und begann sofort mit einem Hausputz, der mehrere Tage dauerte. Sie freute sich über die Strickkleider, die ich ihr alle überließ. Unsere Nachtgespräche begannen stets bei Petzold, gingen aber bald zu allgemeineren Fragen und meinen Erfahrungen mit der Männerwelt über. Als Heidemarie anfing zu begreifen, daß ihr Schicksal nicht außergewöhnlich und daß Petzold auch keinesfalls ein besonders schlechter, sondern ein ganz gewöhnlicher Mann war, begann es ihr besser zu gehen. Sie versuchte vergeblich, Arbeit in Berlin zu bekommen. Fuhr dann, einigermaßen wiederhergestellt, zu ihren Kindern nach Reinsbach zurück.

Bald darauf schrieb sie mir, daß sie sich mit dem stellvertretenden Leiter des Kaufhauses befreundet hätte. Der drängte nicht nur auf baldige Heirat, sondern auch auf ein gemeinsames Kind. Wieder wußte sie nicht, was sie machen sollte.

Mein Beruf wurde nun eintönig wie jeder andere Beruf. Das Schlimmste waren die Berichte. Obwohl ich Monika und Bodo gelegentlich besuchte, wagte ich keinem von beiden die Frage zu stellen, wie sie es mit der Stasi hielten.

Da ich keine Familie hatte, wurde ich für schwierige Aufgaben eingesetzt. Manchmal weckte man mich mitten in der Nacht, weil am Bahnhof oder am Flughafen ein überraschend angereister Gast in Empfang genommen werden mußte. Aber ins Ausland wurde ich nicht geschickt – während Bodo nun immerfort um den Erdball flog. Vielleicht noch nicht, versuchte ich mich zu trösten.

In einigem glich mein Leben jetzt dem Bild, das ich mir als junges Mädchen von meiner Zukunft gemacht hatte. Aber es fehlte etwas darin: das Glück. Ich war mir nicht sicher, ob ich überhaupt jemals wieder mit einem Mann wirklich vertraut sein könnte.

Nur selten leistete ich mir ein Abenteuer. Den Geiger aus Armenien. Einen Gewerkschafter aus Bordeaux. Meistens aber widerstand ich. Obwohl oder gerade weil Herr Stefan immer wieder durchblicken ließ, daß ich mich mit meinen Schützlingen ruhig auch »amüsieren« sollte. Ich hatte aber ein für allemal entschieden, mich nach der eigentlichen Arbeitszeit sofort zurückzuziehen und keinem, auch nicht dem anhaltendsten Klopfen an der Hotelzimmertür nachzugeben. Ich wußte, daß ich dafür nicht gemacht war. Es war mir unmöglich, immer wieder neu zu erklären, daß ich zwischen den Beinen nicht nur einen Schlund, sondern auch eine Blume trug, die einiger Aufmerksamkeit bedurfte. Was mit Jean Marc möglich gewesen war, würde ich vielleicht nie wieder haben. Aber den Wunsch, einem Mann anzugehören, hatte ich noch nicht fahrenlassen.

Die Arbeitsaufgaben, die ich von allen möglichen Institutionen übernahm, wurden immer vielfältiger. Einmal mußte ich für ein Pumpenwerk in Leipzig Verhandlungen mit einem Partnerbetrieb in Algerien dolmetschen, der hier Facharbeiter und Ingenieure ausbilden ließ. Die Verhandlungen erwiesen sich als schwierig, weil beide Seiten offensichtlich mehr oder zumindest anderes von den bereits vor Jahren unterzeichneten Verträgen erwarteten. Die Algerier meckerten, was mir zunächst recht unverschämt vorkam. Sie unterstellten dem Pumpenwerk, die jungen Männer nur als zusätzliche Arbeitskräfte einzusetzen. Die Verantwortlichen des Pumpenwerks betonten, daß die Algerier dieselbe Vergütung wie die Deutschen bekämen, aber den Ausbildern mehr Schwierigkeiten machten.

Der Charme der schattenhäutigen, meist kleinwüchsigen Algerier bezauberte mich, und so nahm ich viel Anteil an den Problemen, die ihnen nicht nur im Betrieb erwuchsen, sondern auch in der Freizeit. Sie lebten eingepfercht in Internaten und behaupteten, oft hungern zu müssen. Denn die Küche weigerte sich, Schweinefleisch und Schweineschmalz vom Speisezettel zu streichen.

Zufällig ergab es sich, daß ich mit dem algerischen Betreuer nach Berlin zurückfuhr. Ich fragte ihn, ob die Erfahrungen, die seine Schützlinge im Pumpenwerk sammelten, für ein Entwicklungsland wie Algerien nicht doch wichtig wären? Ob man die Mühen der Ausbilder nicht als einen Akt der Solidarität verstehen sollte?

Er beugte sich zu mir: »Solidarität – wieso? Diese Ausbildung wird in Dollar bezahlt! Mit unserem Erdöl!«

Ich war perplex. Davon war die ganzen fünf Tage nicht die Rede gewesen! Und so stand es auch nicht in der Zeitung.

Ob die Lehrzeit im unfreundlichen Norden überhaupt

einen Sinn habe, wenn sie mit so vielen Widrigkeiten verbunden war, fragte ich nun. Er wiegte den Kopf. »Wenn die Jungen wenigstens etwas mehr verdienen könnten! Denn die meisten gehen überhaupt nur ins Ausland, um besser für ihre Familien zu sorgen.« Der Verdienst reiche nicht, um noch etwas nach Hause mitnehmen zu können. Ein Auto etwa. »Und die Ausbildung?« fragte ich. »Zählt die denn nicht?« Schließlich sei das auch eine Art Zukunftskapital. »Wenn man in Algerien dann überhaupt Arbeit findet!« antwortete er skeptisch.

Das Gespräch mit diesem Mann, der ein interessantes, matt getöntes Profil aufwies, hatte das brachliegende Fühlen in mir geweckt. Vielleicht, weil er die Augen von Frau Wiesenthal hatte? Als der Zug durch Schönefeld fuhr, faßte ich mir ein Herz und schlug vor, daß wir uns in der Zeit, die Mabrouk in Berlin zu verbringen hatte, noch einmal treffen sollten. Ich würde ihm das Pergamonmuseum zeigen. Er reagierte überrascht. Seine Schüchternheit machte ihn mir noch sympathischer. Als wir uns am Ostbahnhof trennten – Mabrouk ging von dort in ein Ministerium –, war ich schon entschlossen, das Treffen nicht im Museum enden zu lassen.

Die da scheint wieder verliebt zu sein, sagte ich mir, als ich mein Gesicht im dunklen Widerschein des U-Bahn-Fensters betrachtete.

Als ich Mabrouk am nächsten Tage traf und mit ihm die Linden entlang schlenderte, war ich mir fast sicher, daß er ebenfalls entflammt war. Wenn er sich auch weiterhin schüchtern benahm. Schon in den ersten Räumen des Museums, neben den geflügelten Statuen des Nebukadnezar, tauschten wir lächelnde Blicke aus. In der assyrischen Grabkammer fragte er mich, ob ich verheiratet sei. Und in der Prozessionsstraße von Babylon hatte ich ihn bereits halbwegs über meine beiden gescheiterten Ehen informiert. Ich lud ihn ein, zur Islamischen Abteilung emporzusteigen, wo ich ihn in den holzgetäfelten Harem führte. Gab es in seinem Land auch solche Interieurs mit vielen

Türen, von denen jede womöglich zu einer anderen Frau führte? Ich erinnere mich genau, wie Mabrouk auflachte und meinte, daß sich solchen Luxus wohl nur noch die alten Türken geleistet hätten, die Algerien bis 1830 beherrschten. Freilich gäbe es noch Polygamie, aber man müsse sich die äußeren Umstände weitaus weniger prachtvoll vorstellen, als es diese kostbar bemalte Diele glauben machte. Welcher Mann könne sich heutzutage schon mehrere Frauen und den entsprechend großen Kindersegen leisten?

Als ich mit ihm in der Abenddämmerung über den Marx-Engels-Platz zum Alex schlenderte, schien es, daß er sich widerstandslos entführen ließ. Trotzdem befürchtete ich noch, daß sich dieser artige Mann vor meiner Haustür verabschieden würde.

Schließlich saß er aber doch in meiner kleinen Wohnung. Ich hatte ein Rindergulasch vorbereitet, das ihm zu schmecken schien, dazu rumänischen Rotwein. »Wohnst du ganz allein hier?« fragte er. Und als ich das bejaht hatte, bemerkte er, daß das für eine Frau in arabischen Ländern undenkbar sei.

Als Mabrouk stocksteif neben mir im Bett lag, zweifelte ich noch einmal einen Moment, ob er mich annehmen würde. Ich brauchte all meinen Mut, um ihm einen langen Kuß auf den Mund zu drücken. Er erwiderte ihn, wie mir schien, zaghaft und ließ meine Zärtlichkeiten reglos und gespannt über sich ergehen. Orientalische Liebe hatte ich mir anders vorgestellt. »Weißt du, Rosemarie«, hob er nach einer Weile an, »ich laufe den Frauen hier nicht hinterher. Auch dir nicht. Dabei gefällst du mir. Zu sehr beinahe.« – »Hab keine Angst!« flüsterte ich ihm zu. »Es ist einfacher, als du denkst!« Ich nahm seine Hand und führte sie langsam über meinen Körper, bis sich mein Fieber auf ihn übertrug. Als er in mich eindrang, bemerkte ich, daß er weinte. Und zur Beruhigung sagte ich ihm: »Ich lasse dich nicht los, die ganze Nacht lasse ich dich nicht los!« Nach einer Weile antwortete er keuchend, daß auch er mich nicht loslassen wollte. Und zwar niemals mehr.

Beim Frühstück wiederholte Mabrouk, daß er den Frauen hier in Deutschland nicht hinterherlaufe. Man wisse ja nie. Viele europäische Frauen seien Huren. Ich protestierte. Die schwierige Suche nach dem richtigen Mann könne doch nicht einfach mit Hurerei gleichgesetzt werden! Aber Mabrouk schnitt mir das Wort ab und sagte, daß ich mich durch seine Bemerkung nicht persönlich angegriffen fühlen sollte. Nur am Anfang sei er mißtrauisch gewesen, weil gerade die Frauen meines Berufes berüchtigt wären, für ein paar Strumpfhosen in jedes Bett zu steigen.

Er mußte sich beeilen, um seinen Zug nicht zu verpassen. Von Leipzig rief er sofort an und sagte, daß er mich liebte.

Wieder einmal war von Heirat die Rede. Den Vergleich mit Südfrankreich könne Algerien bestens bestehen, sagte Mabrouk. Die Palmen seien größer, das Licht noch strahlender und die Winter noch milder. Wenn auch zugegebenermaßen nicht gerade bei ihm in der Kabylei. Wo man aber den Luxus schneebedeckter Berge genießen könne, während man in den Tälern und auf den unteren Hängen Blumen pflücke.

Immer wieder behauptete er, daß er ohne mich nicht mehr sein könne. Ja, er wollte mich nach Algerien mitnehmen, nach Tizi Ouzou, in die Hauptstadt der Kabylei. Obwohl ich immer noch eine Schwäche für Afrika hatte, warnte mich eine innere Stimme. Woher sollte ich den Mut nehmen, das Leben noch einmal herauszufordern? »Warum nicht umgekehrt?« sagte ich manchmal. »Ich behalte dich hier. Vielleicht wird es noch einmal neue Lehrlinge geben, die du betreuen kannst!« Da widersprach er. Er lebe nur zeitweise im Ausland. Früher oder später werde er in seine Heimat zurückkehren. So sei es nun mal Sitte bei den Kabylen.

Ich war vielleicht zwei Monate mit Mabrouk zusammen, da klingelte abends Herr Stefan bei mir.

Nach einem kurzen Vorgeplänkel kam er zur Sache. Ich hätte doch besondere Beziehungen zu einer Algeriergruppe in Leipzig. Und er hätte gern Auskunft über die wirkliche Stimmung dort. War man mit der Ausbildung zufrieden, oder wurde viel kritisiert? Bezog sich die Kritik auf den Betrieb oder auf das ganze Land? Auf die Fremdenpolitik etwa? Außerdem hatte es wieder einmal im Ausländerwohnheim gebrannt. Der Brand war von dem Korridor ausgegangen, auf dem größtenteils Algerier wohnten. Die hielten aber wie Pech und Schwefel zusammen. Die Polizei habe noch nicht einmal herausbekommen, wer an dem betreffenden Abend überhaupt zu Hause gewesen war. Ob ich mit meinen besonderen Beziehungen nicht versuchen könnte, etwas Licht in die Angelegenheit zu bringen?

Wäre ich doch auf der Stelle gestorben! Was sollte ich anderes machen, als ein paar Allgemeinplätze von mir zu geben und in der Feuerangelegenheit zu versprechen, mein Möglichstes zu tun?

Seitdem wußte ich, daß ich in der Falle sitze.

Als Mabrouk am nächsten Wochenende kam, war ich natürlich unfähig, das Gespräch auf das Feuer zu bringen. Was bildete sich dieser Stefan ein? Ich würde doch den Mann, den ich liebte, nicht bespitzeln?

Wir saßen beim Frühstück. Während Mabrouk mit der einen Hand die Kaffeetasse hob, zog er mich mit der anderen am Arm und fragte: »Sag mal, bist du nicht endlich mal schwanger?« Ich antwortete nichtsahnend: »Aber wieso denn?« Mabrouk meinte, daß wir schließlich lange genug zusammengelebt hätten.

»So einfach ist das nicht!« wandte ich ein, zog ein Päckchen grüner Pillen aus meiner Handtasche und sagte: »Ein Kind bekomme ich erst, wenn wir uns eins wünschen!« Mabrouk sank auf einen Stuhl, erbleichte und sagte: »Aber dann bist du doch eine Hure!« Und ehe ich mich fassen konnte, stand er auf und verließ die Wohnung. Er kehrte am Abend nicht zurück und rief auch aus Leipzig nicht an.

Ich verlebte eine schlimme Woche. War es möglich, daß man diesem Mann seine Zuneigung nur durch ein Kind beweisen konnte? Und seine Ehewünsche, waren die nicht erst recht Wahnsinn? Noch einmal die Prozedur auf den Ämtern? Und würde man mir nicht überall den Kameltreiber hinterherflüstern? Und wenn Nordafrika am Ende auch nichts war – könnte ich noch einmal zurückkehren? Würde man mir noch einmal eine gutbezahlte Arbeit und eine Wohnung geben?

Aber ich liebte ihn doch! Seine Schattenhaut!

Am nächsten Sonnabend stand er wieder vor meiner Tür und entschuldigte sich. Kam aber bald wieder auf ein Kind zu sprechen. Ohne ein Kind, behauptete er, hätte ein Antrag auf Heirat keinen Sinn, darin kenne er sich als Betreuer von so vielen Ausländern aus. Ich hielt ihm entgegen, daß ich ja schon einmal einen Ausländer geheiratet hätte und dabei kein Kind nötig gewesen war. Ich sagte nicht, daß eine neuerliche Heirat wahrscheinlich über meine Kräfte gehen würde.

Aber ein Kind? Tagein, tagaus dachte ich nun an das Kind, immer stärker wünschte auch ich es mir. Ein kleiner Gefährte! Ein Mabrouk im Kleinformat! Konnte ich es mir nicht wirklich erlauben, etwas weniger zu arbeiten? Eventuell Schriftliches zu Hause übersetzen? Und vielleicht war Mabrouk dann doch bereit hierzubleiben?

Ich setzte die Pille ab.

Seltsam, daß ich nicht gleich schwanger wurde. Das käme vor, erfuhr ich vom Arzt, wenn man das Medikament so lange geschluckt habe und auch nicht mehr ganz jung sei. Ich sollte auf den Sommerurlaub hoffen. Er würde wahrscheinlich ein Resultat bringen. Ich begann mich schon für Babykleidung zu interessieren. Am meisten hatten es mir die winzigen Schuhe angetan, die ich in den Kindergeschäften nicht lange genug betrachten konnte. Manchmal nahm ich ein Paar aus den Regalen und stellte mir die kleinen Beine vor, die weich und biegsam in mir heranwachsen sollten.

Als mich Herr Stefan neulich wieder einmal besuchte und ich ihm so gut wie nichts anvertraute, fragte er mich geradeheraus, ob mir Mabrouk ein Heiratsversprechen gemacht hätte. Die Röte, die mir ins Gesicht schoß, war ihm Antwort genug. Er sagte, er halte es für seine Pflicht, mir mitzuteilen, daß Mabrouk in Algerien bereits verheiratet sei. »Polygamie ist da unten ja keine Seltenheit. Aber könnten Sie sich damit abfinden?«

Ich würgte. Rang nach Luft.

Wann und wie Herr Stefan meine Wohnung verlassen hat, weiß ich nicht mehr. Mir war zum Brechen übel, und ich habe wohl auch gebrochen. Ich riß mir die Kleider herunter. Mit einem Küchenmesser säbelte ich meinen Zopf ab. Und die ganze Zeit geisterte der Kahlbutz im Zimmer umher. Mal sah er aus wie Jean Marc, mal wie Mabrouk, mal wie Herr Stefan. Und er drohte mir. Seine Macht sei – allem Anschein zum Trotz – noch lange nicht gebrochen. Er würde noch Generationen von jungen Frauen das Schaudern lehren!

Was soll nun werden? Soll ich Mabrouk zur Rede stellen? Und wird er mir die Wahrheit sagen, wenn er sie so lange verschwiegen hat?

Ob er lügt, ob dieser widerliche »Stefan« lügt – die Wahrheit werde ich nicht erfahren. Aber ist nicht am Ende alles egal, weil ich gar nicht weiß, ob ich überhaupt mit Mabrouk gehen will? Ob ich aus meiner Müdigkeit je wieder herausfinde?

Soll ich meinen Kummer noch einmal in Arbeit erstikken? Stadtrundfahrten machen? Die Republik hinauf und hinunter? Das Klopfen der Männer an den Hotelzimmertüren ertragen, das vielleicht nur ein Kratzen des Kahlbutz ist? Wonach ich mich dann bis zum Morgen in der warmen

Höhle meines Bettzeugs verkrieche, ohne ein Auge zuzutun.

Für ein paar Tage bin ich nach Reinsbach geflohen. Vor allem, um in meinem alten Märchenbuch zu lesen. Ist es Zufall gewesen, daß mir die Geschichte von der kleinen Seejungfrau schon als Kind so gut gefallen hat? War es mir vorbestimmt, sie immer und immer wieder selbst zu erleben? Ich weine, wenn sich die kleine Seejungfrau nach der Hochzeitsnacht ihres Prinzen mit der fremden Prinzessin vom Schiff in die Wellen stürzt, um zu den Töchtern der Luft aufzusteigen. Ich weine, wie ich als kleines Mädchen geweint habe.

Morgens, wenn ich nach unruhigem Schlaf aufwache, ist meine rechte Hand verkrampft. Als hielte ich den Schlüssel des Kahlbutz fest!

Die einzige Lust, die ich noch habe, ist die, mir immer wieder die Umstände meines Begräbnisses auszumalen. Hier in Reinsbach neben Vater will ich liegen. Mutter und Heidemarie werden aneinandergedrängt meinem Sarg folgen. Mutter weint lauter als Heidemarie, die ihr zuflüstert, daß mein Leben trotz allem viel reicher gewesen ist als ihrer aller Leben zusammen. Griesners werden dabeistehen, gebeugt und von Selbstvorwürfen geplagt. Und Frau Wiesenthal!

Retten kann mich vielleicht noch das Kind. Aber wenn mein Blut kommen sollte, werde ich nach Berlin, in meine Wohnung fahren. Und in der Frühe, wenn die finstersten Stunden der Nacht vorüber sind, vielleicht den Mut fassen zur letzten Tat.

Einfach zum Fenster gehen. In die Tiefe stürzen und aufsteigen, wohin ich vielleicht schon immer gehörte – zu den Töchtern der Luft!

Rat, Ideen und Mut haben zu diesem Roman beigesteuert:

Brigitte Burmeister
Annette Leo
Saddek Kebir
Christine Kortum
Renate Saavedra
Günter Samuel

und viele andere

Frauenbücher bei

Maxie Wander

Tagebücher und Briefe
Hrsg. von Fred Wander

268 S., geb./SU, DM 14,80
ISBN 3-371-00069-9

Die Bücher Maxie Wanders »Guten Morgen, du Schöne« und »Tagebücher und Briefe« haben bis auf den heutigen Tag ihre Faszination bewahrt. Mit besessener Offenheit schrieb Maxie Wander, die 1977 an Krebs starb, »was das Leben ist und was es sein könnte«.

Charlotte Worgitzky

Meine ungeborenen Kinder
Roman

6. Aufl., 324 S., Pb., DM 24,80
ISBN 3-371-00349-3

Mit bestürzender Offenheit spricht die Schauspielerin Martha T. während der Probearbeiten zu »Zyankali« (von Friedrich Wolf) von sechs eigenen Abtreibungen und provoziert dadurch eine Auseinandersetzung zum Thema Schwangerschaftsabbruch.

Undine Monti

Kind mit schwarzen Haaren
Ein Lebensbericht

215 S., geb./SU, DM 36,–
ISBN 3-371-00372-8

Sie sieht anders aus, folglich muß sie auch anders sein – so sagen die Leute.

Ungeschönt und direkt erzählt Undine Monti ihr Leben, das im Spannungsfeld kleinstädtischer Bigotterie und ideal-sozialistischem Anspruch verläuft.

Sibylle Muthesius

Flucht in die Wolken

7. Aufl., 534 S., zahlr. Abb., Pb., DM 29,80 ISBN 3-371-00361-2

Offen fürs Leben und neugierig auf die Welt, glücklich über die erste Liebe ist die siebzehnjährige Pony. Doch die Welt der Erwachsenen, die Welt der Vernunft, konfrontiert die sensible Pony mit einer Realität, der sie nicht gewachsen ist. Sie flüchtet immer öfter in ihre Tagebuchaufzeichnungen, in die Welt der Träume und Bilder. Und eines Tages brechen die Brücken zur Realität endgültig.

Morgenbuch Verlag
Potsdamer Straße 199, D-10783 Berlin · Postfach 30 30 46, D-10730 Berlin
Telefon (030) 216 50 61 · Fax (030) 216 50 64

MORGENBUCH

Marlen Haushofer im dtv

Foto: Peter J. Kahrl, Etscheid

Begegnung mit dem Fremden

Siebenundzwanzig zwischen 1947 und 1958 entstandene Erzählungen. dtv 11205

Die Frau mit den interessanten Träumen

Zwanzig Kurzgeschichten aus dem Frühwerk der großen österreichischen Erzählerin. dtv 11206

Bartls Abenteuer

Kaum stubenrein, wird der kleine Kater Bartl von der Mutter getrennt und muß sich in seinem neuen Zuhause einrichten. Zögernd beginnt er die Welt zu erkunden, besteht Abenteuer und Gefahren, erleidet Niederlagen und feiert Triumphe, wird der Held der Katzenwelt und in der Familie die »Hauptperson«.
dtv 11235 / dtv großdruck 25054

Wir töten Stella
und andere Erzählungen

»Marlen Haushofer schreibt über die abgeschatteten Seiten unseres Ichs, aber sie tut es ohne Anklage, Schadenfreude und Moralisierung.« (Hessische Allgemeine) dtv 11293

Schreckliche Treue. Erzählungen

»... Sie beschreibt nicht nur Frauenschicksale im Sinne des heutigen Feminismus, sie nimmt sich auch der oft übersehenen Emanzipation der Männer an ...« (Geno Hartlaub) dtv 11294

Die Tapetentür

Eine berufstätige junge Frau lebt allein in der Großstadt. Die Distanz zur Umwelt wächst, begleitet von einem Gefühl der Leere und Verlorenheit. Als sie sich verliebt, scheint die Flucht in ein »normales« Leben gelingen ... dtv 11361

Eine Handvoll Leben

Eine Frau kehrt unerkannt in das Haus ihrer Familie zurück, das sie vor vielen Jahren verließ, um eine gar nicht so unglückliche Ehe und eine leidenschaftliche Affäre aufzugeben. Marlen Haushofer glaubt nicht an die Idylle. dtv 11474

Die Wand

Eines Morgens wacht eine Frau in einer Hütte in den Bergen auf und findet sich, allein mit ein paar Tieren, in einem Stück Natur eingeschlossen von einer unüberwindbaren gläsernen Wand, hinter der offenbar keine Menschheit mehr existiert. dtv 11403

Irmgard Keun im dtv

Foto: Isolde Ohlbaum

Das kunstseidene Mädchen

Doris will weg aus der Provinz, die große Welt erobern. In Berlin stürzt sie sich in das Leben der Tanzhallen, Bars und Literatencafes – und bleibt doch allein. dtv 11033

Das Mädchen, mit dem die Kinder nicht verkehren durften

Von den Streichen und Abenteuern eines Mädchen, das nicht bereit ist, die Welt einfach so zu akzeptieren, wie sie angeblich ist. dtv 11034

Gilgi – eine von uns

Gilgi ist einundzwanzig und hat einiges satt: die Bevormundung durch ihre (Pflege-)Eltern, die »sich ehrbar bis zur silbernen Hochzeit durchgelangweilt« haben, die »barock-merkantile« Zudringlichkeit ihres Chefs und den Büroalltag sowieso. Da trifft es sich gut, daß sie sich in Martin verliebt. Doch als sie bei ihm eingezogen ist, kommen Gilgi Zweifel ... dtv 11050

Nach Mitternacht

Deutschland in den dreißiger Jahren. Ein Konkurrent hat Susannes Freund Franz denunziert. Als er aus der »Schutzhaft« entlassen wird, rächt er sich bitter, und Susanne muß sich entscheiden ... dtv 11118

D-Zug dritter Klasse

In der Zeit des Nationalsozialismus treffen in einem Zug von Berlin nach Paris zufällig sieben Menschen aus unterschiedlichsten Gesellschaftsschichten und mit unterschiedlichsten Reisemotiven zusammen ... dtv 11176

Ich lebe in einem wilden Wirbel
Briefe an Arnold Strauss
1933 bis 1947
dtv 11229

Keto von Waberer im dtv

Foto: Isolde Ohlbaum

Blaue Wasser für eine Schlacht

Ein einfühlsamer psychologischer Roman über die »Liebeslebensgeschichte dreier Frauen – eine weibliche Familiensaga über drei Generationen« (Süddeutsche Zeitung). Eine ›Schule des Gefühls‹ und »ein Buch über das Lieben, so klug und so schön wie lange keines, einfühlsam und mit treffender Ironie beschrieben«. (Die Zeit) dtv 11090

Der Schattenfreund
Liebesgeschichten

Daß Gertrud sich einen Kurschatten zulegt, hat weniger mit purer Liebe zu tun als mit der Tatsache, daß Albrecht, ihr Mann, allnächtlich neben ihr liegt, als sei er ins Koma gesunken. Bei Frau Reinsbeck hingegen geht es im wahrsten Sinne des Wortes mit dem Teufel zu, daß sie plötzlich so höllisch gut ankommt beim anderen Geschlecht. dtv 11326

Die heimliche Wut der Pflanzen
Erzählungen

Eine junge Frau erholt sich nur mühsam von den Folgen ihrer gescheiterten Ehe. In der Großstadt isoliert, verdient sie ihren Lebensunterhalt mehr oder weniger gelangweilt als Angestellte einer Galerie. Da verliebt sie sich eines schönen Tages in einen Besucher ... dtv 11405

Der Mann aus dem See

Was macht eine Frau, wenn der Ehemann auszieht und der Liebhaber daraufhin »kneift«? Sie flüchtet zur besten Freundin. Was aber, wenn es sie dann magisch ins Bett von deren Freund zieht? – Daß die Macht der Erotik das Leben häufig nicht gerade vereinfacht, ist nur *eine* Erfahrung, die Keto von Waberer in diesen poetischen und doch schonungslos ehrlichen Erzählungen beschreibt.
dtv 11564